La princesse qui n'avait plus rien

L'auteur

Shannon Hale a fait ses études au Royaume-Uni avant de s'engager pendant un an et demi au Paraguay, en tant que missionnaire volontaire. Après une maîtrise de lettres, elle peut enfin se consacrer pleinement à l'écriture. *La princesse qui n'avait plus rien* fait une entrée très remarquée dans le monde de l'édition jeunesse en 2003. Cette adaptation poétique du conte des frères Grimm, *La gardeuse d'oies*, a obtenu de nombreuses récompenses dont le prix *ALA Teen's Top Ten*. Shannon Hale vit à Salt Lake City, aux États-Unis, avec son mari.

Shannon Hale

La princesse
qui n'avait plus rien

Traduit de l'anglais par Cécile Moran

Titre original :
The Goose Girl

Publié pour la première édition en 2003
par Bloomsbury Publishing Plc, Londres.

ISBN 2-266-13812-X

À Dean, mon meilleur ami,
mon compagnon et *squeeter keeper*.
Mon univers est ton univers.

Chaînes des Bavara

Kildenzie

Vallée de
la Grande Cité

Le périple d'Ani

deux semaines

Départ de la grande
traversée de trois mois

La Capitale

La Forêt
(pinèdes, précipices)

Fleuve
du Levant

Déserts

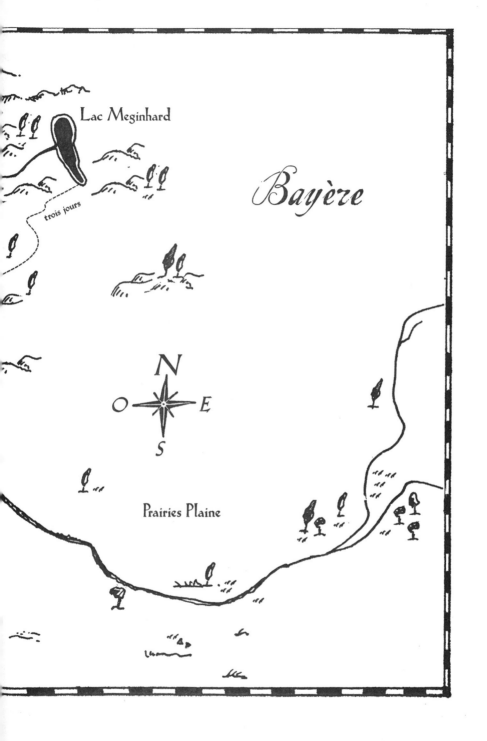

Première partie
L'héritière de Kildenrie

I

La princesse Anidori-Kiladra Talianna Isilie n'ouvrit les yeux que trois jours après sa naissance.

Au palais, la reine de Kildenrie marchait de long en large, en congédiant tour à tour les ministres et les médecins qui se succédaient au chevet du nourrisson. Ils étudiaient sa respiration, collaient l'oreille sur son petit cœur de colibri et s'assuraient qu'elle agrippait leurs doigts avec vigueur dans ses menottes aussi douces que la peau des salamandres. Elle paraissait en bonne santé. Mais ses yeux restaient obstinément fermés.

La chambre princière était le théâtre d'un va-et-vient incessant. Des conseillers à la mine grave palpaient l'enfant, soulevaient ses paupières et lui faisaient avaler quantité de sirops jaunâtres et gluants.

— Tu es une princesse, l'héritière du trône de Kildenrie, murmura sa mère. Regarde-moi.

Le bébé gazouilla dans son sommeil.

Au troisième soir, lorsque les eaux bleues du crépuscule eurent inondé le parc, une main écarta les rideaux. La nuit était calme. La souveraine somnolait sur son lit. Dans son berceau, sa fille rêvait de lait en arrondissant ses jolies lèvres comme si elle tétait. Une femme vêtue d'une robe vert fougère avança sur les tapis à pas feutrés. Elle glissa une paume calleuse dans le dos de l'enfant, l'autre sous sa nuque, puis la prit dans ses bras avec délicatesse.

— Alors, dit-elle en souriant, c'est toi qui m'obliges à quitter ma maison pour venir te raconter des histoires... D'accord, joli poupon. Écoute bien ceci.

La reine fut tirée de sa torpeur par les grincements du rocking-chair, et une voix qui narrait en chansons des aventures de pies et de colombes. Elle se leva, prête à appeler ses gardes, lorsqu'elle reconnut sa propre sœur, que le bébé fixait avec intérêt.

L'étrange dame surnomma la princesse Anidori-Kiladra, Ani.

Quand le ciel était dégagé, elle l'emmenait loin vers le nord, aux confins du domaine royal. À cette distance, les haies et les massifs sévèrement ordonnés par l'homme disparaissaient, et les jardins se mêlaient en toute liberté aux taillis de frênes et de sapins sauvages sans qu'aucun rempart les retienne. Aussi à l'aise parmi les arbres qu'un poisson dans l'eau, elle tenait sa nièce par la main et lui présentait tous les êtres qu'elles rencontraient.

— Tu vois cet oiseau perché sur la plus haute branche, avec la gorge jaune ? L'été, il migre au nord parce qu'il a trop chaud ici. Celui qui a les ailes bleues est en train de chercher des brindilles pour son nid. Il rouspète à cause de sa compagne qui est très exigeante.

Ani réussit à faire des phrases dès l'âge d'un an. Sa tante, qui craignait qu'elle ne s'attirât les foudres de toute la Kildenrie en sortant des sentiers battus, tâcha de garder ses progrès secrets. Mais les domestiques les avaient remarqués et des rumeurs commencèrent à circuler. Partout, on chuchotait que l'étonnante préceptrice vêtue de vert recourait à des sortilèges pour l'éveiller au langage.

Ces cancans incessants embarrassaient beaucoup la souveraine, qui prenait soin de cacher qu'il s'agissait de sa sœur. Quant à son mari, il était trop aveugle pour être inquiet.

— Pourquoi ne serait-elle pas tout simplement une élève brillante ? Un sang royal coule dans les veines de notre fille et il n'y a rien d'exceptionnel à ce qu'elle s'exprime de bonne heure.

Cependant, il était peu disponible pour son aînée, et son épouse l'était moins encore. Calibe-Loncris, leur premier fils, naquit, puis une seconde fille, Naprilina-Victerie, qui ressemblait déjà tellement à sa mère que les gouvernantes s'inclinaient devant son berceau. Délivrées de la surveillance des monarques, Ani et sa tante devinrent inséparables.

Si le froid ou les ondées les empêchaient d'aller dehors, elles s'asseyaient côte à côte sur les tapis de la chambre. Là, la formidable conteuse recréait des univers fantastiques et merveilleux. Elle évoquait des pays où les juments, à l'aide de leurs sabots, déterraient des pépites d'or et les avalaient afin que leur souffle se transformât en mélodie. Elle lui rappelait le destin de ce boulanger qui pétrissait des brioches en forme d'oiseaux et les faisait s'envoler par la fenêtre en quête de précieux pots de confiture d'abricot. Ou celui de cette femme qui aimait son enfant d'un amour si ardent qu'elle l'avait enfermé dans un médaillon autour de son cou pour qu'il ne grandît jamais. Quand elle en avait fini avec les récits, elle chantait. Dès que la petite connaissait les paroles par cœur, elle l'accompagnait de sa voix de fillette, aiguë et fragile comme les trilles du moineau.

Un jour d'été, après que la princesse eut célébré son cinquième anniversaire, les deux fidèles compagnes s'installèrent au bord de l'étang des cygnes, dans l'ombre en pointillé d'un peuplier. Ani, qui adorait ces animaux aussi gros qu'elle, leur proposa gentiment du pain au creux de la main. À peine les dernières miettes étaient-elles distribuées qu'ils se mirent à secouer les ailes en caquetant.

— Que disent-ils ?

— Ils voudraient savoir s'il t'en reste. Sinon, ils retournent se baigner.

Ani regarda droit dans un œil le cygne le plus proche.

— Il n'y en a plus. Tu peux partir.

Le gourmand persista à battre des ailes.

— Qu'est-ce que ça signifie ?

— J'ai l'impression que vous ne parlez pas la même langue, mon canard.

La dame offrit son profil à l'oiseau et lui répondit d'un son strident et plaintif à la fois. Il regagna aussitôt l'étang en se dandinant.

Ayant observé avec sérieux, sa disciple imita le cri qu'elle venait d'entendre.

— C'était bien comme ça ?

— Parfait. Réessaie pour voir.

La fillette s'exécuta et sourit. Sa tutrice la dévisageait d'un air songeur, les lèvres pincées pour ne pas trahir son excitation.

— Tu es contente ?

— Oui ! s'écria Ani, avec la conviction et la fougue de son âge.

Sa tante hocha la tête, puis la prit sur ses genoux pour lui raconter une nouvelle histoire. Blottie contre sa poitrine, Ani s'imprégna de son timbre mélodieux et s'ouvrit aux secrets du commencement du monde.

— Lorsque le Créateur prononça le premier mot, les êtres vivant sur notre planète se réveillèrent et s'étirèrent tandis que ses syllabes résonnaient dans leurs bouches et leurs esprits. C'était une époque où toutes les créatures se comprenaient ; indifférentes aux lunes qui s'écoulaient, elles bavardaient entre elles. Le vent s'adressait au faucon, l'escargot à la pierre, la grenouille aux roseaux. Mais voilà qu'au fil des générations, de mésaventures en mésaventures, chaque espèce s'isola et oublia comment écouter les autres. Depuis, le soleil continue de se lever, les astres de voyager dans le ciel, et tant que durera l'harmonie de leurs cycles, les mots existeront.

Ani, les sourcils froncés, essaya vainement de fixer le soleil. Elle était encore très jeune et ignorait que certaines choses étaient impossibles.

— Quelques bébés naissent avec un mot sur le bout de la langue. Il leur faut du temps pour le découvrir. Il peut être de trois sortes, qui correspondent à trois pouvoirs différents. Sais-tu que ta maman est dotée du premier d'entre eux ? Celui de toucher les hommes. La plupart des monarques l'ont, c'est pourquoi le peuple leur donne son attention, sa confiance et son amour. Enfant, déjà, les paroles de ta mère me déconcertaient. J'avais souvent du mal à plaider ma cause et c'était toujours elle que nos parents croyaient quand on se disputait. Voilà en quoi consiste le pouvoir de convaincre les humains. Grâce à lui, nos modestes territoires n'ont jamais été conquis par les royaumes voisins car, de siècle en siècle, des souverains ont su trouver les termes justes pour éviter les guerres. C'est un atout considérable et utile, bien qu'il puisse aussi se révéler dangereux. Malheureusement, il ne m'a pas été octroyé.

Elle éclata de rire et ses prunelles s'illuminèrent à l'évocation de son enfance.

— Et moi, je l'ai ?

— Peut-être pas. Quoi qu'il en soit, ce n'est pas le seul. Le deuxième, par exemple, permet de s'entretenir avec les animaux. J'ai rencontré peu de gens capables de dialoguer avec les bêtes sauvages. Comme moi, ils préfèrent vivre dans les montagnes, parmi les forêts et partout où les animaux sont en liberté. Notre vie n'est pas rose, mon poussin. Il arrive qu'on se heurte à la méfiance des autres. Nombreux étaient ceux qui possédaient ce pouvoir jadis en Kildenrie, me semble-t-il. Hélas, combien s'en souviennent aujourd'hui ?

« Le troisième a presque disparu. Je ne connais personne qui sache communiquer avec la nature et les éléments. Mais de tels individus ont dû exister, puisque les récits de leurs aventures sont parvenus jusqu'à nous.

Elle se tut un moment, puis elle ajouta en pressant les doigts contre ses tempes :

— Moi, j'ai beau y mettre toute mon âme, je ne saisis pas le langage du feu, du vent ou des arbres. Plus tard, j'en suis sûre, quelqu'un percera leur mystère.

Elle soupira et caressa les cheveux blonds de sa nièce.

— Cette légende s'est presque éteinte, Ani. Ne l'oublie pas. Les fables sont précieuses. J'ai senti la terre frémir quand elle a accueilli ta naissance et je suis venue te dire des contes dès ton plus jeune âge. Toi aussi, tu es née avec un mot en toi. Je ne sais pas lequel, mais tu grandiras et tu le devineras sans mon aide.

— Et si c'était un mot feu, vent ou arbre ?

— Pourquoi pas ? Dans ce cas, je ne te serai d'aucune aide.

Ani lui tapota la joue comme si, des deux, elle était l'aînée.

— En revanche, tu peux m'apprendre à parler aux cygnes !

Elles retournaient chaque jour à l'étang. À l'abri de la curiosité des jardiniers et des courtisans en balade, Ani s'entraînait.

— Leur organisation est moins compliquée que la nôtre et un vocabulaire restreint leur suffit. Écoute ! Le gros là-bas vient de saluer son frère, celui qui n'a plus de plumes au bout de la queue. Entre deux sœurs, le cri aurait été plus aigu sur la fin.

La fillette suivait avec application.

— Je crois que je l'ai entendu.

Elle les imita, en haussant légèrement l'inflexion de sa voix.

— Je te félicite. Le commun des mortels n'aurait pas remarqué cette différence. Toi, tu perçois les nuances et tu es douée pour les rendre. Tu as du talent. Mais il faut également travailler. Tu devras retenir des centaines de significations, ainsi que pour n'importe quelle langue étrangère. Et il n'y a pas que les bruits qui comptent. Examine ce cygne, ses mouvements du bec et de la queue. Hop ! il s'arrête. Chaque geste a un sens.

Au cours de leurs excursions, la tante appelait les frêles oiseaux à descendre des frênes et des hêtres. Toutefois, occupés et fébriles, ils n'acceptaient de s'éloigner de leurs habitations qu'un bref instant. La princesse comprit peu à peu les protestations échangées par les poules dans la basse-cour et par les pigeons sur leurs corniches. Ensuite, quand le Grand Fauconnier du roi était de sortie, tante et nièce allaient rendre visite aux busards, aux faucons dorés et aux chouettes aux yeux ronds comme des billes sur les poutres des granges.

Un après-midi, de retour de leur promenade, elles passèrent devant les manèges. Ani, attirée par l'odeur de terre chaude, se hissa sur la barrière pour assister au spectacle du Grand Écuyer domptant un gracieux cheval gris.

— Je veux lui parler, dit-elle en montrant le splendide coursier.

— Que tu es maligne ! s'exclama la sœur de la reine en pressant sa joue contre la sienne. J'ai tenté l'expérience auprès de tant de créatures, ma chérie. Les plus farouches – les loups ou les cerfs – remuent trop pour engager une conversation. Les lézards, les crapauds, les rats et tous leurs petits cousins ont un discours trop simple, je pense, pour que nous, imposants mammifères, puissions l'interpréter. Quant aux bêtes domestiques – chiens, vaches ou chats –, elles sont engourdies par le confort et habituées à dialoguer avec l'homme selon ses propres règles. En revanche, les oiseaux, comme tu l'as constaté, sont de parfaits compagnons pour discuter. Ils sont encore sauvages, tout en étant attentifs, surtout les gros qui articulent plus lentement. Mais le cheval ! Ah... Je vais te raconter une histoire. Il y a plusieurs années, j'ai secondé un ami dont la jument mettait bas et le poulain m'est tombé dans les bras. Juste après, il a poussé un gémissement – « Youli ». C'était son nom. Je le lui ai répété et il m'a comprise. Depuis lors, nous bavardons tous les deux. Les chevaux naissent en prononçant leur nom, tu vois ? C'est ainsi qu'ils donnent la clé de leur langage ; ils ne le font qu'une seule et unique fois. J'ai essayé avec un veau, une portée de chatons, une biquette... et cela n'a fonctionné qu'avec le poulain. Qu'en dis-tu ?

— J'aimerais tellement avoir un copain cheval.

Au moins, il ne jouerait pas à la taper avec une épée en bois, contrairement à son frère, ou à jaser dans son dos comme les enfants hypocrites qu'elle côtoyait à la cour.

— Tu es trop jeune, ma chérie. D'ici à quelques années, tu pourras te rendre aux écuries sans que ta mère s'en préoccupe. En attendant, tu dois te contenter de nos camarades ailés.

Ani avait hâte de connaître le cri de chacun des oiseaux qui nichaient dans le parc ; pourtant, presque malgré elle, elle retournait toujours auprès des cygnes. Elle prenait plaisir à les admirer ; ils nageaient si délicatement que l'eau se troublait à peine. Elle étudiait leurs gestes subtils et les déchiffrait peu à peu. Bientôt, elle nota qu'elle parvenait à reproduire les mêmes sons et elle se mit à trompeter allégrement.

— Ani, chut !

La Gardienne du palais et sa fille, Selia, longeaient le bassin en direction des jardins. Les deux dames échangèrent un salut courtois. Selia, dont les cheveux arrivaient déjà à la taille, était jolie. Elle marchait avec beaucoup d'aplomb, les mains croisées sur le ventre et les yeux rivés sur le sentier. Autrefois, elle piquait des colères terribles ; elle passait par toutes les nuances du rose au violet et se roulait au sol comme un poisson échoué sur la grève. Mais depuis qu'elle avait sept ans, elle se comportait en demoiselle distinguée.

— Bonjour, Votre Altesse, fit-elle. Nous allons profiter du grand air. Venez donc prendre le thé chez nous quand vous aurez un moment.

— Euh... oui, merci.

La princesse n'était pas accoutumée à ce que des personnes de son âge lui adressent la parole. De plus, cette fillette étrange la mettait mal à l'aise. Elle n'osait pas la contrarier, mais elle s'arrangeait pour échapper à son attention aussi souvent que possible. À bien y réfléchir, Selia produisait sur elle le même effet que la reine.

La tante haussa un sourcil dans l'ombre bleutée de son chapeau tandis qu'elles repartaient tranquillement.

— Celle-ci a le pouvoir de parler aux hommes, un don très puissant. Souviens-t'en et tiens-la à l'œil.

Ani regarda l'enfant si sérieuse s'en aller, en se répétant : « Elle a le pouvoir de parler aux hommes. Elle a le pouvoir... »

Les derniers feux de l'été consumaient la végétation, et le brouillard, tel un fantôme, s'élevait de la rivière, effilé, humide et froid. Assise sur le rebord de la fenêtre, la dame à la robe couleur fougère s'imaginait vivre un nouvel hiver au palais. Depuis quelque temps, elle considérait ses murs comme un oiseau les barreaux de sa cage. Elle souleva sa manche pour se gratter le poignet, puis elle décida de sortir avec sa nièce.

Elle la conduisit à l'étang, où les branches paresseuses embrassaient leur reflet tandis que les feuilles minuscules et dures du peuplier claquaient au vent. Debout sur la berge, elle indiqua du doigt le nord, une région peu habitée et couverte d'arbres denses et d'un vert vif en toute saison. Une région où Ani ne pouvait pas la suivre.

— Je vais rentrer à la maison, lui dit-elle en déposant un baiser sur son front, le regard absorbé par le pourpre de l'horizon. Rappelle-toi ce que tu as appris. Si ta mère découvre ce que je t'ai enseigné, elle te l'enlèvera. Je la connais. Elle n'a jamais rien désiré d'autre qu'un cercle de métal brillant qui épouserait la forme de son crâne. Mais tu es mieux auprès d'elle, mon canard. Ma solitude est pesante et je ne te la souhaite pas. Reste ici et tâche d'être heureuse.

Ani se recroquevilla sur une pierre et posa son coude sur le dos d'un cygne. Elle avait l'impression d'avoir une coquille de noix vide à la place de la poitrine, peut-être pour toujours. La silhouette de sa tante rapetissa jusqu'à devenir un imperceptible point vert, perdu dans la bosse d'un rocher au loin, très loin.

Le lendemain matin, effarée, Ani constata qu'on avait remplacé son ancienne compagne par une mégère poltronne au teint de lait caillé. Il était hors de question qu'elles aillent à l'étang, parce que « la jeune princesse pourrait glisser, s'y noyer et en ressortir le visage boursouflé et violet comme une prune écrasée ; est-ce cela que vous voulez ? ».

En dépit des mises en garde de sa tante, Ani était persuadée qu'en lui expliquant qu'elle avait juste l'intention de causer avec les cygnes, elle céderait. Quand elle vit les yeux de la bonne femme s'écarquiller, elle crut que la curiosité la tenait en haleine et elle ajouta :

— Je sais ce qu'ils se disent entre eux. Je pourrais vous apprendre, si cela vous intéresse.

La gouvernante se leva d'un bond de son banc, suffoquée. Elle arracha des brins d'herbe et les lança devant elle pour éloigner les esprits malins.

— Vous allez réveiller les démons ! Les gens ne parlent pas aux animaux, voyons ! Cela vous paraît intelligent de soutenir le contraire ?

Cachée derrière une porte, Ani entendit le rapport qu'elle dressa à sa maîtresse, à voix basse et précipitée. Elle en conclut qu'elle avait commis une bêtise irréparable. Par la suite, ses sorties furent limitées aux cours et à la véranda attenante aux appartements princiers. Sa mère la regardait maintenant d'un œil dur et distant, et elle résolut de ne plus se faire remarquer en attendant que sa tante revienne la chercher et l'emmène loin dans les montagnes goûter à la liberté. Elle passa ainsi de longues heures à scruter le ciel écarlate, espérant la voir surgir à tout moment, les bras ouverts.

La conversation des oiseaux lui manquait, surtout l'exaltation qui lui chatouillait les côtes, tel un grillon sautillant dans sa poitrine, lorsqu'elle traduisait leurs cris. Dans ce milieu de marbre froid, de vieux précepteurs et d'enfants cachottiers, dont elle se sentait exclue, son don fabuleux et l'étang composaient son jardin secret. Une fois ou deux, alors que son impitoyable surveillante gardait le lit à cause d'un rhume, elle s'échappa pour aller s'exercer auprès des cygnes. À peine fut-elle arrivée, deux jardiniers se mirent en travers de sa route.

— Vous ne pouvez pas approcher, Altesse, marmonna l'un d'eux, un homme aux traits sévères. Trop dangereux.

Plus tard, elle se hasarda à se faufiler dans les dépendances des écuries pour bavarder avec les faucons. Le Grand Fauconnier prit soin de la raccompagner dehors en personne, le poing fermement resserré sur son col.

— Désolé, Princesse. Les consignes sont strictes : vous ne devez pas jouer près de mes rapaces.

Elle multiplia les tentatives durant les deux années où elle guetta le retour de sa tante, mais elle trouvait invariablement quelqu'un sur son chemin. Elle avait l'impression de vivre un de ces cauchemars interminables où l'on court à perdre haleine sans avancer d'un pouce. Parfois, en cachette, elle s'allongeait sur le ventre pour imiter les plaintes et les grognements de Lindi, son chiot.

— Concentre-toi bien, Lindi. Est-ce que tu me comprends ?

La gouvernante dut la surprendre. Un après-midi, à son retour des appartements de son précepteur, le chiot avait disparu et la reine patientait au centre de la chambre.

— Il est au chenil, expliqua-t-elle. Je pense qu'il est préférable que tu n'aies plus d'animaux de compagnie.

— Rendez-moi Lindi ! lança Ani, blessée et en colère. Rendez-le-moi !

Elle avait élevé la voix comme jamais elle ne l'avait osé. La gifle porta sur le coin de sa bouche.

— Ce ton est inacceptable. Et ce caprice a trop duré. Si j'avais su que cette femme te transmettait ces idées farfelues qu'elle avait quand nous étions enfants, je l'aurais chassée de la ville au plus vite et sans ménagement... Il est temps que vous saisissiez quelle est votre place, Princesse. Vous allez régner, et votre peuple ne se fiera pas à quelqu'un qui invente des histoires et prétend discuter avec les bêtes sauvages.

Ani resta muette, la main sur sa lèvre endolorie et les yeux sur les nuages incandescents.

La souveraine se tourna pour sortir et s'arrêta sur le seuil.

— Je venais aussi te dire ceci. Nous avons reçu une lettre ce matin : ta tante s'est éteinte cet hiver. J'espère que tu n'en seras pas trop affectée.

Hébétée, Ani vit l'univers de son enfance s'écrouler, à la manière d'une branche brisée entraînant un oisillon dans sa chute.

Ce soir-là, ses parents avaient organisé un bal. Rassemblées dans la garderie, les gouvernantes se tenaient sur le pas de la porte, d'où elles écoutaient avec un sourire béat la musique remonter les galeries. La nourrice papotait en serrant contre sa poitrine la benjamine de la famille royale, Susena-Ophelienna, tandis que Naprilina-Victerie se pendait au cou d'une jeune et jolie nurse, qui dévoilait à voix basse ses secrets sur la gent masculine.

Plus elles bavardaient, plus le vide grandissait en Ani. Elle se sentait comme un seau jeté dans un puits à sec. Elle feignit de prêter beaucoup d'attention à la ville pourvue de multiples tours qu'elle construisait avec ses cubes de bois clair, et dès que les domestiques s'aventurèrent dans le couloir pour admirer les danseurs de plus près, elle se glissa à l'extérieur et s'enfuit.

L'éclairage des lustres projetait son ombre à ses pieds. Une silhouette géante et très fine s'étendait sur le gazon, flèche pointée en direction de l'étang. Elle s'élança sur l'herbe mouillée ; une brise fraîche traversait sa chemise. C'était encore le début du printemps.

Une fois sur la berge, elle pivota face à la rayonnante salle de bal en marbre rose qui emprisonnait la musique derrière ses murs et ses vitres. Les invités étaient beaux, gracieux ; ils semblaient parfaitement détendus et dans leur élément. En les observant, Ani sut combien elle était différente. Côté parc, la nuit épaisse avait englouti les écuries. Les étoiles étaient invisibles. Le monde lui parut aussi vaste que le ciel opaque et insondable, si vaste qu'elle n'en connaîtrait jamais les limites. Elle prit soudain conscience qu'elle était trop petite pour s'échapper. En proie à une immense douleur, elle s'assit sur la terre humide et éclata en sanglots.

L'eau léchait la rive sablonneuse. Les oiseaux, bleus et argentés dans le noir, étaient assoupis. Une femelle se redressa en l'entendant pleurer. Elle la salua et vint se blottir contre ses jambes dans le sable. « Je suis fatiguée et isolée de mon troupeau. » Ces mots, qu'Ani avait prononcés dans le langage des cygnes, lui évoquèrent la plainte mélancolique d'un enfant. « Tu n'as qu'à te reposer ici. » Elle s'allongea et, après avoir enfoui son visage au creux de son bras comme au creux d'une aile, elle essaya de s'abstraire de cet environnement qui n'était pas fait pour elle.

Elle fut réveillée par deux mains vigoureuses qui la soulevaient du sol.

— Votre Altesse, vous allez bien ?

Elle s'étonna d'abord que le jour fût si sombre, avant de réaliser que ses paupières trop lourdes étaient encore fermées. Sa tête roula sur la solide épaule de l'homme et l'odeur forte du savon au lait de chèvre qui imprégnait ses vêtements lui chatouilla les narines.

— Qui êtes-vous ?

— Je suis Talone, le gardien de la Porte de l'Est. Je vous ai trouvée parmi les cygnes, profondément endormie.

Elle réussit à décoller ses cils et vit que le ciel au-dessus des montagnes avait la pâleur d'une coquille d'œuf. Elle s'apprêtait à poser des questions quand elle fut parcourue d'un frisson.

— Vous êtes blessée, Altesse ?

— J'ai froid.

Talone retira sa cape et l'en enveloppa. La chaleur attira de nouveau Ani dans un sommeil fébrile.

Il lui fallut trois semaines pour se rétablir, pour que les plis soucieux sillonnant le front des médecins redeviennent simples rides et que la plus jeune des nurses cesse de pousser un hurlement chaque fois qu'elle revenait à elle. Pendant longtemps, on ne l'appela plus que « cette délicate enfant ». Cloîtrée, sous surveillance constante, elle prenait son petit déjeuner au lit, dînait étendue sur un sofa et ne laçait plus ses bottes elle-même. L'incident des cygnes n'était mentionné qu'avec l'intonation réservée aux secrets.

— Nous avons failli perdre la future dirigeante du royaume...

— Ce n'est pas tant la mort que la folie qui allait nous l'enlever.

— Qu'allons-nous faire d'elle ? soupira la Première Gouvernante.

Somnolente, Ani attendait avec crainte que tombe le verdict de l'auguste bouche de sa mère. Les brûlures du remords se joignaient aux attaques de la fièvre. Elle sentait qu'en tombant malade elle avait gravement trahi cette femme, oiseau d'une beauté terrible dont elle ne connaissait pas encore le langage. Pourtant, son corps affaibli était envahi du désir de la comprendre et de la satisfaire.

La reine plissa les yeux, laissant apparaître pour un court instant des lignes fines comme des pattes d'araignée sur ses tempes, puis elle appliqua sa main fraîche sur le front de sa fille d'un geste presque tendre.

— Qu'elle reste au calme. Et dorénavant, qu'elle ne s'approche plus des oiseaux.

II

Ani reposa son thé à la menthe refroidi, un sourire plaqué sur les lèvres. La vue qui s'offrait à elle à travers la fenêtre était attrayante. Elle était tentée d'orienter discrètement la tête en direction des écuries, vers des points bruns qu'elle supposait être des chevaux au galop. Mais elle parvint à se concentrer sur la tache de son qui ornait la pommette droite de la Gardienne du palais.

— Permettez-moi de vous redire, Votre Altesse, combien nous sommes honorées que vous ayez accepté notre invitation. J'espère que le repas était à votre convenance ?

— Oui, merci.

— Je priais ma fille depuis des mois de vous inviter dans nos appartements. Vous êtes maintenant aussi grande que notre souveraine – longue vie à elle – et presque aussi jolie. Je me demandais, puisque vous avez l'air très occupé, si vous aviez déjà appris quelles charges incombaient à votre future position ?

— Euh, oui, merci, répéta Ani en grimaçant.

Si la Gardienne avait langui si longtemps, c'est parce que Ani avait usé de tous les stratagèmes pour échapper au rendez-vous. Normalement, ce genre de rencontres servait à resserrer les liens et à se détendre. Cependant, chaque visite de courtoisie, chaque fête ou goûter la mettaient au supplice. Elle devait y faire ses preuves, montrer qu'elle pouvait parler et agir avec autant de majesté que sa mère, et, pour elle, c'était un exploit aussi insurmontable que de souffler plus fort que le vent.

— Oui, dit-elle encore, le visage crispé, consciente que son discours était un peu creux.

Le silence planait entre elles comme un papillon nocturne fatigué. À l'évidence, il fallait qu'elle développe sa réponse ; seulement la simple idée de prendre la parole la paniquait et la privait de toute inspiration. En quête de soutien, elle jeta un coup d'œil à Selia, espérant quelque suggestion, mais l'attitude sereine de celle-ci ne lui fut d'aucun secours. Elle lui évoquait souvent un chat : quoiqu'elle parût s'ennuyer, aucun détail n'échappait à son regard paresseux. Âgée de dix-huit ans alors que sa maîtresse n'en avait que seize, Selia mesurait quatre pouces de moins et ses longs cheveux étaient à peine plus foncés. Leur ressemblance était frappante.

Les yeux d'Ani s'attardèrent sur sa dame d'honneur. Elle ne pouvait s'empêcher de penser avec dépit qu'elle aurait été parfaite en princesse. Malgré ses efforts pour acquérir la noblesse, l'intelligence et le pouvoir d'une reine, elle n'était jamais aussi heureuse que lorsqu'elle volait des bouffées de liberté à dos de cheval, au cours de courses brèves mais haletantes dans la nature sauvage, par-delà les écuries et les jardins. Elle adorait sentir le froid mordre ses poumons, ses muscles se raidir et la vitesse l'étourdir. Presque dix années s'étaient écoulées depuis sa dernière tentative de fugue, ce soir où, abasourdie, elle avait contemplé la nuit trop vaste pour elle du bord de l'étang des cygnes. Elle n'essaierait plus jamais de s'en aller. Elle était l'héritière légitime de la Kildenrie et elle ferait tout pour mériter la couronne.

La Gardienne du palais toussota. Soulagée que son hôtesse prenne sur elle de relancer la discussion, Ani lui accorda son attention.

— Pardonnez-moi si je suis présomptueuse mais... je crois que vous êtes plus qu'une maîtresse pour ma Selia, depuis que la reine l'a désignée pour être la première et, oserais-je dire, la plus honorée des membres de votre suite. Vous êtes également son amie, n'est-ce pas ?

— Oui.

Ani replaça soigneusement ses mains sur ses genoux et se creusa la cervelle pour trouver une réponse plus convenable. D'un air affable, elle se contenta d'ajouter :

— Merci.

— Votre Altesse, j'ai l'impression que vous souhaitez demander quelque chose, dit Selia.

Ani se tourna vers elle avec gratitude.

— Plus de thé ? proposa la dame d'honneur en soulevant la théière.

— Oh ! euh... oui. Merci.

Son amie lui remplit sa tasse tandis que la Gardienne du palais baissait le nez sur la sienne en marmonnant : « Du thé, bien sûr. »

La princesse sentit son pouls s'emballer au moment de s'exprimer à voix haute.

— En fait... euh, si cela ne vous dérange pas, mon

père et moi avons prévu de sortir à cheval aujourd'hui. C'est pourquoi, voyez-vous, il ne faut pas que je m'attarde.

— Ah...

La Gardienne fit une moue désapprobatrice.

— Votre Altesse, protesta Selia en lui touchant le poignet, Mère attendait votre visite avec tant d'impatience !

Les joues d'Ani s'empourprèrent. « J'ai encore tout gâché », songea-t-elle, honteuse.

— Je suis désolée.

Elle s'ébouillanta en avalant une nouvelle gorgée de thé et son cœur cogna dans sa langue brûlée.

— Une sortie à cheval ? s'enquit la Gardienne du palais.

— Oui, mère, vous savez bien. La princesse monte chaque jour, ou presque.

— C'est vrai ; vous avez un étalon, je crois. À ce propos, ne croyez-vous pas, Votre Altesse, qu'il est inapproprié pour l'héritière du trône de chevaucher un étalon ? Pourquoi pas une gentille jument ou un hongre ? Vous risquez de vous blesser. Serait-ce une couronne mortuaire que vous comptez porter ?

Arborant une expression satisfaite, elle ajouta :

— C'était un trait d'esprit, ma chérie.

Selia fit aussitôt tinter son adorable rire.

Cette conversation avait meurtri l'orgueil d'Ani autant que sa langue. Après avoir reposé sa tasse, elle se leva et bredouilla une réponse maladroite.

— Oui, en effet, je monte un étalon et si mon père estime mon comportement inapproprié, il ne manquera pas de m'en informer. En tout cas, je vous remercie pour le thé et le repas. Je dois partir, je regrette.

Selia, peu habituée à ce que sa maîtresse laisse éclater son mécontentement, fût-ce de façon aussi timide, l'observait, ébahie. Il fallut quelques secondes à sa mère pour se ressaisir.

— Oui, oui, Votre Altesse, vous devez partir sur-le-champ. C'est mieux ainsi. Il convient d'être ponctuel avec le roi, comme vous savez.

Les deux amies quittèrent les appartements et enfilèrent le couloir avec hâte. Perchée sur des talons, Selia avait presque la même taille que la princesse ; ses chaussures cliquetaient sur les dalles comme les griffes d'un chat.

— Ça va, Votre Altesse ?

Ani soupira et se mit à pouffer.

— Encore une fois, j'ai été vaincue par la panique, sans raison.

— Justement, j'ai cru que ce serait un bon exercice pour vous.

— Oui, j'en suis consciente. Je déteste ces situations où je perds pied. Je raconte n'importe quoi et en plus, je prends tout de travers.

— Puisque vous êtes appelée à devenir reine, il faut que vous appreniez dès maintenant à faire la conversation à des personnes qui ne représentent rien pour vous.

— Oh ! ce n'est pas la question.

Au contraire, elle s'en voulait d'attribuer trop d'importance au jugement des autres. Elle était obnubilée par l'image qu'on avait d'elle, et l'idée que la moindre de ses phrases pût aggraver son cas la paralysait. Elle chercha les mots pour l'expliquer mais finalement, elle renonça. Sa dame d'honneur était si à l'aise en société, avec les inconnus comme avec ses amis, qu'elle était persuadée que celle-ci ne comprendrait pas. Et puis Ani était pressée d'oublier le goût amer de ce nouvel échec.

Elle commença enfin à se détendre en franchissant les arcades. C'était un bel après-midi d'hiver ; le soleil était éclatant et le vent vivifiant, humide de la neige à venir. À l'approche des écuries, Selia fit la révérence et s'éloigna vers les jardins. La dame d'honneur n'accompagnait jamais la princesse dans ses escapades : elle était allergique aux chevaux. Du moins, le prétendait-elle. Pourtant, Ani l'avait déjà surprise de loin, pénétrant dans un box de son propre gré, main dans la main avec un inconnu. Elle n'avait pas cherché à en savoir davantage ; elle aussi avait ses secrets.

En entrant, elle respira avec plaisir l'odeur familière des corps chauds et du foin frais, puis alla droit à sa stalle préférée, en saluant les lads qui s'inclinaient sur son passage.

« Falada. » Un étalon blanc dressa la tête sans un bruit.

Elle avait prononcé ce nom pour la première fois à l'âge de onze ans. Le Premier ministre du royaume de Bayère, qui s'étendait derrière les montagnes, était alors en voyage officiel. Les hauts responsables, si vigilants de coutume, étaient occupés à divertir les invités fatigués du trajet, de sorte qu'elle parvint à s'échapper vers les écuries à plusieurs reprises pour réaliser un rêve d'enfant. Elle se retrouva ainsi aux côtés du Grand Écuyer lorsqu'une jument qui avait dépassé le terme de sa gestation mit au monde un poulain blanc aux pattes grêles. Elle avait contribué à crever la poche des eaux et à dégager le liquide de ses naseaux. Ensuite, elle avait aidé le petit à garder son équilibre tandis qu'il essayait de hisser son arrière-train vacillant sur ses jambes raides, les pupilles grandes ouvertes sur le monde lumineux. Elle l'écouta prononcer son nom, ce mot qui dormait sur sa langue quand il était encore dans le ventre maternel, puis elle le répéta. Après ce contact, elle ne tarda pas à découvrir qu'ils pouvaient communiquer entre eux sans que personne en soupçonne rien.

C'était une chance inouïe, car la reine aurait bien sûr envoyé Falada à mille lieues du palais dès la minute où elle aurait suspecté une telle relation. La princesse n'oublierait jamais le soutien du roi, qui avait usé de toute son autorité auprès de son épouse pour qu'elle puisse conserver son cheval.

« Falada, je ne suis pas en avance. Tirène n'est pas dans sa stalle. Mon père est sans doute déjà parti se promener avec elle. »

« Le lad ne m'a pas donné assez d'avoine », répondit Falada.

Ses paroles résonnaient dans l'esprit d'Ani, mais sans se confondre avec ses pensées. Elles étaient aussi distinctes et reconnaissables que l'essence de la citronnelle. Sa remarque l'égaya, et pour achever de chasser l'humeur maussade qui ne l'avait pas quittée depuis le déjeuner, elle s'attaqua à son cuir en le frictionnant à coups de brosse rapides. « Que signifie "assez", exactement ? »

« Toi, tu m'en donnes assez. »

« Parce que je t'aime trop et que je n'ai pas le courage de refuser. Néanmoins, exceptionnellement, tu n'en auras pas plus : on nous attend. »

Elle le sella, et à l'instant où elle tira sur la sangle, il la taquina en retenant son souffle. « Quoi ? Tu voudrais peut-être te débarrasser de moi et de ta selle au premier obstacle ? » La bride relâchée, elle le conduisit dehors sous le soleil vif de l'après-midi. Une fine couche de neige, dure et aveuglante, craqua sous leurs pas. Éblouie, Ani plissa les yeux pour tenter de voir Tirène, la jument noire. Dès que son père l'aperçut, il se dirigea vers elle. C'était un homme élancé, aux cheveux si clairs qu'il était impossible à cette distance de distinguer leur couleur naturelle des poils grisonnants de sa barbe.

— Tu es en retard.

— Je n'y suis pour rien, je jouais mon rôle d'héritière du trône.

Il posa le pied à terre et flatta Falada d'une tape amicale.

— Tu jouais plutôt aux quilles avec tes frères et sœurs, non ? Je les ai entendus dans le couloir de l'aile ouest.

— Voyons, vous savez que la reine ne m'autorise pas à prendre part à de telles futilités. « Anidori, une princesse héritière, ainsi qu'une reine, doit rester à l'écart pour préserver son rang. Vous connaissez les trois règles d'or : séparation, élévation, délégation. »

Le roi fit la moue. Il avait depuis longtemps abandonné l'ambition de convaincre sa femme sur ce thème.

— Alors, explique-moi à quoi tu te consacrais ce matin : la séparation, l'élévation ou la délégation ?

l'interrogea-t-il, avant de frapper deux fois dans ses paumes comme pour ponctuer un refrain.

— Oh ! les trois. D'abord, j'ai pris le petit déjeuner à l'aube, seule, en dessinant de mémoire une carte de la Kildenrie pour mon précepteur. Ensuite, j'ai réservé la matinée à mes « sujets ». J'ai reçu des mendiants et des courtisans, et j'ai réglé leurs problèmes en les envoyant à d'autres. Ah ! et pour finir en beauté, j'ai rendu une visite de politesse à la maman de Selia.

Elle conclut par une jolie révérence.

— C'est merveilleux, Anidori ! s'exclama le roi. Et comment t'en es-tu sortie ?

— Bien.

En vérité, elle avait accumulé les bévues, les bafouillages et les âneries. Elle sentit son menton commencer à trembler et elle s'empressa de le cacher. Son père semblait si sûr de ses qualités qu'elle en avait le cœur déchiré, et son manque de confiance en elle lui pesa plus que jamais. Il savait mieux que quiconque l'étendue de ses sacrifices pour ressembler à sa mère et combien elle était malheureuse de ses échecs constants. C'était lui qui la consolait avant, qui la tenait contre sa poitrine lorsqu'elle pleurait, en lui jurant qu'elle avait les capacités requises et qu'elle était sa préférée. Elle avait cessé de chercher réconfort auprès de lui depuis des années. Elle s'était décidée à grandir, à devenir indépendante et assez royale pour ne plus souffrir. Mais là, elle avait terriblement besoin de son secours.

— Enfin, assez bien.

Sa voix se brisa. Au moment où elle se retournait pour monter Falada, son père la prit par les épaules et l'attira dans ses bras. La fillette qui sommeillait en elle refit surface et elle sanglota doucement.

— Allons, calme-toi, dit-il comme s'il apaisait un animal anxieux.

— J'ai été ridicule. J'ai tellement peur de dire n'importe quoi, peur qu'on ne me prenne pour une malade, une idiote qui parle aux oiseaux, que je me mets à frissonner... Et puis mon esprit se vide et je n'ai plus qu'une envie : m'enfuir.

Il lui caressa les cheveux et l'embrassa sur le sommet du crâne.

— Pourtant tu ne t'enfuis pas, Anidori, n'est-ce pas ? Tu résistes et tu essaies. Tu es beaucoup plus courageuse que moi. Poursuis tes efforts et le succès viendra, tu verras.

Elle acquiesça et se laissa câliner en silence.

L'étalon s'impatienta au bout de quelques secondes. Il la chatouilla de son nez : « On ne va pas courir ? »

Ani sourit et sécha ses larmes.

— J'ai l'impression qu'il est pressé de galoper.

— Galoper ! Bien sûr !

Le visage du monarque s'illumina ; après avoir déposé un baiser sur son front, il lui dit :

— Malgré mon amour pour toi, ma chérie, j'ai le regret de t'informer que Tirène et moi allons vous donner à tous les deux une bonne leçon de vitesse.

— Ah ! vous croyez ça ? s'esclaffa-t-elle, car il était rare que la jument batte Falada à la course.

— Mais certainement. Allons-y.

Il se jucha sur la selle et attaqua un trot qui, en un éclair, se transforma en triple galop. Il se dirigeait vers une barrière qui coupait les manèges des bois clairsemés, à une rapidité folle, en effet. Ani, inquiète, l'appela. Sans même se retourner, il agita la main tout en continuant son offensive vers la barrière.

— Elle est trop haute ! cria-t-elle.

Constatant qu'il ne réagissait pas, elle sauta sur le dos de sa monture et se lança à leur poursuite. Elle n'avait parcouru que la moitié du chemin quand il atteignit l'obstacle. Tirène bondit.

— Père !

Il y eut un bruit effroyable, comme des os qui s'entrechoquaient. Les sabots de la jument avaient heurté la barre. Elle perdit l'équilibre et le roi vit le sol se dérober sous lui. Sa fille assista, ébranlée, à une scène irréelle : un bel animal gracieux et un homme robuste, deux créatures conçues pour se tenir debout et courir, venaient de s'abattre avec la lourdeur de deux marionnettes disloquées. Tirène se redressa sur ses pattes ; le cavalier, lui, gisait à terre.

Ani glissa de sa selle pour les rejoindre. Les domestiques des écuries étaient déjà sur place. « Ho ! Ho ! » disaient-ils à Tirène, qui les empêchait d'approcher de son maître terrassé en hennissant et en lui faisant un rempart de son corps. Furieuse, l'œil rond et noir, les naseaux dilatés, la jument renâclait en guise d'avertissement. Ils reculèrent, de crainte qu'elle ne le piétine.

La princesse se faufila sous la barrière.

— S'il te plaît, Tirène, écarte-toi.

Elle ne pouvait pas vraiment lui parler. Falada, qui l'avait entendue prononcer son nom à la naissance, était une exception. Sourde à ses paroles, Tirène s'ébroua. Ani put s'emparer de son licou, mais la jument se mit à donner de violents coups de tête, en faisant claquer les rênes sur la neige. La princesse fixa, impuissante, son père couché dans la poussière, les paupières closes, un bras déployé et l'autre replié sous la poitrine. Elle ignorait s'il était mort ou inconscient.

« Il faut qu'elle bouge », dit-elle à Falada.

L'étalon décrivit un cercle à reculons, s'élança et franchit l'obstacle. La jument sursauta mais refusa de s'éloigner. Alors, timide, il avança ; il lui effleura le bout du nez, la poussa gentiment avec la joue et lui souffla sur les épaules. Ses gestes tendres arrachèrent un profond soupir à Tirène, dont l'haleine chaude souleva les crins du mâle. Elle recula avec délicatesse, avant de se blottir contre un arbre, le garrot parcouru de spasmes et incliné jusqu'au sol.

Ani se rua aussitôt sur son père. Il respirait à grand-peine et sa poitrine émettait un râle inquiétant. Elle demanda aux palefreniers de le porter dans le lit du Grand Écuyer, qu'il garda pendant trois jours sans que les médecins parviennent à le tirer du sommeil. La reine était à ses côtés, les yeux secs, incapable de dormir. Calibe, Naprilina, Susena et le bambin Riano-Hancery se relayaient à son chevet. Assise sur une chaise, Ani observait les traits impassibles de son père, tandis que revivait en elle la fillette solitaire qui avait vu la silhouette de sa tante s'évanouir dans l'horizon pourpre, la poitrine vide comme une coquille d'escargot abandonnée.

Le roi se réveilla brièvement le quatrième jour, juste le temps de sourire à Susena. Il battit des cils, tourna la tête de côté et cessa de respirer.

La Grande Cité était entièrement tendue de blanc pour les funérailles. La famille royale portait des habits blancs et ses membres avançaient, tels des fantômes, derrière le chariot qui transportait la dépouille du défunt. Ani agrippait les plis de sa jupe dans ses poings, concentrée sur la mélodie monotone de la flûte, qui se mêlait aux sanglots aigus de Riano-Hancery en une complainte douloureuse. Le Palais de Pierre-Blanche ressemblait à un cygne, l'oiseau symbole du deuil. Il déployait ses murs comme des ailes, défiant de son unique tour le ciel bleu de l'hiver. Elle trouvait un certain réconfort à imaginer que même lui était endeuillé. La reine, élégante et posée dans son chagrin, ouvrait le triste cortège. Consciente du regard que tous portaient sur elle, leur future souveraine, Ani adoptait une attitude composée. Raide, retenant ses larmes, elle ne se sentait pourtant qu'à moitié convaincante comparée à sa mère.

À la fin de la cérémonie, celle-ci se campa devant la tombe et s'adressa à la foule rassemblée. Elle loua les exploits diplomatiques et militaires de son époux, les alliances qu'il avait formées avec d'autres royaumes, et la paix dont la Kildenrie avait joui depuis son couronnement. Son aînée, elle, chérissait des souvenirs différents. Elle repensait à son sourire, légèrement plus haut à droite, et au contact de sa barbe ointe d'huile de mouton. À son parfum de cire à sceller les parchemins qui, ces dernières années, avait été peu à peu remplacé par celui des écuries...

— Ne craignez pas, en ces heures de tristesse, de perdre plus qu'un monarque, poursuivit la reine. La voie est tracée ; nous la suivrons. Je demeure votre reine et la gardienne de ce pays. Et le jour lointain où vous porterez mon corps en cet endroit, mon fils,

Calibe-Loncris, noble et intelligent, sera prêt à reprendre le sceptre et la couronne.

Ani tomba des nues.

— Vous avez entendu, Votre Altesse ? dit Selia en lui pinçant le coude.

— Elle s'est trompée, répondit Ani, l'air hagard. Elle doit... La tristesse trouble sa raison, sûrement.

— Calibe n'est pas troublé, lui.

Ani aperçut son frère à la droite de sa mère. À quinze ans, il était à présent aussi grand que la reine et affichait une expression aussi lisse et étudiée que la sienne. Elle fut étonnée de voir à quel point il avait changé dernièrement.

L'allocution terminée, ils descendirent les marches du tombeau. Calibe croisa le regard de sa sœur ; hésitant, il s'approcha.

— Je suis désolé.

— Depuis quand étais-tu au courant ?

Il haussa les épaules, ne laissant apparaître sur son visage fermé qu'un fond de suffisance. Puis il fit demi-tour et emboîta avec dignité le pas à la souveraine.

Malgré l'insistance de Selia, Ani refusa de protester avant la fin de la période de deuil, six semaines durant lesquelles le blanc était de rigueur.

— C'est votre mère, elle vous doit une explication.

Ani soupira.

— D'abord, c'est la reine et elle ne me doit rien. Ensuite, je ne veux pas profaner le deuil de mon père par des pensées cupides.

En son for intérieur, elle admettait également qu'elle avait peur de sa réponse. Serait-elle capable de lui retirer tout ce pour quoi elle avait tant travaillé, étudié, transpiré, par pur caprice ? Sur le banc du parc, elle prit la main de son amie et elles s'appuyèrent au dossier, tête contre tête.

— D'accord, dans six semaines. Toutefois, permettez-moi de vous dire que je ne vous laisserai pas esquiver cette conversation. C'est de votre futur qu'il est question.

— Merci... Je me sentirais tellement seule si tu n'étais pas là.

Selia lui tapota le bras. Pensive, Ani admirait le ciel d'hiver qui se réchauffait et prenait la nuance bleu pâle des coquilles d'oisillons. La douleur vive que lui avait causée la mort du roi subsistait, à la manière d'une vilaine brûlure, mais Ani n'était pas encore prête à la libérer.

— Pourquoi es-tu si préoccupée par cette histoire ?

Elle avait subitement l'impression que la réaction passionnée de Selia dépassait la compassion attendue d'une amie dans de telles circonstances. Selia ne répondit pas. La question resta suspendue entre elles, flottant comme la vapeur condensée d'un souffle dans l'après-midi glacé.

Au jour dit, Ani se tenait debout derrière la porte du cabinet, rassemblant son courage. Selia lui adressa des signes de soutien du bout du couloir, avant d'entrer dans ses propres appartements où elle patienta jusqu'au dénouement de l'entretien.

— Entre, Anidori.

La princesse prit une profonde inspiration. La reine avait le pouvoir de parler aux hommes, et Ani savait combien il était difficile de résister à son talent de persuasion – presque autant que de se dérober aux questions de la dame d'honneur.

— Mère, veuillez pardonner mon intrusion si tôt après la période de deuil, mais je dois revenir sur votre déclaration...

— Oui, oui, ma fille, au sujet de Calibe-Loncris. Assieds-toi.

Installée derrière son bureau, la reine examinait un texte. Fidèle à sa tactique, elle fit languir sa fille sans même lever les yeux. Ani, qui était arrivée remontée et pleine de détermination, se retrouvait soumise à son bon vouloir.

Quelques instants plus tard, la reine reposa enfin le parchemin. Alors qu'elle s'était préparée à une expression lourde de reproche, la princesse fut surprise de constater à quel point la peine altérait les traits de sa mère. Pour qui avait-elle du chagrin ? Était-ce la disparition de son époux ou sa trahison envers son héritière naturelle qui la tourmentait ainsi ? L'idée que cette femme était une inconnue pour elle la taraudait, et elle avait l'estomac noué.

La reine la fixa de son regard bleu et ferme.

— Te souviens-tu qu'il y a cinq ans nous avons reçu le Premier ministre Odaccar de Bayère ?

Ani confirma d'un hochement de tête qu'elle n'avait pas oublié. Son séjour coïncidait avec la naissance de Falada.

— Ce n'était pas une simple visite de convenance. Tu imagines qu'Odaccar ne s'engage pas dans un voyage de trois mois pour prendre le thé. Il s'agissait d'évoquer le tracé des frontières.

La reine se tourna pour faire face à la carte tendue sur le mur et posa la main gauche, doigts écartés, sur la grande Forêt et la chaîne des Montagnes Bavara, qui séparaient les deux royaumes.

— La Bayère est de longue date un État prospère, qui conserve ses richesses depuis des siècles grâce aux guerres victorieuses qu'il mène contre ses voisins. Le souverain actuel est moins belliqueux que ses ancêtres. Son père et deux de ses frères ont été tués au combat quand il était enfant et il a régné dans un esprit différent. Mais la guerre était leur fond de commerce. Pour compenser la source de revenus perdue, le roi a choisi de financer des mines. Avec succès. Ils exploitent un important gisement d'or qui les conduit, d'année en année, plus près de nos frontières. À ce jour, cinq ans après la venue d'Odaccar, ils ne doivent plus être loin. Aucune route n'a été construite à travers ces reliefs, c'est pourquoi il n'y a pas de frontière officielle.

Elle pivota. Son visage n'exprimait rien d'autre qu'une opiniâtreté farouche et une certaine indifférence.

— La gourmandise du roi de Bayère n'a cessé de croître. Il revendique la propriété de la plus grosse partie des montagnes, ce qui ne nous laisserait qu'une chaîne minuscule, bien faible protection contre un pays si grand comparé au nôtre. Et tellement plus puissant. Ton père craignait un complot. Moi aussi. Ton père attendait en tremblant ; moi, j'ai agi.

Ces paroles envoûtantes s'insinuaient dans l'esprit d'Ani et endormaient son attention. Elle commençait déjà à abonder dans son sens. Elle s'obligea à rester éveillée, par crainte de sombrer trop vite dans un rôle d'interlocutrice complaisante.

La reine se rassit en frottant le bord de ses paupières closes.

— J'ai rempli mes obligations et pris la meilleure décision pour la Kildenrie. La large chaîne de montagnes et la vaste Forêt nous ont jusqu'à présent sauvegardés de nos dangereux voisins. Par le passé, il aurait fallu à leur armée quatre mois, dans le meilleur des cas, pour nous atteindre par la Route de la Forêt, la seule possible. Aujourd'hui, que reste-t-il pour assurer notre sécurité si une brèche est ouverte ? Qui empêchera cette monstrueuse armée de se déverser dans notre vallée ? La guerre civile a tué presque une génération entière de nos hommes avant que ton père et moi ne soyons au pouvoir. Nos armées sont insuffisantes.

Son ton avait changé. Il était proche du plaidoyer maintenant, comme si elle avait besoin de se conforter dans sa décision. Ani, qui ne l'avait jamais entendue se justifier, en eut des picotements d'appréhension.

— Tu es l'héritière. Cela aurait dû échoir à Naprilina, je le sais. Elle est la troisième enfant et la deuxième fille, la candidate idéale pour ce type d'arrangement. Mais elle était si jeune, et toi – toi, tu as toujours été différente. Après les ennuis causés par ta tante, j'ai craint que le peuple ne te fasse pas confiance, que les médisances colportant tes relations avec les bêtes n'aient définitivement marqué les esprits.

— Qu'avez-vous fait ?

— Anidori, lança la reine, sur la défensive, tu dois savoir qu'un monarque, si à l'abri qu'il se croie, ne peut ignorer l'opinion de son peuple.

— Qu'avez-vous fait ?

— Tu as eu seize ans au cours de la période de deuil, n'est-ce pas ?

Ani opina. Sa mère soupira ostensiblement et se tourna à nouveau vers la carte.

— Quelle chance qu'Odaccar ait tenu à la paix autant que moi. Au cours d'une audience privée, nous avons arrangé ton mariage avec le fils aîné du roi. L'année de ton seizième anniversaire.

La princesse se dressa d'un bond. Le grincement plaintif de sa chaise sur les dalles la tira brutalement de sa torpeur.

— Quoi ? Mais... vous n'avez pas le droit !

— Anidori, je ne veux pas t'entendre me dire que ma décision était injuste. Je sais qu'elle est injuste.

— Je suis l'héritière légitime. Je dois vous succéder, la loi l'ordonne.

— Tu t'es toujours pliée à ton instruction par devoir, pas par vocation. J'ai même pensé que tu pourrais être soulagée.

— Ne faites pas semblant de m'octroyer une faveur. Vous ne pouvez pas m'enlever ce que je suis. Que vous soyez ou non convaincue que... que je suis à la hauteur du titre... Vous m'avez éduquée pour régner sur la Kildenrie et c'est ce à quoi je me prépare depuis l'enfance.

Son sang bouillait dans ses veines. Les yeux plissés et la voix assourdie par la douleur, Ani laissa parler sa colère.

— Est-ce pour cela que vous m'avez isolée de mes frères et sœurs ? Non pour me former au règne, mais pour les préserver, car vous saviez que bientôt je quitterais le royaume sur vos ordres ! Séparation, élévation, délégation – ce n'était donc qu'une ruse.

— Tu régneras malgré tout, Anidori.

— Vous savez que ce n'est pas pareil. Ce ne sera ni ma couronne ni mon pays. Je ne serai que la femme de leur roi, une étrangère.

Le regard de sa mère se refroidit.

— Qu'attends-tu de moi ? Que je te console et que j'aie pitié ?

— Je voudrais juste...

— Je ne tolérerai pas que tu remettes en cause mes décisions !

Elle se leva d'un geste vif et Ani se couvrit d'instinct la bouche en tremblant.

— Je comprends ton indignation, mais cela ne changera rien aux promesses que j'ai faites, ni à ton destin.

Ani rabaissa lentement la main, les prunelles brûlées par les larmes.

— Père était-il au courant ?

— Non... Il faisait toujours en sorte de ne rien voir. Je lui ai dit que j'avais arrangé le mariage pour Naprilina et que nous l'informerions à ses quinze ans. Quand il aurait fini par comprendre que c'était toi qui allais nous quitter, il aurait été trop tard pour qu'il puisse intervenir. S'il avait su, il aurait cru bon de te protéger. Comme si une future dirigeante avait besoin d'être protégée !

— Je n'étais qu'une petite fille.

— Tu n'aurais jamais dû n'être « qu'une petite fille ». Une héritière se doit d'être forte.

— C'est assez ! s'écria Ani, trop blessée pour supporter un mot de plus.

À sa grande surprise, sa mère resta muette. Les battements de son cœur ébranlaient son corps tout entier. Debout, silencieuse, elle essaya de rassembler ses idées. Cet affrontement était épuisant et le désespoir aspirait déjà sa rage.

Face à elle, sur le mur, la carte la défiait. La Vallée de la Grande Cité s'étirait au creux de la chaîne des Bavara. Les terres cultivées rayonnaient vers l'ouest et le sud comme les doigts d'une main. Au nord et au nord-est, une masse de pointes de flèches désignait les montagnes, tandis qu'à l'est et au sud-est un enchevêtrement de lignes croisées représentait la Forêt. Passé ces immenses barrières s'étendait un espace en blanc ; en son centre, écrit en lettres manuscrites si minuscules qu'elles semblaient avoir été tracées par la patte d'un criquet, le mot BAYÈRE.

La longue route de la Forêt contournait la Grande Cité en direction de l'orient, puis remontait pour former un cercle inachevé. Elle serpentait à travers les bois et s'achevait dans la zone vierge, cette terre inconnue. Il fallait des semaines pour la parcourir de bout en bout. Ani étudia sa paume, dont les lignes étaient courtes et rectilignes en comparaison.

— La Bayère, murmura-t-elle.

— Je suis désolée, Anidori.

C'était la première fois que la reine lui exprimait des regrets, mais Ani n'y trouva aucun réconfort. Sa mère voulait juste dire qu'elle était désolée d'avoir dû prendre cette décision et qu'il n'existait pas d'autre issue. Ani se révéla soudain à elle-même : son visage lui apparut distinctement, comme si, tiré de la pénombre par un éclair, il surgissait avec de nouvelles proportions. Elle voyait une pauvre idiote, un chien de compagnie, une jument domptée, qui faisait ce qu'on exigeait d'elle sans se poser de questions. Qui ne réfléchissait pas à ce qu'on lui enseignait et n'agissait jamais de son propre chef. Elle était incapable de remplacer sa mère. En d'autres circonstances elle aurait peut-être été délivrée, mais la perspective du voyage et d'un avenir incertain lui glaçait le sang.

— Puisque c'est ainsi, je partirai. Mais vous n'en aviez pas douté, n'est-ce pas ?

Ses yeux glissèrent vers la fenêtre où les branches nues d'un cerisier barraient la vue.

— Je partirai.

III

Le printemps s'ébroua, se dépouillant des neiges tardives et des pollens précoces, et s'installa dans la chaleur, préparant avec joie l'arrivée de l'été. Ani était déboussolée par la disparition subite de ses responsabilités. Elle consacrait son temps à errer dans les couloirs en compagnie de Selia, cherchant une occupation. Les courtisans inclinaient la tête sur son passage, mais ils évitaient maintenant le regard de celle qui avait été jugée indigne de régner. Ceux qui s'adressaient encore à elle ne l'appelaient plus que « Princesse » tandis que son frère avait gagné le titre de « Monseigneur ».

Seule sa dame d'honneur, d'une loyauté têtue, continuait avec insistance de la nommer « Votre Altesse ». Elle fut bien sûr furieuse d'apprendre les agissements de la reine.

— Comment pouvez-vous vous résigner ? Elle vous prive de vos droits légitimes !

— Parce que je n'y peux rien. Je n'ai aucune autorité ici.

Selia, comprenant sans doute combien il était futile de s'insurger contre l'inévitable, se fit une raison. Elle cessa de reprocher sa passivité à sa maîtresse et parut envisager l'expédition avec un empressement croissant.

— Songez, Votre Altesse, que c'est l'occasion d'entamer une nouvelle vie. D'autres voies s'offrent à vous. Vous allez enfin avoir le contrôle de votre destin.

La consolation était maigre, sur le moment, de penser qu'elle abandonnait tout ce qu'elle connaissait pour épouser un prince étranger dont personne ne savait rien. La trahison et la déception la rongeaient sans fin. Si elle s'était montrée à la hauteur, elle serait restée l'héritière du trône et Naprilina attendrait avec impatience son seizième anniversaire pour accomplir un éprouvant périple.

Selia coula ses derniers jours au Palais auprès de sa mère, laissant Ani solitaire et désœuvrée dans un monde enivré par la venue de l'été. Falada était d'un grand réconfort. Lui se fichait depuis toujours de son titre exact. Calibe, très absorbé par ses charges récentes et probablement en proie à la mauvaise conscience, fuyait autant que possible la présence de son aînée. En revanche, Ani put consacrer des après-midi à ses petites sœurs, Naprilina et Susena, qu'elle déplora d'avoir si peu côtoyées avant. Bientôt sonna l'heure du départ.

⁂

Réveillée en sursaut, au milieu de l'obscurité absolue, Ani tâta ses paupières dans un réflexe dicté par la panique. Un faible rayon de lune perçait à travers les volets : il était tôt, tout simplement.

Son cauchemar s'accrochait à elle à la manière d'une odeur âcre imprégnant des vêtements. Précédés par des trompettes, des serviteurs la portaient sur un plateau garni de feuilles de chou rouge et de nénuphars, agenouillée et vêtue de sa chemise de nuit blanche. Deux cerises violettes d'où s'égouttait du sirop étaient enfoncées dans ses orbites et ses bras étaient tendus en arrière, comme si elle allait prendre son envol. Dans le salon de réception, ils la déposaient devant sa mère qui levait un couteau à découper en déclarant :

— Ma fille, sacrifiez-vous ; je vous le demande pour le bien du festin.

Elle étouffa un rire. « Ne dramatise pas, elle ne t'envoie pas non plus au bourreau ! » Le banquet d'adieu de la veille avait incontestablement inspiré son rêve. Le plat principal était composé de cygnes rôtis entiers dans leurs plumes.

Elle écarta les rideaux et emplit ses poumons d'air tiède. Les criquets stridulants réclamaient que la nuit dure encore ; elle regretta de ne pouvoir exaucer leur souhait. Sa robe d'amazone marron à larges jupons reposait sur une chaise. Au lever du soleil, elle s'en irait.

De sa fenêtre, orientée au nord, on ne voyait pas la route qui l'emmènerait loin de chez elle. Alors elle contempla ce paysage familier. « Finis, les sanglots », se dit-elle. De toute façon, ses yeux étaient secs et irrités. Elle se concentra pour matérialiser les images et les sensations qui avaient marqué sa vie en Kildenrie. Elle les enfouit ensuite dans un coin de son esprit, paisiblement, auprès de la tombe de son père ensevelie sous la soyeuse terre d'été.

Elle regardait le soleil conquérir le bleu de l'aube de sa chaude lumière dorée, quand sa femme de chambre entra. Inquiète de l'heure tardive, celle-ci l'aida vite à s'habiller et tressa ses cheveux en une longue natte qui lui tombait dans le dos, sans autre ornement. L'estomac barbouillé, elle se trouva une allure de garçon manqué indigne d'une altesse royale.

Son escorte l'attendait aux grilles du palais. La reine avait dépêché quarante hommes sous la conduite de Talone, l'ancien gardien de la Porte de l'Est, pour l'escorter durant son voyage de presque trois mois vers la Bayère. Une dizaine conduisait des chariots pleins de provisions, de robes, de manteaux et où l'on avait entassé les objets précieux offerts à la princesse en guise de cadeaux d'adieu. La fratrie au complet se tenait près des attelages, les sourcils froncés face à l'orient. Naprilina et Susena pleuraient d'un air endormi. Malgré ses efforts, Calibe ne parvenait pas à masquer son intense émotion.

Ani serra fort ses sœurs, puis elle prit son frère cadet par les épaules. Il ne put soutenir son regard.

— Ce n'est pas grave, Calibe. J'étais en colère au début, mais je suis résignée maintenant. La couronne est à toi. Profites-en et fais-en un meilleur usage que je ne l'aurais pu.

Son menton commença à trembler et, sur le point de fondre en larmes, Calibe se détourna.

À côté de lui, Selia souriait, montée sur son cheval gris. Falada était à l'écart. Sa nouvelle selle était d'un rouge cuivré et pâle, qui ressortait avec éclat sur sa robe immaculée. « Lui, au moins, il a une certaine majesté », pensa Ani. Elle était reconnaissante à sa mère d'avoir cédé sur ce point : elle ne serait pas enfermée pendant d'interminables semaines à l'intérieur d'un carrosse comme un oiseau en cage.

« Il est tôt », se plaignit-il.

« Oui. Je ne peux me résoudre à partir. Je ne suis pas heureuse de quitter le palais. »

« Moi non plus. J'aimais bien ma stalle et la nourriture était bonne. Mais les prochaines écuries auront sûrement des boxes confortables et de l'avoine aussi. »

Elle lui donna raison, enviant les chevaux d'être si facilement rassurés. Cette piste tortueuse, qui l'emmenait vers une destination inconnue, l'intimidait. Dans son esprit se profilait une perspective brumeuse et alarmante – une ville lointaine, un peuple guerrier, un mari camouflé dans l'ombre. Son imagination lui représentait de sinistres histoires de demoiselles innocentes mariées à des meurtriers. Elle enlaça l'encolure de Falada et plongea le visage dans sa crinière. Sa chaleur lui communiqua du courage.

— Voyez, ma noble enfant.

L'attention d'une compagnie de quarante soldats, de la famille royale au complet et d'un petit groupe de courtisans se focalisa sur l'éblouissante coupe en or martelé brandie par la reine. « Ça y est, l'heure de la grande scène d'amour a sonné », se dit Ani.

— Un périple difficile t'attend et tes pieds accoutumés aux tapis de velours fouleront des aiguilles de pin. Que cette coupe étanche ta soif. Notre digne princesse jamais ne posera les lèvres sur des objets ordinaires.

Ingris, le chef de camp, s'inclina d'un air grave et reçut la coupe précieuse des mains de la reine.

— Que tous ceux qui croisent ton chemin sachent que tu es notre fille.

À ces mots, elle lui ceignit le front d'un diadème en or paré de trois larmes de rubis. Au contact du métal glacé, Ani sentit les poils de sa nuque se hérisser.

Les intonations exaltées de sa mère la laissèrent de marbre. Elle n'était pas d'humeur à simuler l'adoration mutuelle. Elle ne devait plus rien à ces gens ; il ne lui restait qu'à prendre congé. Devant tant de froideur, la reine broncha et Ani crut déceler une expression de remords et de douleur sur ses traits. Un espoir naïf chatouilla son âme d'enfant. Avait-elle de la peine pour elle ? Était-elle triste de la perdre ?

Puis la souveraine tira de sa manche un mouchoir plié avec soin et le déplia. Il était fait d'une fine étoffe ivoire et bordé de dentelle verte, brique et jaune.

— Il a été brodé par ma grand-mère.

La reine avait parlé d'une voix douce, comme pour convaincre sa fille que ces mots ne s'adressaient qu'à elle, en marge de la cérémonie officielle. Elle décrocha ensuite de son corsage une broche en forme de tête de cheval.

— Ma mère la portait. Elle me l'a offerte avant de mourir. J'ai toujours eu le sentiment qu'elle renfermait une part d'elle. Quand je la mets, je perçois sa présence autour de moi, qui m'approuve, me guide et m'assiste. Ainsi, ma protection t'accompagnera.

La reine grimaça d'abord, puis se piqua le majeur avec l'épingle de la broche. Elle pinça la pulpe et trois perles vermeilles gouttèrent sur le mouchoir. Les mains tremblantes, elle ajouta :

— J'ai rêvé de la Forêt qui, telle une bête aux

mâchoires démesurées, avalait la route sous les sabots de ton étalon et t'aspirait dans sa gueule. Si quelque chose t'arrivait, j'en aurais le cœur brisé.

Elle glissa le tissu taché au creux de la paume d'Ani qu'elle tint dans la sienne.

— Un même sang coule dans nos veines. Je serai toujours là pour toi.

Ani fut ébranlée par la sincérité de cette marque d'affection inattendue. Elle ne savait plus comment réagir. Devaient-elles s'étreindre ou s'embrasser sur la joue ? Elles restèrent face à face, hésitantes, l'une manifestant une ferveur empreinte de gravité, l'autre un étonnement ému. Puis, d'un geste ample, la reine sollicita l'attention de la cinquantaine de spectateurs.

— Princesse Anidori-Kiladra Talianna Isilie, joyau du royaume de Kildenrie. Que la route te porte lestement, car tu es ma fille.

La foule, sensible au pouvoir qui émanait de la voix de la reine, fut parcourue d'un frisson. « Si seulement elle m'avait offert son don plutôt que de la dentelle souillée », pensa Ani. Le mouchoir était arachnéen et chaud dans son poing. Elle y enfonça les ongles, espérant que, plus qu'un simple gage de tendresse, il lui procurerait vraiment toute l'assurance, la quiétude et l'amour maternel dont elle aurait besoin.

L'escorte attendait, prête à partir. Ani fourra le morceau d'étoffe dans son corsage et grimpa sur le dos de Falada. Elle qui n'était jamais sortie du domaine royal mènerait le convoi. Sa mère se tenait à côté des portes, aussi raide que les colonnes de pierre. Ani ne put s'empêcher de la trouver admirable – et tellement différente d'elle. Mais pour la première fois, une certaine impatience gonflait sa poitrine, car cette séparation signifiait qu'enfin elle allait devenir celle qu'elle choisirait d'être.

Au sud-ouest, on apercevait le début de la Route de la Forêt. Peut-être qu'en l'arpentant Ani découvrirait qui elle était ? Elle pressa les jambes sur les flancs de Falada, qui attaqua un pas rapide. Les lamentations de la Gardienne du palais, semblables à un chant de deuil, les suivirent jusqu'au premier virage, puis la chanson s'éteignit d'un coup, comme la flamme d'une bougie entre des doigts mouillés.

C'était l'aube. Seule, mélancolique et vulnérable à la tête d'un important convoi, dont au moins deux chariots regorgeant de trésors, Ani avait plus l'impression d'être une voleuse en fuite avec son butin qu'une riche fiancée cheminant vers son promis.

Après avoir franchi l'enceinte extérieure du palais et dépassé quelques pâtés de maisons sur l'avenue principale, elle s'écarta pour laisser Talone prendre le commandement. La garde s'assembla en triangle. L'appréhension d'Ani se dissipa dès qu'elle vit ces hommes et leurs montures l'encercler et former un rempart autour d'elle. Selia la rejoignit. Son cheval était plus petit que Falada d'une encolure, ce qui obligeait la dame d'honneur à tendre le cou pour converser avec sa maîtresse.

— Nous atteindrons les limites de la Cité ce soir, Votre Altesse, et nous pourrons dormir et dîner dans une taverne, juste à l'extérieur des portes. Elle s'appelle la Souris Bleue. Ongolad recommande particulièrement ses tourtes au porc. Il dit que nous regretterons l'excellente nourriture des tavernes quand nous devrons nous contenter de nos médiocres rations de route.

— Ongolad ?

Selia désigna un garde qui avançait derrière Talone. Ses cheveux, plus longs que la plupart de ceux de ses compagnons, étaient attachés en deux tresses blondes qui lui pendaient dans le dos. Il n'avait pas l'air grand, même en selle ; mais sa large carrure et ses muscles puissants se devinaient sous sa tunique et sa veste, imposant l'image d'un redoutable guerrier. Il regarda les deux jeunes filles comme s'il avait entendu prononcer son nom, et Ani détourna vite les yeux.

— Ah ! je suis si contente d'aller de l'avant, de passer à autre chose, pas vous ?

La dame d'honneur était enjouée ; elle enchaîna les remarques badines pendant le trajet. Elle réussit même, une fois ou deux, à dérider Ani. La matinée était presque plaisante. La princesse admira les merveilles de la ville – l'avenue large, le labyrinthe des ruelles, le bruit assourdissant des marteaux des forgerons, les cris des colporteurs, le cliquetis des sabots sur les pavés et jusqu'aux habitants qui lâchaient leurs travaux ou regardaient par la fenêtre sur son passage. Pourquoi n'avait-elle jamais insisté auprès de sa mère pour visiter la Cité ? Sur le coup, sa vie passée enfermée entre les murs du palais lui parut encore plus figée et morne.

Ils arrivèrent à la Souris Bleue juste avant la tombée de la nuit. Ingris fit en sorte qu'elle puisse dîner dans une chambre. Tandis qu'il l'escortait, avec Talone et Selia, Ani regarda avec envie l'immense feu de cheminée, la chanteuse de la taverne et la foule anonyme. Elle hésita à exiger de dîner en bas au côté de ses soldats, mais elle savait qu'Ingris, fanatiquement dévoué à la reine, refuserait net.

Selia aussi était gagnée par l'excitation de la grande salle. Durant tout le dîner, elle fixa la porte en pianotant sur la table, au rythme des mélodies qui filtraient à travers les cloisons.

— Selia, tu peux descendre, si tu veux.

— Oh ! j'ai les fesses trop moulues par la selle pour avoir envie de m'asseoir sur des bancs en bois, plaisanta la dame d'honneur. De toute façon, je ne veux pas vous laisser seule.

— Tu es une vraie amie.

— Mmm, marmonna-t-elle en tapant du pied en cadence.

Sa nervosité était évidente, et il en fut ainsi chacune des nuits passées dans une taverne. Le jour, elle était d'humeur vive et bavarde ; le soir, elle semblait faire halte à contrecœur.

— Si je pouvais, j'irais directement à pied, avoua-t-elle.

Ani ne comprenait pas son impatience. Pour elle, ce voyage représentait la liberté et des perspectives inédites, mais parvenue à destination, elle devrait rendosser son rôle de princesse, assumer de nouveaux échecs et se marier avec... avec quelqu'un.

« Je parie que c'est un poulain aux pattes vacillantes ou un vieux hongre baveux à qui l'on donne l'avoine à la main. »

Falada fouetta de sa queue les talons de sa maîtresse pour lui montrer avec humour qu'il avait saisi. Elle savait qu'il se moquait pas mal de son mari, pourvu qu'elle continue à le brosser, à le nourrir et à l'emmener se dégourdir les jambes dans de fantastiques promenades.

Trois jours après leur départ, ils abandonnèrent derrière eux les habitations urbaines pour des plaines ondulantes semées de blé et de maïs, alternant avec des prairies émaillées de fermes et de grappes de maisons. Le temps était clément et la compagnie guillerette.

Ils faisaient halte au crépuscule dès qu'ils trouvaient une auberge. Quand ils en étaient les seuls occupants, Ingris consentait à ce qu'Ani dînât avec son escorte. Yulan, Ouril et quelques-uns de leurs camarades, pour pallier l'absence de ménestrel, braillaient à pleins poumons des chansons paillardes. Le chef de camp l'endurait en rougissant. Il permit même à Ani de goûter une gorgée de bière, ce qu'elle regretta immédiatement. Talone, le capitaine de la garde, tolérait ces distractions ; cependant, dès qu'il craignait pour le mobilier ou estimait qu'il était tard, il mettait fin à leurs récréations à la manière d'un père avec ses enfants turbulents. Ani constata que Selia et Ongolad ne perdaient jamais une occasion de voler des moments d'intimité. Elle vit même celui-ci caresser le bras de sa dame d'honneur avec une certaine familiarité.

Au bout de deux semaines, le paysage commença à changer et le sol à s'escarper. Des bouquets de pins et de sapins se mêlèrent aux bouleaux. Les fermes disparurent. Le panorama devint sauvage, tapissé d'herbes et parsemé de taches pourpres de bruyère comme un corps couvert de bleus. Un point grandit à l'horizon : un vaste océan, d'un vert sombre, noyait la route. À gauche, les montagnes s'élevaient, prises d'assaut par des troncs, à l'exception des sommets de roche grise. À droite, les plaines ouvertes s'évasaient vers le sud.

Mais face à eux, à l'est et au nord, la terre était engloutie par la végétation touffue.

Plus ils approchaient de la lisière, plus le silence se propageait dans les rangs. Ani contempla une ultime fois les plaines derrière elle et inspira à fond avant l'immersion. L'ombre fraîche et enveloppante des arbres la fit frissonner.

Cette première journée dans les bois leur parut aussi longue que la route qui s'étirait devant eux, pleine de bruits et d'odeurs inconnus, avec une impression d'enfermement bien moins agréable qu'entre les murs lisses du palais ou les parois de pierre des tavernes. La plupart des membres de la troupe n'avaient jamais pénétré dans une forêt et leurs regards inquiets sondaient l'obscurité déchiquetée. La senteur forte et acidulée des pins se mêlait dans leur imagination aux récits d'événements sinistres ou surnaturels. Au fil de la soirée, chacun agrippait d'instinct la poignée de son épée.

Ils durent dormir à la belle étoile. Ingris ordonna que l'unique tente du campement soit montée pour la princesse. Même là, sous la voûte des feuillages persistants, il insista pour qu'elle soit traitée ainsi que l'avait exigé la reine. Dans un tel environnement, Ani considérait qu'il était ridicule de boire dans une coupe en or et elle ne devait pas être la seule. Mais, habituée à être servie, elle ne protesta pas. Selia l'aida à se déshabiller, avant d'installer son propre couchage à l'extérieur.

— Il y a de la place pour deux ici, dit Ani, en montrant l'intérieur de sa tente prévu pour une personne.

— Non, je suis bien dehors, Votre Altesse.

Ani s'allongea, un peu troublée de n'être isolée que par des pans de tissu pas plus épais qu'un parchemin. Elle entendait Falada bouger quelque part tout près.

« Falada, le Premier Écuyer voulait que je t'attache avec les autres. »

« Je ne m'échapperai pas. »

« Je sais. Moi non plus. »

L'atmosphère était fraîche. Malgré la venue de l'été, le monde nocturne plongeait toujours ses racines dans les eaux souterraines du printemps. À travers son matelas, gelée jusqu'aux os, Ani sentait les aspérités du sol et les durs cailloux. Les arbres émettaient des sons surprenants ; elle croyait percevoir les chuintements et la respiration d'un animal inconnu. Le vent l'empêchait de dormir. Il soulevait les pans de toile et effleurait ses joues, lui tenant un mystérieux discours.

Selia et la plupart des hommes, intimidés par les silhouettes mouvantes de la Forêt, furent vite réduits au silence. Falada, lui, n'était nullement effrayé et sa sérénité gagna bientôt Ani. Elle aimait les arbres ; elle se sentait à l'abri parmi eux, comme dans ses appartements, tout en jouissant des avantages du grand air. La rosée nourrissait mousses et lichens ; l'écorce craquait et gémissait ; les oiseaux discutaient dans les branches épineuses. Amusée, elle les écoutait pépier. Elle ne les connaissait pas, mais leur langage était si proche de celui des moineaux qu'elle côtoyait dans les jardins du palais, que c'était comme entendre quelqu'un parler sa propre langue avec un accent différent. Renards, cerfs et sangliers firent aussi leur apparition.

Une semaine après leur entrée dans la forêt, Ani vit des loups. Falada l'alerta au milieu de la nuit : « Des loups enragés. Ils viennent par ici. »

— Des loups ! Des loups enragés ! hurla-t-elle en s'extirpant de sa tente.

La sentinelle sortit à grand-peine de sa torpeur et alla aussitôt secouer les meilleurs archers à coups de pied. Ceux-ci se frottèrent les yeux et bandèrent leurs arcs.

— Où ça ? demanda le guetteur avec une incrédulité endormie.

Renseignée par Falada, Ani désigna l'endroit du doigt. Les chevaux se cabraient, tirant sur les cordes qui les tenaient attachés. En une poignée de secondes, l'agitation réveilla tout le campement. Les soldats se redressèrent dans leurs sacs de couchage pour scruter la pénombre. La nuit gommait les distances, mais quelque part, sous les branches, une forme noire sur fond noir avançait.

Soudain, la créature jaillit. Les dernières lueurs du feu de camp révélèrent deux pupilles jaunes et des crocs. Puis un éclair pâle cingla l'air en sifflant pour lui transpercer la gorge. La bête tomba aux pieds du premier archer. Deux autres lui succédèrent et furent également abattues par des flèches qui fendaient les ténèbres avec un claquement sec et aigu. Un long silence s'ensuivit, rompu seulement par un soupir de soulagement.

Le lendemain matin, Ani remarqua que nombre de gardes l'observaient maintenant avec la même mine

circonspecte que lorsqu'ils scrutaient les sombres profondeurs de la forêt.

« Ils pourraient au moins m'être reconnaissants. »
Falada s'ébroua et gratta une pierre avec nonchalance. Il était d'avis que le comportement humain
était absurde, quelles que soient les circonstances.

Ani se fit d'amers reproches après cet épisode. Avoir
quitté la Kildenrie ne signifiait pas que ses compagnons allaient montrer plus d'indulgence vis-à-vis de
ses pouvoirs que la gouvernante à la peau de lait caillé.
Lorsqu'un oiseau tacheté de brun babilla sur son passage, elle baissa les yeux et refusa de l'écouter.

Quelques jours plus tard, Ani eut l'impression que
les tensions s'apaisaient enfin. Des conversations
enjouées animaient à nouveau le parcours. Selia était
souvent au centre des badinages. De nombreux gardes
cherchaient à cheminer à ses côtés, en particulier
Ongolad. Ani observa qu'il s'arrangeait pour être à sa
hauteur et qu'il trouvait toujours une excuse pour la
toucher : tantôt il tendait la main pour retirer une
aiguille de pin de sa jupe, tantôt il examinait une
égratignure sur son bras. Elle espérait qu'une histoire
d'amour rendrait le voyage plus profitable à sa loyale
dame d'honneur.

Alors qu'elle s'était laissé devancer pour bavarder
avec son étalon, des éclats de rire fusèrent. Elle décida
de rejoindre les joyeux drilles au trot. À son approche,
l'hilarité cessa, chacun prenant soin de l'ignorer.

— Ai-je raté une plaisanterie ? s'informa-t-elle.

— Non, pas vraiment, répondit Selia.

Les gardes étaient muets, sauf un, qui se pencha à l'oreille d'Ongolad, sans qu'Ani puisse surprendre leur aparté.

— Les journées sont plus chaudes à présent.

— Oui, Princesse, lança Ouril.

— Cette brise est agréable, n'est-ce pas ?

— Mmm, si vous le dites.

Perplexe, Ani se tourna vers Selia, qui lui jeta un bref coup d'œil en haussant légèrement les épaules, l'air de signifier : « Que me voulez-vous à la fin ? » Froidement, elle feignit de s'intéresser aux arbres qui défilaient, comme si sa maîtresse n'existait pas.

Ani, les sourcils froncés, explora les recoins de sa mémoire. Quelle bêtise avait-elle pu commettre ce jour-là ? Avait-elle offensé sa dame d'honneur et la moitié de l'escorte sans s'en apercevoir ? Ils ne pouvaient pas continuer de lui en vouloir parce qu'elle avait pressenti l'arrivée des loups... Leur attitude était incompréhensible et le silence devint insupportable. Elle finit par presser les flancs de Falada, qui partit au trot. La conversation reprit et le rire charmant de Selia tinta. Ani se mit à fredonner doucement pour décontracter sa gorge nouée.

Talone, fidèle à son habitude, ouvrait la marche, balayant les environs de son regard perçant, comme s'il s'attendait à tout moment à être attaqué par des bandits. Ani pria Falada de ralentir l'allure et de marcher au pas près de la monture du capitaine. Inquiète de son mutisme, elle se demanda s'il était vexé lui aussi, mais il la rassura par ces mots :

— Nous avons déjà été en tête à tête auparavant. Je ne sais pas si vous vous en souvenez, Altesse.

Son visage stoïque se détendit un peu et il haussa les sourcils d'un air amusé.

Elle avait si rarement été seule ; il ne pouvait y avoir mille solutions...

— Un indice : c'était il y a une dizaine d'années, je crois.

— Ah ! s'exclama-t-elle, c'est vous qui m'avez découverte au bord de l'étang des cygnes ?

— Bravo ! Vous étiez très jeune. J'étais terrifié en voyant les frissons de fièvre tourmenter votre corps frêle. Et sachez, Altesse, qu'il est difficile pour un soldat courageux d'admettre avoir été terrifié.

— Si j'ai besoin d'un soldat courageux un jour, je penserai à vous !

— Oui, enfin... si le péril qui vous menace peut être vaincu à l'épée, je suis votre homme.

Il lui sourit et se remit aussitôt à surveiller la route.

— Vous êtes si vigilant.

— Mmm. Cet environnement est dangereux pour les longs convois. S'il y avait un raccourci à travers la chaîne des Bavara, on pourrait gagner la Bayère en une petite quinzaine. Mais cette Route contourne les reliefs. La Forêt est striée de ravines et en les évitant, on effectue un trajet deux fois plus long qu'à vol d'oiseau. On pourrait imaginer un sentier rectiligne, à condition de construire une série de ponts.

Devant eux, le chemin montait abruptement avant de virer à angle droit. Il coupait à travers un immense massif, et d'un col à l'autre, le sol cédait la place à un précipice vertigineux et étroit.

— Gouffre à droite, escarpement à gauche, commenta Ani.

— Les bois sont plats dans l'ensemble ; cependant, les raidillons et les descentes à pic sont imprévisibles.

Ani se sentait pourtant en sécurité dans cette flore sombre et abondante. Elle enviait la longévité des hauts sapins aux troncs larges, enracinés là depuis des générations. Sa famille avait toujours vécu dans la Vallée. Elle était la première héritière de la lignée, et la première à quitter la Vallée... pas sur son initiative, hélas ! Elle aurait voulu être le genre de personne à voler un cheval et à partir dans la nuit à l'aventure, plutôt que celle à qui l'on dicte un devoir et qui obéit mollement.

« Cette excursion est interminable, se plaignit Falada. Quand est-ce qu'on arrive ? »

« Pas avant plusieurs semaines. »

Une brise chaude monta du ravin et lui ébouriffa la crinière. Il fit claquer sa queue et accéléra un peu l'allure.

***

Ce soir-là, comme ils passaient près d'un ruisseau, Talone ordonna la halte plus tôt. Le niveau des barriques était bas. Ils n'avaient pas croisé de point d'eau depuis des jours et ils étaient irrités par la poussière, la puanteur et les crins des chevaux. Ingris installa une cuve en métal dans la tente d'Ani et commanda qu'on lui chauffe de l'eau. Tandis que, dans une précaire intimité, elle plongeait dans un bain, le reste de la compagnie grimpa jusqu'au torrent pour nettoyer leurs vêtements et se laver – Selia en amont et les hommes en aval. Talone désigna Ishta, un grand échalas au nez pointu, qui ne semblait guère préoccupé par la nécessité de faire un brin de toilette, pour assurer la garde.

La nuit tomba. Ani sécha ses cheveux près du feu en attendant le retour de l'escorte. Ishta se tenait de l'autre côté. Les flammes donnaient un reflet orangé à sa peau et accentuaient le creux de ses joues. Elle l'entendait racler le dessous de ses ongles avec un couteau.

— Qu'est-ce que ça fait, Princesse, de pouvoir se baigner dans de l'eau bien chaude et propre dans votre petite tente privée ? demanda-t-il soudain d'une voix mielleuse, aux inflexions presque féminines.

— C'est agréable, merci, balbutia-t-elle, mal à l'aise.

— Mmm, marmonna-t-il en avançant. Vous aimez être une princesse ?

— Je ne sais pas. Je suis née comme ça. Vous aimez être un homme ?

Des aiguilles de pin mortes cassaient comme du verre sous ses bottes. Le pouls d'Ani s'affola quand il s'accroupit à côté d'elle et dévoila des dents pourries jusqu'aux racines.

— Vous aimez que je sois un homme ?

— Reculez...

Il ne bougea pas d'un pouce ; son visage tranchant comme un sabre, vu de si près, avait une expression mauvaise, bestiale, et son haleine était la promesse d'affreux projets. Ani saisit sa brosse à deux mains et ne la lâcha plus. Elle ne parvenait ni à le repousser ni à le fuir. Elle ne s'était jamais sentie aussi vulnérable, aussi seule. Il n'y avait ni serviteur à appeler, ni garde derrière sa porte – ni porte, d'ailleurs. Rien ni personne pour la protéger de ce rustre qui se collait à elle.

— Ishta, reculez.

Ses intonations étaient plus proches des jacassements d'une pie que du phrasé autoritaire de sa mère. La bouche d'Ishta se déforma en un rictus horrible.

Des bruits de brindilles piétinées s'élevèrent des futaies, suivis de rires feutrés. Ishta se releva et s'éloigna d'un pas tranquille tandis qu'un groupe de gardes, les pommettes luisantes et rougies par la baignade, réintégrait le campement. Talone ajouta une branche au foyer avant de s'asseoir. En voyant Ani baisser les yeux sur ses mains tremblantes, il s'enquit de son embarras.

— Altesse, quelque chose ne va pas ?

Elle reposa sa brosse sur une bûche et croisa les bras.

— Non, ça va.

Elle ne s'était jamais doutée que quelqu'un pourrait lui faire du mal et y prendre plaisir. Elle regarda le capitaine avec suspicion. C'était lui qui avait assigné Ishta à sa surveillance. Était-il au courant ? Était-il digne de confiance ? Qui pouvait la protéger de ses propres soldats ?

Elle alla vers sa tente, explorant le sol à tâtons de ses fins souliers, à la recherche de pierres et de racines saillantes. Selia était en train de disposer son couchage à côté de la tente. Ses cheveux mouillés brillaient dans la pénombre.

Ani se pelotonna sur un coin de sa couverture, les genoux ramenés sous la poitrine. Si la dame d'honneur paraissait d'humeur à discuter, elle lui raconterait ce qui lui était arrivé. Jadis, elles passaient de longues heures à bavarder sur le balcon. Selia huilait ses longues mèches et les peignait, en lui répétant les ragots des cuisines, colportés par les domestiques ou les dames de compagnie désœuvrées, une fois que l'ennui des travaux de broderie avait vaincu leurs serments de garder les secrets pour elles. Ani avait tellement besoin du réconfort d'une conversation légère, une couverture enveloppée autour des épaules pour tenir à distance l'épaisse noirceur de l'espace autour d'elle. Sachant que Selia aimait engager une discussion quand cela lui plaisait, elle patienta. Mais, sitôt le couchage monté, celle-ci se planta devant l'oreiller sans souffler mot.

— Comment était ton bain ? demanda Ani.

— Froid.

— Oh ! Je suis bête. Tu aurais dû te baigner au campement dans de l'eau chaude, bien sûr.

— Vous voulez dire dans votre bain sale et tiède ? Qui réchaufferait de l'eau pour une dame d'honneur ? Non, merci : autant le ruisseau.

— Es-tu en colère contre moi ?

Selia se tourna vers elle. Par une nuit sans lune, loin du feu, Ani ne discernait que le contour pâle de sa mâchoire et la lueur d'un œil.

— Bien sûr que non, Votre Altesse !

Elle avait repris sa voix normale, gaie et agréable.

— Heureusement, en Bayère, nous aurons de nouveau de l'eau chaude et des lits.

— Voilà une remarque pleine de bon sens, Votre Altesse, rétorqua Selia d'un ton calme et courtois. Pourtant, je crois trouver beaucoup mieux que de l'eau et des plumes d'oie en Bayère.

— Que veux-tu dire ?

Quelqu'un alimenta le feu, et le visage de Selia se détacha dans le jaillissement de lumière. Ses yeux étaient braqués dans la direction opposée. Ongolad, près des flammes, lui répondait par un sourire discret sur ses lèvres closes.

IV

La traversée de la forêt se déroulait avec monotonie dans un paysage de pinèdes infinies.

En dépit de la tension, Ani prenait plaisir à faire le voyage. Au bout de quatre semaines, par une belle matinée, un courant d'air passa sur sa peau. Elle imagina que c'étaient les pins qui inspiraient et expiraient de part et d'autre du chemin et les paroles d'une chanson lui revinrent alors en mémoire : « Arbres, parlez ; chante, chante, vent de la forêt. » C'était une comptine qu'enfant elle réclamait toujours à ses gouvernantes. Elle l'emplissait d'émerveillement et lui donnait envie de jeter ses chaussures et son chapeau pour courir à la rencontre de la nature sauvage, là, juste derrière les vitres. Sa tante lui avait parlé autrefois du don de communiquer, non pas avec les animaux, mais avec les éléments. Elle repensa à l'histoire de sa naissance. Elle n'avait pas ouvert les paupières pendant trois jours. D'après sa tante, elle était née avec un mot sur la langue et elle voulait essayer de le goûter avant de se réveiller. « Mais quel mot ? » s'interrogeait-elle.

Chante, chante, vent de la forêt. Elle n'arrivait plus à retrouver la suite.

Talone scrutait les bords de la route, guettant l'apparition d'un jalon. Intriguée, Ani décida de le rejoindre au trot.

— On devrait voir un tronc entaillé sur notre droite au milieu du parcours, Altesse. C'est en tout cas ce que m'a dit le dernier négociant que nous avons croisé. Malheureusement, aucun de nous n'a déjà effectué ce trajet. À l'exception d'Ongolad.

— Pouvez-vous m'en dire plus sur lui ?

— Il travaillait, avant, pour un marchand ambulant dont il assurait la protection, mais il n'a pas sillonné la Forêt depuis dix ans. Je m'étais figuré qu'il se serait rendu plus utile. Il s'est porté volontaire, vous savez, comme eux tous d'ailleurs.

Ani haussa les sourcils d'un air surpris.

— La reine n'a eu besoin de désigner personne pour former la garde, ajouta-t-il en soulignant son propos d'un hochement de tête.

— Comment est-ce possible ? Je croyais que la perspective de courir les bois à cheval pendant des mois aurait rebuté n'importe qui.

— Oh ! pas la plupart d'entre nous, vous savez. Après tout, nous sommes de valeureux guerriers.

Il se frappa le torse en adoptant une attitude virile et regarda la princesse avec un grand sourire.

— Bien sûr... Je préfère oublier combien de « valeureux guerriers » j'ai vu empoigner leurs épées et attraper des migraines à force de surveiller les arbres du coin de l'œil ces derniers temps.

Il examina les profondeurs de la pinède avec une mimique horrifiée. Sa grimace fit rire Ani aux éclats, et elle s'avoua qu'elle serait terriblement déçue s'il s'avérait n'être pas loyal.

— Quel intérêt un homme comme Ongolad a-t-il d'appartenir à cette escorte ?

— Je l'ignore. Pour être franc, Altesse, j'ai hésité à accepter sa compagnie. Il a toujours été un peu imprévisible et la réputation des escortes de marchands n'est pas plus glorieuse que celle des mercenaires. Cependant, il est membre de l'Armée royale, à présent. De plus, il est déjà allé en Bayère. Ah ! nous y voilà.

À leur droite, une couronne et un soleil, les emblèmes du pays voisin, étaient gravés sur le tronc d'un pin.

— Nous sommes à mi-chemin, dit-il.

— Ces symboles, cela signifie que la Bayère considère que cette route lui appartient ?

— La Kildenrie ne la revendique pas. En théorie, c'est un territoire neutre. Mais si aucun sujet de la Kildenrie n'habite ici, pourquoi les Bayérois s'en priveraient-ils ?

Il ajouta à voix basse :

— Si une nation aussi puissante décrétait que la Vallée de la Grande Cité ferait joli à l'intérieur de ses frontières, elle la prendrait sans difficulté.

Ingris les interrompit.

— Capitaine, il est midi ; c'est l'heure d'ordonner la halte.

— Compagnie, halte !

Tandis qu'elle dessellait Falada, Ani entendit les hommes jubiler.

— On en a fait la moitié !

— Le pire est derrière nous, les gars, répétait

Ongolad d'une voix encourageante, en distribuant des tapes dans le dos de ses compagnons.

Voyant qu'Ani l'observait, il ajouta :

— Le pire est derrière nous, Princesse.

Après le repas, elle se rendit aux chariots de ravitaillement. Alors qu'elle cherchait une nouvelle étrille pour Falada, elle trouva Selia en pleine séance d'essayage.

— Selia ?

Surprise, la dame d'honneur sursauta et lâcha une robe verte.

— Oh ! bonjour, Votre Altesse, dit-elle, prompte à reprendre son air naturel.

Ani, qui ne comprenait pas son trouble, attendit ses explications.

— J'admirais juste vos affaires, elles sont si jolies.

Elle acheva de chasser son expression d'étonnement et souleva de nouveau l'habit en souriant.

— Je sais que je n'ai pas vos yeux, mais ne trouvez-vous pas que je serais belle dans cette étoffe ? Je suis presque aussi grande que vous.

Devant l'absence de réaction de sa maîtresse, Selia inclina la tête de côté et poursuivit.

— Vous êtes en colère, Votre Altesse ? Vous tenez à vos trésors et vous vous opposez à ce qu'ils soient souillés par une servante ?

— Bien sûr que non... Tu es bizarre, ces temps-ci. Je ne crois pas que ça vienne de mon imagination.

— Je suis désolée.

— C'est moi qui suis désolée. Es-tu malheureuse d'aller en Bayère finalement ?

— Pas le moins du monde.

— Alors quel est le problème ? J'espère que je suis encore ton amie...

— Oui, votre condescendance est tellement distrayante, Votre Altesse, dit Selia en sautant au bas du chariot. Vous devez vous féliciter de me traiter mieux que ne le mérite un serviteur.

Son ton était glaçant. Ani avala nerveusement sa salive.

— Bien mieux, insista Selia, les joues en feu et le menton tremblotant. Vous possédez tout ce dont j'ai toujours rêvé. Et vous, vous ne vous souciez même pas de vos privilèges. J'ai dû vous servir, vous appeler maîtresse et patienter dans l'ombre !

Elle ferma les paupières et ses épaules commencèrent à leur tour à trembler.

— Dame d'honneur ! Laissez-moi rire ! Quel horrible rôle. Toute ma vie, je me suis morfondue au second plan, jusqu'à craindre de sentir mes os craquer, mes muscles se tétaniser et mon cerveau se ratatiner comme un raisin sec. Vous étiez là, entourée de chevaux, de précepteurs, de somptueux vêtements et de valets, et au lieu d'en profiter, vous passiez votre temps cachée dans votre chambre.

Ani resta bouche bée de saisissement. Comment avait-elle pu être si aveugle ?

— Oh ! Selia, je suis désolée, je ne m'étais jamais rendu compte.

Elle voulut poser la main sur l'épaule de son amie, mais celle-ci la repoussa d'un geste violent.

— Évidemment, puisque je prenais garde de ne pas vous le montrer ! Pendant des années, j'ai guetté ma chance et je la tiens enfin. Ne me touchez pas et ne me demandez plus rien. Je ne suis plus votre servante.

Qu'êtes-vous au juste ? Je vais vous le dire : l'enfant d'un couple qui avait pour cousin un roi sans héritier. Le sang royal est une imposture, cela n'a jamais existé. Chacun est maître de devenir qui il choisit d'être. Et vous, Votre Altesse, vous n'êtes personne.

Selia avait contenu sa fureur pendant trop longtemps et les mots jaillissaient de ses lèvres comme de la lave en fusion.

— Mais je... enfin, tu avais dit... je croyais que tu souhaitais venir.

Incapable de se défendre, Ani savait pourtant qu'elle ne méritait pas de tels reproches. Ses idées tournoyaient et se bousculaient à la manière d'enfants pris de vertige. Était-ce l'effet du pouvoir de parler aux humains ? Tout ce qu'affirmait Selia semblait être la pure vérité. Elle avait raison : elle n'était personne et elle en était seule responsable. Elle recula d'un pas, se préparant, selon son habitude, à battre en retraite, prête à formuler des excuses en attendant que le temps atténue l'incident.

Un souffle chaud vint des arbres les plus reculés lui caresser la nuque. Un coin du mouchoir sortait de son corsage et la brise le plaqua contre son sternum. À son contact, Ani crut sentir son cœur s'emballer, sa peau fourmiller, son sang se réchauffer dans ses membres. « Le cadeau de ma mère me protège », pensa-t-elle.

Elle soutint le regard fixe de sa dame d'honneur et se raidit.

— Repose cette robe.

Selia demeura interdite. Ani ne lui avait jamais donné d'ordre.

— Repose-la.

Le visage écarlate, les narines frémissantes, Selia jeta la robe dans le chariot.

— Courez prévenir vos gardes, Votre Altesse. Allez réveiller votre armée et réclamer votre trône. Donnez-moi une leçon ! Je vous mets au défi...

— Ne m'appelle plus « Votre Altesse », dit Ani, encouragée par son ton ferme. Tu te moques de moi, tu sais parfaitement que je ne mérite plus ce titre. À partir de maintenant, tu ne m'appelleras plus que Princesse, ou maîtresse si tu préfères, puisque tu n'as jamais jugé bon d'employer mon nom. Mes amis m'appellent par mon nom.

— Vous n'en avez pas.

— Je ne veux plus de toi comme amie, Selia, ni comme suivante dorénavant. Je croyais que tu étais les deux. Tu m'as fait savoir que j'avais tort. Désormais, tu me traiteras en conséquence. Tu as commis une erreur.

— Oh ! votre très chère et royale Majesté, vous n'avez encore rien compris.

Un sourire au coin des lèvres, Selia détourna les yeux de ceux de sa maîtresse et s'éloigna.

Ani dut reprendre son souffle. Elle grelottait et la colère qui avait soudainement enflammé son visage et durci sa voix la laissait un peu fatiguée et engourdie. Mais, l'espace d'un instant, elle avait paru presque aussi sûre d'elle que la reine.

Alors qu'elle se demandait où elle avait puisé le courage d'affronter Selia, elle tira le mouchoir de son corsage. Le tissu était vieux, le blanc d'origine avait jauni avec les années. Les trois petites taches brun foncé ressortaient distinctement sur le fond clair. Elle palpa la dentelle délicate sur les bords.

« Peut-être est-il vraiment magique ? Le sang l'a peut-être doté de certaines vertus. »

Les contes de son enfance évoquaient souvent le pouvoir du sang maternel. Dans l'un d'eux, un bébé, allaité par sa mère, tétait du lait d'un sein, et de l'autre du sang. Il devint grâce à cela un terrible guerrier. Un autre racontait l'histoire d'une jeune fille condamnée par un sortilège à ne jamais devenir femme. Mais sa mère la sauvait : avant de mourir de vieillesse, elle se coupait le poignet et la frottait à l'aide de ce précieux liquide, levant ainsi la malédiction. Ces légendes, avec leur étrange mélange d'amour et de violence, si éloigné de ce qu'était l'affection distante et dépassionnée de sa propre mère, l'avaient toujours fascinée.

Elle avait envie de croire que ce mouchoir bien réel avait quelque chose de fabuleux, comme s'il était tout droit sorti d'une légende. Il lui appartenait en propre et n'aurait d'effet sur personne d'autre, comme s'il matérialisait l'amour sincère, quoique dissimulé, de la reine. Si elle possédait un objet magique et puissant, elle aurait la preuve que celle-ci n'avait pas voulu la rejeter et qu'elle l'aimait du plus profond de son cœur. Elle replia le mouchoir dans son corsage, intimement convaincue qu'il avait veillé sur elle depuis qu'elle avait passé les portes du palais.

Cette nuit-là, elle déroula son couchage elle-même. Ingris eut beau protester contre l'insubordination de Selia, elle refusa que l'on ordonne à quiconque d'être son serviteur, encore moins son ami. Dans l'intimité de sa tente, elle se débattit seule avec les dentelles de son corsage en se reprochant amèrement d'avoir été assez bête pour accorder son amitié à un être humain. À travers l'étroite ouverture, elle vit Talone donner des instructions à la sentinelle. Elle espérait pouvoir compter sur lui ; mais la sombre entrevue avec Ishta et la trahison de Selia étaient deux dards douloureux qui continuaient à distiller leur venin. « Heureusement que j'ai Falada ; lui, au moins, c'est un véritable ami ; et le mouchoir est là pour me protéger. »

Deux semaines après avoir croisé les symboles de la Bayère, ils atteignirent une rivière. Son flux était gonflé par les ruissellements d'été qui s'écoulaient des flancs de la montagne, de sorte que le pont était inondé. Talone conseilla de faire halte plus tôt afin de vérifier que le bois détrempé n'était pas pourri, avant de le franchir le lendemain. Ongolad semblait ravi de ce contretemps et il suggéra à ses camarades d'aller voir une cascade qu'il connaissait à quelques lieues en amont.

— Un régal pour des yeux lassés par la vue des arbres à n'en plus finir, expliqua-t-il. Et digne d'admiration, même pour une personne de sang royal.

Il se mit en route aussitôt avec la plupart des membres de la compagnie, sur une piste qui longeait la rivière. La princesse décida de rester au camp malgré les exhortations du soldat, qui eut du mal à masquer sa déception.

Tandis qu'Ani brossait Falada, un vent léger s'éleva de la rivière. Son essence humide lui enveloppa les cheveux et une fine brume lui rafraîchit le visage. Un court instant, elle crut voir une cascade scintiller.

Soupçonnant un effet de son imagination, elle ignora la brise.

Mais la princesse ne tarda pas à nourrir des regrets. Elle n'avait jamais vu de cascade et l'occasion était unique. Pendant que le capitaine et une escouade de gardes examinaient le pont, elle se lança sur la piste.

Après des semaines de voyage à cheval, le contact du sol spongieux sous ses pieds était un pur plaisir. Elle savoura la sensation de marcher sur une terre ravinée par de profondes racines et s'amusa du bruit sourd de ses pas. L'odeur des pins et l'eau vive apportaient une touche de fraîcheur à cet univers et elle fut bientôt saisie d'impatience.

Depuis quelques jours, l'atmosphère était tendue et bizarre. À la froideur de nombreux soldats s'ajoutait la colère de la dame d'honneur – qui ne la regardait plus qu'avec le visage écarlate et les prunelles brillantes de haine. Ani supportait aussi le poids d'un mouchoir qui reposait, palpitant de mystère, contre son cœur. La forêt était pourtant agréable en dehors des sentiers, verte comme le blé en herbe, âgée et imposante comme les livres de la bibliothèque du palais. Les hautes branches s'arc-boutaient contre les bourrasques. Plus bas, la rumeur de la rivière répondait à l'écho de leur lutte. Ani se mouvait au centre d'une gigantesque conversation entre ciel et terre.

Puis le fracas du torrent engloutit tous les autres sons. Elle avança, guidée par la musique, et s'accroupit près d'un sapin. Juste sous ses pieds, les flots blancs de la rivière étaient en ébullition. La terre frémissante exhalait une brume qui imprégnait ses cheveux. L'eau se déversait sur une hauteur de trois toises ; elle bouillonnait ensuite autour des rochers et le relief s'adoucissait peu à peu au terme d'une succession de petites chutes. Ani distingua le groupe d'Ongolad qui progressait au-dessus des cascades miniatures. Désireuse de profiter d'un rare moment de solitude, elle choisit de ne pas se joindre à eux.

Tout à coup, elle entendit derrière elle un oiseau alerter son compagnon : « Envole-toi, danger. » C'était un cri commun à tous les oiseaux des bois. Elle l'avait écouté, enfant, et cet appel si familier dans ce lieu étranger la troubla. Elle eut l'impression qu'il lui était adressé. « Danger. Envole-toi. » Elle tendit le bras au-dessus de sa tête pour saisir une branche et elle s'apprêtait à reculer lorsqu'un projectile la heurta violemment aux talons. Agrippée à l'arbre, elle parvint à rétablir son équilibre. Une grosse pierre ricocha sur la rive.

Le talus sous ses pieds était lisse et humide, et sans la branche, Ani aurait suivi le même chemin. Elle aurait pu se briser le crâne sur un rocher ou être entraînée par le courant et périr noyée. D'où pouvait bien venir un si gros caillou ? Elle scruta le taillis : personne. Pourtant il lui sembla, pendant une fraction de seconde, surprendre un éclair doré – l'image fugitive d'une tresse blonde qui regagnait l'ombre du sous-bois.

Elle revint au campement en courant, grimaçant un peu plus à chaque pas à cause de ses chevilles endolories. Les promeneurs la trouvèrent en train d'étriller Falada à leur retour. Ongolad parut surpris de la voir vivante et parfaitement sèche. Mais il se maîtrisa très vite et changea si brutalement d'expression qu'elle en vint à douter de sa propre vision.

En passant à côté d'elle, il lui tapota l'épaule et dit :
— Vous avez raté une belle cascade, Princesse.

Elle n'avait aucune preuve que lui – ou l'un de ses acolytes – eût lancé cette pierre. « Bah, qu'importe ? se disait-elle. Je n'ai rien à craindre. » Elle tâta le mouchoir sur sa poitrine et crut en son pouvoir avec une ferveur redoublée : la voix du sang de sa mère s'était exprimée par l'intermédiaire des oiseaux...

Une semaine plus tard, ils rencontrèrent un tronc large comme cinq hommes en travers de leur route. Pendant que des gardes, à l'aide de leurs chevaux, déplaçaient l'obstacle afin de dégager la voie aux chariots, les autres se frayaient un chemin dans la forêt. Légèrement en retrait, Ani et Falada zigzaguaient parmi les arbres.

« Quelque chose ne va pas », dit Falada.

« Quoi ? »

« Je ne sais. » Il tournait les oreilles en tous sens pour sonder les environs.

« Arrête-toi », ordonna-t-elle.

Elle se pencha en avant pour lui donner une tape sur le cou quand, soudain, il gémit et se cabra. Elle se cramponna à sa crinière et serra aussi fort qu'elle put ses jambes autour de ses flancs. « Allons, ce n'est rien, tout doux. »

L'étalon reposa ses antérieurs au sol et reprit son calme. Sa peau frissonnait sous la selle.

« On m'a fouetté. »

Ani se retourna mais ne vit que la majestueuse gorge qui s'étendait à leur droite. Elle était très escarpée, assez pour qu'on se brise le cou.

Ils rattrapèrent l'arrière du peloton. Désormais à côté d'Ongolad, elle put l'observer à loisir. Ses tresses lui pendaient dans le dos comme une proie morte jetée par-dessus l'épaule d'un chasseur. Il portait une longue épée sur la hanche, et ses yeux, plissés à cause du soleil, regardaient droit devant. Enhardie, Ani décida de passer à l'attaque. Elle lorgna sa monture, un bai presque aussi grand que son étalon.

« Falada, que sais-tu de ce cheval ? Que pense-t-il de son cavalier ? »

Falada balança la queue et se tourna insensiblement vers son compagnon. Il y eut une variation dans le rythme de sa marche, puis il baissa la tête, et le bai répondit en secouant la crinière et en levant très haut ses sabots. Son amitié de longue date avec son étalon avait permis à Ani de comprendre la signification de ces gestes, mais elle attendit son explication pour en être certaine. Ongolad remarqua son attention et lui dit en souriant :

— Vous admirez ma bête, Princesse ?

— C'est un joli cheval, répondit-elle avec une expression admirative, et vous le montez bien. Il semble un peu soumis, cependant. J'ai découvert que vous aimiez régner en maître absolu.

Il cligna les yeux de surprise. Elle continua à sourire d'un air affable, étonnée par sa propre audace.

— Alors vous vous y connaissez en hommes et en chevaux ? Moi qui croyais que vous n'étiez bonne qu'à être mariée à un étranger pour engendrer des rejetons royaux.

La remarque l'aurait piquée à vif si le ton faussement désinvolte d'Ongolad n'avait pas trahi qu'elle l'avait vexé. Elle se sentit encouragée à poursuivre.

— Grâce à mon étude poussée des chevaux, j'en sais beaucoup sur le vôtre, ajouta-t-elle tandis que le sien lui racontait en silence tout ce qu'il venait d'apprendre. C'était un poulain sauvage, capturé et dressé sur le tard. Il a dû être sévèrement dompté. Cela a fait de lui une monture convenable, mais il n'a plus jamais été le même. Il a eu de nombreux propriétaires, qui l'ont maté si brutalement qu'en arrivant entre vos mains il était aussi docile qu'un veau. Il vous reproche d'être imprévisible, plus lourd qu'autrefois, et il déteste votre odeur. En outre, il a un caillou coincé dans son sabot antérieur droit.

Ongolad se força à rire.

— Eh bien, Princesse, vous êtes plus joueuse que je ne pensais.

Ses dents pointues apparurent entre ses lèvres.

— Merci, dit-elle en lui retournant gracieusement son sourire.

Sur ce, elle partit au trot en tête du cortège. Elle tremblait, son pouls battait au bout de ses doigts, mais elle avait du mal à contenir un fou rire. « Le sang de ma mère me protège, pensa-t-elle en touchant un coin du mouchoir, je n'ai rien à craindre. »

Lors de la halte suivante, Ongolad, la mine sombre, ôta un petit caillou du sabot antérieur droit de son cheval.

À l'approche de la Bayère, les arbres se firent rares au bord de la route, et à midi, cavaliers et montures cherchaient vainement leur ombre salvatrice. Ils étaient las et victimes d'insolation. Un jour, sous un soleil ardent, ils croisèrent un groupe de négociants qui faisaient route vers la Kildenrie.

— Holà, l'ami ! dit Talone. Depuis combien de temps avez-vous quitté la Bayère ?

— Si c'est la capitale que vous cherchez, elle est à six jours d'ici.

L'homme souleva son large chapeau en apercevant Ani. Son accent amusa la jeune fille. Il parlait avec nonchalance, liant les mots en écourtant les voyelles et en roulant les consonnes dans sa gorge. Elle se retourna vers Selia, curieuse de savoir si elle aussi reconnaissait l'accent du Premier ministre de Bayère, qui avait visité la Kildenrie cinq années auparavant. Mais sa dame d'honneur se tenait derrière le garde qui fermait la marche, hors du champ de vision du marchand.

— Et combien de jours avant les prochaines habitations ? demanda Ongolad.

— Oh ! je dirais deux, en allant d'un bon pas.

Ani vit Ongolad et Selia échanger un regard entendu.

Cette nuit-là, deux feux divisèrent le campement. Dano, le cuisinier, alluma le premier, autour duquel se rassemblèrent Talone, Ingris, les conducteurs des chariots et quelques gardes. Ongolad en fit un second, qui réunit Selia et la majeure partie de l'escorte. Ani cessa de brosser Falada pour observer le campement ainsi scindé. Elle comprit qu'une décision irrémédiable venait d'être prise. Debout entre les deux clans, elle ne savait comment réagir.

Talone remarqua sa gêne.

— Altesse, vous semblez soucieuse.

Son visage était marqué par l'âge, ses tempes grisonnantes. Il était fidèle à la reine depuis de nombreuses années ; serait-il pour autant honnête envers sa fille ?

— Que se passe-t-il ?

Ani tortilla nerveusement le mouchoir entre ses doigts, hésitante, avant de se résoudre à affronter son regard.

— Talone, puis-je vous faire confiance ?

Il fronça les sourcils, comme si elle remuait une flèche plantée dans son flanc.

— Si vous posez cette question, c'est que j'ai manqué à mon devoir d'une manière ou d'une autre.

Le poing sur le cœur, il fit alors serment d'allégeance d'une voix claire et puissante :

— Je vous jure une loyauté éternelle, Princesse Anidori-Kiladra ; je promets de vous défendre au péril de ma vie et, si vous le souhaitez, d'assurer votre garde personnelle jusqu'à l'infirmité, jusqu'à la mort.

La solennité de cet engagement la bouleversa. Reconnaissante et soulagée, elle voulut répondre par un gage d'acceptation digne d'un tel serment et chercha sur elle ce qu'elle pouvait lui donner. Les seuls objets de valeur qu'elle portait étaient deux anneaux, dont l'un était orné d'un rubis. Elle le fit glisser de son index et le lui mit dans la paume.

— Merci, Talone.

Manifestement ému, Talone baissa la tête et fourra la bague dans la poche de sa veste.

— Merci, Altesse.

Il la conduisit près de son feu. Les conversations entre les soldats, préoccupés par les divisions dans les rangs, allaient bon train.

— Ils prennent des airs que je n'aime pas beaucoup, disait Adon, le second de Talone, un gaillard enclin à l'action. Les copains d'Ongolad montrent clairement que c'est à lui qu'ils obéissent et pas à vous, mon Capitaine. Je jurerais que plus on approche de la Bayère, plus leur insubordination grandit. Ça sent la mutinerie.

— Ongolad cherchait à savoir combien de temps il nous faudrait pour atteindre la prochaine ville, dit Ani.

— Qui sait s'ils n'ont pas des complices qui les attendent là-bas, suggéra Radal.

— À moins qu'ils n'aient prévu d'agir avant un endroit où il risquerait d'y avoir des témoins, ajouta Adon.

— Si ça se trouve, ils ont hâte de dormir à nouveau dans un lit moelleux et de manger un vrai repas, comme nous tous, conclut Radal.

— Hum, fit Talone en observant la princesse. Je ne sais pas ce qu'ils manigancent. Peut-être ont-ils l'intention de s'installer en Bayère au lieu de retourner en Kildenrie le printemps prochain. Au moindre signe de trouble, Altesse, sautez sur le premier cheval et enfuyez-vous. Ne vous arrêtez pas avant d'être en sûreté, sous la haute protection du roi.

Ani sentit ses bras se hérisser de chair de poule.

— En sûreté ? De quoi les croyez-vous capables ?

— Je ne pensais à rien en particulier. Simple précaution.

Talone se leva et s'approcha de la bande d'Ongolad. Leur gaieté s'estompa et ils ne tardèrent pas à se disperser. Cette nuit-là, il confia la ronde à ses recrues les plus sûres, mais Ani, malgré la présence rassurante du mouchoir qu'elle serrait contre son cœur, eut beaucoup de mal à fermer l'œil.

Le lendemain matin, un soleil vif et éblouissant éclairait la forêt. La troupe avançait en file indienne au plus près des arbres, espérant profiter d'une brise ou de l'ombre occasionnelle des feuillages. Lorsque, deux heures avant le crépuscule, ils s'arrêtèrent pour dresser le camp, tout le monde avait la migraine à cause de la chaleur et de la lumière éblouissante. L'air était encore lourd sous les voûtes épaisses des branches, et l'atmosphère, poisseuse de la résine parfumée des pins, était presque irrespirable.

De l'autre côté de la route s'étendait une petite clairière. Lassée des grognements de son cheval assoiffé, Ani, sitôt arrivée, jeta son baluchon et entraîna l'animal à travers un bosquet, guidée par le clapotis d'un ruisseau. À terre, elle ôta son chapeau trempé de sueur et se pencha pour remplir sa coupe. Lorsqu'elle plongea la main, le choc de l'eau glacée contre sa peau brûlante la saisit et la coupe lui échappa. Elle vit l'or se teinter de reflets verdâtres sous la surface de l'eau, tandis que le précieux objet était emporté par le courant. Au moins, dorénavant, elle boirait dans les mêmes conditions que les autres. Elle s'allongea sur le ventre, prit de l'eau au creux de ses paumes et la porta à ses lèvres. Elle trempa ses manches jusqu'aux coudes, et de l'eau froide coula sur son cou et sa poitrine. Elle frissonna et but une gorgée.

« Princesse, vous avez fait tomber quelque chose dans la rivière », dit Falada.

« Oui, ma coupe. »

« Princesse », insista-t-il.

Soudain, un hurlement en provenance du campement la fit sursauter.

« Il y a un problème », dit-elle.

L'écho du dernier mot de Falada résonnait encore en elle qu'elle s'éloignait déjà vers le camp, où semblait régner la plus grande agitation. Embarrassée par son corsage trempé, Ani décida de se glisser derrière un taillis d'où elle pourrait épier le groupe sans être vue. À travers une percée dans le feuillage, elle aperçut Yulan qui hurlait. Il avait retiré sa chemise à cause de la chaleur. Talone était debout auprès de lui, le poing sur la hanche, juste au-dessus du pommeau de son épée.

Au moindre signe de trouble... La princesse se retourna : Falada buvait toujours l'eau de la rivière. Ani était inquiète d'être si loin de lui, même si elle ne courait aucun danger immédiat. La curiosité fut la plus forte. Elle porta la main à son corsage à l'endroit où elle gardait le mouchoir, et se mit à ramper entre les arbres pour surprendre les conversations en restant prudemment hors de vue.

— Tant qu'il y aura des dames parmi nous, Yulan, tu t'habilleras correctement, exigeait Talone.

— Selia s'en moque, n'est-ce pas, madame ? dit un garde à côté de Yulan, provoquant l'hilarité de ses camarades.

— Laissez-les tranquilles, Capitaine.

Ani reconnut la voix de sa dame d'honneur.

— Puisque c'est ainsi, je reformule mon ordre,

marmonna Talone entre ses dents serrées. Tant qu'il y aura *une* dame parmi nous, vous vous vêtirez et vous comporterez en gentilshommes. Je vous rappelle que nous sommes membres de la garde d'une princesse royale et qu'en tant que tels, nous avons un code d'honneur à respecter.

— Une princesse royale ? s'esclaffa Terne. Elle n'en est pas une, pas ici. La Kildenrie ne veut plus d'elle, et nous n'avons pas encore atteint la Bayère.

Talone ignora Terne, ses yeux demeurant braqués sur Yulan.

— Je suis le capitaine de cette escorte, Yulan, et je t'ai donné un ordre. Si tu me désobéis, tu commets un acte de trahison.

Les quelques hommes qui soutenaient Yulan remuèrent d'un air gêné. Le soldat insoumis jeta un regard hésitant à Ongolad, qui était assis sur une bûche à deux pas de là. Sentant que le moment était venu pour lui d'intervenir, celui-ci se leva et s'adressa à ses camarades en ces termes :

— Calmez-vous, les gars. Il n'était pas prévu que ça se déroule ainsi, mais je crois que le temps est venu de dire la vérité.

— Non, pas maintenant, implora Selia.

— Ne vous tourmentez pas, gente dame, lui dit-il avec un clin d'œil moqueur, avant de braver son capitaine.

Il avait les sourcils froncés et Ani se demanda si c'était pour impressionner son supérieur ou juste par habitude après une journée très ensoleillée.

— Nous ne voulons pas faire d'histoires, Talone, mais certaines choses vont devoir changer.

— Oui, gloire à la princesse Selia ! cria Yulan.

— Gloire à Selia ! reprirent d'autres rebelles en brandissant leur épée au-dessus de leur tête.

— Taisez-vous ! ordonna sèchement Ongolad.

Talone fit un pas vers son adversaire. Parmi les hommes qu'Ani pouvait entrevoir, ils étaient les seuls à ne pas avoir dégainé leurs épées. Les deux clans étaient suspendus aux gestes de leurs chefs.

— Alors, c'était ça ton plan, mercenaire ? soupira Talone, hébété. Tu avais l'intention de renverser une princesse légitime pour la remplacer par une usurpatrice ?

Ani s'agrippa à une branche de peur de perdre l'équilibre. La renverser... Une usurpatrice... Alors ils voulaient vraiment la tuer. Elle n'avait jamais voulu le croire jusqu'ici. Mais pourquoi ? Afin d'offrir à Selia le destin dont elle rêvait...

Talone lui avait conseillé de s'enfuir au premier incident. Se croyant protégée par le mouchoir, Ani préféra attendre, tout en se rapprochant de Falada. Elle l'appela, mais son cheval était trop loin d'elle, broutant paisiblement au bord de la rivière. Elle commença à avancer dans sa direction sans hâte et en silence.

— Une usurpatrice ? s'exclama Selia. La couronne n'est pas un droit, Capitaine. C'est l'appui du peuple qui confère à une reine son pouvoir. Aujourd'hui, en ce lieu, parmi vous tous, j'ai été élue. Vos soldats en ont assez qu'on leur dise à qui ils doivent se soumettre. Ils veulent décider et ils ont choisi de faire de moi leur princesse.

Les paroles de Selia étaient fortes et convaincantes ; même Ani, qui suivait la scène à travers les rameaux de pin, se surprit à hocher la tête. Adon s'avança aux côtés de Talone et défia la perfide dame d'honneur.

— Ou plutôt la princesse Anidori-Kiladra, n'est-ce pas ? Car ce n'est pas seulement son titre dont vous voulez vous emparer, mais aussi son nom.

— Il faut croire, jeune freluquet. Cependant, le titre m'intéresse davantage.

Ani vit le sourire furtif que Selia échangea avec Ongolad. Deux gardes derrière Talone gloussèrent, incrédules – Selia, une princesse ? Les autres étaient graves et raides, et les rires glissaient sur eux telle de l'eau sur un mur de pierre lisse.

« Falada », répéta Ani.

— Vous êtes fous, dit Talone comme s'il venait enfin de prendre la pleine mesure de leur projet.

— Peut-être, répondit Ongolad, mais nous sommes plus nombreux.

— Où est-elle ? s'inquiéta Selia.

Ani se couvrit la bouche pour étouffer un cri. Ils allaient partir à sa recherche et la tuer, ainsi qu'ils l'avaient déjà tenté près de la cascade. Pourquoi le mouchoir ne la protégeait-il pas ? Elle attendait avec angoisse que les oiseaux lui transmettent ses conseils et la conduisent en lieu sûr.

— Elle est près du ruisseau !

Terne s'élança vers l'endroit où paissait l'étalon. En un éclair, il s'interposa entre elle et son cheval. Elle fouilla de ses doigts froids son décolleté humide en quête du mouchoir. En vain. Elle tâtonna, secoua sa robe et regarda à ses pieds. Il n'était plus là. Elle l'avait certainement perdu dans le ruisseau. Son mouchoir emporté, qui la défendrait, à présent ?

« Falada, viens vers moi, s'il te plaît. »

— Altesse, faites ce que je vous ai dit ! hurla Talone.

Ongolad fit signe à un deuxième soldat de suivre Terne en renfort. Ani devait obéir ; il fallait s'enfuir, vite. Coupée de son cheval, elle dut s'enfoncer dans la forêt obscure. Elle marcha prudemment, craignant d'entendre les aiguilles de pin craquer sous ses souliers et trahir sa présence. Pire, elle risquait de tomber – elle avait les genoux en coton. « Avance encore », pensait-elle. Au prochain taillis, elle prendrait ses jambes à son cou.

— Elle est là ! s'écria Selia.

Ani se retourna. Hul venait de partir comme une flèche dans sa direction. Aussitôt, Adon poussa un cri terrible et voulut s'élancer à sa poursuite. À peine avait-il fait un pas que la pointe ensanglantée d'une épée lui transperça la poitrine. Son visage se crispa de douleur puis ses traits se figèrent et il s'effondra, mort. Ishta retira son épée de son dos. Quand Ani le vit sourire en montrant ses crocs, elle retint son souffle. Le cauchemar devenait réalité. Titubante, elle fit demi-tour et se mit à courir.

Le choc des épées retentissait derrière elle, mêlé aux hurlements des chevaux, aux cris des hommes et aux bruits sourds de leurs chutes. Un buisson épineux agrippa ses cheveux de ses aiguillons crochus et arrêta net sa course folle. Elle parvint à se libérer, mais trop tard pour conserver son avance. Un traître la rattrapait : Ongolad était maintenant à ses trousses et il était bien plus rapide. Elle entendait le martèlement de ses bottes sur le sol caverneux de la forêt, comme un cœur battant qui se rapprochait.

« Falada, s'il te plaît... » Son ami était trop loin, à moins qu'il n'ait déjà été tué.

— Falada !

Soudain Ongolad rugit : une racine qui affleurait sur le chemin l'avait fait trébucher. Malgré le vacarme, Ani discerna un bruit de sabots sur sa droite.

C'était le cheval gris louvet de Radal qui allait au petit galop sans son cavalier. Une entaille longue et profonde marquait sa croupe. Un bouquet de sapins lui bloqua soudain la route. Il sursauta quand Ani se jeta sur lui pour s'emparer des rênes dénouées. En ayant attrapé une, elle se mit en selle et au moment où elle se penchait sur le cou de l'animal pour se saisir de l'autre, Ongolad grogna et bondit. Elle éperonna la monture à l'instant où il s'accrochait à son talon. Elle se cramponna à la bride et à la crinière tandis que la bête se cabrait, obligeant l'agresseur à lâcher prise. Ani la serra fort avec les genoux et dès que ses antérieurs se reposèrent au sol, elle partit au galop.

Deuxième partie
La Gardeuse d'oies

V

Ani chevauchait, tête baissée, aveugle aux arbres qui défilaient et aux branches qui s'abattaient sur elle comme des haches de bourreaux. Elle ne savait pas où l'emmenait le cheval. Elle priait seulement pour qu'il l'emportât loin, mais elle pouvait aussi bien tourner en rond sans s'en rendre compte. Elle s'imaginait déjà retomber sur le campement et sauter au-dessus des gardes assassinés en esquivant les mains tendues des survivants. Dès qu'il ralentissait, elle l'éperonnait d'un vigoureux coup de talon. Elle était terrifiée à la perspective d'entendre derrière elle la course régulière du bai d'Ongolad et, à plusieurs reprises, elle crut distinguer des tresses blondes dans son champ de vision.

Le garrot de la bête était collant de sueur. À chaque foulée, un peu d'écume s'échappait de sa bouche. Les rênes glissaient entre ses doigts moites et Ani dut bientôt s'accrocher à la crinière. La pression de ses jambes diminua peu à peu et quand les sabots rencontrèrent du gazon, elle s'affaissa brutalement sur la selle. Un rameau heurta son épaule et suffit à la désarçonner. Sonnée, elle ne comprit qu'elle était à terre que lorsque la monture repartit sans elle au galop.

Elle resta assise d'interminables minutes, hors d'haleine. Si Ongolad était encore à ses trousses, il n'aurait plus qu'à la repérer et à lui trancher le cou, car elle était incapable de se défendre. Lorsqu'une brindille craqua comme sous le poids d'un corps, elle voulut détaler, mais son premier pas la ramena aussi sec au sol. Immobile, elle attendit son sort.

Elle ne revint à elle que bien après ; elle avait froid, des aiguilles de pin s'enfonçaient dans sa joue et son esprit était brumeux.

« Falada ! »

La forêt était sombre et impénétrable. Ani cligna des paupières, surprise d'une telle opacité. Le hululement d'un hibou la fit tressaillir. Recroquevillée, elle essaya de reconstituer le fil des événements. Elle avait dû s'assoupir... Et avant ? Elle avait fui. En se concentrant pour rappeler ses souvenirs, elle revit la pointe sanglante d'une épée percer le torse d'Adon alors qu'il s'élançait pour la protéger. Frissonnante, elle s'allongea en se couvrant le visage de ses bras pour pouvoir se rendormir.

La princesse reprit son chemin à l'aube. Dans cette végétation luxuriante, toutes les directions paraissaient identiques. Elle redoutait d'errer à l'infini dans les bois en n'étant qu'à quelques lieues d'une ville. La lumière du soleil, tamisée par les voûtes des feuillages, ne l'aidait pas davantage à s'orienter. Elle se décida pour ce qu'elle pensait être l'est et avança d'un pas résolu.

La faim la torturait. Jamais auparavant, dans son palais de marbre blanc où le petit déjeuner était servi sur un plateau d'argent, elle n'avait sauté un repas. Elle avait si soif, surtout, qu'elle songeait à creuser près des racines des plantes pour découvrir de quoi elles s'abreuvaient.

Au bout de plusieurs heures, elle entendit le murmure d'un ruisseau ; en cet instant, ce fut pour elle le son le plus merveilleux de toute la création. Mais de nombreux troncs le répercutaient, brouillant ses repères. Elle le trouva en y plongeant un soulier par inadvertance. Elle but jusqu'à ce que son ventre menaçât d'éclater. Puis, supposant que l'eau s'écoulait du flanc de la montagne, elle longea la berge en aval dans l'espoir de croiser une route.

Elle la suivit deux jours durant, osant à peine s'en éloigner, ne fût-ce que pour cueillir des champignons. Elle les mangeait avec hésitation, en se reposant sur des réminiscences nébuleuses des leçons que lui donnait sa tante concernant les plantes comestibles. Elle croquait des oignons sauvages qui poussaient dans la vase noire, et leur goût piquant lui brûlait la bouche et les yeux.

Le troisième jour, le ruisseau disparut. Profond d'environ quatre pieds dans la vallée, il s'était transformé en un filet aussi mince qu'une anguille, et venait mourir dans un étang verdâtre entouré de joncs. Ani en fit le tour pour repérer un éventuel affluent, en vain. Désespérée, elle s'appuya contre un saule, au bord des pleurs : elle ignorait où elle était, elle n'avait pas d'outre et, de surcroît, plus rien pour la guider. Elle passa ainsi le reste de la journée et la nuit suivante. La soif s'immisçait dans ses rêves, accompagnant le bruit des lourdes bottes d'Ongolad.

101

Elle se réveillait le cœur battant chaque fois qu'un hibou criait.

Au matin, elle demeura longtemps assise près du ruisseau, faisant couler l'eau entre ses doigts. Elle se demanda si le courant qui avait entraîné son mouchoir avait effleuré cette rive. « Si je ne l'avais pas perdu, rien de tout cela ne serait arrivé », se lamenta-t-elle. Sitôt l'eut-elle traversée que l'idée lui sembla complètement ridicule. Divagation, sornettes ! Il y avait de quoi se tordre. Pourtant, son rire resta coincé dans sa poitrine, menaçant de libérer un sanglot. Dire qu'elle s'était crue en sécurité, avec un mouchoir magique qui veillait sur elle ! Il était temps de regarder la vérité en face : c'était l'oiseau qui l'avait prévenue près de la cascade, rien d'autre. Ensuite, Falada l'avait alertée à côté de la falaise et sa clairvoyance avait triomphé des plans de ses agresseurs. C'était grâce à son propre courage qu'elle avait bravé Selia, et par sa faute uniquement qu'elle s'était enfuie trop tard... Trop tard pour sauver Adon, Talone ou Falada.

Ani se pencha en arrière pour endiguer un nouveau flot de larmes et aperçut une chouette brune perchée dans un pin, qui fixait le ciel matinal de ses prunelles jaunes et vitreuses.

— Je parie que c'est toi qui n'as pas cessé de m'embêter, murmura-t-elle. Pourquoi ton fichu cri m'a-t-il tant fait trembler ? Tu as l'air inoffensive.

Jadis, elle avait su s'adresser aux chouettes qui montaient la garde du haut des poutres de l'écurie. Une sensation confuse de vide et de nostalgie l'envahit. Pour se consoler, elle expérimenta un hululement. Le rapace n'eut aucune réaction. « Si seulement c'était un cygne », regretta-t-elle. Le langage des oiseaux n'était pour elle qu'un ensemble de dialectes. Certains étaient plus distincts dans sa mémoire, celui du cygne en particulier.

Elle salua de nouveau l'animal, et cette fois, il fit pivoter légèrement sa tête vers elle, comme s'il venait de remarquer sa présence. Après quelques secondes sans ciller, il retourna la politesse. Gagnée par une vague espérance, Ani se redressa sur les coudes et l'interrogea sur ses repas, façon d'engager une conversation aimable chez ces volatiles. La chouette répondit qu'elle s'était nourrie de délicieuses souris bien chaudes. Ani voulut alors demander comment sortir de la forêt mais elle trébuchait sur la formulation.

« Où finissent les arbres ? » dit-elle.

Soit la chouette n'en savait rien, soit elle n'avait pas compris la question. Peut-être connaissait-elle, en revanche, un lieu où vivaient des humains ? Ne sachant décrire ni les rues ni les bâtiments, Ani hasarda :

« Par où y a-t-il de la fumée ? »

« À une volée dans l'axe du soleil levant », l'informa la chouette. Puis elle voleta de cime en cime, en traçant une ligne droite pour lui indiquer le chemin. Ani la remercia et but à grandes gorgées au ruisseau avant de se mettre en route, en espérant qu'une volée n'excédait pas une dizaine d'heures de marche.

Elle s'appliqua à tenir son cap, en se fixant pour but un arbre éloigné, puis un autre. Ce jeu fatigua rapidement sa vue. L'atmosphère était stagnante et poisseuse, mais à en juger par l'aridité du sol, aucune source ne jaillissait à proximité.

D'abord, elle ne vit pas la maison. Ses murs étaient en bois brut et le toit était couvert de branches de pin encore vertes. Un jardinet délimité par une clôture de piquets la flanquait. Ani aperçut des pommiers chargés de fruits mûrs, des fougères d'un émeraude tendre et les extrémités orange des carottes qui sortaient du sol. Son estomac gargouilla. Une chèvre marron, attachée à un pieu, l'accueillit par un bêlement plaintif, « Niiiiii ».

— Qu'as-tu vu, Doppo ? s'écria une femme en contournant la façade.

Elle portait un foulard rouge noué au sommet du crâne, une tunique et une jupe en drap bleu qui lui battait les chevilles. En découvrant Ani, elle fronça les sourcils.

— Hum, Doppo, ce n'est ni un blaireau ni un loup, mais ça ne craint pas de voler dans mon potager comme un vulgaire lièvre.

En entendant la prononciation gutturale et les voyelles courtes de la paysanne, Ani devina qu'elle était en Bayère ou qu'elle en approchait. Elle toussota pour se présenter.

— Bonjour.

Elle n'avait pas parlé depuis la dernière étape parcourue avec son escorte et sa voix lui écorcha la gorge.

— Alors ?

— Je suis perdue.

— Oui, à ce qu'il semble.

La femme croisa les bras et toisa la robe sale et déchiquetée d'Ani.

— Tu ferais mieux de m'expliquer où tu t'es perdue. Ou plutôt, où tu étais censée te rendre, non ? Sinon je ne pourrai pas te remettre sur la voie.

Ani ouvrit la bouche, puis se ravisa. « Je suis, enfin... j'étais la princesse héritière du royaume de

Kildenrie, fiancée au fils de votre roi, le prince Machin – pardon, je ne sais plus son nom – et... oh ! pitié... et la moitié de mon escorte a attaqué l'autre moitié avant d'essayer de m'assassiner pour me remplacer par ma dame d'honneur. » Qui goberait ce discours ? Elle se surprit à chercher le réconfort du mouchoir avant de se rappeler qu'elle ne l'avait plus. Il ne lui aurait servi à rien, de toute manière. Elle devait apprendre à ne plus compter que sur elle-même – ce qui était aussi effrayant qu'être égarée dans des bois inconnus.

— Eh bien, ma fille ? s'impatienta la paysanne.

Une soif intense dévorait Ani. Elle avait quitté son ruisseau depuis des heures et était sur le point de défaillir de panique, de faim et d'épuisement. Des milliers de taches noires minuscules troublèrent sa vision jusqu'à ce que, à son plus grand soulagement, la maison, sa propriétaire et la chèvre se noient dans les ténèbres.

Elle se réveilla dans la chaumière, sous la fenêtre ouverte sur la nuit, et soupira d'aise en notant qu'elle était à l'intérieur, étendue sur un matelas bourré de foin.

— On ne dort plus ?

La femme avait ôté son foulard, dévoilant d'épais cheveux bruns coupés à hauteur d'épaule. Elle tricotait sur un tabouret, à la lumière d'un feu de cheminée.

— Tu aurais pu me signaler que tu voulais de l'eau, ça aurait épargné à mon garçon, Finn, la peine de te porter. Je suis sûre que tu as fait exprès de t'évanouir rien que pour entrer te coucher, pas vrai ?

Croyant qu'elle plaisantait, Ani sourit poliment.

— On n'a plus le choix, on va t'héberger pour la nuit.

Ani regarda la laine prendre forme, rang après rang, à une vitesse étourdissante. Son hôtesse lui désigna une assiette posée à ses pieds, remplie de soupe de carottes, et une tasse en grès. Ani but l'eau d'un trait puis mangea en silence. En coulant dans son gosier, l'eau et le potage chaud la picotèrent un peu.

— Alors, mignonne... Quels sont tes projets ?

— Je me suis perdue dans la forêt et je dois aller en Bayère.

En s'écoutant, Ani prit conscience que ses voyelles traînantes et ses consonnes détachées, typiques de son pays, pourraient lui causer des ennuis. Quel dommage qu'elle n'ait pas eu l'idée d'imiter l'accent de la Bayère ! Elle s'y initierait sans doute assez facilement, comme au langage des cygnes, mais il était trop tard pour duper la femme.

Cette dernière reposa son tricot sur ses genoux.

— Tu n'es pas d'ici, dit-elle en l'étudiant avec attention.

Ani secoua la tête.

— Tu as des ennuis ?

— Heu... oui...

— Je ne veux pas le savoir, l'interrompit la femme. Moins j'en saurai, mieux je me porterai. Vu ton allure, je flaire une embrouille. Tu es blonde et tes cheveux sont longs, n'est-ce pas ? Trop pour être une travailleuse des champs vagabonde. Tu n'es pas d'ici, c'est évident, et tu es noble ; il n'y a qu'à regarder tes menottes lisses.

Ani cacha ses mains l'une dans l'autre.

— Et cet accent ! Tsst, mon enfant... en résumé, tu

es un souci ambulant. Et moi, j'ai du tricot qui m'attend et des pulls à vendre pour la semaine du marché. Tu comprends ? Hein ? Pourquoi est-ce que tu ne causes plus ?

— C'est mon accent, je suis gênée... Je ne sais pas quoi faire...

Ani laissa échapper un sanglot. Il fut suivi d'un autre, puis d'un troisième. La poitrine serrée, elle se plia en deux et fondit en larmes.

— Allons, allons, c'est terminé, chuchota la femme en lui tapotant l'épaule. Ne pleure plus. Ça mouille et cela n'arrange rien du tout.

Ani lui donna raison : elle se sentait encore plus malheureuse qu'avant. Elle écarta des mèches de son front et posa les paumes sur ses paupières. Sa respiration était douloureusement bloquée sous son sternum, comme celle du petit Riano-Hancery après une colère.

— Je suis désolée. Je ne pleurerai plus. Pardonnez-moi.

— Voilà. Bon... Comment puis-je t'aider sans être mêlée à tes problèmes ?

Ani devait prendre une décision importante. Si elle avait pu au moins consulter Talone, son père ou Selia... Non, pas Selia... Falada ? Son mouchoir ? Non, à la réflexion, pas lui non plus... Alors, l'un de ses conseillers d'autrefois. « Comme je suis puérile ! » pensa-t-elle. Elle plaqua ses mains sur ses cuisses et fixa le feu qui crépitait. À quelques pas de distance, sa chaleur lui cuisait la peau.

Il fallait qu'elle grandisse... De quoi avait-elle besoin ? De retrouver son chemin. Mais vers où ? Envisager de retourner chez elle était absurde. Elle n'avait ni nourriture, ni argent, ni cheval, et à pied, cela lui prendrait des mois ; elle serait surprise par la neige. Talone lui avait recommandé d'aller en Bayère et de se rendre auprès du roi. Si lui et ses hommes avaient vaincu Ongolad, ils seraient sans doute au palais. Et peut-être le Premier ministre, qu'elle avait rencontré pendant son enfance, la reconnaîtrait-il et prendrait-il sa défense ? Si, en revanche, Selia et les traîtres étaient là-bas, guettant son arrivée, que se passerait-il ? Son cœur martela violemment ses côtes et l'écho de ses pulsations se confondit avec le rythme des bottes d'Ongolad, gravé dans son esprit.

Même si on lui offrait un chariot pour retourner en Kildenrie, elle ne pouvait pas partir sans avoir récupéré Falada et appris le sort du capitaine de son escorte et de ses loyaux soldats. Elle n'avait donc pas d'autre solution : ce serait la Bayère.

— Sommes-nous loin de la capitale ?

— Elle est à une vingtaine d'heures en charrette, mais ne t'avise pas d'y aller à pied. Tu serais fichue de te perdre à nouveau et je te découvrirais une semaine plus tard, vautrée dans mon carré de légumes, aussi chétive qu'aujourd'hui.

— Puis-je aller en ville avec vous pour le marché ?

— Hum... c'est d'accord. Il te faudra un habit pour passer inaperçue. Vêtue comme tu es, tu risques d'attirer l'attention. Finn t'emmènera avec lui à la fin de la semaine prochaine, et ensuite, au revoir.

D'un air résolu, la femme reprit son tricot.

Un garçon qui devait avoir seize ou dix-sept ans pénétra dans la maisonnette. Quand il s'approcha du foyer pour embrasser sa mère, les flammes éclairèrent des flocons de laine blanche accrochés à ses manches et aux poils de ses bras.

— Bonjour, dit-il en tendant la main à Ani.

— Bonjour... Finn, répondit-elle.

Il sourit et se retira dans un coin sombre où se dressait son lit.

— Dors, maintenant, recommanda la femme.

— D'accord. Euh... Madame ?

— Gilsa. Je ne suis pas une dame.

— Gilsa, c'est dans combien de jours la fin de la semaine prochaine ?

— Hum... Huit, ma fille.

Ani s'allongea sur le côté. Elle contempla les bûches noires striées de plaies orange dans le brasier agonisant, certaine qu'elle ne parviendrait pas à s'endormir. Lorsqu'elle rouvrit les yeux, la lueur argentée de l'aube baignait déjà la pièce. La porte crissa et Gilsa entra chargée d'œufs, les cheveux dépeignés et mêlés de brindilles de foin et de tortillons de laine.

— Oh ! s'écria Ani en s'asseyant, je vous ai pris votre lit.

— Forcément que c'est le mien. Tu t'imaginais que je dormais dans la remise ?

— Je n'y avais pas réfléchi.

Ani se leva et rabattit les couvertures sur l'oreiller. Jamais elle ne s'était préoccupée de savoir où couchaient les autres, car, dans un château, chacun a sa place. Elle se rendit compte que, par ignorance, elle s'était montrée sans égards et égoïste.

— Excusez-moi. Je vous remercie. Cela ne se reproduira pas.

— Ça, c'est sûr. Ma charité ne dure qu'un temps. Une nuit sur un mince tas de paille et je deviens irritable.

Ani était déterminée à ne plus être un fardeau. La première journée, tandis que Gilsa tricotait avec ardeur sur son tabouret, elle s'essaya à préparer le déjeuner. Une fois le médiocre résultat péniblement avalé, Finn se remit aux fourneaux et, vexée, Ani l'observa avec attention.

Gilsa s'aperçut que la jeune fille était douée pour dénicher les racines qu'elle utilisait pour teindre la laine. Ani, qui la soupçonnait de vouloir l'exclure des tâches délicates, fut envoyée de plus en plus souvent dans les bois. Au retour de l'une de ses expéditions, elle traversait la cour proprette avec son tablier plein des fruits de sa cueillette, quand elle entendit les poules s'agiter et caqueter dans leur poulailler. Elles ne cessaient de rentrer et sortir de l'enclos dans un nuage de plumes.

« Un rat, un rat ! Dessous ! Fuyons sans tarder ! Il ne bouge plus ! »

— Je ne sais pas ce qui leur prend ! s'exclama Gilsa en s'extirpant du poulailler. On dirait qu'elles ont peur, comme s'il y avait une couleuvre dans un des nids ou un renard tapi par là. Mais j'ai nettoyé à deux reprises et je n'ai rien remarqué.

— C'est un rat. Il y a un rat mort sous le plancher et elles le sentent.

Sur ces mots, Ani apporta les racines dans la maison. Elle les triait lorsqu'elle réalisa qu'il lui faudrait justifier son commentaire. Dehors, Finn était en train de dégager les planches qu'elle avait montrées : en dessous gisait en effet le cadavre encore chaud d'un rat.

— Comment as-tu... ?

Gilsa la dévisageait avec stupeur.

— Mes parents élevaient des poules.

Elle passa la deuxième nuit dans la remise. Au début, elle eut du mal à trouver le repos. La laine et la paille la démangeaient et elle se réveillait à chaque craquement du bois, à chaque plainte des branches. Ongolad pouvait-il la retrouver ici ? Elle l'ignorait, mais dès le soir suivant, elle réclama une planche pour s'enfermer de l'intérieur. Finn la lui donna sans poser de questions.

La veille du départ, agenouillée à côté du feu, Ani roulait les pulls en ballots serrés qu'elle fourrait ensuite dans des sacs. Finn emballait les provisions pour la route, tandis que sa mère finissait la manche d'un ultime chandail. Il était d'un orange éclatant avec des soleils et des oiseaux sur le devant et le dos. Gilsa fredonnait une berceuse légère et douce. Sa mélodie titillait la mémoire d'Ani. Elle suspendit son travail.

— Tu n'as pas terminé, objecta Gilsa.

— Cette comptine. Elle a des paroles, n'est-ce pas ? « Parlent les arbres, chante, chante le vent de la forêt » ?

— « Arbres, écoutez, écoutez le feu murmurer et le vent chanter les rêves de la forêt. » C'est un vieil air. Je le chantais à mon fils quand il était petit.

— Qu'est-ce qu'il signifie ?

Les aiguilles tintaient délicatement en s'entrechoquant ; on aurait cru un chiot qui lapait dans une écuelle métallique.

— Il évoque des anciens contes, je suppose. Il raconte que, dans des pays très loin d'ici, il existe des gens qui savent parler à la nature – comme le vent ou les arbres. Aux bêtes aussi, si je me souviens bien. « Le faucon écoute le sanglier, l'enfant bavarde avec le printemps. » Je me suis toujours interrogée... Serait-ce possible ? Est-ce que tu en sais quelque chose ?

Sous le regard circonspect de Gilsa, Ani continua d'empiler les pulls.

— Peut-être. J'ai... j'ai entendu des contes sur l'époque de la création, quand toutes les langues étaient universelles, et sur des humains qui se rappellent encore comment dialoguer avec les animaux. Pour ce qui est du vent, des arbres ou du printemps, je pensais que c'étaient des mythes.

— C'est possible. Pourtant tous les êtres s'expriment, chacun à leur manière.

— Il me semble. Même si, parfois, ce n'est pas compréhensible.

Gilsa l'examinait avec impatience.

— Allons ! On bavarde tous avec quelque chose de temps en temps. Moi, je cause à ma chèvre, mes volailles ou mon pommier. Je ne sais pas s'ils me comprennent, et je ne crois pas qu'ils répondent, mais ça ne peut pas faire de mal. Maintenant, admettons qu'une personne sache parler au feu ou à une chèvre et que ces derniers réagissent. Qu'en dis-tu ?

— Ce genre de magie existe en Bayère ?

— On a des magiciens, des sorcières, des enchanteurs, intervint Finn en se balançant sur son tabouret grinçant.

— Ils ne font que des tours, mon garçon. Ce n'est pas à ça qu'elle fait allusion.

— Je les ai vus au marché, affirma-t-il à voix basse. Une sorcière n'a qu'à fixer quelqu'un pour deviner quelle maladie le ronge ; et un enchanteur sait transformer des objets.

— Oui, oui, soupira Gilsa avec un geste évasif. Ils ont une certaine perspicacité et surtout le don du spectacle, mais c'est de la poudre aux yeux. Pour un sou, ils ne te révèlent rien que tu ne saches déjà. La petite fait référence aux coutumes d'antan, n'est-ce pas ?

— Oui. Je connais tant de fables si étranges, si belles et idéales. Elles sont différentes de la réalité – en mieux. Avant, je croyais posséder un talisman, et puis je l'ai perdu. Maintenant, j'ai l'impression qu'en définitive il n'avait aucun pouvoir.

Elle tâta son buste, à l'endroit où elle gardait le mouchoir et fronça les sourcils.

— Si seulement la magie existait... Si les vieilles histoires étaient vraies, elles pourraient m'aider à comprendre ce qui m'arrive, et me conseiller.

— Allons, il ne faut plus pleurer sur les années passées et les souvenirs. Les histoires en disent déjà long. Le reste, c'est à nous de le découvrir. Ce que j'aimerais savoir, c'est si on est assez intelligents pour y parvenir seuls.

Nul ne répondit à la question de Gilsa et la conversation cessa. En se laissant attraper dans la cheminée, le vent émit un gémissement, triste comme le cri d'une colombe blessée, avant d'être délogé par les crépitements du feu.

VI

Tôt le matin suivant, Ani revêtit une tunique jaune et une jupe de laine bleu ciel. Elle portait une vieille paire de bottes de Finn, dont le cuir souple était lacé serré jusqu'à mi-mollet. Ayant appris de Gilsa qu'aucune habitante de la Bayère n'était aussi blonde qu'elle, elle lui demanda un foulard semblable au sien pour couvrir sa chevelure. Ainsi déguisée, elle pensait avoir plus de chances d'atteindre le palais sans être repérée par les sbires d'Ongolad. Une fois saine et sauve en présence du roi, il lui serait aisé d'ôter le fichu pour apporter la preuve de sa naissance.

Gilsa acheva de le nouer sur son front, puis elle lui tapota la joue comme elle flattait le cou de Doppo après la traite.

— Ce sont vos vêtements, constata Ani.

— C'étaient.

La princesse fit glisser de son auriculaire l'anneau en or qu'elle avait conservé.

— Je veux que vous soyez récompensée de votre gentillesse. S'il vous plaît, acceptez cette bague.

— Qu'est-ce que j'en ferais ? lâcha Gilsa en dédaignant le cercle de métal rutilant. Percer le nez de Doppo ?

En la voyant sourire, Ani tomba des nues. Elle avait douté que cela se produisît jamais.

— Garde-la, trésor, tu pourrais en avoir besoin d'ici la fin de ton voyage. Tu trouveras un autre moyen de me remercier, j'en suis sûre.

Déçue mais peu accoutumée à discuter, Ani reprit son présent. La nourriture qu'elle avait mangée chez Gilsa et le souvenir de la nuit passée sur son grabat pesaient de tout leur poids sur sa conscience.

Il était encore tôt quand Finn et elle mirent leurs baluchons à l'épaule et partirent. La forêt était humide et pleine de murmures sous le firmament bleu sombre du petit matin, avant l'aube véritable. Comme son compagnon semblait apprécier le silence, Ani parcourut une lieue en écoutant le babillage des oiseaux et sa respiration, qui devenait plus lourde et s'accélérait au fil du trajet. Au moment où le garçon lui indiqua qu'ils faisaient une halte, elle eut l'impression que le poids de son fardeau lui avait arraché complètement la peau de ses épaules.

Quelques heures plus tard, le sentier se transforma en un chemin de terre creusé d'ornières, et les épais taillis en bosquets plus clairsemés. Ani profita d'une seconde halte pour regarder en arrière. Elle s'avoua, un peu surprise, que la forêt lui manquait déjà. La maison de Gilsa, minuscule et noyée dans un immense océan d'arbres, était, de tous les lieux qu'elle avait connus, celui qui s'apparentait le plus à un foyer, bien plus que le palais de Pierre-Blanche. D'ailleurs, elle n'avait pas envie de rentrer chez elle, même si elle aurait volontiers dormi dans un lit moelleux, dévoré un repas fin et goûté le réconfort d'un domicile familier. « Il ne faut pas y songer. Ma place n'est pas en Kildenrie. Pas plus que dans la maison de Gilsa », se dit-elle en tournant le dos à la futaie.

Soudain, parmi les bruissements des feuilles, s'éleva le son distinct de sabots. Finn se dressa pour scruter la voie, alors qu'Ani reculait vers des buissons, le cœur agité, haletante. Peu à peu, le rythme des pas la rassura – c'était un cheval seul, avec une foulée courte. Il ne pouvait s'agir de l'un de ses poursuivants. Quand le nez marron d'un cob apparut au détour d'un virage, le visage de Finn s'illumina.

— Bonjour, bonjour ! lança le tout jeune cocher de la charrette.

Derrière lui étaient assis un autre garçon et une fille aux cheveux enveloppés dans un tissu grenat. Leurs habits étaient teints de couleurs vives, au grand soulagement d'Ani, qui craignait d'être trop voyante avec ses tons poussin et saphir sur les verts et les bruns de la Forêt. Lorsque le trio s'arrêta à leur hauteur, elle vérifia discrètement que son foulard dissimulait toujours ses sourcils clairs.

— Salut, Finn, répéta le cocher en se levant. C'est qui, elle ?

— Mère l'a envoyée pour m'assister au marché.

Les trois inconnus avaient les yeux braqués sur Ani. Elle avait décidé de prendre le nom de son aïeule tant qu'elle n'aurait pas la certitude d'avoir échappé à Ongolad. Mais devant cette charrette abîmée par les intempéries, au beau milieu des bois, Isilie lui parut trop pompeux.

— Je m'appelle Isi. Ravie de faire votre connaissance.

Finn la dévisagea, interloqué, car elle avait imité l'accent lisse de la Bayère, avec ses voyelles brèves et ses consonnes sonores. Elle s'était entraînée des après-midi durant près de chez Gilsa, courbée au-dessus du sol à la recherche de racines. Malgré sa mine renfrognée, il ne souffla mot, et Ani lui sourit avec gratitude.

Pendant ce temps, les autres l'observaient d'un air ahuri.

— Ouais, merci du cadeau, grommela le cocher.

— Qu'est-ce que ça signifie ? tonna son camarade. Elle parle comme si elle venait d'Étang-Noir. Pourtant, elle n'est pas de la région, sinon on l'aurait déjà vue. Hein, Finn ?

— Ouais, tu ferais mieux de nous expliquer d'où elle sort.

— De la Forêt, répondit Finn.

— Moi, je n'aime pas ça, bougonna le cocher. Et Nod non plus. Il n'est pas habitué à avoir cinq personnes à tirer, et nous, on n'est pas du genre à lécher les bottes aux étrangers. On va prendre son sac ; du coup, elle te servira plus à rien et elle pourra filer.

Fataliste, Ani attendit que Finn la déleste de son baluchon et l'abandonne dans ces parages qu'elle commençait à bien connaître.

— Puisque c'est comme ça, rétorqua Finn.

Il la prit par le coude et se remit en route.

— Tu peux y aller, chuchota-t-elle. Ce n'est pas grave. Tu ne peux pas te permettre de rater le marché.

Il haussa les épaules. La carriole grinça tandis que Nod les rejoignait.

— Ne sois pas têtu, Finn !

— Oui, viens.

— Bande de nigauds ! s'exclama la fille. Finn aura

encore emporté un de ces gâteaux au cumin faits par sa mère. Si ça continue, il va nous passer sous le nez.

— Allez, Finn, supplia un des garçons, on veut juste savoir qui elle est.

Le fils de Gilsa marchait tranquillement. Alors Nod s'arrêta et le conducteur marmonna :

— Bon, d'accord, montez tous les deux, têtes de mules.

Ils grimpèrent dans la charrette. Les paquets étant très encombrants, Ani suivit l'exemple de Finn et s'assit sur le sien ; on aurait dit des enfants jouant à chat perché.

Finn fouilla dans ses affaires et en tira un gâteau enveloppé dans un bout de jonc tressé.

— Frais d'hier, affirma-t-il en le tendant à la demoiselle pour qu'elle le partage en cinq.

Certaine que celle-ci avait protesté par gentillesse, Ani lui fit un large sourire, mais elle ne put croiser son regard.

— Hue, Nod ! cria le cocher en lorgnant Finn du coin de l'œil.

Ani se recroquevilla sur sa pile de couvertures. Le paysage défilait lentement, avec ses couleurs éclatantes et pures qui se découpaient sur le ciel. Ses trois voisins discutaient et, à force d'insister gentiment, ils réussirent à soutirer des confidences à Finn. Il avoua qu'il était inquiet pour un poussin né avec une patte abîmée, et pour sa mère qui tricotait souvent sous une lumière insuffisante.

Alors qu'ils s'échangeaient les dernières nouvelles, Ani essayait de se représenter ce qu'était leur vie quotidienne. À les écouter, il s'agissait d'une existence de labeur, guère enrichissante, éreintante et hantée par une question : tiendrons-nous jusqu'au printemps prochain ? Mais elle enviait leur solidarité.

Elle n'avait pas d'anecdote intéressante et personne ne s'adressait à elle. Elle restait donc muette, en s'efforçant de se faire toute petite.

L'équipage ne s'immobilisa que bien après la tombée de la nuit, à côté d'un tas de cendres qui jeta bientôt des étincelles.

Au moment de dormir, la princesse repensa à Selia avec reconnaissance ; au moins, sa mutinerie lui avait permis de s'entraîner à installer son couchage. Finn, lucide sur les compétences d'Ani en matière de cuisine, se hâta de préparer le dîner, lui épargnant ainsi un léger embarras. Elle le remercia chaleureusement avec son nouvel accent bayérois.

Le lendemain, elle se réveilla la première. Tandis qu'elle étudiait les visages de ses compagnons dans les couleurs pastel de l'aurore, une profonde solitude l'envahit. Dans le sommeil, même les traits de Finn lui étaient étrangers. C'étaient de parfaits inconnus, avec leurs tignasses brunes, leurs ongles cassés par le travail, leurs mains sales et leurs soupirs paisibles qui témoignaient de leur sérénité dans ce grand monde boisé.

Elle s'étira, concentrant au creux de sa poitrine la boule d'angoisse qui y était emprisonnée. Lorsqu'elle entendit le cheval hennir, encore somnolent, ses plaies se rouvrirent. Falada lui manquait terriblement. Elle prit les brosses et les accessoires de Nod sur un rocher à côté de lui, et s'appliqua à redonner tout son lustre à son cuir terne.

Elle lui parlait doucement en le brossant. Elle fredonnait près de ses oreilles qui remuaient en tous sens ou imitait le hennissement apaisant de la jument à son poulain, en tentant de deviner ses zones sensibles. Bien qu'elle ne pût communiquer avec lui, sa chair était familière sous ses doigts et ses mouvements avaient un sens.

— Tu plais à Nod, on dirait.

Elle sursauta et vit le cocher bâiller en se frottant les paupières, puis tendre le bras pour flatter l'encolure de sa bête.

— Tu sais y faire avec les animaux ?

— Oui, je crois...

Après ses mauvaises expériences en Kildenrie, son hésitation était naturelle. Elle ignorait comment les habitants de la Bayère considéraient les amis des bêtes. Mais le garçon n'avait pas l'air défiant.

— Finis de le préparer, si tu veux, proposa-t-il en tapotant la croupe de Nod.

Le petit déjeuner se déroula dans un silence léthargique. Quand les autres se hissèrent dans la charrette, Ani ramassa un morceau de charbon dans le foyer et le glissa au fond de la poche de sa jupe. Plus tard, elle pourrait l'utiliser pour teindre ses sourcils, complétant ainsi son déguisement de Bayéroise.

Ils passèrent le plus clair de la journée à voyager. Le panorama devenait plus vaste encore. Lorsque le soleil entama sa descente à l'ouest, ils avançaient sur une immense avenue au milieu de centaines d'attelages. Face à eux se dressait la capitale.

Hors de la forêt, la Bayère était un pays de collines ondulantes et de plateaux. La grande cité était construite au sommet de la butte la plus élevée. Ses flancs doux étaient parcourus d'une enceinte haute de quatre toises, derrière laquelle se succédaient des maisons étroites et altières aux toits de tuiles écarlates, des rues sinueuses, des tourelles et de nombreuses flèches. La ville ressemblait à un énorme gâteau orné de bougies incandescentes. Sa splendeur culminait à l'endroit où trônait le palais aux innombrables tours, dont les bannières rouge et orange, secouées par un vent violent, vacillaient comme des flammes. En comparaison, l'illustre château de sa mère était une maison de campagne.

Ani tressaillit, ébahie par les bruits et les couleurs ; elle contempla bouche bée la mer de chapeaux et de foulards, la multitude aux cils et sourcils noirs, les soldats armés de javelots aux pointes de fer et de boucliers aux peintures vives.

Un homme, parmi eux, était blond.

Ani l'aperçut avant qu'il ne la vît et détourna vivement la tête. Yulan. Il était assis sur une pierre devant la muraille de la cité, examinant avec soin chaque visage et clignant des yeux face au soleil couchant, le poing sur le pommeau de son épée.

Elle se cacha derrière son sac et se tassa sur le plancher. Son cœur cognait dans ses tympans, rendant le vacarme des charrettes et des passants faible et lointain. Si Yulan était là, Ongolad et Selia l'étaient aussi, sans doute. Cela signifiait-il qu'ils avaient vaincu Talone ? Que tous les autres étaient morts ? Qu'elle ne pouvait plus espérer aucun secours ? La tête rentrée, elle frotta son cou raidi.

Il fallait qu'elle trouve le moyen de s'introduire à la cour quand même. En Kildenrie, un membre de la famille royale recevait les citoyens qui le souhaitaient. Elle priait pour que cette coutume existât également dans ce pays. Si seulement elle parvenait à pénétrer dans le palais sans être démasquée par Yulan et ses acolytes, elle plaiderait sa cause auprès du roi, et si celui-ci ne la croyait pas, auprès du Premier ministre. Pourvu qu'il fût toujours capable de la reconnaître, plus de cinq ans après sa visite...

Les charrettes se succédaient par centaines aux portes de la cité, avant de s'aligner sur la place du marché. Le petit groupe fut acculé à l'arrière d'un immeuble de deux étages. Ani étendit sa paillasse derrière une roue de la charrette et s'y pelotonna, en attendant que la nuit la camoufle. Le fils de Gilsa s'assit à côté d'elle et l'invita à partager du pain et du fromage pour le dîner.

— Finn, est-ce qu'on peut demander à être reçu par le roi, la reine ou un prince, ici ?

— Il n'y a plus de reine.

Il mâchait lentement son bout de pain, inconscient de l'appréhension d'Ani, qui attendait sa réponse avec la chair de poule.

— Le jour du marché, on voit des gens faire la queue pour solliciter le roi.

— C'est demain, n'est-ce pas ?

Il hocha la tête et ils continuèrent de manger en silence.

— Tu auras intérêt à partir tôt, ajouta-t-il en désignant une ruelle qui montait vers le palais.

Dans la lueur blafarde du matin, Ani s'éveilla parmi des marchands somnolents qui déballaient de leurs sacoches humides de rosée tissus, châles et boîtes en bois ciselé. Elle replia ses couvertures, fit au revoir à Finn et entreprit l'ascension de la ruelle.

Quelques minutes plus tard, elle s'arrêta dans une impasse déserte et chercha une fenêtre tendue d'un rideau où elle pût se mirer sans s'exposer à la vue des habitants. Elle remonta son foulard sur son front et l'ajusta normalement, au-dessous de la ligne des cheveux. Puis elle sortit le morceau de charbon de sa poche, se pencha sur son reflet dans la vitre et se noircit soigneusement les arcades sourcilières. Si les mercenaires cherchaient une jeune fille blonde dans la foule, ils l'examineraient peut-être et elle ne pouvait pas se permettre d'être identifiée avant de se trouver sous la protection du roi. Nul doute qu'Ongolad la traînerait dans un coin reculé pour l'égorger s'il en avait l'occasion.

Plus elle approchait, plus les rues étaient animées. Ani croisait des campagnards vêtus d'habits simples aux couleurs éclatantes, et des citadins parés d'étoffes précieuses. Elle atteignit les murs du palais à l'instant où le soleil éblouissant pointait sa crête au-dessus de la muraille. Une file de quémandeurs s'étirait déjà à travers la cour. Elle prit place en bout de queue, espérant passer inaperçue de Yulan et des siens.

Bien qu'elle fût très longue, la colonne avançait rapidement. Ani regretta de ne pas avoir pris un en-cas dans les provisions de Gilsa. Harcelée par la faim, d'humeur grincheuse, elle pestait intérieurement. « Ce n'est pas juste. Se nourrir du pain d'autrui, vivre de la charité, sans un sou et sans domicile. Ç'aurait dû être ma maison, ici. »

Elle admira la hauteur spectaculaire des tours aux lucarnes scintillantes, qui arboraient fièrement leurs bannières battues par le vent. Puis elle se regarda avec dépit. Elle découvrit une pauvresse couverte de vêtements froissés par le voyage, affamée, aux pieds endoloris par les semelles trop minces des bottes de Finn, appuyée contre un mur derrière une file de paysans patients. « Ce n'est pas moi, pensa-t-elle. Mais qui suis-je ? » Son esprit était trop occupé à rêver d'un petit déjeuner pour réfléchir à cette question. Son imagination lui dépeignait des pâtisseries, des pommes cuites, des œufs à la coque avec du fromage, du pain aux noix et des saucisses. Elle avala sa salive pour calmer son estomac vide.

Enfin, elle gagna la fraîcheur ombreuse des portes. Elle fit un pas et se sentit subitement chavirer. Une ronde de senteurs raviva dans sa mémoire les souvenirs de son père et de l'époque où elle vivait dans la propreté et le confort. Sa gorge se serra ; elle était au bord de l'asphyxie. Le savon noir, l'encaustique, le parfum des rideaux, le vieux métal, la pierre de luxe, l'eau vive, les roseraies, la poix, la graisse des armures, les savonnettes, l'essence de rose... Quelques mois seulement s'étaient écoulés depuis qu'elle avait quitté sa maison, mais ces odeurs réveillaient des réminiscences confuses, l'écho d'une vie antérieure. C'était comme retrouver les traits d'une personne disparue et autrefois chérie dans le visage d'un inconnu.

Absorbée dans une profonde méditation sur son passé, elle ne prêtait presque plus attention à la progression de la file. L'homme qui la précédait était à peine entré dans la chambre du roi qu'Ani aperçut Selia.

VII

Les cheveux clairs de Selia tranchaient parmi toutes ces têtes brunes. Elle les portait en un chignon ramassé dans un filet incrusté de pierres précieuses. Vêtue d'une robe neuve – une tenue peu ornée de couleur brique qu'elle avait volée dans les affaires de son ancienne maîtresse –, elle se déhanchait avec une confiance tranquille et un air satisfait qui trahissait sa suffisance. Deux dames l'accompagnaient, habillées à la mode du pays, avec des tuniques à longues manches et des jupes évasées taillées dans un tissu différent. Elles riaient à gorge déployée.

Ani resta pétrifiée. Ses pieds étaient rivés au sol comme deux lourds pavés. Terrorisée à l'idée d'être découverte, elle rentra la tête dans les épaules. Elle entendit le froufrou des jupes de Selia, suivi du bruissement de la foule qui s'écartait sur son passage et s'inclinait avec maladresse. Quand les dames disparurent à l'angle d'un couloir, Ani redressa son buste et tomba nez à nez avec l'intendante.

— Viens, demoiselle, c'est à ton tour.

« Elle est ici, dans ma robe... Alors ils sont tous morts – Talone, Adon, Dano, Radal, Ingris –, tous. »

— Dépêche-toi, il y a du monde jusqu'à demain.

Elle retint son souffle en entrant dans le salon de réception. Il était long et étroit, avec un œil-de-bœuf au plafond par où le soleil répandait sa chaude lumière sur le marbre pâle. Éblouie, elle cligna des yeux et avança à l'aveuglette, l'image de Selia demeurant imprimée sur ses rétines brûlées.

Ani ignora les gardes qui se tenaient aux quatre coins de la pièce et à côté de chaque colonne étincelante. Ongolad ne devait pas être loin. Ses hommes la traquaient partout en ville, et elle, inconsciente, s'offrait à eux dans leur antre. Elle s'était précipitée dans le piège qui lui était tendu, telle une souris attirée par du fromage, les invitant à la supprimer purement et simplement – car nul doute qu'ils lui réservaient le même sort qu'à ses compagnons. Elle s'arrêta ; un pas de plus et elle s'enfuirait en courant.

— Approche, ordonna le roi.

C'était un homme imposant ; assis, il paraissait déjà immense. Ses mains, posées sur les bras d'un fauteuil délicatement ciselé, étaient larges et puissantes. Si besoin était, il pourrait certainement porter une épée et aller au combat, en dépit de son âge. Il semblait las mais intrigué par l'indécise. Ani obéit en tremblant et exécuta sa plus belle révérence, celle dont son précepteur lui avait appris des années auparavant, lorsqu'elle s'appelait encore Anidori-Kiladra de Kildenrie, qu'elle était réservée aux personnalités royales. Mais elle n'était pas préparée à se présenter devant un monarque en tant que paysanne de la forêt, avec des bottes de garçon, les sourcils noircis et un accent contrefait.

— Quelle est ta requête ? demanda l'intendante.

— Je... je ne sais pas, bredouilla-t-elle.

Elle se maudissait d'avoir élaboré ce plan stupide. Impossible de se découvrir devant la cour maintenant que Selia avait réussi à pénétrer dans le palais. Quelle preuve apportait-elle de sa bonne foi ? Le roi appellerait la fausse fiancée sur-le-champ pour exiger des explications. Celle-ci, soutenue par ses complices, nierait sa version de l'histoire et Ani serait emprisonnée pour crime de trahison, ou alors, prise pour une nigaude inoffensive ; jetée dehors, elle serait une proie facile pour Ongolad. Il n'y avait aucune issue. Elle était perdue.

Le vieil homme soupira.

— Tu es nouvelle à la ville ?

— Oui, Sire.

— Tu as un endroit où dormir ?

— Non.

— Que sais-tu faire ?

Son unique espoir étant de retrouver Falada, elle répondit avec fougue :

— M'occuper des chevaux !

Le roi se tourna vers un courtisan debout à sa droite.

— Nous ne manquons pas de bras aux écuries, Sire.

C'était un grand escogriffe, à la figure émaciée, qui suintait l'orgueil et le mépris. Il examina un parchemin cloué sur une mince planche.

— En revanche, le gardeur d'oies ne se sent pas de taille à s'occuper seul d'un troupeau de cinquante volatiles.

— Parfait, dit le roi, en encourageant Ani à suivre ce conseiller à l'extérieur du salon.

— Attendez... Sire, une faveur. Pourrais-je parler un instant à votre Premier ministre ?

Sans cacher son impatience, le roi fit un geste au conseiller posté devant la porte.

— Comme tu voudras, grogna-t-il.

Ani écarquilla les yeux, étonnée d'une telle indulgence. Elle le remercia et l'honora d'une deuxième révérence alors qu'un nouveau quémandeur prenait déjà sa place. Lorsqu'elle se releva, elle nota un changement d'expression chez le roi ; il semblait la voir pour la première fois. Ses rides s'étaient accentuées et son regard la sommait de ne pas bouger tandis qu'il l'examinait. Elle rougit du cou jusqu'à la racine des cheveux.

— Parfait, répéta-t-il en souriant, avant que l'intendante ne sollicite son attention.

Le contraste était saisissant entre le bois sombre du couloir et l'intense luminosité du salon de réception. Les teintes mates des murs, des tapis et des tentures apaisèrent Ani immédiatement. De plus, elle se réjouissait d'être reçue dans le bureau d'Odaccar. Mais au lieu de l'y mener, le conseiller appela un page et lui donna l'ordre de la conduire au camp ouest des travailleurs. Il faisait demi-tour pour rejoindre son maître quand Ani l'interpella.

— S'il vous plaît, monsieur... Sa Majesté m'a autorisée à consulter le Premier ministre.

— Eh bien, c'est moi.

— Je pensais... enfin, je parle de... celui que j'ai rencontré un jour, quand j'étais plus jeune.

Il poussa un soupir agacé.

— C'était mon prédécesseur. Je suis Thiaddag, Premier ministre de la Bayère depuis quatre ans. Tu comprendras que je ne puisse abandonner mes importants devoirs pour vous réunir, toi et ton vieil ami.

Il lui signifia de reculer du dos de la main et repartit.

— Bon, tu viens ? demanda le page.

Que faire ? Travailler avec un gardeur d'oies n'était pas dans ses objectifs. D'un autre côté, son plan était si faible qu'il s'était écroulé à la vue de Selia et d'un nouveau Premier ministre. Et puis c'était un moyen de séjourner dans la capitale en attendant de porter secours à Falada.

— Je viens, dit-elle.

Le page fit une pause dans la cour pour s'étirer et bomber le torse, souriant au soleil éblouissant. Il ressemblait à un rouge-gorge, avec sa tunique carmin et sa tignasse dépeignée comme un plumage hérissé.

— Je m'appelle Tatto, mon père est capitaine et il a vingt soldats sous ses ordres. C'est pour ça que je suis déjà page. Je n'ai que douze ans.

— Oh ! Félicitations, s'exclama Ani, qui n'avait aucune idée de l'âge moyen des pages.

Il la dévisagea, à l'affût d'une expression de moquerie, et lorsqu'il comprit qu'elle n'y connaissait rien, il secoua la tête en pestant contre l'ignorance des gens de la Forêt.

Pendant qu'ils descendaient les rues en pente vers la haute muraille, Tatto ne se tut pas une seconde. Il la renseigna sur les devoirs nombreux et compliqués d'un page tout en décrivant la ville.

— Derrière, expliqua-t-il en longeant l'enceinte, il y a les pâturages, avec les vaches, les moutons, les oies et tout. C'est là que tu vas travailler.

— Où met-on les chevaux ?

— Par-delà le palais, dans un enclos tellement grand qu'il te faudrait la matinée pour le traverser en entier. Falada était donc hors d'atteinte. Un obstacle supplémentaire surgissait. Dépitée, Ani suivit Tatto jusqu'à un bâtiment oblong à un étage, peint d'un jaune aussi vif que sa tunique. Ils y rencontrèrent une femme efflanquée dont les prunelles éteintes glissaient sur tout avec indifférence. Elle ânonnait d'une voix languissante, comme si cela lui coûtait un énorme effort, en ponctuant ses phrases de silences et de gémissements. Son nom était Ideca et était en charge de l'aile ouest. Après s'être présentée, elle chassa Tatto en lui recommandant de rentrer sans traînasser, ainsi qu'il l'avait assurément fait à l'aller, sous peine d'être renvoyé par son capitaine aux fourneaux graisseux des cuisines. Vexé que Maîtresse Ideca ait terni son image, le page se renfrogna et déguerpit en hâte.

Ideca observa sa recrue.

— Tu ne vas pas... avoir le mal du pays, regretter les gens de la Forêt... et détaler dès la première gelée, hein ?

— Non.

— Je ne sais pas pourquoi tu es allée voir le roi plutôt que de venir ici directement... Si tu imagines être entrée par la grande porte, tu te trompes. Tu seras traitée exactement pareil que les autres. On trime tous, ici... C'est pour ça qu'on est là.

Ani hocha la tête en espérant que cela suffirait à rassurer Ideca sur ses intentions.

Celle-ci retroussa les lèvres.

— Tu prendras tes repas ici, matin et soir. Tu devrais commencer par là, d'ailleurs...

Elle déposa négligemment un bol de soupe aux haricots et un verre sur la table. Ani avala l'eau d'une traite, oubliant d'économiser quelques gorgées pour faire passer le potage froid.

À l'étage, Ideca lui montra une garde-robe constituée au petit bonheur la chance. Elle lui fournit une jupe et une tunique de rechange pour le jour de la lessive, toutes deux d'un orange doux comme la fleur du pêcher. Elle compléta son uniforme d'un bâton en bois de bouleau à la pointe recourbée et d'un large chapeau de paille avec un ruban à nouer sous le menton – idéal pour dissimuler la moindre mèche.

— Tu occuperas la troisième maison en venant du sud, côté rempart. Tu as quartier libre pour la journée. Sois ici demain très tôt pour le petit déjeuner.

Ideca la congédia et referma derrière elle.

Face au réfectoire se succédaient des logements identiques, pourvus chacun d'une fenêtre et d'une porte. Ani entra dans le troisième. En réalité, ce n'était qu'une chambre – une chambre minuscule. En tendant les bras, elle pouvait presque toucher les deux cloisons opposées. Les murs en bois étaient communs aux maisons voisines et celui du fond était constitué d'un bout de rempart. Les pestilences de la ville – dues aux déchets, à la fumée et à la promiscuité entre les hommes et les animaux – imprégnaient la chambrette. Elle était bâtie à même les pavés, si bien qu'elle ne méritait pas vraiment d'être considérée comme un « intérieur ». Il semblait à Ani qu'à tout moment des colporteurs allaient faire irruption ou des garnements grimper par la fenêtre et sauter par-dessus le lit pour escalader les pierres saillantes du rempart.

Un grabat, une table de chevet et trois crochets en fer composaient le modeste ameublement. Une seule des pièces de son ancienne suite au palais de Pierre-Blanche contenait quinze fois celle-ci. Ani imagina les murs nus s'écarter autour d'elle, s'égayer de peinture blanche et se tendre de tapisseries figurant des enfants, des oiseaux et des collines aux crêtes ondulantes parées de couleurs automnales ; un tapis se dérouler tel un ruisseau inondant ses rives ; le lit s'agrandir et se couvrir d'une montagne d'oreillers et d'édredons à la vitesse de la pâte à pain gonflant dans le four. Il ne manquerait plus que des livres sur des étagères, des chats à ses pieds, un festin sur la table et une servante à la porte disant : « Puis-je vous aider à vous habiller, Altesse ? » Mais elle n'était plus l'héritière du trône de Kildenrie, ni même princesse. Le visage de la servante redevint une pierre ovale. La morne réalité la rattrapa brutalement dans sa chambre dure, glacée et étriquée. Elle s'assit sur le lit, contemplant avec stupeur ses paumes lisses qui n'avaient jamais travaillé.

Après avoir longtemps erré, tourné en rond, buté sur maintes impasses, respiré l'odeur âcre des rognons de veau dans les ruelles des bouchers et les essences étourdissantes de centaines de bouquets dans les venelles des fleuristes, guidée par le tapage des vendeurs, Ani retrouva la place du marché. Les campagnards, si calmes la nuit précédente lorsqu'ils s'y étaient massés, étaient devenus des marchands auda-

cieux qui tendaient des articles aux badauds et hurlaient debout sur leurs charrettes : « Des fruits ! Des
herbes ! Exigez nos conserves ! Des noix, madame ?
Des pignons de pin ? Allons, mesdames et messieurs !
Des couvertures, achetez des couvertures pour vous
protéger de l'hiver qui arrive ! »

Les compagnons de voyage d'Ani n'étaient pas en
reste. La moitié de leurs baluchons étaient vides et
une foule de clients se pressait pour apprécier les
mailles fines de Gilsa et tâter sa laine teinte de couleurs éclatantes. Même Finn criait quelques mots en
agitant un pull en l'air. Lorsqu'elle s'aperçut que
c'était elle qu'il hélait, elle trottina vers lui, hébétée
par l'effervescence qui régnait sur la place.

— Salut, Isi.

Elle avait presque oublié qu'Isi était son nom, pour
l'instant. Le petit groupe de voisins était content de
sa matinée, mais il leur faudrait camper là jusqu'à la
fin de la semaine pour écouler leurs articles.

— On fera mieux le mois prochain, dit la fille au
foulard grenat. Quand la température fraîchira, les
gens se jetteront sur nos pulls.

— Finn, j'ai un travail !

Bien qu'elle eût préféré murmurer, elle dut presque
hurler à cause du vacarme.

— Je vais m'occuper des oies du roi, ajouta-t-elle
en souriant.

Ce n'était qu'une tâche assez commune mais elle
prenait un accent noble à ses oreilles. Sa voix avait
une intonation aussi satisfaite que celle de Tatto, le
page crâneur.

— C'est un bon boulot, la complimenta Finn.

— Je voulais juste t'en informer, pour que tu ne te demandes pas où j'étais passée.

Il lui donna une tape sur l'épaule et se gratta le sourcil avec un sourire complice.

Elle espéra que le charbon ne s'était pas étalé.

— Je dois y aller. Merci de ta gentillesse.

Avant de partir, elle lui chuchota :

— Finn, si quelqu'un venait à découvrir qu'on se connaît et vous rendait visite dans la Forêt, en prétendant être mon ami et en demandant où je suis, ne révélez rien. S'il te plaît... Toi et Gilsa, vous êtes mes deux seuls amis dans ce royaume.

Finn hocha la tête.

— Je t'ai gardé un peu du déjeuner.

Il prit une grosse pomme verte sur la charrette ; elle avait le parfum des herbes humides et tranchantes au bord du ruisseau de la forêt.

— Bonne chance, dit-il.

Ani se faufila entre les étals, les carrioles, les vendeurs et les citadins venus faire des affaires. Un jongleur évoluait au centre d'un attroupement. Elle regarda, médusée, l'une de ses balles rouges se transformer en colombe et s'envoler parmi les spectateurs.

— Truqué ! s'exclama une femme avec un foulard vert.

Elle était assise sur une couverture recouverte de racines, de grappes de baies et de paquets de feuilles séchées, de sorte qu'elle ne pouvait pas remuer d'un pouce.

— Ce ne sont que des tours, insista-t-elle en montrant le jongleur, pas de la magie.

— Oh ! oui, bien sûr, répondit Ani.

134

La femme la dévisagea avec une mine mystérieuse, la poitrine secouée par une quinte de toux – ou par un fou rire.

— Tu caches quelque chose, n'est-ce pas ?

Ani haussa un sourcil.

— Il y a des mots en toi, ma mignonne. Plus que tu ne crois.

— Des mots magiques ?

— Qu'en sais-tu ?

Ani haussa les épaules.

— Qu'est-ce que tu cherches par ici ?

La vieille étala les marchandises de sa main sale.

— Cette racine, dit Ani en désignant une tige d'épineux qu'elle avait appris à connaître chez Gilsa. Mais je n'ai pas d'argent.

— Je te l'échange contre ta pomme.

La vieille renifla et tira d'une motte pourrie une racine de la taille d'un lombric.

— C'est tout ce que j'ai. On ne m'en demande jamais.

Sitôt le troc conclu, la vieille chassa rudement Ani sans lui laisser le temps de la questionner.

Ani se fraya avec difficulté un chemin vers la muraille, qu'elle longea ensuite vers l'ouest, en caressant les pierres de sa main gauche. La clameur du marché était encore audible lorsqu'elle aperçut des formes volumineuses pendouiller sur le mur. Avant qu'elle ait pu les identifier par la vue, leur puanteur la fit chavirer.

Les cadavres suintaient la mort sous le dard féroce du soleil. L'odeur âcre de la viande rance et du sang frais lui râpa la gorge. Bouleversée, tremblante, Ani avança en titubant et tomba sur un homme qui fixait les corps en mâchonnant un friand.

— Excusez-moi, monsieur.

Il recracha un nerf et baissa les yeux sur elle.

— Je ne suis pas un monsieur, fille de la Forêt. Je suis Arnolt.

— Arnolt, pourquoi ces... pourquoi sont-ils là-haut ?

— Des criminels, marmonna-t-il. Ils auront tué, volé du bétail ou enlevé une demoiselle... Les trucs à ne pas commettre, quoi. Ce ne sont pas des déserteurs, en tout cas. Ceux qui se rendent coupables de lâcheté dans l'armée du roi, on les enterre dans la boue. C'est la tradition.

Sa bouche remplie de miettes dessina un sourire.

— La ville est différente de ta Forêt, hein ? se moqua-t-il en lui tapotant la tête. Oh ! On s'habitue.

Ani s'éloigna sans un regard en arrière. Après réflexion, elle se rendit compte qu'elle ignorait si les criminels étaient exécutés en Kildenrie. Peut-être les lui avait-on cachés, eux aussi. Peut-être sa mère l'avait-elle jugée trop faible pour affronter la réalité.

Elle atteignit les bâtiments des travailleurs au terme d'une longue marche. La porte du réfectoire, où elle venait réclamer un peu de vinaigre, s'ouvrit avec un grincement. Ideca lui en céda une tasse en ronchonnant, contre la promesse qu'elle la lui rende dans les plus brefs délais.

Une fois dans sa chambrette, afin d'oublier la tristesse du bois gris et l'exiguïté, Ani s'attela immédiatement à la tâche. C'était un véritable exploit d'avoir trouvé cette racine terne et passe-partout parmi les baies et les plantes utilisées pour obtenir les couleurs vives qu'affectionnaient les Bayérois.

Avec un bout de pierre détaché du mur, agenouillée par terre au-dessus d'un pavé creux, Ani la coupa en lamelles noires et juteuses. Elle écrasa celles-ci dans quelques gouttes de vinaigre, et, une touffe d'herbe en guise de pinceau, elle recouvrit avec soin ses sourcils blonds. Elle devrait se contenter du visage ; elle avait peu de chances d'en dénicher assez sur tout le marché pour colorer les mèches qui encadraient son front. De plus, elle risquait de se noircir des ongles aux poignets dans l'opération.

Elle frotta les traces de teinture sèche avec le revers de sa jupe et se roula en boule sur le lit. Même pendant son sommeil, les lattes crevaient le mince matelas, lui meurtrissant le dos.

VIII

Quand l'aurore ouvrit sur le monde son œil lumineux, Ani entendit ses deux voisins bouger. Derrière les cloisons, les cadres des lits trahirent leur âge en gémissant et des bottes raclèrent le sol. Ani décrocha sa tunique jaune et sa jupe bleue, préférant ce matin-là le réconfort de ses vêtements familiers à la tenue neuve rose orangé. Elle tressa ses cheveux et les enroula au sommet de son crâne en une épaisse torsade qu'elle maintint à l'aide de son chapeau. Elle espérait que personne ne se soucierait de savoir pourquoi elle se couvrait la tête, alors que le soleil parvenait à peine à s'immiscer entre les édifices pour chauffer les pavés. Elle noua le ruban sous son menton et remit en ordre ses mèches lâches. Armée de son bâton crochu, elle quitta sa chambrette et partit braver Maîtresse Ideca.

En poussant la porte du réfectoire, elle fut assaillie par l'odeur des aliments chauds, mêlée à celle des étables et de corps plus accoutumés au contact des animaux qu'aux bains. Elle se demanda si elle réussirait à avaler quelque chose en dépit de cette puanteur. Pourtant, la trentaine de travailleurs assis sur les bancs se goinfraient comme des affamés.

Ils étaient jeunes, dans l'ensemble. Quelques garçons étaient quasiment de l'âge de Tatto, tandis que certaines filles paraissaient plus vieilles qu'Ani. Tous avaient des cheveux sombres, dont les nuances allaient du bois d'érable au noir ébène. La salle retentissait du bruit des conversations, du choc des cuillers métalliques contre les plats en argile et des claquements répétés de la porte de la cuisine. Les assistantes d'Ideca en sortaient avec des victuailles pour y rentrer aussitôt avec des assiettes sales. À cela s'ajoutaient les cris que se lançaient les amis d'une table à l'autre. Ani nota qu'elle était la seule à porter un chapeau. Elle en tritura nerveusement les bords et chercha une place isolée.

Elle ne tarda pas à être repérée.

— Conrad, c'est ta collègue !

— C'est la nouvelle.

— Allez, Conrad, fais-lui la bise, dit un garçon en bousculant un garçon coiffé d'un bonnet orange.

Le malheureux culbuta, se releva d'un bond et attrapa une pleine poignée d'œufs brouillés. Avant que ses doigts gluants n'atteignent les joues du coupable, Ideca, rapide comme l'éclair, avait saisi son bras d'une main et son couvre-chef, ainsi qu'une touffe de cheveux, de l'autre.

— Conrad, je vais t'apprendre à nettoyer les œufs par terre avant d'aller te coucher, tu peux compter sur moi ! Dis bonjour à Isi et assieds-toi.

Le garçon renifla et reposa les œufs sur son écuelle d'un air dégagé. Il frotta sa main sur la jambe de son pantalon, et la tendit à sa future partenaire. Il avait des yeux gris et le visage criblé de taches de rousseur aussi rapprochées que des écailles.

— Je m'appelle Conrad. Je m'occupe des oies.

— Embrasse-la ! beugla une voix par-dessus le vacarme.

La tête de Conrad pivota vers le braillard et il rétorqua :

— Toi, la ferme, ou je te fais avaler ton petit déjeuner par les narines ! Je te nettoierai la face avec le sol jusqu'à demain, s'il le faut.

Il renouvela son geste de bienvenue et Ani lui serra la main avant de s'essuyer subrepticement dans le dos.

— Ravie de te rencontrer, dit-elle.

— Tu es d'où ? demanda une fille dans le fond de la salle.

— De la Forêt.

— Évidemment, nunuche, mais de quel endroit ?

Ani comprit alors que la plupart de ces enfants étaient venus de la Forêt pour gagner leur vie en ville et envoyer de l'argent à leur famille. Ayant gardé en mémoire le nom du hameau mentionné par les voisins de Finn, elle dit :

— Près d'Étang-Noir.

— Elle parle comme quelqu'un que je connais là-bas, confirma une autre fille.

Ensuite, l'attention générale se détourna d'elle au profit des bols. Ani mangea lentement, concentrée sur les bouchées de nourriture lourde qu'elle s'étonnait de devoir ingurgiter en début de journée. Elle observa Conrad et ses amis, ébahie par leurs assiettes où s'entassaient des œufs, des louchées de haricots, de gros morceaux de mouton et des galettes tièdes d'avoine bien grasses qu'ils engloutissaient avec appétit. Une fois les plats terminés, ils s'essuyèrent la bouche sur le dos de la main, puis la main sur le pantalon, ou sur la tunique d'un copain au cours de bagarres brèves mais intenses. Puis ils se levèrent comme un seul homme. Les bancs en bois crissèrent sur la pierre.

— Prends ton bâton, lui ordonna Conrad en s'emparant du sien, aligné avec les autres à l'entrée.

Au moment du départ, le refrain « Conrad a une copine, Conrad a une copine... » courait de lèvres en lèvres.

— Allez, viens, la gardeuse d'oies, bougonna-t-il.

Ils s'enfoncèrent dans une ruelle escarpée. Ani coinçait son bâton entre les pavés et poussait pour s'aider à grimper. Lui marchait devant sans attendre et elle ne le rattrapa que lorsque le terrain redevint plat. Elle distingua bientôt des grognements – de moutons, cochons, poulets ou chèvres –, si nombreux qu'elle ne pouvait dissocier leurs différents cris. Conrad pénétra dans un petit enclos et des oies domestiques les accueillirent en jacassant. Leur langage n'avait rien à voir avec celui des cygnes. Ani fut incapable de comprendre un traître mot.

— T'as déjà gardé des oies ? s'enquit Conrad.

Elle secoua la tête. Exaspéré, il roula les yeux au ciel.

— Laisse-moi me débrouiller, d'accord ? Toi, reste en arrière et assure-toi qu'elles ne filent pas n'importe où. Les oies détestent les inconnus, mais elles sont moins méchantes avec les nouvelles. Les jars ont presque dévoré les genoux du dernier gars qui s'était radiné de la Forêt. Il n'a pas tenu longtemps avec moi. Il s'occupe des cochons, maintenant.

— C'est gentil de me prévenir.

— Elles pourraient te bouffer tout entière, ça m'est

égal ; je t'explique, c'est tout, ajouta-t-il d'un air indifférent.

Les oies étaient moins imposantes que les cygnes. Leur forme était assez similaire, bien que simplifiée ; leurs têtes étaient plus carrées, leurs cous moins longs, et leurs pattes et becs avaient la couleur orange vif de la pulpe de fruits exotiques.

Le parc du palais en Kildenrie n'abritait pas d'oies et Ani n'en avait jamais vu de si près. Parfois, de la fenêtre de la bibliothèque, elle avait observé une paysanne aux cheveux courts et aux pieds nus, qui portait un bâton et un chapeau en papier épais ressemblant à un bout de bois. Ani se promenait souvent avec une douzaine d'oies au bord d'une rivière, vers le pré communal qui jouxtait la cité. Pour la princesse, elle personnifiait l'insouciance, une tranquille complaisance, les oiseaux autour d'elle n'étant que les incarnations palpitantes de ses divagations.

Un cri perçant et inamical la ramena à la réalité. Un jars au front large fusa de l'enclos et lui pinça le jarret au passage. Elle fut déséquilibrée sous l'effet de la surprise et atterrit sur son derrière. Le bec grand ouvert au ras du sol, tendu à la manière d'un mousquetaire dégainant une épée, il fonça sur elle. Ani se protégea de ses bras et se crispa dans l'attente du choc... Comme il tardait à se produire, elle risqua un œil entre ses doigts et aperçut le bâton de Conrad qui crochetait le cou du mâle belliqueux.

— Debout ! commanda-t-il. Exactement ce qu'il ne fallait pas faire.

Ani se redressa non sans mal et se pencha pour ramasser son bâton en surveillant les oies du coin de l'œil.

— Désolée.

— Mouais. Allez, on y va.

Un dédale éprouvant les séparait des étendues d'herbe grasse. Un garçon, seul avec cinquante oies à mener paître, était vite dépassé par les événements. Accompagné d'une assistante inexpérimentée, sa tâche se révélait encore plus compliquée. Ani était encerclée par une horde incontrôlable qui lui grignotait énergiquement les mollets. Conrad conserva sa position à l'arrière, d'où il conduisait les manœuvres en sifflant et en distribuant des coups de bâton. De temps en temps, il criait : « Gardeuse d'oies, elles s'écartent ! », et il l'envoyait pourchasser un groupe égaré.

Elle s'efforça de repérer dans leurs gloussements des sons familiers, en pure perte. Elle tenta même de parler le cygne, mais les bêtes hargneuses semblaient lui rire au nez et la pinçaient toujours plus fort.

Ils atteignirent enfin une arche étroite, découpée dans le mur d'enceinte de la ville. Derrière, des prés verts s'étendaient jusqu'à des arbres majestueux aux racines plongées dans un ruisseau. La vue du pâturage attisa l'appétit des oies. Leurs cous se raidirent, leurs minuscules pupilles se braquèrent sur l'herbe et l'eau scintillante, et elles se ruèrent dessus comme des affamées.

Ani s'était engagée la première pour les compter. Une immense vague compacte et blanche déferla, parsemée d'iris bleus et de becs d'un orange éclatant.

— Quarante-sept, annonça-t-elle. Il devrait y en avoir cinquante. Pourtant, je serais prête à parier qu'aucune ne s'est échappée.

Conrad haussa les épaules.

— Tu n'es pas inquiet ? On ne devrait pas revenir sur nos pas et les chercher ?

— Elles manquaient déjà. Je suis seul avec cette meute depuis plus d'une semaine. Qu'est-ce que j'y peux si trois d'entre elles disparaissent, avec quarante-sept qui courent dans tous les sens ? J'aimerais t'y voir.

Pendant que le soleil effectuait sa lente traversée du ciel, Ani demeura assise dans l'ombre d'un hêtre isolé au centre du pré, sur la rive d'une mare nourrie par de maigres affluents du ruisseau. Les oies arpentaient les berges, par groupes de cinq environ, pour becqueter l'herbe la plus haute et déterrer des vers dans la boue. Le pâturage n'était pas large, mais il était long et barré à chaque extrémité par une haie infranchissable. Au-delà, on discernait des moutons d'un côté, et de l'autre du bétail, peut-être des vaches.

Elle examina les champs au loin, dans le fol espoir d'entrevoir Falada brouter, bien que, selon Tatto, les chevaux fussent gardés derrière le palais, à l'intérieur de la ville. Pour apaiser sa culpabilité, elle essaya de se convaincre que son ami était mieux loti qu'elle, se délectant de montagnes d'avoine et dormant bien confortablement dans les écuries royales. Sauf s'il était mort... Cette pensée lui transperçait le cœur. D'autant qu'elle ne pouvait le découvrir sans être tuée à son tour.

Il était inutile de spéculer. Elle était coincée là pour la journée, de toute façon. « Qu'escomptais-je ? se dit-elle. Avoir une heure de pause pour le goûter ? » Tard dans l'après-midi, un marchand de beignets chauds passa sous l'arche pour lancer d'une voix claire sa rengaine maintes et maintes fois déclamée. Conrad, dépité, lui fit signe de s'en aller. Ni lui ni sa camarade n'avaient le moindre sou.

Quand le soleil répandit sur l'horizon sa coulée de lave, Conrad cria qu'il était temps de partir. Il s'était tenu à distance dès le matin, tantôt cherchant l'ombre sous les bouleaux qui poussaient près du ruisseau, tantôt jetant des cailloux dans l'eau ou harcelant mollement les oies pour les entendre cancaner.

Le trajet de retour fut plus aisé. Les oiseaux étaient fatigués et pressés de se reposer. Les bâtons ne servirent qu'une fois, lorsque deux jars s'éloignèrent du groupe pour attaquer gaiement un chat de gouttière aux dents ébréchées qui s'était approché trop près d'une femelle.

Après avoir enfermé les oies et regagné le réfectoire sur ses jambes flageolantes, Ani comprit enfin l'empressement silencieux de tous les travailleurs au petit déjeuner. Les effluves de nourriture retournèrent son estomac, qui grognait et frétillait d'avance.

Le dîner fut tout aussi animé. Ils mangèrent avec entrain des quiches au lard, des pommes de terre nature et des haricots réduits en bouillie. L'odeur des animaux imprégnait encore davantage l'atmosphère, mais Ani réussit à en faire abstraction pour imiter ses camarades.

Un bruit attira soudain son attention. La porte claqua derrière une adolescente au visage rougi, haletante, qui devait avoir à peu près son âge. Ses cheveux noirs flottaient sur ses épaules et ses grands yeux rappelèrent à Ani ceux d'une chouette. Elle s'appuya contre le montant, agita la main en direction d'un groupe de garçons, prit une profonde inspiration et s'époumona :

— Vite ! Razzo, Beyer... Ce vieux grincheux de bélier... Il a défoncé son étable à coups de cornes... et il est entré dans mon poulailler... J'ai voulu l'arrêter, mais...

Sans un mot, deux bergers s'emparèrent des bâtons qui leur tombèrent sous les doigts et se précipitèrent dehors. Ani nota immédiatement que l'expression de la fille, maintenant seule face aux tables, changeait. Elle avait retrouvé son souffle et un sourire s'ébauchait sur ses lèvres, creusant des fossettes sur ses joues.

— ... mais je n'ai pas pu parce que j'étais occupée à poser un plein seau de bouillie d'avoine en équilibre au-dessus de la porte.

Des rires s'élevèrent des quatre coins du réfectoire, enflant à mesure que l'anecdote circulait d'une table à l'autre. Ani souriait, elle aussi, tandis que son imagination volait vers ces pauvres bougres au seuil du poulailler... La farceuse fit une révérence et la rejoignit sur son banc.

— Je leur rends la monnaie de leur pièce, expliqua-t-elle en attrapant une part de quiche froide. Ils ont peint les œufs d'une de mes poules durant une semaine. J'ai fait avaler à cette malheureuse bête tous les médicaments que je connaissais, j'ai même posé autour du nid des amulettes qu'une sorcière m'avait vendues, jusqu'au jour où j'ai aperçu une goutte de peinture sur la paille. Ils sont incorrigibles.

Elles échangèrent un sourire, mais Ani fut vite intimidée par l'assurance et la beauté de la jeune paysanne.

— T'es d'Étang-Noir, hein ? Je m'appelle Enna. Je suis de Mille-Sapins, tu sais, en bas, après la rivière...

T'inquiète. Conrad n'est pas très drôle, mais ce n'est pas un mauvais gars. Il lui faut du temps pour s'accoutumer aux nouveaux venus, comme n'importe quel animal.

— Je viens d'arriver. C'est ma première soirée ici.

Devant la moue incrédule d'Enna, elle confirma, contente de pouvoir se confier sans être obligée de mentir.

— Tu peux me raconter un peu ce qui se passe par ici ?

Un garçon installé en face d'elles, ayant surpris la question, renifla bruyamment.

— Pas grand-chose, soupira-t-il, comme tu vois. On n'a même pas de congés...

— Si, il y a le jour du marché, s'écria un autre.

— ... à part le jour du marché, plus un ou deux jours fériés. Le prochain, c'est pour la fête du Solstice d'hiver, et ensuite, qui sait ?

Plus aucune pause avant le marché suivant... Ani prit conscience qu'elle devrait patienter un mois avant de rechercher Falada. « Il va sans doute très bien, pensa-t-elle. S'il est vivant, il doit se porter à merveille. »

— Quand se marie le prince ? demanda une fille du banc contigu.

Ani porta une main à sa nuque d'un air dégagé pour cacher ses poils qui se hérissaient.

— Oh ! j'm'en souviens pas, dit le garçon. Pas tout de suite.

— Ils nous accorderont un congé, tu verras. Une semaine de fête ! Les monarques aiment organiser des cérémonies somptueuses pour rendre hommage à leur

147

sérénissime majesté, avec gâteaux aux pommes à volonté.

Ani adopta une contenance indifférente.

— Le prince se marie ? Et avec qui ?

— Une blonde de Kildenrie. Une princesse, j'imagine. Impossible que Son Altesse Royale se marie avec rien de moins qu'une princesse.

— Oui, c'en est une, affirma Enna. J'ai vu de mes propres yeux sa chair délicate et parfumée.

En un instant, tous les dîneurs levèrent le nez de leurs assiettes et un calme absolu régna dans la salle.

— Pourquoi tu ne nous avais rien dit, Enna ?

— Ouais, tu as combien de secrets planqués derrière ta frange ?

— Je les partage avec ceux qui la bouclent et qui m'écoutent. Alors taisez-vous et je vous raconte tout. C'était il y a environ deux semaines. J'allais chez l'apothicaire à l'entrée de la ville, à cause de... hum, ce que je croyais être une poule malade... et j'ai remarqué que les rues étaient bondées. Tout le monde parlait d'elle. Personne n'avait su quand elle arriverait avec son escouade, puisqu'ils venaient de très loin et qu'ils n'avaient pas détaché de messager, d'après ce que j'ai entendu.

— Ces Kildenriens... ou Kildenrois, enfin bref... ils ont débarqué avec une petite armée, je suppose ?

— Pas vraiment. Juste une vingtaine d'hommes et à peine plus de chevaux. La blonde avait un étalon blanc avec le harnachement complet.

Le cœur d'Ani bondit dans sa poitrine. Falada était donc vivant. Elle avait envie d'enfoncer ses ongles dans le bras d'Enna et de la supplier de lui décrire la scène dans le moindre détail. À la place, elle cala ses poings sous ses cuisses.

— Je ne m'y connais pas trop, mais des types à côté de moi disaient que c'était une sacrée bête et qu'elle ne savait pas la monter correctement, qu'elle avait sans doute parcouru la Forêt sur un poulain docile avant de prendre le beau destrier à la dernière minute pour frimer.

Ani sourit.

— Typique des princesses, lâcha Conrad. Assez causé du canasson, elle est comment, elle ?

— Trop belle pour toi, se moqua son voisin, qui fut gratifié d'un coup de coude dans les côtes.

— Jolie, je crois, dit Enna. Les cheveux clairs, pas jaunes, plutôt marron délavé... comme l'eau du bain de Conrad ! Sa robe était clinquante, pour une altesse, argentée et brillante, avec un décolleté vertigineux...

Enna indiqua un point quatre pouces au-dessous de sa glotte. Ani toucha sa gorge et sentit ses pommettes chauffer. Sur elle, le décolleté était plus profond encore.

L'une de leurs camarades pouffa.

— Voilà que notre gardeuse d'oies se prend pour la princesse !

Enna l'enlaça et la secoua gentiment.

— Qui voudrait être une majesté corsetée de dentelle et hautaine alors que c'est si intéressant de s'occuper des oies ? Hein, sœurette ?

— Non, bien sûr, ce n'est pas à ça que je songeais, bredouilla Ani. Euh... tu as surpris des bribes de conversation entre elle et son escorte ?

— Mmm, non, pas que je me souvienne. Il y avait un soldat – un gars énorme, avec une tresse couleur de lait rance qui lui pendait sur chaque épaule. Il avançait à son niveau et ils étaient penchés l'un vers l'autre à bavarder en nous toisant et en scrutant les alentours. Ils devaient critiquer tout ce qu'ils voyaient. Grossier, non ? Moi qui croyais que les princesses étaient censées se tenir droites avec une attitude stoïque, si tu vois ce que je veux dire ?

Ani approuva.

— Voilà. Beaucoup de montures, quelques chariots, une vingtaine de bonshommes mal fagotés et une crâneuse dans un costume tape-à-l'œil qui exhibait ses seins à en faire rougir les serveuses des tavernes.

Une grande brune ronchonna.

— D'après Tatto, un de ses soldats la suit comme son ombre, partout où elle va, que ce soit pour aller manger ou se balader dans les jardins, comme si la garde royale n'était pas digne de confiance. Et elle n'est jamais sortie du palais, de peur de salir ses petons sur nos pavés bayérois.

— Il paraît qu'on lui a déjà taillé dix robes depuis qu'elle est ici. C'est même sûr, parce que l'amie de ma tante qui est employée dans un atelier en ville connaît la Grande Couturière.

— On dit qu'elle ne s'aventure jamais dehors, ni à pied ni à cheval. Elle se terre avec ses amis de Kildenrie et ils chuchotent tout le temps entre eux avec cet accent pleurnichard.

— Ça ne m'étonne pas d'eux.

Ani commença, comme beaucoup, à hocher la tête, puis elle se ressaisit. « Si j'étais là où je devrais être, je n'aurais pas rencontré les travailleurs de l'aile ouest. Ce serait moi, la bêcheuse avec les intonations geignardes et les manières empruntées. » Sur le moment, la position occupée par Selia semblait peu enviable.

La porte s'ouvrit avec fracas et la poignée cogna contre le mur. Razzo, un lutin à la tignasse de jais provocante et au visage expressif – pour l'heure sinistre et sévère –, se tenait debout, les poings serrés. Beyer était à son côté, leurs bâtons à la main. Un liquide grisâtre dégoulinait de leurs cheveux.

— Enna ! tonna Razzo.

Celle-ci éclata de rire.

— Pas de quoi, les gars.

Elle brandit sa tasse pour trinquer à leur santé, bientôt imitée par ses compères dans une hilarité générale qui se prolongea jusqu'au coucher.

IX

L'aurore se levait sur une bise rigoureuse qui évoluait peu à peu en légère brise. L'automne s'annonçait. Les oies, sensibles au changement de saison, se promenaient par couples, laissant seuls leurs oisons devenus indépendants. À l'occasion, l'une d'entre elles cessait de brouter pour dresser le bec et humer l'air, essayant de deviner quelles rumeurs il apportait, puis elle criait à ses frères et sœurs : « Le premier grain d'automne est là. »

C'est du moins ce qu'Ani devinait. Elle passait le plus clair de ses journées sous son hêtre, à une distance raisonnable du troupeau, observant et écoutant. Les oies étaient tellement plus bruyantes que les cygnes qu'Ani se demandait si elle finirait par distinguer des mots, sans parler de leur attribuer un sens. D'autant qu'à présent sa tante n'était plus là pour la guider. Certains langages d'oiseaux étaient si proches que sauter de l'un à l'autre lui était aussi aisé que changer son accent natal pour celui de la Bayère ; mais celui des oies était différent. Inclinée à la façon d'un rouge-gorge au-dessus d'un ver enfoui dans le sol, elle se concentrait. Les volailles cacardaient, gloussaient, criaillaient – et pour elle, ces sons n'avaient pas plus de signification que le bruissement des feuilles mortes.

La nuit, pourtant épuisée, elle mettait souvent plusieurs heures à s'endormir. L'obscurité derrière ses paupières closes était peuplée de cauchemars. Adon apparaissait, tranché en deux à la taille par une lame... Talone hurlait, hurlait, à l'agonie... La main d'Ongolad se refermait sur sa botte...

Étendue sur son lit, Ani contemplait le sommet de la tour sud, sombre et impérieuse. Parfois une bougie était allumée derrière une fenêtre et elle fixait la faible étoile formée par sa flamme jusqu'à ce qu'elle trouve le sommeil. Ce point lumineux signifiait que quelqu'un d'autre était éveillé, songeur et solitaire. Dans ses rêves, elle arpentait les couloirs de ce château étranger, butant sur des tapis trop précieux pour ses semelles crottées, errant dans une architecture trop sophistiquée pour son esprit simple de gardeuse d'oies. Elle y cherchait Falada ou Selia, et quand elle les rencontrait enfin, elle restait stupidement plantée sans réaction. Ou elle courait à perdre haleine lorsque, soudain, des doigts agrippaient sa cheville.

Le matin, elle enfilait ses vêtements sur son corps contusionné et couvert de morsures, et partait prendre son petit déjeuner en silence. Enna sollicitait souvent sa compagnie et elle s'efforçait de se comporter avec une prévenance amicale. Dès qu'il s'agissait d'avoir une discussion, Ani était aussi empotée qu'au-dessus de la marmite de Gilsa, ce jour où le repas s'était transformé en mixture noirâtre et que son odeur avait viré à l'aigre, malgré ses efforts anxieux. Elle n'avait pas l'habitude de nouer des amitiés. Et sa confiance s'était tarie.

Une semaine après son arrivée dans la capitale, l'une des oies égarées réapparut. Arrivée au pâturage, Ani discerna une tache blanche à côté de la mare. Au début, elle crut que c'était un morceau de bois délavé et poussé sur la berge par les courants nocturnes, ou une chemise oubliée – bien qu'elle n'eût encore jamais croisé de Bayérois habillé de blanc. Occupée à scruter cette silhouette lointaine, elle ne vit pas venir un jars particulièrement agressif qui, en franchissant l'entrée du pré, lui pinça les fesses.

— Non, ça suffit ! Arrêtez, tous autant que vous êtes !

Elle se frotta avec l'intérieur du poignet pendant que Conrad pouffait.

— Tu leur plais drôlement, on dirait !

— On dirait, oui, répondit-elle avec un regard courroucé.

Le jars ne bougea pas d'un pouce une fois ses congénères rassemblés au bord de l'eau. Il les salua d'un cri étouffé et aigu. Des femelles se massèrent autour de lui. Elles jacassèrent en chœur tout en lui effleurant gentiment le flanc du bec.

— En revoilà un, constata Conrad. Deux semaines qu'il était parti.

Le volatile leva la tête mais il était trop fatigué pour se hisser sur ses pattes. Une partie de ses plumes pendaient, à moitié arrachées ; il avait l'air d'un oreiller mal rembourré. Ani s'approcha de lui, avec l'intention de vérifier qu'il ne portait pas de marque de morsure ou d'égratignure. Mais une grosse oie se retourna, le bec menaçant et sa langue rose frémissante. En l'entendant siffler, la princesse sentit ses bleus se raviver.

— D'accord. Je renonce. Occupe-toi de ton copain sans moi, parce que je n'ai plus un seul carré de peau entier à t'offrir.

Elle s'installa sous son hêtre et se plongea dans une méditation sur le palais. La chaleur la berçait ; elle s'adossa au tronc, réfléchissant à une solution pour libérer Falada des écuries royales et rentrer à la maison.

Un grondement de sabots brisa sa rêverie. Un groupe de cavaliers en tenue de chasse longeait le pâturage au galop. Plusieurs s'écartèrent pour couper au beau milieu du troupeau, divertis sans doute par le spectacle des pauvres bêtes qui se dispersaient dans une cacophonie de caquètements, battant des ailes pour accélérer l'allure. Craignant de tomber sur un visage familier ou une tignasse blonde, Ani baissa le menton et jeta un coup d'œil furtif par-dessous son chapeau. Il n'y avait pas de quoi s'alarmer. Les nobles, juchés sur de magnifiques montures, ne daignèrent pas poser leurs yeux oisifs sur la gardeuse d'oies. Ils bondirent par-dessus le ruisseau et pénétrèrent dans les bois. Aucun cheval n'était blanc.

L'ombre du hêtre s'était déplacée et le soleil chauffait maintenant les joues d'Ani qui se décala au nord. Le jars était toujours là, au même endroit, seul, à présent que les autres avaient fui les fâcheux. Il leva la tête vers elle avec un regain d'énergie et entrouvrit le bec. Que voulait-il ?

Il se mit lentement debout et fit un pas maladroit. Penché en avant, il laissa l'élan lui impulser quelques foulées mollassonnes.

— Tu ne serais pas en train de gaspiller tes dernières forces pour m'attaquer ? Ce serait vraiment idiot.

Il continua de trébucher jusqu'à elle et s'affala de tout son poids, lové contre sa jambe repliée. Ani se tint parfaitement immobile.

— As-tu accompli un long voyage ?

Elle arracha une poignée d'herbes sur le point de germer et la lui présenta. Il la guigna, puis se hasarda à grignoter dans sa paume. Son bec la chatouillait et elle dut fournir de gros efforts pour ne pas se crisper.

— Oh ! tu veux qu'on s'occupe de toi ? Hum... Puisque je n'ai rien de spécial à faire, je vais être conciliante. En échange, cela me confère le droit de te nommer... Et ce sera Jok, comme le héros de ce vieux conte, le vagabond qui finit toujours par revenir au pays.

Il becquetait calmement, mais sa respiration était pénible.

— Pauvre chéri. C'est dur de se perdre. Et pire de rentrer chez soi dans l'indifférence générale. Tu seras mon oiseau porte-bonheur, Jok. J'aurai de la chance si je réalise la même prouesse que toi ; je serai un peu essoufflée, meurtrie, écorchée, probablement plus sage et plus triste aussi.

L'ultime brin d'herbe avalé, Jok la fixa en gloussant doucement et elle lui en arracha une nouvelle touffe. Il mangeait en paix quand elle prit conscience qu'elle l'avait compris : il en avait réclamé plus.

Ce soir-là, elle prit Jok sous son bras. Après avoir enfermé les autres oies dans leur cage, elle l'examina et repéra trois griffures sur sa cuisse ; l'une d'elles était très profonde et la chair autour était rose et gonflée.

— Je vais l'amener à Ideca, elle pourra peut-être le guérir.

— Si tu veux, consentit Conrad.

Ideca avait un baume foncé et piquant, « bon pour toutes sortes d'écorchures, que ce soit sur les oies, les vaches ou les filles ». Ani tint énergiquement Jok pendant qu'elle l'appliquait à la base des plumes, sur la blessure la plus grave. Une brève lueur illumina les prunelles ternes d'Ideca durant l'opération.

— Ce devrait être à Conrad de t'aider. Quel flemmard ! Dès que le troupeau est rentré, il ne lève même plus le petit doigt... Je suis imprudente de dire cela devant toi... J'imagine que vous êtes déjà inséparables.

— Il ne parle pas beaucoup.

— Tu dois l'intimider.

Ideca l'étudia avec autant de minutie que le jars auparavant.

— Tu es jolie. Je suppose que tu le sais puisque tu portes ce chapeau jour et nuit... de peur que les rayons de la lune n'abîment ta peau, sûrement. Parmi la bande de la Forêt, ils sont plusieurs à échafauder des plans pour s'installer en ville. Tu projettes d'épouser un gentilhomme, non ?

Ani repartit les pommettes en feu.

Jok dormit sur son lit, entre ses pieds. Au matin, elle s'adressa à lui en jacassant et il répondit. Au bout du compte, leur dialogue ne fut pas totalement dénué de sens. À la fin du petit déjeuner, alors qu'elle récupérait des croûtons de pain bis sur la table pour le nourrir, le malicieux Razzo la félicita de s'être dégoté un amoureux et ne manqua pas de demander à Conrad s'il avait des vues sur une oie. Son impertinence lui valut une claque sur le crâne et le côté bon enfant de leur discussion amusa Ani. Le soir d'après, Jok eut droit à une couche de baume supplémentaire, ainsi que le lendemain, et son entaille guérit. Ani fut forcée d'admettre qu'elle ne partageait pas son toit avec lui pour qu'il se rétablisse, mais parce que sa présence la réconfortait et tenait à distance ses horribles cauchemars.

Jok réveilla Ani en trompettant à son oreille. Il lui expliqua que le soleil avait jailli et qu'il était l'heure de manger. Elle imita le son et il le répéta, dans ce jeu d'échos qui leur était devenu familier. Ensuite, elle tenta une réponse affirmative – oui, il était temps d'aller au réfectoire. Elle comprenait beaucoup mieux qu'elle ne s'exprimait et ne fut donc pas étonnée que Jok restât muet. Elle grogna de dépit et il émit un ronflement sourd, qu'elle interpréta comme une parodie de son propre cri. Ils se dirigèrent vers le réfectoire en échangeant des couinements insensés pendant le trajet.

Ce matin-là, un régiment de gardeuses d'oies n'aurait pas été superflu. La circulation était plus dense que d'habitude sur l'avenue. Un groupe d'enfants chahuteurs se mêla au troupeau et Ani dut abandonner son avant-poste pour empêcher quelques bêtes de se disperser. Elle expérimentait des bribes de phrases auprès des oies ; et depuis quelque temps, certaines réagissaient. En tout cas, elles montraient moins d'appétit pour ses mollets.

Conrad, en la voyant claquer la langue et claironner en direction des bêtes isolées, roulait de grands yeux.

— Voilà qu'elle se prend pour une oie !

— Oui, mais c'est efficace.

Il jacassait pour se moquer d'elle quand un événement détourna son attention. Sa grimace ironique s'effaça et une avidité subite déforma ses traits.

Ani suivit son regard : deux chats de gouttière étaient tapis, l'un perché sur le bord d'une charrette, l'autre dessous, balançant la queue, les muscles tendus. Leurs pupilles fendues guettaient les actions de l'oie la plus proche. Trop loin pour se servir de son crochet, Ani poussa un cri, un signal, qui, pensait-elle, signifiait « chien ». Les oies, par réflexe, se retournèrent de concert et cavalèrent en se dandinant, bien groupées, tandis qu'une vingtaine de jars fonçaient sur les félins, leurs ailes puissantes déployées. Les chats rentrèrent leurs griffes, feulèrent et se réfugièrent d'un bond dans les ruelles sales.

Sitôt réuni, le troupeau passa l'arche sain et sauf et descendit le sentier pentu vers le pré. Ani était furieuse.

— Tu aurais pu prévenir ! Tu étais prêt à sacrifier une oie juste pour me ridiculiser, c'est ça ?

— Puisque tu es si douée, débrouille-toi toute seule !

Conrad traversa le ruisseau et s'éclipsa pour la journée.

Peu après, un cavalier solitaire franchit l'arcade à son tour. Ayant constaté que le cheval était un bai, Ani choisit de s'intéresser plutôt à deux oies qui s'approchaient de Jok. Elle devait se concentrer : à la manière des vieillards sourds, elles bavardaient toutes à la fois, et même si elles utilisaient moins de gestes que les cygnes pour communiquer, il restait quelques mouvements de tête et de queue à interpréter. Ani devina qu'elles interrogeaient Jok sur son voyage et qu'il leur racontait ses trépidantes aventures de jars errant.

Puis elle se souvint du cavalier et, intriguée, lorgna la barrière. Il avait disparu... Il n'était pas du côté des haies et n'avait pu traverser le ruisseau sans qu'elle s'en fût aperçue.

Soudain, le martèlement assourdi des sabots la fit bondir. Jok bascula de ses genoux avec un coin-coin rancunier. L'homme venait de sauter la haie au nord du champ, qu'il enfilait maintenant à bride abattue. Lorsqu'il tira sur les rênes, la monture refusa d'obéir. Il s'entêta... Mal lui en prit ! Le bai se cabra sous la tension, arqua le dos et se tordit tant et si bien qu'il l'éjecta. Il rua une dernière fois pour faire bonne mesure et trottina sur place.

L'écuyer malheureux se releva en un éclair et s'élança sur la selle. La bête eut l'air d'envisager une série de cabrioles supplémentaires, mais elle demeura finalement figée, le corps pesant, les pattes raides. Ani reconnut cette attitude butée. Elle avait vu Falada se braquer ainsi, un jour où un lad avait essayé de le monter. Elle ne put s'empêcher de rire.

— Âne bâté ! s'exclama le cavalier, en glissant du dos de la bête récalcitrante.

À la seconde où sa botte toucha terre, l'animal s'effaroucha de nouveau. Sa crinière s'agitait comme une bannière flottant dans un vent violent. Il se hissa sur ses puissants postérieurs et parvint à arracher les rênes. Puis il renversa le cavalier par une embardée brutale et partit au galop dans le pré. Fou de rage, l'infortuné arracha une touffe d'herbes.

— Ne bougez pas, lui ordonna Ani.

Elle tendit la main vers lui avec autorité, pendant qu'elle remontait la pente en courant. Il la remarqua alors et rougit de honte.

— Oh ! Madame, quelles que soient vos intentions, je ne saurais vous encourager...

Elle l'ignora. Le cheval longeait la haie, les oreilles collées en arrière. À son approche, il en orienta une vers elle. Agacé par l'irruption de cette deuxième gêneuse, il raidit l'encolure.

Nullement impressionnée, Ani avança, les épaules droites, le front altier, les yeux rivés sur les siens.

— Regarde-moi, murmura-t-elle. Il ne te mérite pas, hein ? Moi, je veux être ton égale, je veux apprendre à te connaître.

Il caracola, dressa la queue et, d'un pas lourd, traça un demi-cercle autour d'elle. D'un côté, le mur, de l'autre, le cavalier indésirable, et, derrière, la haie. Le cheval décida enfin de s'arrêter à hauteur de la jeune fille. Elle sourit devant cette posture qu'avait parfois Falada, une oreille tendue et l'autre basse, une jambe arrière négligemment pliée, comme pour lui montrer qu'elle était aussi insignifiante qu'un dé à coudre d'avoine. Ani se retourna et se mit à fixer ses chaussures, rentrant dans son jeu.

Elle n'eut pas à attendre longtemps. Bientôt elle entendit des pas sourds et sentit sur sa nuque une haleine chaude qui exhalait un parfum de trèfle.

Elle fit doucement volte-face, les yeux embués par l'odeur puissante et les souvenirs de Falada qu'elle ravivait. Elle cilla pour chasser ses larmes puis frotta le front du bai du plat de la main. Il fourra son nez au creux de son autre paume et renifla avec bruit.

— Bonjour, l'ami. Est-ce que tu sens des mots en moi ? J'ai su parler à l'un des tiens. Même si je ne le peux pas avec toi, tes caresses me consolent de son absence. C'est gentil de ta part de me laisser te toucher. Tu me rappelles à quel point il me manque.

Elle lui parlait d'une voix affectueuse tout en lui flattant l'encolure, les flancs et les pattes, d'abord sur le profil droit, puis sur le profil gauche.

Notant qu'il se contractait quand elle s'approchait de l'étrier, elle hennit doucement, comme font les juments pour rassurer leurs poulains. Le bai répondit par des sons gutturaux, plus proches de fredonnements ou de rires que de mots, ce genre de sons qui servent à communiquer des émotions ou à prendre contact.

Le bout de la bride entre les doigts, Ani cala une botte dans l'étrier et sauta sur son dos. Il changea de position, sans se crisper toutefois. Elle rajusta vite sa large jupe qui s'était retroussée et recouvrit ses bottes de son ourlet. Quel bonheur d'être en selle ! C'était aussi exaltant que de retrouver sa cachette préférée dans son jardin d'enfance. Elle observa son troupeau d'oies, occupé et tranquille près de la mare, et crut distinguer le bonnet orange de Conrad de l'autre côté du ruisseau, où les bosquets s'épaississaient.

— Bravo, commenta le cavalier, qui l'avait rejointe et la dévisageait avec une expression ambiguë.

Sans l'once d'une hésitation, Ani pressa les talons et le bai partit au galop.

Les zones d'ombre et les imperfections gommées par la vitesse, le pré était d'un vert éblouissant, parfaitement uni, comme le gris du mur sur sa droite et le scintillement de l'eau à gauche. Le cheval était heureux de batifoler et elle l'encourageait à accélérer par la pression de ses jambes. Le vent rabattit le bord de son chapeau et vrombit dans ses oreilles. Il était si dense qu'il semblait la traverser, envelopper son cœur et la libérer de la pesanteur. Elle devinait presque ses paroles. Elle allait toujours plus vite, désireuse de le pénétrer, de s'unir à sa source et de voir ce qu'il voyait. En atteignant la haie au nord, elle se pencha contre l'encolure de l'animal, enserra fort ses côtes entre ses genoux, épousant son corps comme s'il était l'extension du sien, et elle prit son envol.

Tenaillée par la culpabilité, elle finit par faire demi-tour et sauta la haie pour revenir dans le pâturage. L'homme courait vers elle. Le vent s'éteignit à mesure qu'elle ralentissait et ses mots quittèrent sa peau sans lui avoir révélé leur sens.

— Qu'est-ce que cela signifie, filer ainsi avec ma monture ? bredouilla-t-il, essoufflé. Vous ne pouvez pas... vous ne pouvez pas faire ça !

— Je suis désolée, dit-elle en descendant de selle. Je n'aurais pas dû le monter sans votre permission. Je me suis laissée emporter.

Elle n'était pas désolée pour un sou, en réalité ; elle ne put même pas retenir un sourire.

L'homme se raidit et prit un air sérieux.

— Eh bien, vous n'auriez pas dû. C'est mon cheval, bon sang !

— Cela mis à part, je ne pouvais pas rester plantée sans vous porter secours. Il n'était pas difficile de comprendre que votre monture ne vous faisait pas confiance.

L'homme voulut rire, mais finit par secouer la tête.

— Si j'avais su, quitte à supporter ce genre de critiques à peine voilées, je m'en serais tenu au parc du palais. Je sais que je ne suis pas un expert en dressage. Cependant, j'agis comme tout Grand Écuyer le ferait.

Ani devait cesser de le harceler, mais son audace était enivrante et elle ne put s'empêcher de continuer sur sa lancée.

— Oh ! allons, je suis sûre que vous sentez à quel point il est mal à l'aise avec vous. Vous le voyez bien rouler des yeux comme s'il n'avait qu'une envie : vous échapper. C'est un animal sauvage, indompté, et à moitié mort de trouille à l'idée que vous puissiez le conduire droit aux ennuis. Vous devez gagner sa confiance avant de sauter des haies ou de galoper dans des prés inconnus.

— Écoutez, vous avez largement dépassé les bornes. Je suis moi-même plongé jusqu'au cou dans les ennuis et ne suis pas loin de rouler des yeux, si vous voulez savoir.

— Votre colère est légitime... si vous êtes bel et bien en colère, ce dont je doute, puisque je vous vois esquisser un sourire. Mais ne jouez pas l'innocent : si vous êtes un si brillant dresseur, pourquoi vous isoler dans le pâturage des oies au lieu de vous entraîner dans les terrains du palais ? Car vous vivez au palais, n'est-ce pas ?

Il haussa les sourcils et hocha la tête. « Il est étonné, pensa Ani, alors que le premier imbécile venu verrait l'insigne royal sur son tapis de selle. » Elle ne l'imaginait pas fils de noble ; il était dépourvu de l'assurance raffinée qu'avaient ses cousins dans sa mémoire, et cette bête n'était probablement pas la sienne. Ses mains étaient calleuses, larges et puissantes. Ce devait être un garde.

Au milieu du silence s'élevèrent les appels de Jok, étouffés par la distance : « Reviens, reviens. » L'homme scrutait ses bottes poussiéreuses.

Ani l'examina plus attentivement. Il n'était pas beaucoup plus âgé qu'elle. Ses cheveux étaient drus et noirs, mi-longs et attachés sur la nuque. Il avait des mâchoires et un menton proéminents, qui ne s'adouciraient pas avec les années. Sa carrure était solide – et ce n'était pas une illusion due à la coupe impeccable de sa tunique car il ne portait qu'une chemise grossière en coton. Elle repensa à son attitude autoritaire et insultante : elle avait osé s'emparer de son cheval pour traverser le pré, comme une voleuse en plein accès de démence. L'anonymat que lui garantissaient son costume de gardeuse d'oies et son nom lâchait la bride à une liberté qu'Ani n'avait jamais osé manifester quand elle était une princesse héritière tremblant dans l'ombre de sa mère. Sa gorge était sèche. Elle toussota, penaude.

— Enfin... c'est ce que j'ai cru constater, marmonna-t-elle.

Il secoua la tête et elle s'aperçut qu'il était hilare.

— Vous avez raison, je me suis sauvé de ces terrains d'entraînement sinistres et bondés pour débourrer cette bête loin du Grand Écuyer et de sa bande. Ils ont passé la semaine à se moquer de mes tentatives idiotes. Tout ça pour venir ici, en espérant avoir plus d'intimité... et voilà qu'une fille m'inflige une leçon de dressage !

Ani, piquée, rit jaune.

— Non pas que vous ne puissiez pas en savoir plus qu'un homme, s'empressa-t-il d'ajouter. Oh ! Je suis vraiment lamentable aujourd'hui... Ce que je voulais dire, c'est que vous êtes plus douée avec ce bai que je ne le serai jamais, même en m'entraînant pendant des années. En plus, vous paraissez prendre du plaisir à le monter. Quand vous êtes sur son dos, il n'a pas l'air d'avoir besoin d'être maté. Je ne peux pas vous l'offrir parce que, en fait, il ne m'appartient pas, mais vous pouvez l'emmener chez vous aussi longtemps que vous voulez, du moins jusqu'à ce qu'on me le réclame. Alors, qu'en dites-vous ? Cette pauvre bête aurait la chance d'être montée correctement, d'accord ?

Ani vira au cramoisi ; elle baissa les yeux et attendit qu'il comprenne son erreur. Elle balayait la terre avec ses pieds, regrettant de ne pas avoir un arbre contre lequel s'adosser ou derrière lequel se camoufler.

— Ne faites pas votre timide. Puis-je vous rappeler, madame, que vous n'avez pas manqué de témérité jusqu'à présent ? Allez-y, il est à vous !

Ani se sentit humiliée au plus profond de son être.

— Oh ! Vous me soupçonnez peut-être d'essayer de me délester de mon travail de dressage sur vous ? Je peux vous payer. Je crois... Je ne suis pas familier de ce genre d'affaires. Quelle somme vous paraîtrait appropriée ?

Alors qu'elle dissimulait sa rougeur derrière sa main, il se mit à grommeler, rageur :

— Bon sang, encore une bêtise ! On n'offre pas d'argent à une dame ! Tu l'as insultée, espèce de brute, sale maladroit !

— Non, non, vous êtes très gentil... Vous ne comprenez pas... C'est juste que je n'ai aucun endroit pour le garder.

Il sembla voir ses vêtements pour la première fois et, derrière elle, le troupeau qui avançait en se dandinant de-ci, de-là, canardant au soleil qui glissait imperceptiblement vers l'ouest. C'était lui qui piquait un fard à présent.

— Vous n'êtes pas... Je suis désolé. Je me figurais que vous... que vous étiez en train de pique-niquer ici. Je suis un étourdi. Pardonnez-moi.

Elle éclata de rire.

— C'est un honneur pour moi d'être prise pour une dame, propriétaire d'un beau domaine pourvu d'écuries, monsieur.

— Vous ne m'avez pas appelé « monsieur » quand vous avez dérobé mon cheval. Geric. Je m'appelle Geric.

Il se tut, espérant sans doute qu'elle lui confierait son nom. Mais, toute audace envolée, Ani lui adressa un banal signe de tête. Conrad traversait la rivière à gué et il était presque l'heure de rentrer les oies. Lorsqu'elle se retourna, l'homme avait disparu. La déception envahit sa poitrine, là où le vent l'avait transpercée et libérée quelques instants auparavant. Elle s'efforça de la repousser en feignant le détachement.

« Tu n'es plus celle que tu étais. Tu n'es plus qu'une gardeuse d'oies, maintenant. »

X

Un orage éclata le lendemain. Ani, allongée dans son lit, écoutait la mélodie harmonieuse des lourdes gouttes sur son toit fragile. Des ombres mouvantes ruisselaient sur la vitre qui s'illuminait de reflets argentés. C'était la première fois qu'il pleuvait depuis son arrivée. Engourdie par le sommeil, elle se demanda à quoi ressemblait le paysage au-dehors, si la nuit et l'eau avaient tout délavé et anéanti – le pré, la muraille, les soldats, le palais –, la laissant seule et démunie, enlisée dans la boue et l'obscurité.

Jok se réveilla et se mit à mordiller les plis de la couverture en laine. Parfois, il arrachait une boule de peluche ouatée qui restait pendue à son bec. Elle lui dit bonjour et il répondit : « Il pleut. » Elle répéta le son tandis qu'il continuait de paître dans le vide. Elle voulut ensuite savoir si l'aube était levée. Comme il restait muet, elle essaya : « Le soleil est-il apparu dans le ciel ? » Il ne réagit pas plus que si aucun mot n'avait été échangé. « Tu as faim ? » s'enquit-elle. « Oui », dit l'oie. « Cela ne m'aide pas beaucoup. Tu as toujours faim. »

Ne sachant pas s'il faisait jour ou nuit, Ani s'habilla, posa l'oiseau en équilibre sur son épaule et se précipita vers le réfectoire.

Plusieurs travailleurs y étaient réunis et pas un n'avait l'air de connaître l'heure exacte. Les assistantes d'Ideca avaient distribué des bols avec le petit déjeuner ordinaire. Tous mangeaient, détendus, installés sur les bancs ou par terre dans des poses paresseuses, et discutant aussi calmement que si la pluie avait englouti leurs tâches.

Elle trouva Conrad en pleine partie de jonchets avec un groupe de copains.

— On va mener paître les oies ?

— Possible.

— Merci infiniment, monsieur Pour-Vous-Servir, se moqua Enna. Tu pourras bientôt sortir, Isi. Ideca n'a que quelques imperméables, alors on se relaie pour aller veiller sur nos animaux. Sinon, en général, on ne bouge pas d'ici en attendant que l'orage se termine.

— C'est presque aussi bien qu'un jour de marché ! s'exclama Razzo.

Quand deux des porchers revinrent, Conrad et Ani prirent leurs cirés et allèrent aux enclos. Jok les talonnait en pataugeant dans les flaques. Il se plaignait de devoir courir l'estomac vide mais n'était pas spécialement découragé par la pluie. Après un détour par le potager des animaux pour cueillir du trèfle humide et par les silos pour le maïs sec, ils arrivèrent les bras chargés et avec suffisamment d'eau tirée du puits pour que les oies tiennent vingt-quatre heures. Celles-ci leur souhaitèrent la bienvenue dans une immense clameur. Ani abandonna Jok parmi les siens et se hâta de rentrer avec Conrad pour céder à d'autres les manteaux.

La pluie tomba sans interruption, empêchant l'aube de se dégager. Seule la violence de la foudre rompait de temps en temps la chape gris terne qui pesait uniformément sur l'horizon d'est en ouest. Ani, assise à l'écart, était fascinée par ce tableau crépusculaire. Elle mourait d'envie de se coucher sur les pavés et de laisser l'eau l'imprégner, s'abattre sur elle, la transpercer et la désagréger jusqu'à ce qu'il ne reste plus que son noyau dur. À quoi cela ressemblerait-il ?

Le marché se tenait le lendemain. Déjà un mois qu'elle était là. Elle s'étonnait d'avoir conservé son emploi de gardeuse d'oies. La veille, elle avait défié le jeune cavalier avec l'audace d'une reine, mais face à elle-même, son assurance s'évaporait.

Lorsqu'elle repensait à Geric, une image se formait dans son esprit – ses mains larges, dans lesquelles les sangles nouées paraissaient si fines, et les trois rides qui marquaient le coin de ses paupières quand il souriait. Elle se demandait avec angoisse ce qu'il avait pu entrevoir au moment où, grimpant sur son cheval, sa jupe s'était retroussée au-dessus du genou... Son jupon, peut-être sa jambe ?

Frissonnante, elle se leva pour se changer les idées. Si la lueur dehors était humide et blafarde, les chandelles baignaient la salle d'une chaude lumière. La plupart des habitants de l'aile ouest étaient là. Ils jouaient et riaient, leurs intonations oisives légèrement assourdies par la pluie tenace qui martelait les tuiles. Les cirés étaient accrochés au mur. Elle fut tentée d'en attraper un et d'aller vérifier que les oies se portaient bien. Elle cherchait surtout un prétexte pour discuter, dans leur langage étrange et chaleureux, des araignées ou de l'exiguïté de la cage. Elle hésitait aussi à aller s'étendre sur son lit pour regarder la pluie brouiller le monde derrière la fenêtre.

Finalement, elle avait envie de se réfugier n'importe où, pourvu qu'elle y soit à l'abri des autres... Elle passait son temps à se cacher. Pourtant, si elle voulait à nouveau approcher le roi, il lui faudrait bien constituer une armée. Comment se préserver sinon d'un fulgurant coup de dague dans un couloir sombre, avant même d'avoir pu raconter son histoire ? Où ailleurs qu'ici pouvait-elle rencontrer des amis susceptibles de l'aider ? Elle soupira et rejoignit le groupe.

Enna était près du feu ; elle avait posé un morceau de pain sur une pierre de la cheminée et regardait fondre son fromage. Elle rattrapa une grosse goutte orange qui dégoulinait de la croûte et lécha son doigt avant de se brûler.

— Assieds-toi, proposa-t-elle.

Elle lui tendit une épaisse tranche de pain et un bout de fromage sur la lame d'un couteau.

— Pourquoi tu ne joues pas ? l'interrogea Ani en montrant les nombreux paquets de cartes et de jonchets dans la pièce.

— Oh, c'est le feu, chuchota Enna, tandis que les langues rougeoyantes des flammes ondulaient comme des spectres sur ses pupilles noires. Il m'hypnotise, je ne peux pas en détacher les yeux. Tu ne te dis jamais qu'il est attirant ? On dirait qu'il envoie des signes avec ses flammes, qu'il veut offrir quelque chose.

Ce n'était pas le feu qui subjuguait Ani, mais son jeu d'ombres et de lumières sur le visage d'Enna. Elle trouvait réconfortant de savoir qu'elle n'était pas la seule à écouter le langage d'éléments supposés être muets, et à chercher du sens dans ce qui n'était censé être que belle apparence.

— Enna, c'est quartier libre aujourd'hui. Pourquoi personne ne va en ville ? Tout le monde se réfugie ici comme s'il n'y avait nulle part ailleurs sur terre où aller.

— C'est le cas pour nous, les gosses de la Forêt. Surtout pour les garçons.

— Pourquoi ?

Enna reluqua Ani d'un air railleur.

— Alors, tu débarques vraiment de ta campagne ? Notre place n'est pas ici. Pose la question à n'importe qui dans la cité. Elle est auprès de nos familles là-bas, à la maison, même si on habite à la capitale. On sert juste à garder les animaux des riches et on ne vaut pas tellement mieux que du bétail pour eux.

Enna désigna Razzo, absorbé par une partie de jonchets qui lui donnait du fil à retordre.

— Quand ces garçons deviennent adultes, ils ne reçoivent pas l'initiation, le javelot et le bouclier d'un chef, contrairement à ceux de la cité qui sont accueillis dans leur communauté de manière officielle. Nos pères n'ont jamais eu de javelot. Il n'y a pas de chef chez nous. Le roi n'a aucune considération pour ses sujets de la Forêt. Ils n'ont pas d'utilité, j'imagine, jusqu'à ce que les familles les plus pauvres, à l'exemple des nôtres, envoient leurs fils et leurs filles à la ville pour gagner quelques sous. Je sais que mes proches n'ont pas la moindre idée de la façon dont on est traités ici... On est si ignorants au milieu de nos arbres, Isi ; notre horizon se réduit au chemin qui mène à nos pâturages, en haut sur la colline.

Ani hocha la tête.

— Tu comptes pour les tiens ; si tu épouses un homme de la Forêt, vous représenterez quelque chose l'un pour l'autre. Par contre, tu ne seras jamais acceptée dans une communauté ou dans cette cité. On se masse autour de ses frontières ; ensuite, on les franchit pour vivre agglutinés comme des araignées à la muraille ouest tant qu'on est jeunes et célibataires, pour, enfin, réintégrer l'ombre de la Forêt. Si tu veux mon avis, je serais aussi bien là-bas. Mais parmi ces garçons, il y en a plein qui seraient prêts à tout pour obtenir un javelot et se sentir appartenir à cette société.

Ani balaya la salle du regard. Conrad et Razzo étaient en face d'elle, leurs traits enfantins tendus par l'excitation. « Ce sont pourtant presque des hommes, pensa-t-elle. Ils devraient chasser, faire la tournée des tavernes, flirter avec des filles de bouchers ou de tailleurs. » Mais chaque nuit, par beau ou mauvais temps, dès qu'ils quittaient leurs corvées, ils rejoignaient la sécurité du réfectoire.

— Ce n'est pas juste.

Elle regretta, l'espace d'un instant, de ne pas être la reine de ce pays, ratant ainsi l'occasion de réparer cette injustice.

— Je ne sais pas, dit Enna. Je n'y connais pas grand-chose. Je vois la réalité telle qu'elle est, c'est tout. Et elle n'a pas changé depuis des lustres, à en croire les contes et les incantations. Et puis, qui suis-je pour mettre en cause le roi et une loi ancestrale ?

— Tu es Enna. C'est bien quelqu'un, non ?

Enna sourit.

— Pareil qu'Isi.

« Ah oui ? se dit Ani. Alors j'aimerais être cette Isi... » Enna lut dans ses pensées.

— Évidemment que tu es quelqu'un, ajouta-t-elle en lui prenant la main. Merci de ne pas t'être moquée de moi pour ce que j'ai dit à propos du feu. Je sais que c'était idiot. Razzo aurait ricané, lui.

— Je ressens un peu la même chose, tu sais, avec le vent. Est-ce idiot aussi ? J'ai toujours l'impression qu'il me tire l'oreille comme s'il avait un besoin désespéré de me parler, agacé que je ne l'entende pas.

— C'est exactement mon sentiment ! s'écria Enna.

— Quand j'étais petite, ma tante me racontait souvent une histoire sur... sur un tas de choses, mais c'était le vent qui me passionnait.

Enna s'assit dans une position confortable, les mains à plat sur les genoux.

— T'as intérêt à me la raconter vite fait, gardeuse d'oies, sinon je vais te harceler jusqu'au prochain marché. Hé, Bettine, viens par là. Isi va raconter une histoire.

Ani rougit presque d'être ainsi au centre de l'attention ; au lieu de se décourager, elle baissa les yeux et réfléchit aux mots qu'elle allait employer.

— Alors voilà... Jadis, dans un village loin d'ici, vivait une jeune fille avec des cheveux blonds comme les blés. Elle travaillait aux champs toute la journée, courbée, de sorte que ses cheveux traînaient par terre et que les pointes en étaient aussi noires que le bec des corbeaux. Parfois le vent les attrapait et jouait avec, puis s'en allait. Elle le suivait des yeux vers les hauts pâturages où couraient les chevaux sauvages.

Razzo, qui venait de perdre sa partie, s'approcha, maussade, et demanda à Enna à quoi elles s'occupaient.

— Isi raconte une histoire, expliqua Bettine, l'une des bergères. Assieds-toi et écoute.

— Un jour, poursuivit Ani, sa mère lui dit : « Va dans les pâturages, espèce de paresseuse, et rapporte du bois sec. » Elle sortit aussitôt, elle traversa en courant les champs familiers et gravit le flanc de la colline. Là-haut, elle se mit à arracher les racines mortes d'un arbre frappé par la foudre. Dessous, profondément enfoui dans la boue noire, savez-vous ce qu'elle découvrit ? Une pépite d'or qui poussait comme une pomme de terre. Elle était si intriguée par le mystère des chevaux sauvages qu'au lieu de la déterrer pour l'apporter à sa mère, elle s'accroupit et attendit. Ils ne tardèrent pas à se montrer.

— Qu'est-ce qu'ils ont de mystérieux ? fit Razzo.

— Ferme-la, Razzo ! lança Enna.

L'assistance était silencieuse et suspendue aux lèvres d'Ani, qui commençait à regretter son initiative. Enna, impatiente de connaître la suite, lui tapota la cuisse en souriant. Ani prit une profonde inspiration et se concentra fort pour se souvenir des paroles de sa tante, mais seules les images lui revenaient. Tant pis, les mots seraient les siens. Elle les laissa venir à elle.

— Ils étaient blancs comme les reflets de la lune sur l'eau et si grands qu'en tendant le cou ils atteignaient la cime des cerisiers. Ils adoraient galoper et ils espéraient qu'en étant assez rapides ils se transformeraient en zéphyr. Lorsqu'ils frôlèrent la paysanne, leur vitesse l'ébouriffa. Soudain l'un d'eux entrevit un éclair d'or et s'arrêta. Il gratta le sol de son sabot pour extraire la pépite et l'avala goulûment, comme s'il s'agissait d'une carotte. Des filets d'écume dorée coulèrent sur son menton, ses yeux jetèrent des étincelles, il secoua sa crinière... et quand il expulsa de l'air de ses poumons, une belle musique résonna. Voilà pourquoi la jeune fille avait patienté.

— Quel genre de musique ? demanda Bettine.

— Un chant plus doux que les bras d'une femme, plus majestueux qu'un noyer. Presque aussi envoûtant que la vue des chevaux galopant pour se métamorphoser en vent. C'était ce désir qui s'exprimait dans leur chant, celui de leurs crinières jalouses des bourrasques, de leurs sabots qui voulaient décoller et de leur souffle qui aspirait à la vie éternelle.

Ani leva la tête et croisa le regard de ses auditeurs et le sourire de Bettine.

— Chaque jour, la jeune fille retournait chercher des racines, découvrir des pépites d'or et écouter les chevaux chanter la mélodie de leur envol. Et chaque nuit, elle rentrait à la maison et sa mère la frappait avec une baguette pour la punir d'avoir négligé les travaux des champs. Son dos se voûtait comme les branches de bouleau chargées de neige et elle enviait ces coursiers que personne n'avait jamais domptés. Cependant, depuis qu'elle avait écouté cette musique magnifique, elle désobéissait à sa mère sans scrupule. La chanson était si belle qu'elle lui faisait oublier la douleur.

— Oui, je vois... susurra quelqu'un.

— Malheureusement, l'or vint à s'épuiser. La jeune fille arracha des racines jusqu'à ce que ses doigts saignent ; elle creusa la boue avec ses ongles. En vain.

Les chevaux passèrent en trombe à côté d'elle. Après avoir longuement sangloté, une idée lui vint. Elle gagna les rives du ruisseau enflé des neiges fondues et nettoya la poussière de ses cheveux jusqu'à ce qu'ils aient le lustre des rayons du soleil sur la surface calme d'un étang. Elle prit un couteau de tanneur et les coupa tous au ras du crâne avant de les déposer sur le sol. Insensible au froid, elle dormit à côté toute la nuit.

« Le lendemain, les chevaux revinrent. Leur galop fit trembler la terre dans un bruit de tonnerre. Ils fendirent l'air et passèrent avec indifférence devant l'or tondu de sa main. Alors que son cœur était sur le point de se briser, le dernier s'immobilisa. Il toucha de son sabot ses cheveux éparpillés et l'aperçut. Doucement, il mangea sa crinière dorée comme si c'était une poignée de foin. Quand il expira, une chanson s'éleva et transperça le cœur de la jeune fille, telle une flèche d'une terrible précision. Il scintilla et attaqua un galop, accélérant peu à peu. Sa robe immaculée se fit diaphane, jusqu'à devenir aveuglante. Il y eut un éclair et lorsque la jeune paysanne rouvrit les paupières, il avait disparu, et une rafale à crinière blanche hennit et l'enveloppa. Elle enfourcha le vent et fut emportée, loin en haut des pâturages. On ne la revit plus jamais.

Le réfectoire était silencieux. Le feu crépita dans la cheminée et les flammes diminuèrent au milieu des braises.

— On ne la revit plus jamais... chuchota Enna.

— Comment ça ? murmura Beyer à l'oreille de Conrad. Elle s'est métamorphosée en vent, elle aussi ?

Conrad haussa les épaules.

— C'est une histoire vraie ? s'enquit Bettine.

— Je ne crois pas qu'elle soit censée être vraie ou fausse. Ma tante me l'a racontée il y a très longtemps.

— Je n'ai rien compris, ronchonna Conrad.

— Encore heureux, dit Enna en posant une main protectrice sur l'épaule d'Ani. Ce serait moins drôle si tu saisissais tout du premier coup. On serait vite à court...

Conrad rougit et se tourna vers Ani :

— Bon, mais on doit en retenir quoi ? Qu'il y a des chevaux qui mangent de l'or et se transforment en vent ?

— Je ne sais pas... Je crois que je n'ai jamais vraiment su. En tout cas, je trouve que c'est joli. Quand ma mère entendait sa sœur me raconter ce genre de contes étranges, elle devenait furieuse ! Mais ma tante, elle, elle prétendait que si on n'en racontait plus, on serait incrédule quand des événements inhabituels se produiraient.

— C'est vrai, intervint Razzo. On ne m'a pas raconté beaucoup de trucs bizarres, ces dernières années, et quand Ideca nous a servi de la soupe froide de haricots pourris pour la troisième fois la semaine dernière, j'ai failli ne pas y croire.

— Isi a parlé d'un truc *étrange*, Razzo, grogna Enna. Qu'Ideca serve trois soirs de suite le même potage dégoûtant n'a rien de plus extraordinaire que tes bottes parfumées à la crotte de mouton.

Bettine se leva en bâillant.

— T'as intérêt à en conter une autre demain, Isi. On n'en avait pas écouté depuis une éternité, et on ne croit même plus à nos rêves.

Un murmure d'assentiment parcourut l'assistance. À partir du lendemain, Ani narrerait chaque nuit un nouveau conte.

L'air du crépuscule était sombre et épais quand la pluie eut cessé. Ani regagna sa chambre. La lune avait dégagé un petit bout de ciel, et ses rayons changeaient le carreau de sa fenêtre en un miroir argenté. Elle s'y pencha pour examiner ses sourcils. Elle songeait à acheter d'autres racines colorantes au marché. Ses poils étaient toujours bruns, même s'ils avaient légèrement éclairci.

Elle recula un peu. Son foulard faisait ressortir ses traits et pour la première fois depuis le matin où elle avait quitté son pays, elle examina son visage. Il paraissait plus rond et pâle, mais, à sa grande surprise, moins triste. Ce reflet lui parut même plus fidèle que celui qu'elle avait souvent croisé dans les miroirs du palais, marqué par un ennui indicible.

Elle l'étudiait avec autant de détachement qu'une pièce de monnaie étrangère dont elle essaierait de déchiffrer la valeur. Bien que sans fard et cru dans la lumière blafarde, il n'était pas désagréable. Elle devait prendre confiance, ne plus hésiter à se mettre en danger. Ses adversaires guettaient sa chute, mais elle ne chuterait pas. Elle garderait la tête haute et suivrait sa voie.

— Si ma mère me voyait, elle en aurait le cœur brisé...

La reine avait prononcé ces mots lors de son départ. Ce souvenir fit naître un sourire amer sur ses lèvres. Le mouchoir, ce fil qui la reliait à l'affection maternelle, s'était volatilisé, prouvant combien leur relation était fragile et artificielle. La reine ne lui avait jamais offert son amour, à peine trois gouttes de sang délébiles sur un carré de tissu trop facile à égarer. Elle avait incarné la perfection pour elle pendant toute son enfance. Son désir de lui ressembler et d'avoir le même destin l'avait longtemps habitée. Mais ce souhait ne s'était pas exaucé.

Ani n'avait pas hérité du don de parler aux humains, ce pouvoir de conviction qui enjolivait chaque mot prononcé par la reine. Elle ne possédait pas ce charme et cette beauté qui faisaient que tous se tournaient avec admiration sur son passage. Mais la reine avait-elle jamais captivé une audience grâce à un conte merveilleux ? Conduit un troupeau de cinquante oies ? Amusée à cette idée, Ani se surprit à se sentir fière. « J'ai réussi tout cela. Que suis-je encore capable de réaliser ? »

XI

Les rayons vifs de l'aube trouaient l'atmosphère rincée par la pluie, impatients de piquer les yeux et la peau des passants. Ani, coiffée de son chapeau à ruban orange, portait sa tunique et sa jupe rose orangé. Elle avait l'impression de ressembler aux lézards et aux grenouilles du Sud resplendissants que des hommes vendaient dans des cages minuscules à de riches clients du marché. Razzo prétendait qu'après avoir léché leur peau visqueuse, on la voyait se parer de couleurs aussi bigarrées que les costumes bayérois. « Quelle drôle de ville », se disait Ani en pensant aux lézards, aux marchands, à l'air vif et mordant – à tout ce qui était susceptible de la distraire et de lui épargner de se rappeler sa destination.

Elle redoutait de foncer droit dans un piège, mais elle ne pouvait plus attendre. Elle devait absolument trouver le moyen de voir Falada, le jour même.

Le palais se dressait, tel un monstre aux pattes énormes. À mesure qu'Ani approchait et que le soleil éclairait ses reliefs de pierre, il devenait plus monumental, plus sophistiqué et complexe. Unc file de quémandeurs serpentait déjà à travers la cour. Elle s'y mêla, comme au premier jour, presque un mois auparavant. Mais, cette fois, lorsque la queue avança, Ani se faufila du côté intérieur de l'enceinte. Elle croisa plusieurs gardes et messagers dans l'ombre froide du rempart, qui saluèrent d'un signe de tête leur camarade gardeuse d'oies. Elle répondait de même et commençait à sourire de la simplicité de l'entreprise quand elle atteignit les écuries.

Les manèges, situés sur le flanc arrière de la colline, s'étendaient sur plusieurs hectares. À l'est, les jardins, avec leurs roses d'automne, leurs fontaines d'un bleu de glace, leurs arbres inclinant leurs lourdes branches telles de jeunes servantes séchant leurs chevelures au coin du feu, rivalisaient de beauté. Mais, selon Ani, les manèges étaient encore plus magnifiques.

Elle se précipita vers l'écurie la plus proche et s'y cacha. Un lad passa à côté d'elle sans remarquer sa présence, et dès qu'il fut sorti, elle remonta en courant la série de box, à la recherche d'une tête et d'une crinière blanches. Sans succès. Elle se précipita dans le bâtiment suivant, qui était presque vide. Elle inspecta les stalles les unes après les autres en pensant très fort « Falada, Falada ». Elle tomba sur une jument blanche endormie et son cœur bondit dans sa poitrine... Ce n'était pas l'étalon qu'elle connaissait.

Elle en avait terminé de cette rangée quand les intonations étouffées d'une voix familière la clouèrent sur place.

— Entre, canaille.

Elle se jeta sur la paille et retint son souffle. Ils étaient à l'autre extrémité de l'édifice, mais le haut plafond amplifiait les sons. Elle reconnut distinctement l'accent de Kildenrie.

— Maintenant, t'as intérêt à bien m'écouter si tu ne veux pas avoir à faire à Ongolad. L'heure n'est pas à la plaisanterie. La princesse n'est pas encore arrivée au sommet, compris ?

— Nous sommes dans la place. Je ne vois pas pourquoi on continue ces simagrées.

— T'es qu'un crétin et un bon à rien.

Ani identifia la première voix. Celle d'un de ses gardes, un homme d'Ongolad aux cheveux frisés, du nom de Terne.

— Non, ce n'est pas terminé. Le mariage n'a pas eu lieu. Et n'oublie pas qu'on a une petite menteuse en cavale dans la Forêt, qui n'hésitera pas à vendre la mèche à la moindre occasion. On aura intérêt à inventer de sacrées ruses pour défendre notre position. Tu oublies aussi qu'il y a un royaume derrière les montagnes, qui va envoyer des émissaires, des petites sœurs et autres nuisances. Le plan des deux chefs pour régler ce problème n'est toujours pas au point.

— D'accord, mais ça n'explique pas pourquoi il faut se tenir à carreau, sans bouger ni s'amuser. J'ai l'impression d'être une poule dans un poulailler rempli à bloc, avec Ongolad qui regarde tous les matins sous mes fesses pour ramasser des œufs frais.

Une brève échauffourée s'ensuivit.

— Écoute, marmonna Terne, tu réclames une audience privée avec son éminence, hein ? C'est ça que tu veux ? Je te dis de ne pas faire de vagues pendant un moment. Tu choisis un coin et t'en bouges plus, d'accord, Hull ?

Une troisième personne entra, mettant fin à leur conversation.

— Messieurs, dit un homme à l'accent bayérois.

— Hum, bonjour, répondit Terne, avant de s'éclipser en compagnie de son acolyte.

Ani était pétrifiée et son cœur battait à se rompre. Si ces deux scélérats l'avaient aperçue, ses sourcils noircis et son chapeau à large bord ne les auraient pas trompés longtemps. Ils auraient pu l'entraîner comme un rien derrière un bosquet, lui enfoncer leur épée au travers du corps et abandonner son cadavre aux bêtes sauvages. Elle se releva. La terreur logée dans sa gorge reflua dans ses genoux qui se mirent à flageoler.

Les trois individus étaient partis. Elle avait encore cinq écuries à fouiller. Elle secoua sa tunique et poursuivit son chemin vers la troisième. Tandis qu'elle regardait autour d'elle, pensant que Geric était peut-être dans les parages, elle vit enfin Falada. Inutile de chercher plus loin. Son ami était là, dans un corral, monté par un inconnu. Il ruait et se cabrait.

Elle marcha dans sa direction, entourée de palefreniers, de lads, de gardes, de pages et de dames qui se promenaient sous leurs ombrelles. Le front légèrement baissé, elle évita leurs regards. Falada hennissait à présent, il poussait un cri sauvage qu'elle ne lui connaissait pas et qui lui donna la chair de poule.

« Falada, qu'est-ce qui ne va pas ? »

Le cavalier tenait les rênes serrées au ras de l'encolure. Le garrot du cheval perlait de sueur ; sa tête était rejetée en arrière, révélant des yeux écarquillés et injectés de sang, comme en plein accès de folie. Collée contre la barrière en bois, Ani continuait de l'appeler. Il la regarda.

— Cette maudite bête refuse de se laisser mater, commenta un lad.

Échouant à lui faire décrire un cercle, le cavalier grogna de rage et l'animal se jeta en avant. C'était à croire qu'il n'avait jamais été monté, que porter une selle était une torture.

« Calme-toi, Falada, calme-toi. Ils pourraient te blesser si tu ne te montres pas plus docile. »

Il garda une oreille pointée dans sa direction tout en se dirigeant de mauvaise grâce à l'autre bout du corral. La tête d'Ani était lourde, ses tempes comme comprimées dans un étau. Pourquoi ignorait-il ses mots ? Ne les entendait-il plus ?

L'écuyer fut éjecté. En un éclair, il s'écarta des sabots menaçants de l'étalon. Ani se glissa sous la barrière et s'approcha de son ami, la main tendue, la paume tournée vers le ciel. Falada trotta jusqu'à elle.

« Falada, tu te souviens ? Tu te souviens de moi ? »

Il s'ébroua ; ses prunelles erraient comme celles d'un animal au supplice. Elle eut l'impression qu'il voulait parler, pourtant aucun mot n'entrait dans son esprit.

« Je suis ton amie, calme-toi. Tout va bien. »

Il renifla sa paume et elle frissonna. Elle mourait d'envie de se jeter à son cou et de sangloter dans sa crinière, comme le jour où elle avait trouvé son père prostré entre les pattes de sa jument, ou quand, vidée de ses forces par les gémissements de Riano-Hancéry, elle s'était sentie trop jeune et fragile pour avancer dans le cortège funéraire. Qui la consolerait si elle perdait Falada ? La simple perspective lui arrachait des larmes. Dans un élan de courage, elle serra les mâchoires et fit un pas de plus.

« Doucement, doucement. » Elle caressa le nez de l'étalon, puis sa joue et son cou, espérant éveiller en lui de vieux souvenirs. Elle le vit tressaillir et resta immobile pour ne pas l'effrayer. « Du calme, je ne te veux aucun mal. »

Soudain, le cheval s'écarta brusquement. Il se dressa sur ses postérieurs et fit de grands moulinets avec les pattes avant. Ani recula d'un bond, mais ne put éviter qu'un sabot ne heurte sa pommette. Choquée, elle se sentit entraînée à l'extérieur du manège et poussée sous la barrière.

— Sors d'ici, toi ! beugla le cavalier. Tu veux recevoir un coup sur le crâne ou quoi ?

— Pendant une minute, j'ai cru qu'elle allait réussir à l'apprivoiser, murmura un lad.

— Qu'est-ce qu'il lui a pris ? demanda Ani.

Le sang martelait ses tempes. Elle suivit, hébétée, le ballet délirant de Falada. La lumière du matin était terne à côté de lui et les rayons du soleil sur sa robe blanche étaient éblouissants.

— Il est atteint de démence, dit le cavalier en lui faisant signe de partir. Ce ne sont pas tes affaires de toute façon, alors déguerpis.

Falada était de nouveau au pas, des filets d'écume accrochés aux lèvres. Ani tâta sa joue endolorie, bouleversée.

« Falada... »

— Toi !

Elle se retourna, redoutant de tomber sur Ongolad ou Terne, mais. elle fut accostée par un garde royal qui lui saisit le coude et la conduisit promptement vers le palais.

— Encore une quémandeuse égarée ? Alors, on fait son petit tour sur les terrains d'entraînement, on se croit en visite sur sa propriété ?

— J'étais juste...

— Juste perdue. Je sais et je m'en moque. C'est interdit.

Presque ventre à terre, elle luttait pour suivre la cadence de l'homme et desserrer son emprise sur son bras. La vitesse et la douleur la rendaient furieuse. « Je suis traitée comme une délinquante pour avoir essayé de calmer mon propre cheval », fulminait-elle. À l'autre bout du champ, elle entrevit Hull et Terne en pleine discussion sous un arbre. Elle cessa de tirer sur son poignet prisonnier et garda les yeux rivés au sol.

Le garde l'enferma à clé dans une geôle minuscule, nue, déserte et froide – une cellule pour dangereux criminels. Une ouverture étroite, percée très haut sur l'un des murs, découpait un carré de lumière sur la pierre au centre de la pièce. Elle s'y recroquevilla, s'enveloppa de ses bras et pleura en silence. Elle tremblait ; elle était gelée et le piétinement des bottes dans le couloir la terrifiait. Le moindre bruit la faisait sursauter et elle s'attendait à tout moment qu'un soldat ouvre la porte. Sa migraine l'empêchait même de repenser à Falada.

Quand, bien plus tard, une clé tourna dans la serrure, elle était si épuisée par ces heures d'effroi qu'elle tenait à peine debout. Elle s'était déplacée avec les mouvements du carré de soleil jusqu'à ce qu'il ait disparu à midi. Adossée à la cloison, plongée dans la pénombre, elle craignait que la silhouette d'Ongolad ne surgisse dans l'embrasure de la porte. Mais non, c'était une femme.

— Suis-moi.

Elle tendit son poignet à la gardienne et celle-ci la traîna dans les escaliers, vers des couloirs plus distingués.

— J'avais oublié qu'on t'avait mise là. Il s'en passe tellement depuis ce matin, avec le marché et tout le bataclan. Mais le roi tient audience aujourd'hui. Je vais essayer de me débarrasser de toi en te glissant entre deux doléances.

Elles patientèrent dans un couloir lambrissé, dont Ani devinait qu'il longeait une cloison du salon de réception. La grosse voix du monarque alternait avec les intonations aiguës du plaignant. Pour la première fois de la journée, elle osa croire qu'elle s'en sortirait vivante.

Quelques minutes plus tard, la gardienne interpella l'intendante puis escorta Ani de la porte latérale jusque sous l'œil-de-bœuf, face au roi.

— Vous ne m'amenez pas une meurtrière, j'espère, dit-il avec un sarcasme qui trahissait sa lassitude.

— Non, Sire, c'est une pétitionnaire qui s'est perdue. On l'a découverte sur vos terrains d'équitation, en train d'essayer d'amadouer l'étalon dément de la princesse.

En entendant à nouveau le mot « dément », Ani tressaillit.

— Vous pouvez disposer.

La gardienne se retira. Ani se redressa et planta ses yeux dans ceux du vieil homme, dont les traits s'adoucirent. Il n'était pas vraiment beau, bien qu'on perçût toujours sur son visage, comme un reflet sur du verre poli, les vestiges d'une jeunesse agréable. Elle devina qu'il pouvait être aussi doux que son père avec les enfants, quoique certainement plus strict. Il l'invita à avancer.

— Ah ! la gardeuse d'oies, soupira-t-il. Où sont donc passées tes belles courbettes ?

— C'était difficile, Sire, avec un bras coincé dans le dos.

Elle n'avait cherché à dissimuler ni son irritation ni sa crainte et redoutait maintenant qu'il lui en tienne rigueur. Mais sa profonde révérence sembla l'égayer.

— Hum, voyons, la dernière fois que tu es venue ici, tu as réclamé un poste aux écuries, poste qui t'a été refusé, et maintenant, on t'y croise – comme par hasard. Est-ce un accident ?

— Non, Sire, je ne l'ai jamais prétendu.

— Ah.

S'il avait paru s'ennuyer lorsqu'il répondait aux autres plaideurs, il était à présent penché en avant avec une expression amusée.

— Je déborde de suppositions, affirma-t-il, mais, pour gagner du temps, pourquoi ne m'en exposes-tu pas la raison, avec concision et sans détour ?

— Je... Je voulais voir l'étalon de la princesse. C'était triste, il était complètement épouvanté. Alors j'ai enjambé la barrière, croyant pouvoir l'aider.

— Et l'as-tu aidé ?

— Non.

Elle revit l'œil fixe de Falada, vitreux, presque bovin, avant qu'il ne la frappe.

— Je crois... je crois qu'il a franchi les limites du monde où les humains et les animaux peuvent partager le même langage.

Elle oublia l'animal tourmenté et prit conscience du regard critique du roi.

L'intendante alerta le monarque : le temps pressait et la file dehors s'allongeait.

— Oui, bien, jeune gardeuse d'oies, tu m'expliqueras un jour ce que tu veux dire exactement par là. En attendant, tu dois réparer le dommage que tu as causé en t'introduisant dans mon domaine. Si tu n'es pas punie, nous aurons dès la fin de la semaine prochaine une foule de citoyens déambulant autour du palais pour voir les bêtes folles et piétiner mes rosiers. Entretiens-tu une famille dans la Forêt ?

— Non.

« Ma famille est en Kildenrie, avait-elle envie de répondre. Je suis Anidori-Kiladra. » Mais son estomac se noua de peur et elle se raisonna. « Pas maintenant. Ce ne serait pas sage. Il ne me croirait pas. »

— Ton salaire du mois fera l'affaire. Est-ce que tu l'as sur toi ?

Les travailleurs étaient payés la veille du marché. Elle sortit de la poche de son tablier une fine pièce d'or, estampillée d'un cheval au galop décentré, et la tendit au roi.

— Un destrier ? Est-ce tout ? On ne peut pas te priver d'une somme si dérisoire. Conseiller ! Pourriez-vous faire de la monnaie ?

Un conseiller versa le contenu d'une bourse dans sa main.

— Le roi n'a pas un sou en poche, quel triste état !

Il piocha deux pièces, une d'argent et une de cuivre, et les donna à Ani.

— Voilà, et je ne veux pas t'entendre te plaindre. Ne mets plus les pieds aux écuries. Sauve-toi.

— Sire ? risqua-t-elle d'un air gauche. Que... que va-t-il advenir de l'étalon ?

— Je n'en ai pas la moindre idée, lâcha-t-il avec une soudaine sévérité.

Son pouls recommença à battre dans sa pommette meurtrie.

— Un chef d'État a mieux à faire que de s'occuper des chevaux des autres. Tu peux disposer.

Une fois dehors, dérobée à la vue des gardes, Ani s'arrêta et soupira – enfin libre. Elle appuya une épaule contre un mur et colla sa joue bleuie sur les pierres froides. Leur contact fit affluer du sang dans sa pommette comme si Falada la frappait, encore et encore.

Il avait sombré dans la folie, c'était un fait aussi réel que sa douleur. Peut-être était-ce à cause de ce qu'il avait vu dans la Forêt ? Ou peut-être que, après avoir mené la fausse princesse en Bayère, devenu inutile, Selia ou Ongolad l'avaient... Elle fronça les sourcils. Pressée d'écarter de son esprit les pires hypothèses, sinon son affliction, elle s'éloigna du mur frais. Les fluctuations de la foule l'entraînèrent dans une large avenue, par où elle rejoignit le marché sans perdre une seconde.

C'était un immense cirque bruyant et bondé, qui empiétait sur les rues voisines. Ani traversa avec précaution le cercle extérieur, désordonné, une ronde de mendiants assis sur des couvertures déchirées, exhibant des membres mutilés ou leurs rejetons malades à défaut d'articles à vendre. Certains faisaient tinter des pièces comme des grelots au fond de pots en ferraille.

L'anneau suivant appartenait aux saltimbanques.

Des groupes d'enfants se tenaient par les coudes en chantant tantôt des poèmes épiques tantôt des chansons de taverne ; des hommes pinçaient les cordes d'un luth et jouaient du pipeau ; des femmes vêtues de pantalons étroits – tenue excentrique dont Ani détournait les yeux en rougissant – exécutaient des acrobaties en équilibre sur la tête ou les épaules de leurs partenaires ; pour finir, des magiciens jonglaient avec des balles et manipulaient leurs marionnettes dansantes.

Plus à l'intérieur se situaient les vendeurs, dont les sacs fumants regorgeaient de petits pains et autres mets. Des femmes portant des paniers sur le crâne défilaient devant de riches marchands près de leurs roulottes en bois et de leurs employés qui surveillaient d'éventuels voleurs. Des pigeons picoraient en se lançant des avertissements – « C'est mon pain ! Ma pelure à moi ! Ma prune, n'y touche pas ! Va-t'en ! » Ani vit un gros carré de porc tomber par terre et elle fut tentée de roucouler à son tour : « C'est mon morceau de viande, allez-vous-en ! » Elle n'avait pas eu l'occasion de rompre son jeûne forcé. Ravalant sa salive, elle respira l'odeur des beignets de saucisse, des salades de chou chaud et des pommes d'amour, et reprit son chemin.

Dans le rond central, elle aperçut une estrade. Deux hommes s'y balançaient un peu au bout d'une corde. Lorsqu'un vendeur la frôla en agitant des côtelettes d'agneau, leurs effluves lui chamboulèrent l'estomac. Elle retint son souffle et se dépêcha de trouver le groupe de Finn. Ils n'étaient pas loin, dos à la potence. Une foule considérable était venue troquer des articles contre les tricots de Gilsa et les produits de la campagne. Un vent frais d'automne s'était levé ce matin-là et les citadins se préparaient déjà à l'hiver, avides de profiter des astuces des habitants de la Forêt pour se protéger du froid. Un orage avait éclaté la veille, mais personne ne semblait se soucier de l'humidité des produits. Ani imagina Finn et ses voisins campant dans le crachin, autour d'un foyer inondé, et elle se sentit chanceuse d'avoir au moins un mince toit de tôle pour l'abriter.

Finn accourut dès qu'il l'eut repérée. Son visage trahissait une grande inquiétude, mais elle comprit bientôt qu'il reflétait son propre désarroi.

— J'ai des ennuis.

Elle l'attira à part et reprit, pour la première fois depuis fort longtemps, sa voix naturelle, laissant là le déguisement et la dissimulation.

— J'ai besoin d'en parler, mes idées sont si embrouillées. Il n'y a pourtant rien à faire, sauf ouvrir l'œil et être prudente.

Le fils de Gilsa lui tapota gentiment le dos.

— Ils ont tué mon meilleur ami, ou tout comme, expliqua-t-elle en se mordant la lèvre. Ils veulent m'assassiner et je n'ai nulle part où me réfugier. Oh ! je suis si fatiguée d'avoir peur.

Elle céda aux larmes et posa le front sur l'épaule de Finn. Elle avait besoin de réconfort, de s'entendre dire que tout irait bien. L'espace d'un instant, dans ses bras amis, elle eut l'illusion de connaître la sécurité, la sincérité et l'affection. Elle se ressaisit cependant bien vite et rit pour dissimuler les sanglots bloqués dans sa gorge.

— Merci... Excuse-moi.

— Deux types sont venus chez moi, dit Finn.

— Des blonds ?

Finn hocha la tête.

— Ils ont demandé si on avait vu une fille aux cheveux jaunes. Mère a rétorqué que non et qu'elle ne l'aurait pas laissée entrer, de toute façon... Isi, pour venir chez nous, il faut prendre la route du Sud-Ouest qu'on appelle la route du Lac, puis tourner à droite à l'écriteau qui indique Mille-Sapins, ensuite prendre la deuxième à gauche, puis la troisième et la cinquième à droite. Si tu te perds, tu n'as qu'à te renseigner auprès de n'importe qui dans le coin.

Elle se répéta le parcours à voix haute, afin de le graver dans les replis de sa mémoire. Ils étaient à sa recherche. Ils se doutaient qu'elle n'était pas morte et qu'elle se cachait. L'angoisse tiraillait sa poitrine, mais elle l'en délogea – c'en était assez. Elle prit la pièce en argent que lui avait donnée le roi et la tendit à Finn.

— Je ne suis pas venue pour me lamenter mais pour t'apporter ceci. C'est pour Gilsa ; ce n'est rien comparé à ce que je lui dois.

Finn accepta la pièce, qu'il échangea contre un petit paquet enveloppé dans du papier marron pris sur la charrette.

— De sa part à elle.

C'était un pull-over délicieusement moelleux, orange, brun et indigo, avec au dos le dessin d'un oiseau aux ailes déployées et au plumage jaune. Contrairement à la plupart des autres tricots, il était encore sec. Ani y enfouit le visage et goûta sa chaleur, son odeur de feu de cheminée, de laine brute et des planches de l'appentis qui lui avait servi de cabane dans la Forêt.

— Je n'arriverai jamais à rembourser Gilsa. Chaque fois que j'offre quelque chose, elle me fait un nouveau cadeau.

Après avoir déniché une racine colorante et dépensé son dernier sou pour acheter un pain tiède, Ani quitta le marché. Elle remarqua que les pendus n'étaient plus sur l'estrade centrale : on les avait déplacés vers l'enceinte de la ville. La muraille servait depuis des décennies à exhiber les morts et elle portait les marques du sang noir des cadavres précédents, fines rayures sur une bannière de déchéance. Ani avala son dernier quignon de pain et s'éloigna en hâte.

XII

Quelques jours plus tard, Jok boudait encore, vexé qu'Ani l'ait obligé à dormir deux nuits de suite avec ses congénères. Postée devant l'arche, celle-ci comptait les becs des oies à mesure qu'elles se dandinaient vers le pâturage, quand retentit le cri familier de Jok de la queue du peloton : il le clamait haut et fort, aujourd'hui comme la veille, il ne s'installerait pas dans son giron. Le jars était du genre fidèle à sa parole : Ani resta seule sous son hêtre jusqu'au soir. Pour tuer le temps, elle s'occupa à étudier le vocabulaire des oies et à adresser de nouveaux mots au vent.

Conrad avait depuis peu pris l'habitude d'errer dans les champs voisins. À midi, alors qu'il avait traversé la haie pour rejoindre les gardiens de moutons, un grondement de sabots s'éleva. Un homme, juché sur un cheval à la robe sombre, se dirigeait droit sur l'arbre. Les muscles d'Ani tressaillirent. Pelotonnée derrière le tronc, elle regarda avec appréhension l'ombre du chapeau se déplacer sur le visage du cavalier... Geric !

— Gardeuse d'oies !

Elle se leva et s'adossa à l'écorce grise et lisse tandis qu'il descendait de selle.

— Je ne connais pas ton nom, dit-il en s'approchant, une main posée sur le cou de la jument.

— On m'appelle Isi.

— Isi. C'est plus joli que gardeuse d'oies, n'est-ce pas ?

— Oui.

— Oui... Je regrette de ne pas l'avoir su avant, Isi.

— Ce n'est pas grave. Tu ne pouvais pas deviner.

— Non, c'est vrai, tu ne me l'avais pas dit.

— Non.

— Humm.

Il se mit à fixer l'empreinte que sa botte avait imprimée dans la terre humide, alors qu'Ani regardait les oies au loin, comme si elles risquaient de s'envoler dans les bois pour peu qu'elles échappent une seconde à sa vigilance. Geric toussota, prononça la première syllabe d'un mot et se ravisa. Elle remarqua son front expressif et ses iris couleur de miel sous ses paupières à demi baissées.

— Ce n'est pas le bai, nota-t-elle.

— Non ! s'empressa-t-il de répondre. Je l'ai échangé. Celle-ci est un brin plus soumise. Après ma triste démonstration, il m'a paru évident qu'il fallait un maître pour venir à bout de cette bête. J'ai eu raison, non ?

— Sûrement, balbutia-t-elle, surprise qu'il demande son assentiment.

Un silence s'installa, puis Geric relança courageusement la dialogue.

— Je suis venu ici deux après-midi de suite, mais tu n'étais pas là et les oies non plus. J'ai cru que je m'étais trompé et que nous nous étions rencontrés dans un autre pâturage.

— Non. C'est juste qu'il a plu et le lendemain, il y avait le marché. Tu n'y es pas allé ? Et tu es venu sous la pluie ?

— J'étais trempé jusqu'aux os, avoua-t-il en riant tout bas. Imagine les fleurs !

Il l'examina avec curiosité, avant de la noyer de détails :

— Je suis franchement un âne, je t'assure. Je suis rentré ce soir-là, après notre discussion, en craignant d'avoir commis un impair : je ne voulais surtout pas te laisser penser que pour moi, tu valais moins que rien. J'avais l'impression d'être le roi des nigauds – ce qui n'est pas faux ! De quel droit je venais ici, galoper dans ton champ comme un fou, t'insulter et partir sans une explication ? La vérité, c'est que je n'avais jamais vu de gardeuse d'oies et tu ne corresponds pas à l'image que je m'en faisais. Ce n'est pas une excuse, je sais. En tout cas, je me suis figuré que le bouquet serait une bonne idée. Il paraît que les gentilshommes offrent des fleurs. Et si je ne suis pas un monsieur, cela ne m'empêche pas de te traiter en dame, n'est-ce pas ?

Il guettait sa réaction avec une mine anxieuse.

— Euh... oui, bafouilla-t-elle, à défaut de trouver une réponse plus adaptée.

— Oui... Le problème, c'est que la pluie avait saccagé les fleurs... La moitié n'avait plus de corolles et leurs tiges étaient aussi molles que des nouilles. J'ai regretté de les avoir emportées, je me suis dit que tu allais croire que... que je ne sais pas quoi d'ailleurs ! Bref, je les ai conservées toute la semaine, puisque je ne pouvais pas venir me disculper. Hier, elles ont fini par se faner. Quand je suis parti tout à l'heure, je n'avais plus de bouquet et je n'étais même pas certain de te croiser, alors j'ai attrapé ce qui me tombait sous la main : à manger.

Il détacha un sac en toile de jute de l'arrière de sa selle et en répandit le contenu : des fruits, une miche de pain à la pomme de terre, du jambon froid et une gourde remplie de crème.

— Ce qui te tombait sous... Ce serait un festin dans notre réfectoire ! Est-ce que tu travailles aux cuisines ?

— Non, Dieu merci – je ne pourrais pas m'éclipser si souvent, confia-t-il avec un sourire timide. Il y a une chose que je dois te confesser. Plusieurs gardes du palais avaient parié que je ne réussirais pas à dompter ce bai. Si tu l'avais emmené pour quelque temps, je n'aurais pas hésité à revendiquer l'exploit à mon compte.

Ani sursauta.

— Non, tu n'aurais pas osé !

Geric s'esclaffa.

— Si, si ! Tu ignores peut-être à quel point les hommes entre eux mettent leurs ego à rude épreuve ?

— Tu es un garde ?

— Oui.

Il aurait donc pu appartenir à ses troupes si elle avait été accueillie à la capitale en tant que princesse... Mais, pour le moment, elle n'était qu'une jeune fille assise avec un ami dans un pâturage, dégustant une tranche de jambon sur du pain, et cela la comblait. Geric abandonna le style boiteux de ses excuses et ils bavardèrent à bâtons rompus, si longtemps que le gosier d'Ani se dessécha. Il voulait tout savoir de ses activités. Quand il apprit que ce pique-nique était son premier déjeuner en tant que gardeuse d'oies, il jura qu'il lui procurerait un repas chaque midi.

— Si je régnais, vous déjeuneriez tous.

— Dommage que tu ne sois pas roi !

Soudain Jok se rua vers elle, en caquetant comme s'il voulait la mordre. Un cri d'Ani suffit pour le couper net dans son élan. Il se retourna et repartit cahin-caha.

— Qu'est-ce que c'était que ça ? s'écria Geric en sautant sur ses pieds.

— Mon copain Jok. Il est en colère parce que je l'ai laissé dans l'enclos avec les autres les nuits dernières. Il s'était accoutumé à nicher dans le creux de mes genoux.

— Voir un volatile effronté parler avec une telle insolence à sa maîtresse, je ne peux le tolérer ! Après tout, je suis un peu ton chevalier servant.

Geric tira la langue, fit une grimace assez peu chevaleresque et s'élança derrière Jok. Le jars, s'apercevant qu'il était poursuivi, s'enfuit en courant aussi vite que le lui permettaient ses pattes palmées, entre deux piteuses envolées. Geric dérapa sur l'herbe, mais il se redressa en moins de deux et saisit Jok par le ventre.

— Tu vas présenter des excuses. Je suis devenu expert en la matière et je peux t'affirmer, mon bonhomme, que ton tour est venu.

— Attention, Geric, il risque de...

Jok renversa la tête et lui pinça le bras. Geric le lâcha aussitôt, et ainsi délivré, le volatile détala. Malgré sa douloureuse pratique des morsures, Ani ne put s'empêcher de pouffer devant les imprécations du jeune homme.

— Je suis désolé, madame. J'ai échoué à obtenir des excuses du palmipède délinquant.

— La tâche était ardue. C'est un oiseau teigneux. Toutes les oies sont ainsi.

— Charmante compagnie.

— Je les aime quand même. Elles ont la fierté du chat, la loyauté du chien et, à la façon des humains, elles papotent au moindre prétexte.

— Mais pour les excuses, minables ! Reconnais qu'elles ne valent pas les miennes.

— Loin s'en faut !

Ils s'allongèrent sur l'herbe en utilisant un manteau roulé en guise d'oreiller. Étouffant des rires complices, ils se mirent à contempler les nuages, dont les formes variées leur évoquaient des poneys, des dragons ou des femmes aux seins généreux. Geric ne la quitta que tard dans l'après-midi avec la promesse d'essayer de revenir le lendemain. Il se hissa sur le dos de sa jument et s'était à peine éloigné quand elle cria :

— Geric ! C'était quel genre de fleurs ?

— Je ne sais pas trop.

Il esquissa des gestes flous, comme s'il cherchait à modeler l'air.

— Petites, jaunes, avec beaucoup de pétales.

— Merci... Elles étaient splendides.

Les yeux posés sur le ruisseau, Ani attrapa une branche que son hêtre lui tendait gentiment. Près de la rivière, les feuilles des bouleaux luisaient ; on aurait dit de fines pièces dorées accrochées par centaines à leurs tiges. C'était magnifique, irréel. Les feuilles vertes qui les avaient recouverts pendant ces longs mois ne semblaient avoir été qu'un leurre ; les arbres commençaient juste à dévoiler leur véritable nature, leur authentique jaune automnal. Ani sentit entre ses côtes un frémissement, un espoir, qui se réveillait en déployant ses ailes et en caressant son cœur de ses douces plumes.

Geric revint le lendemain, ainsi que le surlendemain, et les jours suivants. Ils conversaient à l'ombre ou se promenaient sur les rives spongieuses de l'étang. Les oiseaux bougeaient autour d'eux, telles des incarnations des paroles immaculées qui tombaient de leurs bouches.

— Comment parviens-tu à te sauver si souvent ?

— Je n'ai rien à faire quand le prince ne sort pas. Je suis son garde.

— Ah... À quoi ressemble-t-il ?

— Oh ! il n'est pas mal, répondit Geric en souriant, mais il n'a pas mon charme ravageur !

Ani n'en doutait pas un instant.

Geric n'avait aucune expérience des oies et il l'écoutait parler de son travail avec intérêt. Comme elle s'était plainte de passer beaucoup de temps seule, il lui apporta des livres sur l'histoire de la Bayère et des romans mettant en scène des chevaliers en quête d'amour et de justice. Il craignit d'avoir commis une nouvelle erreur en songeant qu'elle n'avait peut-être jamais appris à lire, et fut soulagé de la voir accepter les ouvrages.

Elle, de son côté, voulait tout savoir du palais. Au bout de quelques jours, elle eut enfin l'audace de l'interroger sur ses récents occupants.

— Les Kildenriens ? C'est un groupe plutôt tranquille. Ils ne se mélangent pas aux autres ; ce sont des types très graves et sérieux. Le plus vieux, celui qui a des tresses, bat souvent les soldats du roi à l'épée dans les salles d'armes. Je ne l'ai jamais affronté ; j'aimerais bien, une fois. Je l'ai déjà vu vaincre trois hommes à la suite – j'avais mal au bras rien qu'à les regarder.

Il se frotta distraitement sur la morsure de Jok.

— Tu devrais le défier à un duel de dressage, à la place !

— Riez, riez, madame. Méfiez-vous que votre discours ne perde de sa courtoisie au contact des oies.

Ils étaient en train de se lancer des touffes d'herbe, quand Jok refit son apparition pour grignoter de son bec gourmand les brins qui pleuvaient. Les oies ne boudent jamais très longtemps...

— Et la princesse ? Ici, les garçons l'appellent « la fille aux cheveux jaunes ».

Geric eut un sourire amusé.

— La Princesse Anidori-Kiladra...

Un frisson parcourut Ani en l'entendant prononcer son propre nom.

— Tu l'as forcément rencontrée...

— Oui. Avant son arrivée, le prince ne cessait de faire les cent pas en s'efforçant de mémoriser son nom. Princesse Anidori-Kiladra Talianna Isilie. Elles prennent les prénoms de leurs grands-mères là-bas – Talianna et Isilie. Ça part d'un bon sentiment, mais quels noms à rallonge !

Ani toussa, de plus en plus troublée.

— Toutes les princesses sont supposées avoir un nom long et une longue vie, non ?

— Oui, sans doute.

Elle ramassa un brin d'herbe qu'il venait de lancer et passa un doigt sur son revers duveteux. Geric haussa les épaules ; sa gaieté avait disparu.

— Elle est mignonne, gracieuse, spirituelle et bien élevée. Elle a toutes les qualités requises. Mais d'étranges circonstances ont entouré sa venue. Je ne soupçonnais pas des relations si tendues entre les deux pays. Leur fragilité a étonné tout le monde, je crois.

« Évidemment, pensa Ani, puisque la seule chose qui intéresse la Bayère, c'est de creuser des mines dans les montagnes jusqu'aux vallées voisines. » Elle se demanda si sa cité serait jamais en sécurité. Même si, en fin de compte, elle finissait par épouser le prince, rien ne garantissait que leur alliance scellât la paix éternelle avec ce pays saugrenu, où des cadavres de criminels étaient pendus sur les remparts alors que tous les honneurs étaient dus aux hommes portant javelot et bouclier. Elle ne fit pas part de ses réflexions à Geric. Une gardeuse d'oies n'était pas censée s'y connaître en cartes, en frontières et en relations diplomatiques.

Un matin, en milieu de semaine, Geric fit irruption dans le pâturage avec un deuxième cheval, en plus du repas habituel enfermé dans sa besace. C'était un hongre alezan plus petit de deux paumes que sa propre jument noire : une monture pour dame.

— Ils sont l'un et l'autre assez dociles. Je sais que tu te débrouillerais très bien avec une bête plus difficile, mais, en ce qui me concerne, je n'en suis pas si sûr...

Il arborait un large sourire. Il était beau ainsi – aussi beau que lorsqu'il était rêveur, quoique différemment.

Ani prit les rênes de l'alezan. Elle le laissa lui renifler les mains, le cou et l'observer, sous le regard attentif de Geric. Elle le flatta sur chaque flanc et attendit son consentement avant de grimper sur la selle, en veillant à ce que sa jupe ne se relevât pas au-dessus des chevilles.

— Au fait, Geric... Tu as vu mon jupon, l'autre fois, quand j'ai monté le bai ?

— J'ai vu le bas de ta jambe, admit-il en baissant la tête.

— Tu as vu ma jambe ?

— Est-ce ma faute ? Mes yeux se sont posés dessus par hasard. Et si tu m'autorises un commentaire, elle est fort jolie.

Trop choquée pour rétorquer, Ani rougit comme une pivoine. Geric, le poing sur le cœur, feignait l'innocence.

— Je sais les bonnes manières et j'ai juré de toujours dire la vérité. Voilà pour ma défense.

— La vérité, c'est que tu n'es qu'un garde paresseux qui abandonne son maître pour espionner les demoiselles.

Elle essaya de prendre un air offensé, mais la bonne humeur de Geric vint à bout de sa résistance. Sur le point de craquer, Ani partit telle une flèche.

Ils traversèrent le pré au galop, lâchant la bride à leurs chevaux. Elle voyait le bonnet orange de Conrad ressortir sur le vert du pâturage des moutons. Elle jugea qu'elle pouvait sans danger franchir la rivière et entraîna Geric à l'orée du bois, là où elle avait vu des courtisans se rendre à plusieurs reprises par de lumineux matins d'automne.

Ils se baladèrent parmi des bosquets de plus en plus touffus aux feuillages persistants. Ils enjambaient la lumière du soleil qui saignait à travers la voûte et se répandait sur un tapis de feuilles de bouleaux luisantes emportées par le vent. Le sol paraissait jonché de milliers de piécettes gondolées. Du cœur de la forêt s'échappait une bise froide et purifiante. Ani s'immobilisa. Ces arbres, ces ombres, ses grelottements lui évoquaient une autre forêt. Elle revécut la scène : les rugissements rageurs de Talone, le torse d'Adon transpercé par la pointe d'une épée, le cri de l'étalon à la croupe entaillée, la pression d'Ongolad sur sa cheville...

— Qu'est-ce qui ne va pas ? s'enquit Geric en se penchant vers elle.

Une brise indiscrète frôlait sa peau. Ani tressaillit et elle s'envola aussi délicatement qu'une plume soulevée par un soupir.

— Rien.

Non, le vent ne lui parlait pas et cette forêt n'abritait ni la mort, ni la trahison, ni les cadavres que lui représentait sa frêle mémoire. Ces bois n'étaient pas ceux de ses cauchemars. Le dédale de troncs offrait même un certain réconfort, et à califourchon, son corps entier reprenait confiance.

— Rien, répéta-t-elle en souriant. Tout va très bien.

— Humm... Un jour, il faudra que tu m'expliques ce que signifiait cette mine.

Leur balade se poursuivit jusqu'à ce qu'Ani manifestât de l'inquiétude pour les oies restées trop longtemps sans surveillance. Lorsqu'ils furent revenus à hauteur du ruisseau, Geric s'arrêta.

— Oserez-vous défier un homme à la course, madame ?

De concert, ils attaquèrent un galop. Les bêtes se jetèrent à l'eau, éclaboussant les bottes et les ourlets de leurs cavaliers, avant de s'élancer dans le pâturage. Le menton au ras de la crinière, Geric et Ani hurlaient pour accompagner le grondement sourd des sabots sur l'herbe rabougrie. Le rempart mit un terme à leur cavalcade. Ils haletaient en se tenant les côtes, hilares.

— J'ai gagné, affirma Geric, pantelant.

— C'est faux ! Et ton cheval est plus grand.

À l'instant où leurs yeux se croisèrent, ils devinrent soudain sérieux. Le temps s'était suspendu. Le cœur d'Ani battait la chamade et elle eut le plus grand mal à l'apaiser.

Ce soir-là, elle raconta une histoire d'amour aux travailleurs. Une femme trahie et désespérée se transformait en oiseau ; perchée sur le balcon de son ancien amant et de sa jeune épouse, elle chantait des chansons si tristes que la mariée en mourut, le cœur brisé. La salle était calme pendant son récit ; au moment de se coucher, Razzo lui tapota l'épaule, visiblement ému.

L'hiver approchait et la brusque tombée de la nuit les surprit. La cité était si vide et figée qu'il semblait qu'aucune créature n'eût jamais foulé ses pavés. Ani fit une halte devant sa fenêtre, miroir dans le clair de lune. Elle chercha sur ses traits les courbes du visage de sa mère, la splendide reine de Kildenrie. « Comment les autres me voient-ils ? se demanda-t-elle. Et lui ? » Elle toucha sa joue. Son reflet était gris, flou, assombri. Elle ignorait si elle était belle.

— En travaillant ici assez longtemps, tu pourras persuader Ideca de te donner une petite glace.

Elle sursauta. Enna se tenait quelques portes plus loin, sur le seuil de sa chambre.

— Je ne savais pas que tu étais là, bafouilla Ani.

Elle s'empressa d'entrer et claqua la porte. Installée sur le lit à côté de Jok, elle soupira. Elle se sentait nerveuse et stupide. Le jars ayant hâte de dormir, elle ôta son chapeau, déroula ses cheveux et se gratta la tête. Le poids de sa chevelure dans son dos lui rappela qu'elle n'était pas qui elle prétendait. Qu'elle avait un secret.

Un mouvement dans la rue attira son attention. Derrière ses rideaux entrouverts, Enna la regardait, éberluée.

— Oh !

Ani porta la main à sa chevelure libérée et alla ouvrir la porte.

— Entre, s'il te plaît, dit-elle en tirant les rideaux et en invitant son amie à prendre place à côté d'elle. Je suis tellement habituée à être une gardeuse d'oies maintenant que je perds toute prudence.

— J'étais juste venue m'excuser. Je ne voulais pas t'épier.

Enna effleura l'extrémité des longues mèches blondes de son amie.

— Alors c'est pour ça que tu portes toujours un chapeau ou un foulard. Et tes sourcils ?

— Ils sont teints.

Enna frotta son sourcil et examina sa pulpe nette avec une expression à la fois ébahie et amusée.

— Si je te dévoile qui je suis, tu pourras le garder pour toi ?

— Oui, bien sûr.

Convaincue que seule la vérité lui permettrait d'obtenir la confiance d'Enna, Ani lui narra son aventure à voix basse. Elle commença par la fin, en oubliant dans son récit chaotique certains épisodes importants. L'exercice se révéla plus difficile que d'inventer des contes, finalement. Elle lui dit d'abord que c'était le roi qui l'avait assignée à la charge de gardeuse d'oies à son arrivée de la Forêt. Elle poursuivit en racontant qu'elle s'y était égarée à la suite d'une mutinerie de la compagnie, qui s'était achevée dans un bain de sang, au point que son cheval en était devenu fou. Après avoir failli perdre le fil de son récit à plusieurs reprises, elle ajouta que son amie, sa dame d'honneur, était à l'origine de la rébellion des soldats, car elle espérait lui voler son nom, son titre et la tuer.

— Et mon titre, c'est... enfin, c'était... princesse. De Kildenrie, conclut-elle avec son véritable accent. Je suis la fille aînée de la reine.

Ces mots la mirent mal à l'aise. Ils paraissaient si prétentieux dans la bouche d'une fille chaussée de bottes de gardeuse d'oies. Assise là contre l'enceinte de la ville dans une pièce bâtie à même les durs pavés, elle avait l'impression d'usurper l'identité de quelqu'un d'autre.

— Princesse... chuchota lentement Enna.

La bougie s'était éteinte en grésillant à la moitié de sa narration. Le visage d'Enna ressemblait à une bulle noire au relief accentué par une ligne floue et argentée de la joue au menton. Ani aurait voulu mieux la discerner. Avait-elle haussé les sourcils d'étonnement ou plissé des yeux perplexes ? L'obscurité entre ses paupières, autour de ses lèvres, cachait-elle un pli soucieux ou des tentations de trahison ?

— Voilà, s'exclama-t-elle pour rompre le silence.

— Veux-tu... dois-je m'incliner... devant vous ? Altesse ?

— Non ! s'écria-t-elle. Non, s'il te plaît. J'attendais simplement de savoir si tu me croyais.

— Te croire ? Pitié, Isi !

Enna la bombarda de questions, lui laissant à peine le temps de répondre. Elle l'interrogea sur l'épisode de la Forêt, son royaume, la racine qu'elle utilisait pour se teindre les sourcils, Falada – pouvaient-ils réellement dialoguer ? Elle pesta contre les gardes déloyaux et leurs sombres désirs qui les poussaient à tuer. En sécurité dans le noir, avec Jok somnolant dans son giron, Ani satisfaisait sa curiosité et leur conversation à bâtons rompus emplissait la nuit comme des vagues de chaleur diffuse autour d'un feu.

Quand Enna fut à court de questions, elles demeurèrent tranquillement côte à côte sur le lit, absorbées dans leurs pensées. Devant leurs pupilles aveugles défilaient les images vives d'un cheval blanc, de giclées de sang rouge, d'arbres verts, avec en arrière-plan un palais monumental pourvu de hautes tours.

— Il doit être plus de minuit, dit Ani en reprenant spontanément son accent de Bayère.

Enna acquiesça.

— C'est très gentil à toi de m'avoir écoutée. Je regrette d'avoir été désagréable parfois, quand tu recherchais mon amitié. Je suis devenue méfiante.

— Je vois pourquoi. La faute à cette Selia, maugréa

Enna avec mépris. Il faut qu'on t'aide à récupérer ton nom.

Ani hocha la tête.

— J'y ai beaucoup réfléchi. Après ma première entrevue avec le roi, j'ai compris que je ne pouvais pas y retourner seule et mettre en doute la parole de Selia et de ses gardes. Mais entourée de personnes qui me soutiendraient, je serais protégée et j'aurais plus de chances de le persuader, non ?

— Tu as raison. On va rassembler les travailleurs et former une escorte. On fera en sorte qu'il t'écoute. Ils ne peuvent pas tous nous tuer, quand même ?

Ani pinça les lèvres.

— Non, en principe. Sauf qu'Adon, Talone, Dano le cuisinier et les autres avaient beau être nombreux, les amis d'Ongolad les ont assassinés...

— Ah...

— J'ai longtemps fondé mon meilleur espoir sur ce plan, mais plus je vous connais, moins j'ai envie de mettre vos vies en danger.

— Même celle de Conrad ?

Enna fit mine de juger l'idée séduisante et Ani pouffa.

— Sans rire. En admettant que certains soient disposés à se battre, ce n'est pas juste de leur faire courir des périls dans le seul but de reprendre mon nom.

— Possible, admit Enna en bâillant.

— On devrait se reposer.

— Oui. Ne t'inquiète pas, on finira par régler ton problème.

— Enna, conclut Ani tandis que la jeune fille s'apprêtait à partir, ces gardes me tueraient s'ils savaient que je suis ici.

— D'accord. Motus et bouche cousue ! Promis. Isi...
est-ce que je peux encore t'appeler Isi ? Ça te va bien.
J'ai une entière confiance en toi. C'est bizarre... Si
Razzo, après d'être piqué avec une aiguille, me mon-
trait son doigt en sang, je ne m'y fierais pas, et ton
histoire est presque aussi dingue que tes contes du
soir... N'empêche, je te crois. Quand tu seras fatiguée
de te tourmenter, de pleurer Falada et de lutter contre
la peur, dis-le-moi et je le ferai à ta place, comme ça
tu pourras fermer les paupières et dormir en paix
quelque temps.

XIII

L'après-midi suivant, Ani attendit la visite de Geric avec impatience. Elle était si occupée à guetter l'écho des sabots sur les pavés qu'elle n'entendit pas Jok l'interpeller. Elle lui arracha de l'herbe et ôta les plumes qui pendaient de sa queue pour les mettre de côté et grossir le paquet que Tatto regrouperait en fin de semaine. Elle se demandait si elles étaient destinées au roi ou à son fils, et surtout comment était ce dernier... Mais son esprit ne tarda pas à voguer de nouveau vers Geric.

Elle hésitait à tout lui raconter. Enna l'avait bien crue, pourquoi pas lui ? Il pourrait intervenir pour délivrer Falada ; et s'il bénéficiait de la confiance du prince, il réussirait peut-être à le convaincre de sa véritable identité. Mais cette idée la chiffonnait. Était-ce réellement ce qu'elle voulait, au fond ? Épouser ce futur roi et que Geric soit, pour le restant de ses jours, un garde muet dans l'ombre de son mari ? Il devait y avoir une meilleure solution...

Lorsqu'il arriva, Ani, aux aguets, put l'observer à loisir. Il était grand et montait sa jument avec une majesté et une aisance qui emplissaient la jeune fille de fierté. Il avait souvent des airs de petit garçon quand il la taquinait, pourchassait les oies ou s'extasiait devant les desserts qu'il apportait. Cette fois, pourtant, il n'avait rien d'un enfant – sa beauté était saisissante. Elle lui adressa un large sourire et remarqua son expression préoccupée.

— Qu'est-ce qui ne va pas ?

— Rien.

Il s'essuya le front comme pour effacer des pensées déplaisantes.

— Rien qui puisse troubler cette paix automnale !

Ils commencèrent leur promenade sur les rives du ruisseau. Geric refusa d'évoquer les événements qui pesaient sur son humeur, confiant uniquement que des rumeurs malsaines circulaient à la cour. En se tournant pour surveiller son cheval qui broutait, il se rendit brusquement compte qu'il avait oublié de dérober un repas aux cuisines.

— Ne te tracasse pas pour moi, le tranquillisa-t-elle.

Mais il était furieux contre lui-même. Il s'envoya une kyrielle d'injures, puis ne décrocha plus un mot. L'ambiance morose dissuada Ani de lui faire des révélations. Ils s'installèrent à un endroit où l'eau était calme et contemplèrent les feuilles jaunes des bouleaux qui recouvraient sa surface d'une pellicule dorée. Ani fut tentée de traverser à gué ses courants froids et peu profonds pour aller cueillir des noix tardives. Conrad en revenait parfois les poches pleines. Cette vision réveilla son estomac qui gargouilla plaintivement.

— Je suis désolé, s'excusa Geric. Je suis venu pour

échapper à une atmosphère de tristesse et je l'ai emportée avec moi.

— Trouvons un moyen de nous divertir. Il paraît que la princesse est entrée dans la ville sur une belle monture. Tu peux m'en parler ?

« Me parler de mon Falada. » Elle n'était pas loin de céder à la tentation de lui conter les péripéties qu'Enna connaissait.

— Un étalon blanc, soupira Geric. Dans un sale état. Ils vont le tuer.

— Quoi ?!

— C'est ce qu'on m'a dit.

— Le tuer ? Non, ils ne feraient pas ça ?

— Si, je le crains. La princesse estime que c'est mieux ainsi, si j'ai bien compris. Elle affirme qu'il est dangereux. Après tout, c'est le sien, la décision lui appartient.

— Oh ! Geric...

— Pourquoi cette tête ? Qu'y a-t-il ?

— Geric, peux-tu le sauver ?

— Isi, le roi a donné l'ordre. Il est peut-être déjà trop tard.

Ani s'était levée et fixait les branches à moitié nues avec les yeux écarquillés pour retenir ses larmes. Geric, debout lui aussi, la scrutait avec compassion ; il la prenait sans doute pour une brave fille, prête à embrasser la cause des animaux maltraités. Elle était tellement frustrée de son impuissance et de ne pouvoir s'expliquer.

— S'il te plaît. Peux-tu au moins supplier le prince de l'épargner ? C'est capital pour moi. Il ne mérite pas de mourir.

— J'essaierai. Si tel est ton plaisir, j'y vais de ce pas.

— Merci. Ça m'ennuie de te réclamer ce service, mais je n'aurais pas osé si je ne te considérais pas comme un ami proche.

— Un ami ? Je suis heureux de l'entendre, Isi. Ces moments passés ensemble ont été si agréables... plus qu'agréables. Sans comparaison avec de banals pique-niques où j'aurais appris à vous apprécier, toi et tes oies. Au palais... c'est différent. On y est mal à l'aise, surtout en ce moment. Ce que je voudrais que tu saches, c'est que tu... tu es si... tu es...

Ses prunelles de jais étaient une rivière paisible où Ani voyait le reflet des troncs inclinés derrière elle, des feuilles dorées et de son propre visage auréolé par l'automne. Elle offrit sa peau aux rayons hardis du soleil qui perçaient l'air glacé. Geric effleura sa joue aussi lisse qu'une goutte d'eau, au toucher électrisant comme la foudre. Elle se sentit plus vivante que jamais.

— Tu es, voilà tout, dit-il avec passion.

Leurs mains se rencontrèrent. Il serra la sienne, semblant exprimer par ce geste plus qu'il n'osait dire, et elle y répondit par une légère pression. Soudain, son visage se décomposa.

— Je devrais y aller, murmura-t-il.

Elle le regarda s'éloigner. Une fois en selle, il se retourna, les sourcils froncés.

— Je suis navré. Vraiment navré, Isi.

Il gravit la colline, s'engagea sous l'arche et disparut parmi les pierres de la cité.

❧

S'étant assurée à la couleur du ciel qu'il était environ minuit, Ani laissa Jok assoupi sur son lit, enveloppa ses cheveux dans le fichu bleu de Gilsa et se glissa dehors. Elle avait pris soin d'huiler les gonds de sa porte, qui se referma sans un grincement. Le chemin était long jusqu'au palais, surtout en pleine nuit où les chats errants et les fenêtres closes constituaient un paysage monotone. Le froid des pavés pénétrait les semelles de ses bottes, la glaçant jusqu'aux os. Avec le pull aux motifs bariolés de Gilsa, elle était aussi discrète qu'une oie au milieu d'une nuée de corbeaux.

Ainsi qu'elle l'avait prévu, les sentinelles l'arrêtèrent aux portes de la ville.

— On me demande aux écuries.

Son front, irrité par le vent et la sueur, la démangeait mais elle n'osait pas bouger. Le capitaine des sentinelles la toisa, puis lui fit signe d'avancer. C'était une paysanne, de la Forêt de surcroît à en juger par ses vêtements ; or, seule une personne avec un minimum d'importance pourrait mentir ou fomenter un complot. Elle savait qu'un garde sûr de lui laisserait entrer une jouvencelle inoffensive, quant à repartir avec un cheval fou volé sur le domaine royal, c'était une autre affaire. Malgré les risques, elle devait essayer.

Elle croisa du monde dans les allées – des patrouilles, des travailleurs de nuit, des lads insomniaques. Elle les saluait d'un geste naturel et ils l'imitaient sans se poser de questions. L'écurie où elle avait aperçu Falada se situait au-delà d'une cour immense.

Le trajet était si éreintant et interminable qu'elle redoutait de n'en jamais voir le bout.

En se faufilant sous la barrière pour entrer dans le vaste bâtiment, elle sut que quelque chose clochait. Il manquait à l'odeur du foin défraîchi et du fumier l'aura chaude et prégnante de l'animal. Elle s'enfonça dans le couloir à toute allure : les stalles étaient désertes. Après s'être essuyé les tempes avec un bout d'étoffe, elle inspira à fond. Elle devait conserver son calme et vérifier chacun des box.

Elle était transie de froid et de désespoir. Elle traversa la piste ensablée et se coulait sous la clôture quand un clou accrocha un coin de son foulard, la retenant prisonnière. Ses doigts engourdis tâtonnèrent, sans parvenir à différencier le tissu du bois et du métal.

— Qui va là ? brailla un lad. Qu'est-ce que tu fabriques ?

— Je suis coincée.

— Tu n'as rien à fiche ici.

Elle tira de toutes ses forces. Les vociférations de l'employé attirèrent l'attention de ses collègues. Ils étaient maintenant plusieurs à l'observer qui gigotait comme un poisson ferré à l'hameçon, à qui l'air sec déchire sans pitié les poumons. De l'autre côté du champ, un homme immobile lorgnait dans sa direction, étonné par l'agitation.

— Tu as intérêt à filer, conseilla le lad.

Deux tresses blondes – c'était tout ce qu'elle distinguait. La panique la saisit et elle ne songea plus qu'à fuir. Elle parvint enfin à se libérer, mais son foulard se dénoua. Ses cheveux pâles, fils d'argent dans le clair de lune, irradièrent le corral.

Elle détala sans un regard en arrière. L'homme était fatalement sur ses traces et il l'écrasait sans difficulté. Ses souliers frappaient le sol, et malgré l'impact qui lui secouait le corps, ses pieds étaient insensibles, aussi gourds que son esprit paralysé par la peur. Elle trébucha. Il était peut-être juste là, dans son dos, assez près pour l'atteindre et l'abattre tel un renard terrassant une poule, la mâchoire serrée sur sa nuque.

« Il faut que je réagisse. Il doit y avoir une solution. » Ani avait beau chercher, elle n'en trouvait pas. Le vent se pendait à son cou tel un enfant désireux de partager ses secrets. Elle s'efforçait de l'écouter, mais ce n'était qu'une rumeur, vide de sens, ainsi que l'avaient été les jacassements des oies de nombreuses semaines auparavant.

Devant elle, des gardes bloquaient l'issue et l'un d'eux quitta précipitamment son poste dans l'intention de la localiser au son de ses pas.

— Cet homme ! lui cria-t-elle. Il me veut du mal. S'il vous plaît, aidez-moi !

Grâce à cette diversion, elle put franchir les grilles et regagner l'obscurité de la cité endormie. Derrière elle, Ongolad hurlait de rage, furieux d'être freiné dans sa course par des javelots menaçants pointés sur sa poitrine.

Elle ne s'arrêta qu'une fois parvenue dans des rues aux pentes moins raides. Les édifices qui l'entouraient n'avaient rien de familier – elle était perdue. Elle s'appuya contre une maison pour reprendre son souffle ; la tête sur son bras tremblant, elle sentit l'air âpre lui déchirer la gorge et les poumons. Ongolad ne pouvait plus ignorer qu'elle était là. Lui et ses sbires se lanceraient à sa poursuite et la terreur triompherait. Sans Falada, tout allait de travers.

Son intuition lui disait que, d'une manière ou d'une autre, elle aurait pu opposer au couteau de son ennemi une arme plus puissante... Le vent... Elle tenta de se remémorer ses sensations en remontant péniblement les venelles silencieuses vers l'ouest. Elle se réfugiait derrière des tonneaux et des tas de détritus au moindre bruit, bien qu'elle ne vît personne. La lune était couchée lorsqu'elle rejoignit les remparts. Elle les suivit sous un ciel de poix jusqu'à sa chambre – son chez-elle, son refuge.

Elle cala la porte, s'affala sur son lit et succomba aussitôt au sommeil. Elle ne se réveilla qu'à l'instant où Conrad, venant de prendre son petit déjeuner, frappa un coup sec à sa porte.

Le lendemain, elle attendit que Geric vienne lui annoncer la mort de Falada. Elle imaginait déjà sa démarche affligée et réticente, son débit embarrassé... Puis il planterait ses yeux dans les siens, il lui prendrait la main comme avant et tout irait bien.

Mais il ne vint pas.

Le soleil avait entamé sa descente vers les abîmes insondables de l'ouest quand Tatto fit irruption.

— J'ai des brodequins neufs, expliqua-t-il en esquivant avec précaution les crottes des oies.

Le regard d'Ani était embué de lassitude et de crainte résignée.

— Je suis porteur d'un message du palais, déclara

Tatto sur un ton officiel, accompagné d'une pantomime emphatique pour signaler le début de son allocution.

— Bon, vas-y, le pressa-t-elle, car le garçon était un peu trop enclin aux pauses dramatiques.

— Voilà. C'est une lettre.

Le parchemin était cacheté d'un rond de cire. Elle le brisa et lut.

« Isi,

La situation empire ici et le prince a besoin de moi. De toute façon, je crois que je ferais mieux de ne plus retourner à ton pâturage. Je ne sais pas comment te l'écrire... Ceci est mon quatrième brouillon de lettre et je suis déterminé à l'achever au risque de passer pour un parfait imbécile. Alors je vais l'exprimer de manière aussi simple que possible. Je ne peux t'aimer comme un homme aime une femme. Je suis sincèrement désolé si j'ai pu te laisser penser le contraire. À aucun moment je n'ai voulu jouer avec tes sentiments. J'espère que tu me pardonneras.

Geric. »

Un post-scriptum griffonné au bas de la lettre disait : « Je suis doublement coupable à ton égard. Le cheval pour lequel tu t'inquiétais était déjà parti quand je suis rentré hier. »

Elle replia la lettre et la fourra dans sa poche. Tatto guettait sa réaction. Étrangement, elle n'avait pas envie de se lamenter, ni de se cacher ou de gémir. La colère éclatait à l'intérieur telle une grenade trop mûre. Elle avait juste envie de ramasser une énorme pierre et de la jeter loin et fort – ce qu'elle s'autorisa sans tarder. La pierre retomba sur l'herbe avec un *pof* très décevant.

— Mauvaise nouvelle ? s'enquit Tatto.

— Je devrais être habituée... Mais là, je voudrais que tous mes ennuis soient bien alignés en face de moi et qu'on règle nos comptes une bonne fois ! Je leur collerais un œil au beurre noir à chacun avec joie.

— Ah... fit Tatto, intrigué.

Elle flanqua un coup de pied à son hêtre, dont le tronc avait l'épaisseur d'une grosse barrique et dont l'écorce lisse était plus dure que les pavés. Ses feuilles ne frémirent même pas. Ani hurla et lui en assena un autre de toutes ses forces. Cela lui rappela un de ses jars colériques qui avait attaqué un cheval de trait et avait reçu pour sa peine une sacrée ruade.

Elle appuya le front contre une branche, comme pour s'excuser, et le contact de l'arbre l'apaisa. Elle ferma les paupières et eut l'impression d'entendre une sorte de respiration qui vibrait partout autour d'elle, émanant des rameaux nus, du tronc, de la terre. Tatto la fixait, stupéfait.

— Tu es drôlement en rogne.

— Plutôt, oui, grogna-t-elle avec une pointe de satisfaction.

— J'ai vu ma mère faire ça un jour, avec un seau à lait. Elle a traversé le jardin en tapant dedans. À la fin, ce n'était plus qu'une boulette de métal froissé. Sans rire.

— Humm...

Quelques oies pataugeaient dans l'eau glaciale de l'étang. « Je ne peux t'aimer comme un homme aime une femme. » Elle eut un pincement au cœur en réalisant que Geric ne reviendrait jamais. Il faudrait l'oublier, lui aussi, après sa tante, son père, Selia, ses frères et sœurs, Talone, ses gardes. Et Falada...

— Tatto, sais-tu où ils ont envoyé l'étalon de la princesse ?

— Oui, chez l'équarrisseur, le deuxième côté est en partant de tes enclos.

Elle le remercia et pria les oies de rester sages.

Elle repéra la cour de l'équarrisseur à l'odeur. Divers membres d'animaux empuantissaient ce lieu, dégageant une odeur âcre et agressive qui se logeait dans le gosier. Des touffes de crins drus et des plumes tournoyaient au ras du sol et se déposaient sur une couche de poussière aussi dégoûtante que le dallage d'une maison à l'abandon. Ceint d'un large tablier, l'équarrisseur aiguisait sa hache sur une pierre. Il était tranquille, tel qu'elle se l'était figuré.

— Monsieur, l'étalon blanc, celui des écuries royales, a-t-il été tué ?

Il leva les yeux de sa hache.

— Ouais.

Des paquets de poils collaient à ses bottes et aux taches sombres sur son tablier.

— Oui. Je m'en doutais. Hier, je crois ?

— C'était un ami à toi ? plaisanta l'équarrisseur, escomptant de sa part un sourire.

— Eh bien, oui, répondit-elle avec un rictus. Un excellent ami. Mais j'ai passé les deux derniers mois à pleurer des disparus et mes larmes se sont taries.

— T'es qui ? Une employée des écuries égarée ?

— La gardeuse d'oies.

— Ah.

Il se remit à actionner la pédale de sa meule.

— Monsieur, une faveur, s'il vous plaît.

— Une faveur ? marmonna-t-il tout en faisant tourner sa pierre.

Elle retira son anneau d'or, celui que Gilsa avait refusé, et le fit scintiller, timide étoile dans la lumière de l'après-midi.

— En guise de rétribution, pour un enterrement décent.

Il la reluqua tandis que la roue ralentissait. Elle s'approcha en tâchant d'ignorer les poils qui adhéraient à ses semelles, et plaça la bague au creux de sa paume. Ses ongles avaient la couleur marron sale du sang séché. Elle ravala sa salive en les frôlant – était-ce le sang de Falada ?

— C'était une bête noble. Il ne mérite pas d'être réduit en pâtée pour chiens. Octroyez-lui les rites dignes d'une monture princière.

L'homme guigna le cercle d'or et haussa les épaules.

— D'accord, dit-il en impulsant un tour supplémentaire à sa roue. Tu veux que je te le montre ?

Il agita sa main baguée sur sa droite. Ani remarqua alors la jambe arrière d'un cheval blanc, la robe maculée de toutes les nuances de brun par les plaies et la crasse. Elle était par terre, séparée du corps, prête à être préparée pour les chiens. Elle avança en se couvrant la bouche, puis entraperçut le bout d'une autre patte derrière une cabane.

— Non ! J'en ai assez vu. Je dois y aller.

Elle pivota et déguerpit.

Quatre jours plus tard, Ani et Conrad conduisirent de bonne heure leur troupeau au pâturage, afin qu'il broute tant que le ciel était clair et maintenait à distance les giboulées et les averses.

Ani était toujours impatiente de s'exposer au soleil du pré et parcourait sans traîner les rues ombragées. Pourtant, ce matin-là, elle s'arrêta. Le sommet de l'arche attira son attention. Là-haut, scellée aux pierres du rempart, le cou cloué à une planche de bois foncé, ronde et polie, la tête de Falada lui faisait face. Ani chancela et dut s'agripper aux pierres du mur pour conserver l'équilibre.

La crinière, lavée et peignée, couronnait l'encolure tranchée. On avait soigneusement ôté les traces rouges autour de la marque fatale de la hache. Imposante, d'un blanc éblouissant, le nez bien droit – c'était le port fier d'un destrier au galop. Ses yeux étaient deux billes de verre, aussi opaques qu'une nuit de nouvelle lune.

Conrad ne parut pas surpris.

— Pourquoi ont-ils fait ça ? s'insurgea Ani. Le pendre ici tel un criminel ?

Elle ne pouvait pas détacher les yeux de ce regard indifférent et vitreux.

— C'était l'animal préféré d'un riche, sûrement. En revanche, je ne comprends pas pourquoi ils l'ont accroché sur la porte du pâturage des oies. Tu as déjà vu l'intérieur d'une de ces maisons luxueuses en ville ? C'est plein d'animaux empaillés, des renards, des cerfs...

Ani était pétrifiée. Conrad et les oies étaient déjà près de l'étang qu'elle était encore figée au même endroit. « Comme c'est cruel ! Est-ce là un enterrement

225

décent ? Des rites honorables ? », pensait-elle, bouleversée, furieuse contre elle et le monde entier.

« Falada. »

Un instant, il sembla frémir légèrement, à la manière d'une brume de chaleur miroitant au-dessus d'une route. Mais le masque mortuaire continua de l'ignorer. Ses pupilles vides restèrent aveugles et son nez raide. Dans le recoin de son esprit où sa voix avait si souvent résonné, Ani crut percevoir un mot, prononcé avec la délicatesse d'une araignée se déplaçant sur sa toile, qu'elle ne put saisir.

« Falada, qu'ont-ils fait de toi ? »

XIV

L'hiver s'installa enfin. Avec le froid, les gouttes de pluie se transformèrent avec le froid en flèches qui lacéraient la peau. Depuis plusieurs semaines, la neige recouvrait les sommets des montagnes à l'ouest, blanc présage de l'âpreté des mois à venir. Puis les premiers flocons cendrés voltigèrent. Les oies ne quittèrent pas leurs enclos, tandis que leurs gardiens déblayaient le quartier ouest. Parfois la neige ne tombait plus, mais, têtue, demeurait incrustée sur les champs, et les travailleurs attendaient à l'abri dans leur réfectoire.

Il était difficile par ce temps de traverser la Forêt pour rendre visite aux siens. Alors les garçons les plus nerveux erraient sans manteau dans la cité, faisant le piquet devant des tavernes qui leur étaient interdites, laissant traîner l'oreille afin de rentrer avec des informations à partager pour le dîner. On parlait beaucoup de la fête du Solstice d'hiver et des préparatifs du mariage royal qui serait célébré au printemps. Tatto mangeait avec eux quelquefois et il n'omettait pas de rapporter les nombreuses rumeurs du palais. Ses amis l'écoutaient avec une grande curiosité, ainsi qu'une bonne dose de saine incrédulité.

— La compagnie de mon père a doublé depuis la lune des moissons. Ils sont tous en ville, bien qu'ils s'entraînent moins l'hiver. Il va y avoir une guerre.

Razzo renifla.

— Ce n'est pas parce que la compagnie est plus importante qu'il va forcément y avoir une guerre.

— Si, au printemps prochain. C'est ce qu'on m'a dit.

Maîtresse Ideca, quelques jours après le début des chutes de neige, fournit des indices plus alarmants encore.

— Cet après-midi, deux de ces guerriers bizarres qui sont venus avec la blonde ont rappliqué. Ils en cherchent une autre maintenant, une des leurs qui se serait égarée pendant le voyage.

Elle fronça les sourcils, comme si, décidément, il y avait de quoi devenir chèvre avec toutes ces blondes.

— Parfaitement, une deuxième, avec les mêmes cheveux, le même accent et tout. Bien sûr, je les ai envoyé balader. Je leur ai dit qu'on n'hébergeait pas les étrangers ici.

— Les nigauds ! s'exclama Razzo. Qu'est-ce qu'une suivante de la princesse ficherait là ? À mon avis, elle est soit au château soit au cimetière.

Il examina Ani, anxieux de connaître son opinion.

— Deux blondes, murmura-t-elle. Qui l'eût cru ?

Elle fut soudain prise de vertige ; elle était si soulagée et si fière d'avoir su préserver son secret grâce à son ingénieux déguisement. Ongolad l'avait entrevue sur le domaine royal, mais elle n'y mettrait plus les pieds. Ils avaient tué Falada – que pouvaient-ils faire de pire ? D'une certaine façon, elle se sentait étrangement libérée.

Elle n'avait plus aucune raison de rester. Falada était parti, ainsi que Geric. Chaque mois, elle économisait son mince destrier d'or ; dès le dégel du printemps, elle aurait assez pour acheter de menues provisions et se joindre à un groupe de marchands en chemin vers la Kildenrie.

Elle n'avait pas vraiment hâte de partir. Sa mère et Calibe l'accueilleraient avec chaleur et ce serait fabuleux de retrouver ses sœurs, mais à quoi consacrerait-elle sa vie en Kildenrie ? Par ailleurs, Ongolad la repérerait tôt ou tard si elle s'éternisait en Bayère. Et la reine et les familles des soldats assassinés avaient le droit d'apprendre ce qu'il était advenu, afin que Selia et ses complices n'aient pas trahi et tué impunément. Elle avait beau savoir qu'elle prenait la meilleure décision, cela ne rendait pas les choses plus faciles. Ses camarades réunis autour d'elle lui manqueraient beaucoup...

Alors, dans l'intervalle, elle était résolue à se divertir et à profiter de son existence de gardeuse d'oies. Elle prit une part active aux discussions sur la fête du Solstice d'hiver, aussi enthousiaste que ses amis étaient excités et fiers à la perspective d'initier une novice à ces réjouissances.

— Tu crois que tu devrais y aller ? s'inquiéta Enna. Les mercenaires y seront et ils sont aux aguets.

— Je ne peux pas passer ma vie à me cacher. En plus, ce n'est pas moi qu'ils traquent. Je suis Isi, la gardeuse d'oies, et j'irai à la fête, un point c'est tout.

L'effervescence du marché n'était rien en comparaison. Les festivités démarraient sur la place et se répandaient aux environs, envahissant les rues les unes après les autres de leur tumulte chamarré. Des fleurs en papier géantes décoraient les seuils des portes et les fenêtres ; des guirlandes multicolores reliaient les bâtiments entre eux. Au sommet de chaque tourelle resplendissait un soleil en papier qui dardait ses rayons de ruban. Les habitants, parés de leurs plus beaux atours, arboraient des colliers brillants incrustés de perles de verre. Des groupes improvisés pour l'occasion, composés de flûtes, de harpes et de lyres, jouaient des rengaines populaires. Les polissons allumaient des pétards assourdissants. Les prestidigitateurs traçaient des dessins dans les airs en jouant avec les trajectoires de leurs balles. Des tambours rythmaient les tours, assis devant des enchanteurs qui faisaient jaillir des pommes de leurs brodequins et escamotaient des pigeons au milieu des flammes.

— Tu vas voir, dit Bettine, même les gens de la Forêt sont les bienvenus partout pendant la fête du Solstice d'hiver.

Razzo trottait devant en la tirant par la manche.

— Viens, Isi, on va te montrer les sorcières.

N'ayant encore jamais vu de magicien, ni entendu de tambour, Ani lambinait, hypnotisée par leurs mouvements habiles et par le battement des percussions, si insistant qu'il finit par se confondre avec le rythme de son cœur. Elle se demandait si la sorcellerie intervenait réellement dans leurs exploits. Elle observa un mage qui introduisait une noix dans son poing fermé et en ressortait un foulard. Tandis qu'elle s'ébahissait, la foule était hilare en voyant les rats partir en fumée et les enfants recracher des pièces. « Ils sont émerveillés par mes histoires étranges, mais les sorciers ne les impressionnent guère. »

Puis elle avisa un spectateur à la mine aussi dubitative que la sienne. Ses yeux bleu clair ne cillaient pas, de peur de rater le moindre geste du sorcier. Il se déplaça légèrement et Ani tressaillit. Sans perdre une seconde, elle baissa la tête et s'éloigna. Yulan était là, séparé d'elle seulement par deux badauds. Le tambour accéléra, à l'instar de son pouls. Elle remonta une avenue en suivant sa mesure et franchit deux croisements avant d'oser se retourner. Yulan avait disparu.

Elle retrouva ses compagnons près des sorcières. Des douzaines de femmes habillées de costumes identiques – un châle, de longues jupes et de lourds anneaux pendus aux oreilles – étaient assises par terre ou sur des cageots un peu à l'écart, leurs clients agenouillés devant elles. Pour un sou, elles secouaient un flacon rempli d'une huile noire grâce à laquelle elles prédisaient l'avenir, ou encore elles piquaient leurs paumes avec des os d'oiseaux aiguisés afin de deviner les maux dont ils souffraient. Ensuite elles prescrivaient des herbes à prendre pour les guérir et les proposaient aussitôt à la vente.

Alors qu'Ani l'interrogeait au sujet de la magie, Razzo répondit :

— Il me semble qu'elles l'utilisent, plus ou moins... Enna, fais-toi dire ton avenir.

— Hors de question. Je n'ai plus que deux sous et je veux m'acheter une part de gâteau aux amandes.

— À toi, Isi, suggéra-t-il. Tu ne veux pas connaître ton futur ?

— Je n'ai pas d'argent à dépenser. De toute manière, il n'y a qu'à attendre et je verrai bien par moi-même.

Razzo enfonça ses mains dans ses poches et se pencha discrètement pour écouter les confessions d'un inconnu. Pendant ce temps, Ani attira Enna à part.

— J'en ai vu un. Un dénommé Yulan. Je ne crois pas qu'il m'ait repérée, mais soyons vigilantes.

Bettine et les garçons entraînèrent Razzo vers d'autres animations, sans prêter attention aux deux jeunes filles qui jetaient des regards inquiets autour d'elle.

— Voilà les danseurs aux javelots ! s'écria Conrad.

Un trou large d'une trentaine de pouces et profond d'une demi-toise avait été creusé dans le sol. L'assistance poussait des cris joyeux et frappait du talon à l'unisson.

— Je suis curieux de savoir qui danse, dit Razzo.

— Je parie que tu vas encore essayer de nous faire avaler que tu es le parent d'un de ces types, Razzo, se moqua Enna. Je te rappelle que tu es né dans la boue, comme nous tous.

Bras dessus bras dessous avec Ani, elle ouvrit la voie.

— On l'appelle l'empreinte du pouce des Dieux, expliqua-t-elle en désignant le rond. C'est supposé être un lieu sacré. Je présume que plus personne ne sait pourquoi. On dit que les rois étaient couronnés ici avant. Maintenant ils le font en privé, entourés d'une poignée de nobles, à un endroit où ils ne risquent pas de salir leurs souliers en velours.

Quand elle se souvint de la véritable origine de son amie, Enna cessa brusquement de sourire.

— Je ne voulais pas insinuer que c'était pareil pour toutes les altesses. C'est juste le cas ici, à ce qu'il paraît.

Ani, amusée, donna un coup de coude à son amie.

— On y va ? hésita Enna. Tu n'as pas la trouille ?

Ani haussa les épaules et se dressa sur la pointe des pieds. Razzo joua des coudes pour se glisser entre elles, et le petit groupe s'intégra aux spectateurs. Le premier rang, disposé en cercle, tenait des javelots à l'horizontale. Un adolescent de quinze ans, un simple pagne lui ceignant les hanches et les yeux bandés, dansait frénétiquement sur un espace large d'à peine deux pas. Deux éraflures, sur son dos, saignaient abondamment. Un tambour, accroupi sous l'extrémité menaçante d'un javelot, impulsait sa cadence au public. Ani eut bientôt envie de battre la mesure, mais elle s'efforça de garder ses deux pieds bien à plat.

— C'est un grand honneur d'achever la danse sans avoir été touché, expliqua Enna.

— Et s'il n'y arrive pas ? On peut lui refuser le javelot et le bouclier ?

— Uniquement s'il meurt. Cela s'est déjà produit.

Le rituel achevé, un deuxième candidat se présenta. Il fut à son tour mordu par la flèche d'un javelot, ainsi que celui d'après qui se jeta aveuglément sur une lance et s'arrêta en hurlant. « Continue, Wescelo ! » cria un homme plus âgé parmi les spectateurs. Le visage crispé de douleur, le garçon renversa la tête en arrière et recommença.

Ani se fraya un chemin hors de la cohue, précédant les autres.

— C'est horrible !

— Ce n'est pas si terrible que ça, répliqua Razzo. S'ils ne l'endurent pas, ils ne supporteront pas la guerre. Alors, quel intérêt de leur octroyer un javelot et un bouclier ?

— Moi, ça me tente, avoua Conrad.

— Moi aussi, ajouta Razzo. En échange d'un javelot, je le ferais tout de suite.

— Oh ! s'exclama Enna. La famille royale !

Des soldats du palais, vêtus de tuniques jaunes bordées de rouge et équipés de lances acérées, encadraient plusieurs gentilshommes arrogants, à la mise soignée. Les plumes de leurs chapeaux tremblaient à chacun de leurs pas et les ombrelles de dentelle de leurs dames se balançaient élégamment.

— C'est rare qu'ils s'exhibent, fit remarquer Bettine. Je ne les avais jamais vus. La nouvelle princesse a dû vouloir assister aux festivités.

— Pourquoi ne sortent-ils pas ? s'enquit Ani.

— Parce qu'ils sont haut placés et puissants, et qu'ils ne veulent pas se mêler aux gueux, grogna Conrad.

— Ma mère m'a raconté que, lors de la Guerre de l'Est, le roi avait perdu ses frères et son père, dit Razzo. Il est donc devenu roi et il n'y a plus eu de guerre depuis. Elle pense qu'il veut protéger le peuple.

— Le prince doit être là ! lança Bettine. Isi, tu n'aimerais pas le voir ?

— Heu... Si, beaucoup.

— Tu ne l'as jamais vu ? la taquina Enna.

— Oh ! ne fais pas ta maligne, Enna ! beugla Razzo. Tu l'as déjà vu, toi ?

Ani s'approcha. Elle ne fut pas la seule à avoir cette idée et une foule de flâneurs se resserra autour de la suite royale. Razzo prit appui sur deux de ses camarades et se mit à sautiller.

— Pas moyen de passer par ici. Ils sont aux fléchettes.

Il les guida jusque derrière le stand de jeux. Tapis sous une charrette, ils épièrent la cour entre les dos des gardes. Un garçon en habits de velours couleur lavande fit irruption dans leur champ de vision. Il s'apprêtait à viser un sanglier en bois avec des lances miniatures.

— Méfie-toi, recommanda Enna en se reculant contre Razzo, on pourrait recevoir une pique dans l'œil.

— C'est lequel, le fils du roi ? demanda Ani.

— Lui, là, en violet, l'informa Razzo. Tatto me l'a montré un jour.

— Quoi ? s'esclaffa-t-elle. Lui ?

Il ne pouvait pas avoir plus de treize ans. Ses traits étaient doux et il conservait encore les rondeurs de l'enfance. Il souriait avec une joie puérile chaque fois qu'une de ses lances atteignait la cible.

Enna se pencha à son oreille.

— Tu l'as échappé belle !

— Tu l'as dit !

Ani se sentit gagnée par une surprenante bouffée de gratitude envers Selia qui l'avait délivrée de ce mariage. Hilare, elle imagina avec délices la surprise de son ancienne dame d'honneur en rencontrant son fiancé. Bien sûr, il n'y avait pas l'ombre d'un doute qu'elle l'épouserait quand même pour le titre, tout en gardant auprès d'elle son Ongolad.

Puis un homme apparut. Cheveux lisses et noirs comme du cirage attachés sur la nuque, chapeau enfoncé à l'oblique, des mains qu'Ani savait larges et puissantes et dont le contact l'avait touchée jusqu'à l'âme. Il marchait à côté du prince en balayant la multitude de ses prunelles d'obsidienne.

— Oh... murmura-t-elle.

L'enfant tendit un faisceau de javelots à Geric en lui tapotant le poignet pour l'encourager. Au même instant, plusieurs courtisans s'égayèrent d'une plaisanterie qu'elle ne put entendre. Geric sourit et adopta une position de tir. Ses deux premières lances se fichèrent dans les cervicales du sanglier avec un claquement précis. Plusieurs membres de la suite royale applaudirent poliment.

Selia l'aborda par-derrière en minaudant. Lorsqu'il leva le coude, elle le bouscula et le projectile partit de travers. Son rire joyeux tinta. Les poings serrés, Ani la haït plus que jamais en la voyant le ridiculiser lâchement devant la cour. Il avait été formidable jusque-là.

— Voilà la princesse, l'avertit Enna.

Elle recula, de peur d'être découverte par son ennemie. Geric, lui, lorgnait sa lance, échouée très près d'elle. Il ne put manquer de l'apercevoir. « Isi », lut-elle sur ses lèvres. Elle était paralysée. Selia, qui avait toujours son air moqueur, risquait de se retourner à n'importe quel moment, curieuse de voir ce qui retenait ainsi son attention.

— Isi, viens, c'est elle ! répéta Enna.

Ani cligna des yeux et parvint enfin à s'arracher à Geric.

— Pourquoi on ne reste pas ? se plaignit Razzo en se faufilant hors de la foule.

Enna le fusilla du regard.

Geric n'avait pas paru sidéré de tomber sur Ani, ni heureux. Plutôt triste, en fait... Ani ferma brièvement les paupières en se remémorant la phrase cruelle de sa lettre : « Je ne peux t'aimer comme un homme aime une femme. » Selia lui avait parlé de façon si familière. Ani frissonna en repensant qu'elle avait failli tout lui raconter. Elle avait eu tort de lui accorder sa confiance.

— La blonde n'est pas si jolie que ça, affirma Razzo. Notre gardeuse d'oies est beaucoup plus belle.

Il lui offrit sa main d'un geste théâtral et prit la sienne par le bout des doigts.

— Votre Majesté des Oies.

Ses égards facétieux la réconfortèrent et elle se laissa faire avec plaisir.

— Mon Seigneur des Moutons.

Ils s'arrêtèrent un peu plus loin pour acheter des gâteaux de froment noir aux cerises confites. Ani, qui économisait son argent en prévision d'un long voyage, se contenta du biscuit qu'elle avait apporté du réfectoire. Puis, l'un des bergers ayant réclamé un dessin à l'encre, un artiste de rue reproduisit sur son bras le soleil bayérois entouré de taches censées figurer des moutons galopant dans un pré. Il demanda fièrement aux autres si son tatouage ne lui donnait pas une allure de mercenaire.

— Ça va tenir deux mois, garanti, promit l'artiste.

— Il va s'effacer dès le prochain bain, critiqua Enna.

— Donc il va durer deux mois ! se moqua Razzo, avant qu'un coup de poing au bras ne lui fasse ravaler son sourire.

Enivrés, ils chantaient des bribes de chansons de la Forêt et gambadaient au rythme des musiques des sorciers. Razzo, dans une danse improvisée, attrapa Ani par la taille. Elle tournoya, la nuque ployée en arrière, riant aux éclats. Mais dès qu'il l'eut reposée, son cœur redevint lourd et ses membres se refroidirent. Elle ne pouvait s'empêcher de guigner les jeux, dont elle était maintenant séparée par une masse compacte de badauds.

Ils se dirigèrent vers l'avenue principale, où une procession de cavaliers allait défiler. Conrad tenait absolument à admirer ces colosses costumés et coiffés de têtes de cheval, juchés sur des montures déguisées en humains. Lorsqu'ils repassèrent devant la place, les sorcières se hissèrent sur leurs cageots à la manière de sages et vieux lézards cherchant la chaleur. Ani reconnut une de ces femmes aux paumes sales et aux lèvres cerise, et quitta ses amis.

— Nous avions déjà discuté à l'automne, un jour de marché.

La vieille confirma.

— Vous m'aviez dit qu'il y avait quelque chose de changé en moi et que je l'ignorais encore.

La femme acquiesça de nouveau ; chaque fois qu'elle gesticulait, son chignon tanguait au sommet de son crâne, menaçant de s'écrouler.

— C'est le Solstice. Pour en savoir plus, ça te coûtera une pièce.

— Je ne peux pas.

— Alors, tu verras par toi-même.

La femme observa Ani comme un poulet sur l'étal d'un boucher, puis elle fouilla dans son sac grignoté par les souris et en sortit une racine sèche. En désignant ses sourcils, elle lui dit :

— Il est temps de recommencer.

Ani déambula entre les cageots, en écoutant les présages achetés aux sorcières – « Vous rencontrerez l'amour dans les faubourgs », « L'amour vous attend en ville », « Creusez sous l'étable et vous déterrerez des lingots d'or ». Elle pressa la racine avec le pouce pour vérifier qu'il lui restait du jus. Rien ne s'écoula de la plaie mais son ongle se teinta d'un vernis brun clair. Distraite, elle rentra dans quelqu'un et marmonna une excuse.

En se redressant, elle se trouva face à Yulan, le sourire aux lèvres et le poing sur la hanche. Ishta était à son côté. Tous deux tenaient des coutelas aux lames nues.

Ani n'eut pas l'occasion d'esquisser un mouvement de fuite. Yulan s'empara d'elle et colla son torse à sa colonne vertébrale. Ishta s'avança, refermant le cercle.

— Bonjour, charmante princesse, dit Yulan en appuyant le fil de son couteau entre ses omoplates. Pour une pièce, je te dirai ton futur.

— Traître ! cria-t-elle en faisant écho à ses inflexions de Kildenrie de sa voix naturelle.

Elle sentit un ricanement secouer la poitrine de son agresseur. Son poing moite emprisonnait ses poignets dans son dos.

— Ishta, le vilain oisillon est gentiment revenu à son maître. J'ai failli ne pas la reconnaître avec son foulard. Futée, la petite.

Ishta acquiesça. Il guettait la moindre turbulence autour d'eux, le corps raide, prêt à intervenir.

— Les avez-vous tous tués ?

— Tous.

— Traître !

L'injure sembla l'égayer davantage.

— Si vous rentrez au pays, reprit-elle avec l'accent du désespoir, ma mère vous fera pendre. De même qu'ici, vos cadavres souillés et froids seront accrochés en haut d'un mur, les passants vous cracheront dessus, les chiens vont dévoreront les orteils et les oiseaux vous arracheront des cheveux pour construire leurs abris.

— Vous êtes plus fougueuse que dans mon souvenir ; par contre, vous glapissez toujours comme une pie.

Il enfouit son nez dans son cou et inspira à fond.

— D'ailleurs, vous puez comme un nid de pie. Personne ne vous propose de vous préparer un bain et de vous oindre d'huiles parfumées ici ? Selia me laissera peut-être faire, plus tard.

Quand elle voulut le repousser d'un coup de tête, il ricana de plus belle, diverti par sa résistance. Des centaines de quidams flânaient près d'elle sans lui jeter le moindre regard.

— Conduis-la à Ongolad, ordonna Ishta.

Elle ne put éviter de grimacer, ce que Yulan nota aussitôt.

— Tu te vantes de ce que ta mère nous infligerait, ta gentille maman qui est à six mois de voyage... Allons d'abord voir notre papa Ongolad au bout de la rue. Quelles sont ses intentions, à ton avis ?

Yulan la poussa en avant et, de la pointe de son couteau, l'obligea à avancer. Elle enroula sa jambe autour d'un pieu de longe, mais Ishta la dégagea avec son pied. Elle se mit alors à hurler et il la fit taire en lui envoyant son poing dans le ventre, avec une telle violence qu'elle en eut la respiration coupée. Après avoir été traînée de force sur un pâté de maisons, elle récupéra assez de souffle pour chuchoter :

— C'est inutile. Votre secret se saura. Des visiteurs

viendront et dénonceront l'imposture. Vous serez pendus.

— Oh ! chère enfant, cessez de vous ronger les sangs avec ces suppositions. Selia est une fille intelligente, n'est-ce pas ? Elle a pensé à tout. Préoccupez-vous plutôt d'Ongolad.

Yulan ne prenait aucune précaution pour se montrer discret. Ils croisèrent quelques visages interrogateurs : pourquoi ces gardes étrangers tenaient-ils prisonnière l'une de leurs paysannes ? Néanmoins, personne ne s'arrêta.

— Enna, implora Ani dans un souffle.

Son amie était au coin de la rue, sondant la foule d'un air anxieux. Elle espéra qu'en la scrutant avec insistance, elle finirait par la repérer ; cependant, Enna orienta les yeux dans sa direction sans la distinguer. L'instant d'après, elle avait disparu derrière un attroupement.

— Enna ! répéta-t-elle en rassemblant tout l'air comprimé entre ses côtes endolories.

— Tais-toi ! aboya Ishta en la frappant à l'estomac.

Pliée en deux, elle ne se maintenait debout que par la seule volonté de Yulan.

— Prends le relais, Ishta.

Plusieurs dizaines de pigeons fixaient une miche de pain tombée à terre. Ils roucoulaient nerveusement : « Dépêchons-nous, il faut se nourrir pour l'hiver, gavons-nous de pain. Vite, vite. »

Ani comprit qu'elle devrait être aussi énergique et brève que possible. Elle souffla, inspira à fond en priant sa mémoire de ne pas l'abandonner dans un moment si critique et cria aux pigeons : « Des chats ! Ils vont sauter du toit ! Des chats ! Envolez-vous ! »

Un bruit de tonnerre assourdissant s'éleva tandis qu'ils fuyaient à grands battements d'ailes désordonnés. Les badauds s'étonnèrent de voir les oiseaux paniqués atterrir parmi eux. Ani se débattit afin de donner plus de temps à Enna pour la localiser.

Soudain la pente de la rue s'accentua ; ses bottes glissèrent sur un pavé humide et elle chancela.

— Marche ou gare à mon couteau ! gronda Yulan.

— On y est presque, ajouta Ishta.

Ani coinça ses talons entre deux pavés et résista jusqu'à ce que les muscles de ses cuisses se mettent à trembler.

— Avance ! s'obstina Yulan.

Sa lame s'enfonça.

— Traînez-moi, portez-moi... Faites un scandale ! Je n'irai pas comme un dindon encapuchonné vers l'abattoir !

Ani regagnait confiance à mesure qu'elle parlait. Ses membres reprenaient de la vigueur, sa volonté s'affermissait. Elle eut à nouveau cette intuition fugace : il y avait une issue. Une idée que lui suggérait le vent, mais si bas qu'elle ne percevait qu'un murmure... La douleur dans son dos se raviva, brisant son recueillement.

— Ishta, prends-lui les chevilles.

— Qu'elle se débrouille.

— Tu vois bien qu'elle a décidé de ne plus obéir.

Ishta était nez à nez avec elle. Ses iris bleu pâle étaient froids comme l'hiver.

— Marche ! ordonna-t-il.

— Non.

Il lui prit la main et la porta à sa bouche.

— Sinon, je te tranche un doigt avec les dents.

Il ouvrit ses lèvres, assez pour laisser passer un doigt entre ses chicots marron. Son haleine empestait l'oignon et le pourri. Ani tenta d'abord de lutter puis elle attendit, les paupières closes, que ses mâchoires se referment brutalement.

— Vous là-bas, les blonds !

En rouvrant les paupières, Ani découvrit un colosse, vêtu simplement d'une tunique et d'un pantalon de laboureur. À son côté se tenait un autre homme avec un costume identique. Ils furent bientôt quatre, chacun brandissant un bâton lisse et usé. Sur le devant de leur chemise étaient grossièrement cousues des pièces figurant des soleils jaunes. Ils n'étaient pas soldats – ou alors pour leur propre compte. Leur expression était grave et inflexible, et ils semblaient à l'aise pour manier le bâton. Enna les suivait. Ani exulta en les voyant. Jamais groupe ne fut accueilli avec une joie plus intense.

— Lâchez-la !

— Des compagnons de la paix, marmonna Yulan en se raidissant.

Il resserra son poing sur le poignet frissonnant d'Ani, tandis qu'Ishta, mine de rien, rabaissait l'autre.

— Il n'y a pas de méprise, assura Yulan. Rangez vos bâtons, les gars. Vous êtes mal informés : nous sommes de vieux amis.

Ils demeurèrent imperturbables.

— C'est l'une des nôtres. Elle s'est perdue, à la suite de quoi elle a commis des actes illégaux dans votre ville et nous sommes venus y mettre bon ordre. Nous apprécions votre zèle et votre détermination, mais on a sans doute plus besoin de vous ailleurs. Cette fille est sous notre contrôle.

Le chef écouta calmement Yulan, puis il invita du regard Ani à prendre la parole.

— J'ai un couteau dans le dos ! protesta-t-elle avec son meilleur accent bayérois.

Les quatre hommes réagirent aussitôt. En un instant, ils l'avaient libérée et l'encerclaient pour la protéger.

— Vous ne pouvez pas faire ça ! hurla Yulan.

Écarlate, il rengaina sa dague d'un geste rageur.

— Nous défendons les intérêts du roi. Nous sommes dans notre bon droit.

Yulan extirpa de sa veste un parchemin estampillé en haut de page du symbole officiel jaune, bleu et rouge de la Bayère.

— Aldric, elle saigne, nota l'un des soldats.

Ani se frotta le dos, à l'endroit où la sensation aiguë de la dague ne l'avait pas quittée : ses ongles se couvrirent de sang. Les compagnons amorcèrent un mouvement. La colère s'était propagée parmi eux ; Ani la sentait vibrer autour d'elle, brûlante comme l'été.

— Depuis quand des blondinets de Kildenrie ont-ils l'autorisation d'écorcher des Bayéroises ?

Yulan agitant son document en guise de réponse, Aldric lui flanqua un coup sur la main de son bâton et le papier tomba.

— Heureusement que nous n'appartenons pas à l'armée royale. Autant confier nos femmes à des chats de gouttière. On se contrefiche de votre bel ordre de mission. Nous sommes ici pour que la paix soit respectée. Si vous n'obtempérez pas, vous vous exposez à une correction.

— Tu es tirée d'affaire, promit un autre à Ani en la prenant par l'épaule.

— Merci, répondit-elle.

Tandis qu'ils gardaient les yeux braqués sur les étrangers, Enna prit son amie par la manche et elles traversèrent la rue en courant. Lorsqu'elle s'arrêta, Yulan, écumant de rage, dégainait sa dague et se jetait sur Aldric. Avant que l'arme n'atteigne la chair, un bâton manœuvré avec dextérité l'assommait. Ishta détala sans demander son reste.

Le soir, au réfectoire, les travailleurs impatients réclamèrent la même histoire encore et encore, et lui prêtèrent l'oreille en silence, le menton dans le creux de la paume et le buste incliné. La gardeuse d'oies avait été kidnappée en plein cœur de la fête. Mais sa résistance et l'aide d'Enna lui avaient permis d'échapper à un sort que seules ces crapules connaissaient. Enna racontait sa version, puis Ani narrait la sienne, en gardant pour elle le rôle des pigeons et les raisons de l'enlèvement. Sa plaie était superficielle ; toutefois, sur ordre d'Ideca, elle avait placé dessus un sachet d'herbes humide pour hâter la cicatrisation.

— Il vaut mieux ne pas savoir où a traîné le couteau de cette racaille, marmonna Ideca qui raccommodait la robe d'Ani à points rapides et précis.

Elle maudissait les blonds des pays voisins avec un enthousiasme et une allégresse si inhabituels que tous la considéraient de biais comme un animal imprévisible.

— C'est Enna qui a hélé les compagnons de la paix, rappela Ani.

Alors ils distribuèrent des tapes dans le dos de la gardeuse de poules, qui fut même gratifiée d'un second pain aux raisins. Cependant, ce fut Ani qui gagna le respect de tous après cette aventure. C'était elle qu'on avait voulu enlever, elle qui avait affronté avec panache des guerriers armés de dagues et reçu une blessure. Les mots « gardeuse d'oies » ne furent plus prononcés qu'avec révérence et humilité.

XV

Les journées d'hiver étaient courtes. Ani les occupait à nettoyer les cages des oies, à transporter du grain ou à changer l'eau. Quand le ciel, avant de revenir à une froideur placide, laissait éclater ses accès de passion hivernale, elle balayait la neige dehors. Le soir, elle faisait griller dans la cheminée des noix, du fromage ou de la couenne de porc. Elle s'entraînait à jouer aux jonchets et au pendu. « Nous formons presque une famille », se disait-elle. L'atmosphère était aussi glacée à l'extérieur que chaude entre les murs. La nourriture quotidienne était posée sur la table, les plaisanteries coutumières circulaient d'un banc à l'autre et les conversations ordinaires lui étaient devenues aussi familières que les lignes de sa main.

Lorsque, pour la première fois, elle battit Razzo aux jonchets, elle leva les bras et cria hourra avec les autres. Elle riait à gorge déployée et son sentiment de solitude s'évanouit comme s'il n'avait jamais existé.

Après le repas, elle leur racontait des légendes où le sang maternel changeait des enfants en guerriers, des contes où des femmes, par amour, enfermaient leurs bébés dans des pendentifs. Ce n'était plus à la reine de Kildenrie qu'elle songeait alors, mais à Gilsa et aux mères bayéroises, qui conféraient une nouvelle dimension et authenticité à ses personnages.

Parfois, l'excitation retombée, tandis que ses amis entonnaient des chansons mélancoliques de la Forêt en contemplant les flammes qui léchaient les bûches, elle s'approchait de la fenêtre. Son reflet était prisonnier du miroir créé par le feu et les bougies. Le front collé à la vitre gelée, les mains en visière, elle plongeait dans l'obscurité. Le monde des ombres se parait de reflets indigo – les pavés, les maisons, l'imposant rempart de pierre, et le firmament plus lisse qu'un galet de rivière.

L'hiver figeait le paysage ; il gelait les pierres, vidait les rues et voilait le pâturage d'un linceul. Les arbres nus se dressaient dans le ciel blanc comme des traits d'encre verticaux sur un papier grisâtre. Pourtant, cette immobilité presque parfaite cachait une vibration, imperceptible dans la fièvre de l'été et de l'automne. Ani la ressentait chaque soir plus profondément. Ce frémissement indicible était là, par-delà le ruisseau, enfoui sous ses pieds ou dans sa poitrine.

Un soir, obsédée par ce mystère, elle se posta près de la fenêtre, aux aguets, certaine qu'en s'appliquant mieux elle finirait par comprendre. D'où venait ce murmure qui l'avait intriguée lorsqu'elle avait été pourchassée par Ongolad au palais ? Ou quand le couteau de Yulan l'avait obligée à avancer ? Elle prit le foulard d'une camarade, le noua autour de son cou et sortit.

Elle marcha d'un pas leste et résolu. Une brise pénétrante lui pinçait le lobe de l'oreille et mordait avec insistance la peau nue de ses poignets et de son visage. Engourdie, elle n'était plus sensible à la force qui l'aimantait, ce qui ne l'empêchait pas de savoir exactement où aller.

La tête de Falada formait une tache claire sur le mur. La lune était basse, mais ses rayons atteignaient rarement ce recoin de la cité. Ani leva les yeux.

« Falada. »

Ce nom, elle l'avait appris de la petite bouche d'un beau poulain mouillé et dégingandé. Il l'avait prononcé à sa naissance d'une voix chevrotante.

« Falada. »

Sa tante lui avait expliqué qu'elle aussi était née avec un mot sur la langue, et que, trop occupée à essayer d'en goûter la saveur, elle n'avait pas ouvert les paupières pendant trois jours. Alors elle lui avait chanté une chanson sur l'espérance, pour qu'elle soit plus patiente. Le moment viendrait où elle comprendrait. Le souvenir de cette lointaine promesse exalta en elle le désir de percer ce mystère.

« Falada. »

C'était dans les bois, dos à la rivière qui avait emporté le mouchoir, qu'elle avait perçu le dernier mot que Falada lui avait adressé : « Princesse ». Il l'avait toujours appelée ainsi. Aujourd'hui, il lui manquait terriblement.

« Falada. »

Elle se concentra pour que retentissent à nouveau ses tendres paroles dans ce coin de son esprit d'où elle lui répondait autrefois.

« Princesse. »

Son écho tinta doucement, telle la mélodie de l'océan dans les replis d'un coquillage. Face à face, l'héritière déchue, tremblante, et la tête placardée de l'étalon dialoguèrent en silence.

Une brise retroussa le bord de sa jupe, effleura sa joue et gela les traces laissées par ses larmes. Ani s'essuya et redoubla d'attention. Elle avait tellement besoin que lui parvienne son timbre réconfortant.

« Falada. »

« Princesse. »

Ce mot, bien qu'elle l'eût espéré, la fit sursauter : cette fois, ce n'était plus le cri étouffé de son ami.

Elle s'efforça de l'entendre encore. Le vent d'hiver lui caressa de nouveau les joues. Alors, ce qui reposait sur sa langue depuis l'aube de sa vie se révéla enfin.

Grelottante, elle resserra son foulard. « C'est donc vrai. Même le vent a un langage. »

La voix du vent résonnait en elle au même endroit que celle de Falada, quoique avec des intonations différentes. Une pensée grattait la surface de sa conscience de son doigt glacial ; les mots se succédaient en rafales sans exiger de réponse, aussi impassibles devant sa réaction que si elle était un roseau. C'était magnifique et émouvant. Dans la nuit bleutée, elle pleura de tristesse et de ravissement. Elle était certes privée de son cheval et de son ancienne existence, mais elle venait de découvrir ce qu'elle cherchait depuis toujours.

« Princesse », répéta le vent ; puis il quitta sa peau, se glissa sous l'arche et s'évada vers le pâturage.

Ani retourna au rempart chaque matin. Conrad croyait qu'elle allait regarder si la neige avait suffisamment fondu sur le pré pour permettre aux oies de paître. En réalité, elle s'arrêtait à ses portes, indifférente à la vue hivernale qui s'étendait de l'autre côté. Elle prononçait le nom de Falada et dès qu'une brise la frôlait, elle entendait la réponse.

« Falada. »

« Princesse. »

Elle mourait d'envie de bavarder avec lui, de lui certifier qu'elle s'était égarée dans la Forêt et qu'elle n'avait pas voulu l'abandonner. Elle lui raconterait comment elle avait tenté de le sauver, et la poursuite dans les domaines du palais. Elle lui dirait qu'on l'avait harcelée à une fête en ville, mais qu'avec le secours d'inconnus, de quelques oiseaux et d'une amie, elle avait conservé sa liberté. Elle sourit en se remémorant son mépris pour toutes les activités humaines. Il l'aurait quand même poliment écoutée, l'aurait taquinée avec sa queue et aurait mâchonné ses cheveux pour lui redonner de la gaieté.

Elle voulait qu'il sache que son dernier mot résonnait encore jusqu'à elle lorsque tous les êtres étaient transis par l'hiver, malgré la barrière entre les morts et les vivants. C'était ainsi, un peu grâce à lui, qu'elle apprenait à communiquer avec le vent.

Elle lui demanderait si lui et les siens le comprenaient aussi.

Ses pupilles de verre béaient ; sa crinière raide, collée par l'équarrisseur, restait lisse, qu'il pleuve ou qu'il grêle. Bien sûr, il ne reviendrait pas, il ne subsistait de lui tout au plus qu'une rumeur. Néanmoins, celle-ci lui avait rappelé comment écouter du fond de son âme ce que personne d'autre ne percevait.

Quelques semaines après la célébration du Solstice d'hiver, les jours rallongèrent, à la manière dont s'étire un chat lassé du sommeil. Profitant d'un intermède dans la rudesse hivernale, le soleil perfora le givre, et des parcelles d'herbe grisâtre et moribonde reverdirent. Conrad et Ani menèrent paître les oies sans plus attendre. Elles agitèrent leurs plumes en s'élançant sous l'arche et se ruèrent sur le pré, perdant presque l'équilibre dans leur précipitation. Elles jacassaient en chœur, heureuses qu'il y ait de nouveau de la verdure à manger, bien que l'hiver ne fût pas terminé. Ani était prête à rire, mais la triste mine de Conrad lui ôta tout son entrain.

Il était souvent d'humeur maussade. Un soir, sur un ton ironique, il avait dit à ses amis qu'Ani parlait aux oies. Au lieu de se moquer d'elle, Enna et les autres gardeurs de poules n'hésitèrent pas à la consulter pour obtenir conseil. Bientôt, même Razzo la sollicita au sujet d'une méchante pie qui harcelait son bélier de concours. Elle avait noté qu'à chaque question supplémentaire, Conrad s'enfonçait un peu plus dans son siège en la toisant d'un œil noir.

— Ne te soucie pas de lui ! s'était exclamée Enna. Il est le plus jeune d'une famille de sept enfants. Il a toujours dû partager, sauf les oies – du moins, jusqu'à ton arrivée. Il est jaloux de toi. Ce n'est qu'un garçon de quinze ans ; il a besoin de mûrir. Ne le presse pas trop.

Dès que toutes les oies eurent franchi l'arche, Ani leva les yeux, nomma son cheval et l'écho réagit. Elle avait progressé au fil du temps et elle distinguait à présent beaucoup plus que son titre. Le vent en provenance du ruisseau l'enveloppa. Il évoquait l'eau, le gel, les oies qui avançaient vers la rive, les pierres. Elle était fascinée par son langage mystérieux et envoûtant. Immobile, elle buvait ses paroles.

— Je l'entends... mais je ne peux pas lui répondre.

— Quoi ? fit Conrad avec une moue incrédule.

— Ce n'est pas à toi que je m'adressais, se justifiat-elle d'un air embarrassé.

— À qui alors ?

Elle haussa les épaules et se faufila sous l'arche. Conrad la suivit sans un mot. Il n'était pas inhabituel qu'il employât sa journée entière à musarder sans discuter ; cette fois, cependant, il n'alla même pas rendre visite à ses amis dans les pâturages alentour, ni ne se promena dans les bois. Il erra à proximité des heures durant pour mieux l'épier. Quand le ciel s'assombrit, il commença à réunir les oies puis, tout à coup, il renonça.

— Pourquoi est-ce que je me donne du mal ? De toute façon, elles ne réagissent qu'à tes petits bruits. On dirait qu'elles te prennent pour leur mère, et que tu promènes tes oisons.

Sur ce, il attrapa son bâton et se dirigea d'un pas décidé vers la rue.

Dès que les rayons perçaient la chape de plomb hivernale, Conrad, morose, s'installait près du hêtre pour la surveiller. Gênée par sa présence, Ani remettait à plus tard ses tentatives de dialogue avec le vent, bien malgré elle. Un jour qu'elle passait devant sa porte ouverte sur le chemin du réfectoire, elle le surprit en train de parler à Razzo.

— Elle n'est pas normale. Elle se tient plantée sous le cheval comme s'il pouvait la voir. Et puis, je reconnais qu'elle sait y faire avec les oies, mais de là à croire qu'elle leur cause ! On ne devrait pas confier les oies du roi à une fille aussi louche.

— Oh ! laisse tomber, Conrad, avait rétorqué Razzo. Tout le monde croit que tu es vert de jalousie parce qu'elle est plus douée que toi avec les bêtes.

— C'est faux ! avait-il beuglé avec l'intonation d'un garnement au bord du caprice.

Le lendemain, l'aurore révéla un paysage couvert de givre. Ani, dont c'était le tour de se baigner le soir précédent, se réveilla frissonnante, ses cheveux mouillés étalés sur l'oreiller. Elle ne quitta pas sa chambre de la matinée, essayant de se débarrasser du froid à coups de peigne. Juste avant midi, voyant qu'il faisait assez beau pour sortir les oies, elle fourra ses boucles humides dans son chapeau et alla à la rencontre de Conrad.

Elle tourna en rond autour de son arbre pendant tout l'après-midi pour se réchauffer, en écoutant le vent.

Elle s'émerveillait des mots qu'elle saisissait désormais. Ils annonçaient par exemple que des températures rigoureuses précéderaient l'éclosion du printemps. L'initiation au langage des oiseaux était très différente ; elle avait dû tendre l'oreille, observer les mouvements et s'entraîner dur. Celui du cheval avait peu à peu pénétré son esprit à mesure que le poulain grandissait et que résonnaient des mots inédits, aussi transparents que ses propres pensées. Avec le vent, c'était plus compliqué. Il soufflait des images et des sensations, décrivant à chacun de ses baisers ce qu'il avait vu sur son trajet. Il fallait une concentration intense pour démêler le sens de ses propos.

Un courant d'air s'échappa des bois. Lorsqu'il atteignit le hêtre, il portait en lui les bruissements des feuillages persistants, des hiboux, des cerfs et d'un jardin particulier que le soleil éclairait à travers les branches. Conrad était installé sur une pierre, d'où il contemplait les nuages avec une expression sinistre. Ani ordonna aux oies de ne pas bouger de l'étang, puis elle se rendit à l'endroit où le ruisseau formait un goulot et le franchit d'un bond. Elle se laissa guider par une bise sur une courte distance, jusqu'à ce nid douillet au milieu du bouquet de bouleaux. Assise sur un rocher, elle ôta son chapeau. Avec un froncement de sourcils satisfait, elle se gratta le crâne, ferma les paupières, et permit aux rayons de baigner sa chevelure et de déloger de ses os la froidure hivernale.

Une brise vagabonde serpenta entre les troncs et toucha sa nuque. Elle murmurait qu'elle avait vu un renard, un pin et une source cachée. Attentive, Ani tenta de lui suggérer d'imprégner ses longues mèches pour les sécher.

Elle tressaillit, ébahie. La brise s'était entortillée autour de ses cheveux comme du lierre sur un chêne et les soulevait un par un, avec la délicatesse d'une servante époussetant de fragiles bibelots. Leur humidité s'évapora, tandis qu'Ani demeurait figée, de peur que la magie ne s'évaporât aussi. Elle avait réussi...

— Une blonde...

Elle sursauta et pivota. Conrad l'espionnait ; il fixait sa chevelure qui flottait malgré l'air stagnant.

— Qui es-tu ? demanda-t-il.

Elle se hâta de torsader ses longues mèches et d'enfoncer son chapeau par-dessus, puis elle proposa en silence une autre destination à la brise qui continuait de jouer avec le ruban de son chapeau. Celle-ci fit une pirouette autour de son poignet et s'éloigna du taillis.

— La gardeuse d'oies.

— Tu n'es même pas d'ici ! s'esclaffa Conrad. Tu n'es pas normale.

— Conrad, s'il te plaît, ne dis rien à personne. Si tu savais...

— Ce n'est pas juste ! Tout le monde croit que t'es la reine des oies et moi, un pauvre imbécile incapable de se débrouiller seul. Et en fait, tu n'es pas des nôtres !

Sur ce, il partit en trombe rejoindre son pré.

Cette nuit-là, une fine couche de neige se déposa sur la cité. Au réfectoire, les travailleurs, renfrognés, regardaient leurs patates avec autant d'appétit que si c'était un tas de pierres chaudes. Les fruits étaient fripés et secs comme du liège. Un soupçon de lait maigre, pas de fromage, ni de sucre pour faire des brioches, et plus de festivités en perspective. Des rafales ébranlaient les vitres. Le printemps leur semblait aussi distant que l'océan.

Alors ils se mirent à évoquer le pays, à raconter des histoires tristes sur des garçons et des filles qui vivaient à l'écart des feuillages persistants, des fougères et de la terre spongieuse de la Forêt. Certains avaient reçu de mauvaises nouvelles lors du dernier jour de marché. Des frères et des sœurs étaient malades, des parents mouraient, et des ânes devenaient trop vieux pour tirer les charrettes jusqu'à la capitale.

— Sans mon salaire, ils ne joindraient pas les deux bouts, chuchota Razzo, penché sur les morsures de puce qui constellaient son bras. Trois ans que c'est comme ça.

Ses camarades compatirent en hochant la tête.

— Je gagne plus en cavalant après mes moutons, dit un berger, que mon père en une année.

— Les gens, ils achètent des chapeaux de paille à ma mère juste par pitié.

— Je connais ça. Tu as vu les couvertures que vend ma famille ?

Inclinée au-dessus d'Enna, Bettine ôtait des plumes de poule de ses nattes.

— Encore un hiver à peine plus rude que celui-ci, et ils seront obligés de s'installer en ville.

Dans toutes les imaginations défilaient les mêmes images – des maisons poussant tels des champignons dans les moindres recoins, des étages branlants empilés les uns sur les autres, la puanteur accablante des rues l'été venu, les enfants jouant sur les pavés et sautant à pieds joints dans les rigoles d'eau sale qui ruisselaient des pentes. Ani grelotta. De l'extérieur, la cité était aussi belle et scintillante qu'un gâteau d'anniversaire. Pourtant, elle était loin d'être accueillante pour les plus malchanceux. Elle jeta un coup d'œil à sa chambrette par la fenêtre. Bien sûr, ce n'était pas un vrai foyer, mais c'était l'endroit le plus rassurant qu'elle ait connu.

« Peut-être qu'après mon retour en Kildenrie, une fois que tout sera arrangé, je reviendrai ici pour régner », songea-t-elle. Elle n'avait aucune envie d'épouser le petit prince qu'elle avait aperçu à la fête. Toutefois, en tant que reine, elle pourrait peut-être améliorer le sort des habitants les plus démunis de la capitale. « D'ici là, le prince aura mûri », se dit-elle avec un sourire amer.

— Isi, et les tiens, ils vendent quoi ? l'interrogea une fille qui fleurait le trèfle et l'animal propre.

— Je ne sais pas ce qu'ils font en ce moment.

Conrad bascula en arrière et posa avec bruit ses bottes entre les assiettes.

— Tu ne sais pas ce qu'ils font en ce moment ? dit-il en éclatant d'un rire arrogant. Forcément...

L'attention se focalisa sur lui. Ani retint son souffle.

— Tu sais, Conrad, intervint Razzo en éjectant ses chaussures de la table, je trouve que ces temps-ci, tu te conduis en parfait crétin.

— Quoi ? Alors, elle vous a tous eus ? Figurez-vous que votre gardeuse d'oies chérie ne vient pas de la Forêt. Elle n'est même pas de la Bayère !

Il haussa la voix et poursuivit sur un ton moqueur :

— Isi par-ci, Isi par-là... « Oh ! ta peau est si laiteuse... Tes iris sont presque verts... Qu'est-ce qui ne va pas avec mon canard ? Quel est le problème avec mon cochon ? Va demander au cheval empaillé quand est-ce qu'il va pleuvoir... »

— Conrad, s'il te plaît, le supplia Ani. À quoi bon ? Il se chercha en vain un allié autour de lui.

— Je n'en reviens pas, vous êtes aveugles ou quoi ? Elle n'est pas comme nous ! Elle nous manipule depuis le début. Je l'ai vue dehors en train de brosser sa chevelure avec des gestes raffinés de princesse. Ses cheveux lui arrivent aux genoux ! C'est elle que les gardes traquent.

Ani recula d'un bond en le voyant jaillir de sa chaise.

— Ses cheveux sont jaunes ! cria-t-il.

L'auditoire, muet, la dévisageait. L'atmosphère était tendue.

— Isi ?

Elle avait intérêt à réagir vite si elle ne voulait pas terminer accrochée au mur avec Falada. Elle se leva à son tour.

— Tu es injuste, protesta-t-elle. Je suis désolée d'avoir débarqué sans prévenir et de t'avoir donné l'impression de voler ce qui t'appartenait. Mais ce n'est pas une raison pour faire en sorte que tout le monde me déteste. Personne ne t'aimera davantage pour autant.

— Ouais, boucle-la, Conrad ! gronda Enna.

— Euh... Ce qu'Enna veut dire, c'est que tu devrais laisser tomber et passer à un autre sujet, hein ? rectifia Ani. Nul, ici, ne veut être obligé à choisir son camp.

Conrad l'ignora et se tourna vers Enna.

— Tu ne comprends pas, Enna, je l'ai vue...

— Moi aussi. Alors arrête tes fichues crises de jalousie et grouille-toi de manger ta patate tiède avant que je te l'enfonce dans le gosier.

Rouge de colère, il frappa du poing sur la table. Razzo et Beyer se placèrent de part et d'autre et lui prirent gentiment les bras. Il tressaillit mais garda les prunelles rivées sur Ani.

— Enna, explique-moi donc pourquoi elle se cache sans cesse. Elle porte toujours un chapeau ou un foulard. Pourquoi est-ce qu'elle n'enlève pas ce foulard maintenant pour prouver que j'ai tort ?

— Enna, tu me connais. Tu peux tout leur dévoiler...

Ani scruta son amie en tremblant. C'était à la fois risqué et excitant de croire assez en quelqu'un pour lui confier sa vie. Quand Enna redressa la tête, ses yeux étaient tristes et sa bouche dessinait une moue sinistre. « Oh ! non, pensa-t-elle, j'ai eu tort, elle va me trahir. »

— Allez ! vas-y, Enna, s'impatienta Razzo. Qu'est-ce que tu as à nous dire ? Pourquoi Isi n'enlève pas son foulard, qu'on puisse coucher Conrad ? J'ai le sentiment que la ville l'a beaucoup fatigué cet hiver.

— Bande d'andouilles ! soupira Enna sur un ton tragique.

Son regard, plombé par l'embarras, n'osait pas croiser celui d'Ani.

— Pardon, Isi... Ils ont le droit de savoir. Ses cheveux ont brûlé dans un incendie juste avant son arrivée ici. Elle est morte de honte, la pauvre... Et ne comptez pas sur moi pour la laisser exhiber son crâne juste pour satisfaire la lubie de Conrad !

Après une seconde de stupéfaction, Ani baissa le menton pour dissimuler une soudaine envie d'exploser de rire. Enna posa une main protectrice sur son épaule, tandis que leurs camarades se détournaient pour piquer leur fourchette dans leurs patates avec un regain d'intérêt.

Conrad, cloué sur place, hésitait à agir violemment ou à hurler de rage.

— Je finirai par le prouver ! maugréa-t-il en quittant le réfectoire, furieux.

— À combien de reprises me sauveras-tu ? murmura Ani.

— Si tu savais mieux mentir, ce ne serait pas nécessaire.

— Tu as raison. Je manque d'entraînement... Mais je me doutais que tu serais assez douée pour nous deux.

Son sourire se déforma tout à coup en une grimace de désespoir.

— Il m'a démasquée, Enna.

— Ne t'inquiète pas. Personne ne le croira. Tâche d'être discrète encore un moment et au printemps prochain, tu t'envoleras. En attendant, je serai fière d'être ton oie protectrice !

Les deux journées suivantes furent ensoleillées. Ani mena les oies au pâturage. Conrad, de loin, criait des encouragements ironiques.

— Bravo, la gardeuse d'oies ! Qu'elles restent groupées... Voilà... Méfie-toi de ce jars, il pourrait mordre ton précieux postérieur...

Son bâton à la main, elle erra dans le pré à la recherche d'œufs – les oies pondaient parfois près de l'étang ou entre les racines des bouleaux disposés en arc de cercle sur la rive. Tout à coup, Conrad lui barra la route.

— Fiche-moi la paix, dit-elle en interposant sa baguette. Je regrette de ne pouvoir avouer la vérité aux autres. Je ne peux pas. Je le voudrais bien.

— Donne-moi une mèche de tes cheveux.

— Ne me touche pas !

Un vent léger agita le ruban du chapeau d'Ani et effleura le menton de Conrad.

— Laisse-moi et je te promets que tu n'entendras bientôt plus parler de moi.

Il sembla se tâter, puis il battit en retraite.

Le lendemain, elle lisait un livre que lui avait offert Geric, quand elle réalisa qu'elle était enfin seule. Conrad s'était éclipsé. Un calme profond l'envahit petit à petit, comme des gouttelettes de pluie tombant du hêtre et l'imprégnant une à une. « Ça y est, se dit-elle, il s'est lassé de me surveiller et il est parti. » Les oies, assemblées en paires joyeuses, fouillaient le sol en quête d'herbes vertes et dédaignaient sa présence. Un rayon creva le ciel et l'ombre des branches s'imprima autour d'elle, traçant une carte aux routes sinueuses.

Elle retira son chapeau et se gratta la tête et le cou. Elle se découvrait rarement, même quand personne n'était à proximité. Mais elle en avait assez de se dissimuler. Elle se sentait en sécurité et prête à provoquer la chance. Une brise rencontra son front et elle l'incita à descendre pour soulever les pointes de ses cheveux dans les airs.

La vigilance de Conrad l'avait empêchée de communiquer avec le vent depuis plusieurs jours. Ce nouvel exercice la ravit. Des tourbillons enlaçaient ses bras comme des volutes de fumée s'élevant d'une bougie, et s'insinuaient entre les racines de ses cheveux. Elle s'entraînait à les envoyer dans un sens puis dans l'autre, remarquant qu'il ne réagissait pas toujours ainsi qu'elle le souhaitait. Tantôt il était déjà déterminé sur une direction et refusait d'en changer, tantôt il manquait de force ou de vitesse et se diluait dans l'atmosphère. Les rafales la touchaient parfois à peine avant de bifurquer subitement. À l'inverse des oiseaux et des chevaux, le vent était impassible ; il n'était ni pensif ni espiègle, et somme toute assez docile.

Soudain, l'ombre de l'arbre s'accentua et celle d'une main avide apparut. Ani pria les brises qui l'entouraient d'unir leurs forces et de voler vers l'intrus.

Elles décollèrent et lorsqu'elle se retourna, elle aperçut Conrad en train de courir après son bonnet orange, qui s'éloignait un peu plus à chacun de ses pas. Elle tressa ses cheveux bien démêlés et s'en fit un diadème doré en les enroulant sur son crâne. Au moment où Conrad, après avoir rattrapé son bonnet au sommet de la haie, revenait vers elle, elle s'était remise à lire, le chapeau en place et le ruban noué avec soin. Elle ne put s'empêcher de sourire.

— Tu es un véritable démon !

— Non, une simple gardeuse d'oies.

Désormais, Conrad ne voulut plus s'approcher d'elle à moins d'une coudée. Le soir, au réfectoire, ses camarades lui ayant fait comprendre qu'ils en avaient assez de l'écouter grommeler, il s'assit seul devant la cheminée et s'occupa en plongeant des brindilles dans le feu pour les regarder se consumer.

Ani posa un pain aux raisins à côté de lui. Il le prit et le grignota avec une expression résignée. Il semblait avoir accepté sa défaite. Pourtant, quand il se redressa, elle décela dans ses jeunes traits les marques d'une colère tenace.

XVI

Deux mois après la fête du Solstice d'hiver, un soleil radieux se hissa dans le ciel bleu. Les travailleurs, retenus à l'intérieur depuis plus d'une semaine par une pluie et des bises glaciales, quittèrent leurs chambres et s'étirèrent, heureux de pouvoir enfin sortir avec les animaux. Les oies étaient aussi pressées qu'Ani de s'évader de leur abri et de sentir la terre sous leurs pattes. Elles jacassèrent avec allégresse sur le chemin qui conduisait au pâturage.

Ani s'arrêta dans l'ombre de l'enceinte et salua Falada. Sa crinière était encore humide, mais sa dépouille supportait bien les intempéries. Ses pupilles de verre fixaient avec indifférence les pierres de la ville.

« Falada. »

« Princesse. »

Conrad continuait de l'ignorer. Parfois, il oubliait son accablement le temps de taquiner les oies, en les poursuivant pour leur arracher les plumes de la queue ou en caquetant bêtement. Ce matin-là, il était appuyé contre l'arcade du rempart et peignait avec ses doigts sa tignasse en bataille, qu'il avait coupée lui-même.

Assise sous le hêtre, Ani écoutait le vent. Il allait d'arbre en arbre, faisait le tour de leurs troncs, s'enroulait autour de leurs branches tel un chat qui creuse l'échine de plaisir sous la caresse. Lorsqu'il la frôlait, elle sentait sa voix légère lui murmurer ses errances. Il parlait, sans s'adresser à elle en particulier. Son existence était langage.

Il fredonnait : « Une toile d'araignée... La rivière... les joncs en lambeaux de l'automne... les bouleaux fins... le bois. Cinq hommes dans le bois.... Cinq... Ils viennent vers la rivière... les oies... le hêtre... la princesse. »

Elle se leva en s'accrochant à un rameau gris et frais. Cinq hommes arrivaient du bois... Le vent ne décrivait pas de cavaliers, il ne pouvait donc s'agir de courtisans de retour d'une promenade matinale. Impossible d'imaginer que cinq bergers ou bouviers eussent négligé leurs animaux au même moment. Ani plissa les yeux en direction des taillis sombres et de l'eau chatoyante. Les battements d'ailes d'un faisan sauvage troublèrent le silence inquiétant l'espace d'un instant. Mais rien de plus.

Puis elle distingua des profils noirs qui se déplaçaient furtivement d'une ombre à l'autre.

— Conrad, appela-t-elle sans oser hausser le ton.

En pleine méditation du côté de l'arche, celui-ci ne frémit pas d'un cil.

— Conrad ! répéta-t-elle en se demandant s'il était trop loin ou s'il boudait.

Les silhouettes avançaient vers la ligne des bouleaux. Elles marquèrent une pause et Ani discerna un reflet métallique qui n'augurait rien de bon.

« Danger ! cria-t-elle aux oies. Danger près de la rivière ! »

Elle utilisa le mot qui signifiait « ours », une bête imposante et terrifiante, à l'inverse des chats et des chiens que les jars seraient tentés d'affronter. Les oiseaux décampèrent en masse de l'eau pour se reposer plus loin, comme un nuage de lait au milieu du pâturage. Conrad, alerté par le bruit de ses quarante-huit oies qui se démenaient et caquetaient ensemble, jeta un bref coup d'œil vers la rivière avant de disparaître sous l'arche.

Ani courut se placer entre ses protégées et les intrus. Ceux-ci portaient des vestes dépareillées, des gilets, des casquettes, des jambières et des couteaux rangés dans des étuis, le tout taillé dans différents cuirs. Trois d'entre eux étaient munis des bâtons prolongés de cerceaux en fil de fer, parfaits pour attraper des oies, tandis que les deux autres traînaient de grands sacs. Leurs visages n'exprimaient aucune intention violente. Ils croisèrent son regard sans ralentir l'allure.

— Vous n'aurez pas ces oies ! cria-t-elle.

L'un d'eux grogna ; mais ils continuèrent d'avancer.

— Ce sont les oies du roi. Je ne vous laisserai pas les emmener.

— Écarte-toi, gardeuse d'oies, dit un voleur, ou tu nous obligeras à faire usage de la force.

Ani resta fermement campée sur ses jambes, le bâton tenu à deux mains. Elle avait l'impression d'être aussi ridicule qu'un jars affrontant un ours ; cependant, elle était résolue à ne pas bouger. Les oies couinaient derrière elle.

Un premier brigand parvint à sa hauteur. Il abattit son bâton sur le sien, qu'il brisa en deux dans un fracas du tonnerre. Les genoux d'Ani plièrent et elle tomba.

« Partez ! », ordonna-t-elle aux oies.

Malheureusement, les jars avaient encerclé les femelles. Ils se défendaient en poussant des sifflements terrifiants, les becs bas et menaçants. Les voleurs n'y prêtèrent aucune attention. Avec leurs bâtons, ils les attrapaient au collet et les soulevaient comme des poissons au bout d'une ligne pour les enfourner dans les sacs, sans une morsure. Joue contre terre, Ani les observait. L'un d'eux la surplombait et maintenait son arme sur sa gorge. Elle avala sa salive et sentit la pression étourdissante s'accroître jusqu'à lui donner la nausée. Une brise rampante flairait le sol. Elle se glissa sur ses bras nus.

« Monte, lui suggéra-t-elle. Cet individu, sa casquette... Fais quelque chose. »

Le vent s'éleva en spirale le long des jambes de l'agresseur ; il explora sa tête avec ses doigts légers et, d'une rafale inopinée, renversa sa casquette. Il en fallait plus pour émouvoir le larron. Les oies criaient de colère et de peur, alors qu'un quart d'entre elles étaient déjà prisonnières.

Ani interpella tous les courants d'air qui effleuraient sa peau. Des brises vagabondes se joignirent aux autres, curieuses, et s'y agrégèrent, telle de la laine venant grossir une pelote. « Encore », implora-t-elle. Un vent enfla au ras de l'herbe pour créer un puissant tourbillon. On eût dit qu'un index invisible s'agitait de plus en plus vite en son centre. Il eut bientôt la fureur d'un taureau grattant le sable avant de charger.

— Lâchez-moi !

Sa voix était à peine audible.

— Ce sont les oies du roi. Elles sont sous protection.

L'homme se contenta de froncer les sourcils.

Le cercle ne cessait de s'élargir. Il vrombissait, lui tirait sur la moustache, en attendant de connaître sa cible. Ani lui demanda de s'éloigner un peu et de creuser un trou. Il obéit, mordit la surface du pré et aspira la poussière et les gravillons jusqu'à ressembler à une petite créature toupinant sur elle-même. En entendant la bourrasque, l'homme se retourna au ralenti, incrédule et en proie à une soudaine frayeur.

— Libert, Odlef, bredouilla-t-il.

Ses acolytes laissèrent les oies un instant et virent la tornade parsemée de débris croître jusqu'à des proportions incroyables. Elle cachait maintenant le hêtre.

— C'est un tour. Un tour minable de sorcier.

— Ouais, rien de plus, dit un des malfaiteurs dont l'expression trahissait l'affolement.

Ani dirigea l'ouragan sur le plus proche, qu'il frappa de plein fouet. Les yeux remplis de poussière et les joues criblées de cailloux aussi piquants que des dards d'abeilles, il lâcha son bâton pour s'abriter.

Le vent gagna du terrain sur ses quatre complices. Il se jeta sur eux en bourdonnant tel un essaim et en les acculant à la manière de leurs proies prises au piège. C'est alors que les oies lancèrent l'assaut. Elles se ruèrent sur eux et leur mordirent les chevilles et les mollets tandis que l'élément déchaîné achevait son œuvre plus haut. Aveuglés, les brigands étaient incapables de différencier leurs deux assaillants. Ils se confondaient en un terrible monstre qui leur hurlait aux oreilles, les giflait de ses mains cinglantes et leur rongeait les jarrets. Des volatiles s'échappaient des sacs abandonnés pour se joindre à l'offensive. Les bandits, gesticulant à la façon de vieilles femmes effrayées par des guêpes, s'enfuirent ventre à terre. Arrivés à la rivière, bien que les oies fussent distancées et que le vent eût perdu de sa force et de sa cohésion, ils cavalaient toujours.

Ani se rassit lentement. Elle les surveilla jusqu'à ce qu'ils se fussent réfugiés dans les ombres du bois. Ses membres fourmillaient. Trois bâtons et deux sacs vides jonchaient le sol, tels des cadavres de soldats sur un champ de bataille. Quelques oies trottinaient en rond ; les plus téméraires fonçaient se poster sur la rive et s'égosillaient en direction des bois, tandis que d'autres célébraient leur victoire par des cris joyeux.

Ani frottait son cou endolori tout en jacassant allégrement avec son troupeau, quand des bruits de pas la firent sursauter. Conrad passait l'arche en trombe, accompagné de trois garçons qui travaillaient dans des prairies au nord. Ils s'arrêtèrent net en la voyant seule, entourée de dizaines d'oies très énervées. Déconcertés, ils fixèrent sa houlette cassée à leurs pieds.

— Où sont-ils ? demanda Conrad.

Il se détendit en apercevant les sacs et les crochets, preuve qu'il n'avait pas été chercher du secours pour rien.

— Partis.

Ani rit sous cape. Quelle explication allait-elle pouvoir fournir ?

— Ton bâton ! s'exclama Sifrid en ramassant les deux morceaux pour les montrer aux autres. On t'a attaquée !

— Oui... Heu... J'ai riposté, et après, les oies ont chassé les voleurs.

Ses quatre camarades la dévisageaient, bouche bée.

— Ils... Ils étaient combien ?

— Cinq.

— Ah ouais !

— La gardeuse d'oies a mis des braconniers en fuite ! Qu'est-ce que vous dites de ça ?

L'un d'eux s'esclaffa en brandissant son bâton de berger.

— Je m'étais préparé à une bagarre depuis que Conrad nous avait raconté que des types en cuir rôdaient. Merci de me l'avoir épargnée !

Il la bouscula gentiment pour plaisanter.

— Tu es blessée, dit Sifrid en désignant son cou.

— Je vais bien.

Son pouls cognait à l'endroit où le malfrat avait appuyé son bâton.

— On ferait mieux d'y retourner, au cas où ils décideraient de ravaler leur fierté et essaieraient de s'en prendre à un autre troupeau.

— S'ils nous attaquent, on t'appellera.

— Ouais, on criera : « À l'aide, à l'aide, la gardeuse d'oies ! Venez nous sauver, toi et la Légion des redoutable Oies-Guerrières. »

— Pourquoi pas les « Bandits aux mille Plumes » ?

Surexcités, les bergers repartirent à toute allure en commentant l'événement. Ils hésitaient presque à faire un crochet par le réfectoire pour raconter son exploit à Maîtresse Ideca.

— Merci d'être revenu avec du renfort, Conrad. Au début, j'ai cru que tu m'avais laissée tomber.

— Je ne suis pas un lâche.

270

— Non, je sais, ce n'est pas ce que je sous-entendais.

Elle secoua la tête de frustration. Elle comprenait le vent, parlait aux oiseaux, mais la communication avec les humains n'était pas son fort. C'était un don différent, après tout – celui que possédait sa mère. Ou Selia.

— Je les aurais affrontés, affirma Conrad.

Ani opina avec conviction, espérant le persuader de sa bonne foi. Il haussa les épaules, s'adossa à l'arche et s'employa à inspecter l'état de ses semelles. Elle calma les oies qui continuaient leur raffut et les rassembla avec quelques paroles rassurantes.

Quand le bleu du ciel se couvrit de nuages et que la fraîcheur printanière se propagea dans l'air, elle rentra les bêtes. Lorsqu'elle ouvrit la porte du réfectoire, des hourras éclatèrent de toutes parts et des poings se mirent à tambouriner sur les tables. Sifrid brandissait son bâton cassé en symbole de la bataille. Maîtresse Ideca, ni souriante ni ronchon ce soir-là, l'examina et lui prescrivit un enveloppement froid. Ani ayant refusé de raconter les faits, les bergers et les vachers s'avancèrent au centre de la pièce pour donner leur version, non sans embellir les épisodes auxquels ils n'avaient pas assisté.

— Ensuite, la gardeuse d'oies en a assommé deux avec son bâton – un coup bien assené en plein sur le crâne du premier, et rebelote sur le deuxième. Bam, boum ! Par contre, le troisième... C'était un géant... Il avait grandi dans les Montagnes Bavara, où il se nourrissait de viande d'ours et d'œufs crus. Il a pulvérisé son bâton d'une chiquenaude.

271

Tour à tour, l'auditoire sursautait, arborait des mimiques horrifiées et hurlait de joie. Ani pouffait derrière ses mains. Quant à Conrad, il était isolé, la mine grave et triste.

— Alors, poursuivait Sifrid, Isi a jeté son arme. Elle a attrapé son adversaire par une touffe de cheveux gras et lui a mis un coup de tête pile entre les deux yeux. Pam ! Il s'est effondré par terre comme un arbre mort et le sol a tremblé. Les bataillons d'oies, obéissant à leur chef, ont chassé la crapule de leur territoire et sont revenues en trompetant triomphalement.

Rires et applaudissements ponctuèrent le récit. Quatre garçons furent envoyés au pâturage pour récupérer les bâtons et les sacs en guise de souvenirs. Deux d'entre eux ne rentrèrent que beaucoup plus tard, sans bâtons, mais avec Tatto.

— Le roi a appris qu'un combat avait eu lieu pour défendre ses oies. Il remercie les personnes impliquées et demande qu'elles viennent lui raconter ce qui s'est passé.

Des acclamations retentirent des quatre coins du réfectoire.

— Je... Je ne peux pas y aller, balbutia Ani, pétrifiée par l'angoisse.

— Oh ! allez, Isi ! l'encouragea Sifrid, c'est agréable d'aller frimer un peu.

— Non, sérieusement, je ne peux pas.

— Tu n'es pas aussi timide que tu veux nous le faire croire ! s'écria Razzo qui trépignait. Et puis, tu n'en mourras pas. Le roi est juste un vieillard avec une couronne, qui mange des patates et qui a des gaz comme tout le monde.

— Ça m'étonnerait qu'il mange des patates froides, rétorqua Bettine.

— D'accord, peut-être pas. Par contre, je parierais qu'il a autant de gaz que Beyer.

— Impossible ! beugla Sifrid en asticotant Beyer.

— Isi nous le dira quand elle l'aura vu, hein, Isi ? reprit Razzo.

Ani comprit qu'elle n'arriverait pas à se défiler. Elle alla trouver Conrad à l'écart, indifférent, du moins en apparence, au branle-bas général.

— Tu viens avec moi ?

Il haussa les épaules et se leva sans un mot. Ils suivirent Tatto hors de la salle, ovationnés par leurs camarades. Une rue plus loin, Ani s'arrêta.

— Je n'y vais pas. Je ne peux pas. Conrad, tu veux y aller à ma place ?

Tatto l'étudia avec des yeux écarquillés, tandis que Conrad restait de marbre.

— S'il te plaît. Tu as joué ton rôle dans cette affaire toi aussi et tu te serais battu si tu n'avais pas eu la sagesse d'aller chercher de l'aide. Ne m'évoque même pas. C'est ton histoire, raconte-leur ce que tu veux.

— C'est pourtant toi qui les as chassés ? s'informa Tatto, éberlué.

— Ils n'ont pas à le savoir. Qu'est-ce que ça change ? Conrad mérite des félicitations. Je ne peux pas y aller, de toute façon. C'est impossible.

D'ici seulement deux mois, elle aurait assez d'argent pour rentrer en Kildenrie et le temps le permettrait. Il était plus sage d'être discrète dans l'intervalle. Conrad haussa de nouveau les épaules et s'éloigna sur ses longues jambes d'adolescent en pleine croissance, obligeant Tatto à courir derrière lui. Elle regarda leurs silhouettes s'évanouir dans l'immense cité.

Commettait-elle une erreur ? Elle s'imagina reçue au palais et complimentée devant la cour. Geric admirerait sa bravoure et la retrouverait ; le monarque insisterait pour en savoir plus sur sa vie. Il la croirait, bannirait Selia et ses complices, les exilant à des milliers de lieues du royaume, et l'accueillerait à bras ouverts. « Voilà comment cela finirait, pensa-t-elle, si c'était un conte de fées. » Mais il était inutile d'espérer un tel dénouement. Pour remettre un jour les pieds au palais sans risquer sa vie, il lui fallait d'abord prendre la route sinueuse vers la Kildenrie et solliciter le secours de sa mère.

Si après cela les fiançailles étaient encore au programme, elle aurait plaisir à revenir en Bayère. Elle ne brûlait pas d'impatience d'épouser le jeune prince falot, et elle ne nourrissait aucune illusion sur l'affection à espérer d'un mariage arrangé. Cependant, être reine de Bayère devait avoir son charme. De plus, elle commençait vraiment à s'y sentir chez elle.

Allongée sur son lit, Ani lisait les derniers chapitres d'un livre d'histoire de la Bayère dans la faible lueur du crépuscule. L'ouvrage refermé, elle colla sa joue à la couverture. Son odeur de bibliothèque, de poussière, de cuir, de colle à relier, de vieux papier était semblable à celle de centaines d'autres livres. Elle le rouvrit à la première page ; le mot « Geric » y était griffonné à l'encre trop diluée par la main d'un petit garçon. Elle sourit en se le représentant à huit ans, avec le visage rond et la curiosité impétueuse de l'enfance.

Ses doigts parcouraient les lettres en relief, lorsque Enna frappa à la porte et entra. Ani referma le livre d'un air coupable.

— Je me doutais que tu serais là. Les gars sont de retour.

Enna l'examina avec inquiétude.

— Qu'est-ce qui ne va pas ? Tu te sens mal ?

— Hein ? Oh, non. Enfin... un peu, je crois. La maladie d'amour... Rien de dramatique.

— Ah.

— D'ailleurs, ça y est, je suis déjà guérie, clama Ani en reposant le livre d'un geste théâtral. Il n'est pas pour moi, il ne l'a jamais été. Certes, pendant un moment, il m'a apporté des pique-niques, des livres pour tuer l'ennui et même des fleurs une fois – sans pétales, à cause de la pluie. Il m'a proposé un cheval – absolument magnifique – et il m'a aussi prise pour une dame.

— Tu es une dame.

— Là n'est pas la question. Je n'avais rien d'une dame, ni plus ni moins que maintenant. Il n'empêche que c'est ainsi qu'il me voyait, moi, avec mes bottes de gardeuse d'oies et sans couronne de princesse. Il était... Il est beau, assez pour que je pousse des soupirs de gouvernante enamourée quand je pense à lui. Manque de chance, c'est un soldat. Le garde du prince en personne. Il est beaucoup trop proche de Selia, à mon goût. Et de surcroît, il ne m'aime pas. Donc, ça clôt le sujet.

Avec une expression résignée, Ani hocha la tête en guise de point final. Enna voulut sourire, mais ses sourcils noirs étaient froncés.

— Enna, tu es inquiète ?

— Tu devrais venir écouter ce que Tatto est en train de raconter.

Tatto était assis avec morgue au bout d'une table ; une fois n'est pas coutume, l'attention de tous les travailleurs était braquée sur lui.

— ... c'est prévu pour le printemps, dès que les dernières neiges auront fondu. Sûr et certain. C'est mon père qui l'a dit.

— Si c'était vrai, gros vantard, pourquoi ils t'auraient prévenu ? demanda Beyer.

— C'est un secret de Polichinelle, rétorqua Tatto en reniflant. L'essentiel, c'est que la rumeur n'ait pas le temps de passer la frontière avant que la guerre éclate.

— La guerre ? cria Ani.

— Contre la Kildenrie, précisa Enna.

— Comment cela, Tatto ? Pourquoi la Bayère attaquerait-elle la Kildenrie ?

— C'est l'inverse, lui répondit Conrad avec un regard empreint de sagacité.

— Exact, confirma Tatto. Il paraît qu'ils en avaient l'intention depuis des années. Heureusement, on a presque terminé la voie qui contourne les Bavara et on sera à la frontière avant eux. À mon avis, cette princesse, la fille aux cheveux jaunes, a été envoyée pour faire diversion. Elle devait épouser le prince et se comporter comme si de rien n'était, sauf qu'elle a contré les siens : elle a tout raconté au roi. Elle a dû nous préférer parce qu'elle n'apprécie pas la sournoiserie de son peuple.

— C'est... C'est elle qui a prétendu que la Kildenrie voulait la guerre, et le roi l'a crue ?

— Des rumeurs circulaient déjà cet hiver à ce sujet, dit Razzo.

— Voilà, chuchota Ani à l'oreille d'Enna, la solution que Selia a trouvée pour qu'on ne découvre pas le pot aux roses.

— Ne t'inquiète pas, Isi, reprit Tatto. Mon père m'a assuré que notre armée allait les écrabouiller. On n'en fera qu'une bouchée.

— Comme il a raison...

— Une bonne vieille guerre, ce n'est pas trop tôt, intervint l'un des bergers. La dernière remonte à l'époque où mon père était tout jeunot.

— Si tu t'imagines qu'on va voir quoi que ce soit, râla Sifrid.

— Peut-être que si, dit Razzo. Si elle s'étend, ils auront besoin des jeunes de la Forêt. On nous distribuera des javelots et des boucliers pour gonfler les rangs de l'armée, et on rentrera à la maison en héros, devant les demoiselles de la ville qui défailliront par centaines !

Les garçons explosèrent de rire ; toutefois, un réel espoir les habitait. Lorsque quelqu'un entonna un chant de guerre, la plupart d'entre eux, ainsi que quelques filles, le reprirent en chœur aussitôt.

La vallée tremble,
Une longue route nous appelle.
Le javelot au poing, les hommes avancent,
Du sang neuf irrigue l'armée au roi fidèle.

Dans la montagne frémissante,
Les puissants tombent sous les coups rebelles.
L'épée menaçante, les braves avancent,
Les guerriers assoiffés de sang marchent sur la citadelle.

Les murs vibraient de toutes leurs voix réunies. Chaque mot était un coup de poignard pour Ani. À la fin du chant, tandis que les images des jeunes paysans métamorphosés en guerriers virils continuaient de hanter les esprits, seul le feu qui crépitait dans le foyer osait perturber le silence oppressant.

Ani ne put dormir, cette nuit-là. Trop agitée pour rester au lit, elle faisait les cent pas dans sa chambre minuscule en essayant de concevoir un nouveau plan afin de reprendre son titre. Un jour, elle avait confié à Enna qu'elle trouvait injuste de risquer la vie de ses camarades, si tant est que certains fussent prêts à se battre à ses côtés. Mais la guerre était imminente et elle n'était plus seule concernée. Il ne s'agissait plus d'une querelle entre deux anciennes amies, ou d'une vieille rancœur opposant deux compatriotes. Selia mettait tout le pays en danger pour accomplir ses funestes projets. Le terrible massacre dans la Forêt n'avait donc été que le premier acte de sa lutte personnelle pour s'arroger le pouvoir.

Il n'y avait qu'Ani qui fût au courant et qui pût l'arrêter. Elle décida de révéler la vérité aux travailleurs le lendemain et de leur demander leur aide. Protégée par un bataillon d'amis, elle avait une chance d'arriver vivante auprès du roi. Il lui faudrait alors raconter ses aventures. L'idée de s'exposer la terrifiait. Elle ne disposait d'aucune preuve pour le convaincre, à part ses cheveux blonds et sa bonne foi. Selia avait de son côté tramé une autre version, avec de faux témoins à l'appui et le redoutable pouvoir de parler aux humains pour la seconder.

L'estomac serré, Ani tenta de chasser son angoisse en se dirigeant d'un pas vif vers l'enclos des oies. Jok nichait près de la porte. Après l'avoir salué, elle s'attarda un moment, émerveillée par la beauté des oiseaux blancs dans la pénombre. Le jars, somnolent, était blotti contre l'aile de sa compagne, qui enfouissait affectueusement son bec dans ses plumes.

« Je me sens seule. Vous voulez venir vous reposer dans ma chambre ? »

Le couple la suivit dans la rue calme. Elle distinguait le léger clapotement de leurs pattes sur les pavés. La promenade ne fut pas longue. Ils s'installèrent dans un pli de sa couverture, comblant presque tout l'espace de leurs corps trapus. Elle caressa leurs plumes chaudes, avant de reprendre ses allées et venues, sans se soucier qu'il n'y eût plus de place pour elle sur le lit. « La guerre... Selia... le vent... le roi... la guerre... » marmonnait-elle fiévreusement.

Inquiète, les joues en feu, Ani se recroquevilla sous sa fenêtre et invita un courant d'air à la rafraîchir.

Elle se réveilla environ une heure plus tard, étendue sur les durs pavés de sa chambre, la joue contre son bras et les cheveux défaits. Un bruit à l'extérieur l'avait tirée du sommeil. Elle se tint immobile et aux aguets.

Le couinement de la semelle d'une botte. Un caillou détaché du mortier par un pied négligent. Un souffle lourd. Ani, dont les yeux uniquement étaient mobiles, lorgna sa table de chevet où était posé le miroir qu'Enna lui avait offert pendant la fête du Solstice d'hiver. Il était incliné vers la fenêtre. À travers ses rideaux à demi tirés apparut une silhouette ; Ani entrevit un œil scrutant l'intérieur, un bout de mâchoire et de tresse pâle.

La porte s'ouvrit avec un son aussi délicat que la respiration d'un oiseau assoupi. L'esprit d'Ani était confus. Elle avait l'impression d'être toujours en plein rêve, un rêve étrange et morcelé. L'intrus poussa la porte et elle se retrouva coincée dans l'angle de la pièce. Elle se leva lentement, le froufrou de sa jupe couvert par le pas de l'homme. Son pas... Ongolad.

À mesure que ses idées se clarifiaient, la peur envahit son corps et son cœur s'accéléra. Devant ses yeux écarquillés se présentaient un dos et le reflet étincelant d'une dague nue. Il avançait à pas feutrés vers le lit où dormaient les deux oies, masses pâles et informes sur le tissu sombre. La brise qui s'enroulait autour de sa cheville était trop frêle. La fenêtre était close. La porte était la seule issue.

Ani se glissa vers la sortie en tenant sa jupe pour l'empêcher de frotter contre le bois. Lorsque ses orteils franchirent la ligne floue du clair de lune, les doigts d'Ongolad tâtaient la couverture. Elle plongea dans la nuit.

Les deux oies, dérangées par un inconnu, se mirent à gémir. Ani sursauta et prit ses jambes à son cou. Derrière elle, Ongolad pestait tandis que les oiseaux criaient : « À l'attaque ! Un ennemi, danger ! Mordons-le ! Défendons-nous ! » Le choc de ses bottes sur les pavés se répercutait dans ses articulations et troublait sa vision. Celles d'Ongolad la poursuivaient comme un écho. Elle était terrifiée. Il lui sembla que des portes s'ouvraient sur sa droite. Loin derrière, les oies criaillaient toujours. Ani s'entraînait depuis des mois à fuir Ongolad dans ses cauchemars – le moment était venu.

Elle bifurqua par un sentier qu'elle connaissait bien. Ce n'était pas celui qui conduisait aux enclos, mais une route aisée, en pente jusqu'à la porte ouest du rempart, qui longeait les installations des travailleurs. Ongolad se rapprochait ; elle l'entendait même ahaner maintenant. Les muscles tremblants, elle s'attendait d'un instant à l'autre à le sentir agripper son cou ou ses jambes pour la plaquer au sol, tel un renard bondissant sur une poule. La porte ouest s'élevait devant elle ; à travers l'orbite vide creusée dans la pierre apparaissaient le pâturage et les bois. Au-dessus se détachait le vestige blanc bleuté de Falada, gardien de l'arche. Le martèlement des pas cessa : Ongolad sautait pour tenter de la capturer avant la limite de la ville. Il la frôla.

« Falada. »

Soudain, la foudre s'abattit entre ses omoplates, comme si une bête lui labourait les côtes ou qu'une mèche explosât dans son dos. Elle poussa un cri de douleur rauque et animal, étrange et effrayant, et trébucha.

Ongolad était parvenu à l'atteindre avec sa dague avant de s'écrouler en grognant. Nul doute qu'il serait là quand elle chuterait à son tour. C'était aussi inévitable que l'était sa course chancelante.

« Princesse », répondit Falada.

Ses pieds rencontrèrent des pierres, puis de l'herbe. Ce changement de terrain l'étonna. Croyant que le mercenaire était toujours sur ses talons, elle accéléra, propulsée par la douleur et la peur. Elle sauta le ruisseau et se retourna : sa silhouette dévalait la colline.

Le tonnerre gronda derrière des nuages plus noirs que le ciel. Pendant quelques secondes, un éclair illumina la ligne d'horizon au nord et le monde sombra dans des ténèbres abyssales. Des bourrasques soufflaient sur le pâturage ; elles roulaient les unes sur les autres avec la pétulance d'oursons en train de jouer, et se cognaient contre les troncs des arbres si fort que les branches tremblaient. Virevoltantes, elles l'enclèrent, l'obligeant à rentrer les épaules. On eût dit qu'elles flairaient des images de leur propre langage tel du sel sur sa peau ; elles ne la quittaient plus.

Électrique, réceptive au moindre contact de l'air, la tête tournoyant aussi violemment que les feuilles soulevées par l'orage, Ani demanda au vent de frapper. Elle perçut une déflagration, suivie d'un grand calme. La silhouette s'effondra et dégringola la pente. Prostré, les bras au-dessus du crâne, Ongolad essayait de protéger ses vêtements et ses cheveux. Ani reprit sa course sans un regard en arrière.

Les bosquets se transformèrent en bois et le bois en forêt. Elle ne savait pas où elle allait – au bout de la forêt peut-être, du royaume ou du monde ? Elle étouffait, mais respirer était un supplice. En atteignant la clôture des pâturages royaux, elle escalada le mur sans une hésitation. Bas de son côté, il était, de l'autre, haut comme deux hommes. Elle sauta et atterrit brutalement.

Suffoquée, elle resta inerte, endolorie. Elle entendit les plaintes du bois, le bourdonnement d'un insecte nocturne, une chouette. Aucun bruit humain. Si un garde patrouillait, il n'était pas à proximité – du moins pas encore. Bientôt, Ongolad se pencherait au-dessus du rempart avec un sourire de prédateur devant sa proie. Une brise rasante effleura son cou. Elle parvint à calmer son cœur affolé et à écouter. Sa voix ne révéla aucune présence. Elle en invita une autre à descendre du mur. Aucune trace d'Ongolad. Elle avait dû être plus rapide que lui, à moins qu'elle ne l'ait semé, ce qui était plus vraisemblable. Elle sonda les rafales qui passaient. Les histoires qu'elles racontaient la berçaient. Son pouls finit par ralentir et ses paupières s'alourdirent.

Ani fit un dernier effort pour se mettre debout et s'enfoncer tant bien que mal dans la Forêt. Craignant de défaillir dans une flaque de sang, elle tâcha d'ignorer sa souffrance le temps de déchirer des bandes de tissu dans l'ourlet de sa tunique pour s'en envelopper la taille. Le sol, les arbres et le ciel tour-naient ; toutes les directions lui paraissaient mener à un précipice. Elle mit la main devant ses yeux pour échapper au vertige et s'écroula sur la terre dure, som-brant dans une obscurité plus trouble que la nuit.

Troisième partie

La dame blonde

XVII

Ani erra pendant trois jours. Une tache brune de sang séché souillait son dos, et ses doigts, en explorant sa blessure, se teintaient de rouge frais.

La lucidité semblait l'avoir quittée sous l'arche du pré, lorsque Falada l'avait appelée princesse pour la dernière fois et que la lame d'Ongolad s'était enfoncée dans sa chair. Ses cheveux défaits sur ses épaules la tracassaient. Elle prenait garde de ne croiser personne, se fiant au vent qui lui transmettait le doux clapotis de l'eau et l'orientait vers des sentiers abandonnés. Elle se souvenait qu'il existait sur terre un endroit où elle serait en sécurité et s'efforçait de trouver la direction de ce refuge.

Elle dormit pendant quatre nuits à même le sol. Au cours de la première, la perte de sang et l'épuisement alourdirent ses paupières et elle s'assoupit sans difficulté. Mais après qu'elle eut en partie recouvré ses esprits, la fraîcheur du début de printemps la mit au supplice. Même plongée dans un sommeil profond, le froid la persécutait. Il abîmait ses rêves et la tirait brutalement du sommeil en lui écorchant la peau de ses doigts gelés. Son cauchemar se prolongeait le matin. Elle titubait, chutait, puis se relevait, et ainsi de suite jusqu'au soir. Quand, au bord du sentier, elle reconnaissait certaines plantes ou champignons comestibles, elle les cueillait machinalement de la main gauche en passant. La nourriture, d'ailleurs, occupait peu ses pensées. Elle traquait plutôt les images de cours d'eau dans les paroles des brises vagabondes, car la soif la tenaillait. Une fois, elle se réveilla en sursaut à moitié immergée dans un ruisseau : s'y étant arrêtée pour boire, elle avait perdu conscience sur la berge.

Elle n'était pas seule dans la Forêt. Qui étaient ses autres occupants ? Des personnes dignes de confiance ? Elle longeait la route qui conduisait à la capitale, sans oser la perdre de vue, et dès que le vent l'avertissait d'une présence humaine, elle se retirait parmi les arbres.

À l'aube du cinquième jour, elle rencontra un sentier familier au départ d'une des nombreuses voies en lacet de la Forêt. Elle manqua s'évanouir de soulagement en identifiant les endroits où, plusieurs mois auparavant, elle avait déambulé à la recherche de racines et de baies, et remercia sa bonne étoile de lui avoir indiqué le chemin par l'intermédiaire de son guide insolite.

Elle tressaillit en apercevant enfin la chaumière. Son aspect était inhabituel et elle craignit d'abord de s'être trompée. Elle comprit que ses sens l'induisaient en erreur lorsque deux maisons aux murs flous commencèrent à tanguer sous ses yeux. Peut-être y avait-il moins d'arbres dans les bois qu'elle ne l'avait cru, finalement ?

Doppo l'accueillit en bêlant. Dans son jardin, Gilsa se redressa.

Ani voulut la saluer mais son cri mourut dans sa gorge. À la perspective d'un peu de repos, elle se sentit soudain ivre de fatigue. La paysanne lui jeta un regard inquiet et se rua pour la soutenir.

— Qu'as-tu, ma fille ? s'enquit-elle d'une voix précipitée par l'affolement.

— Gilsa, je vais encore tomber dans les pommes.

À peine l'avait-elle annoncé qu'elle s'effondra.

Elle sortit de sa torpeur près du feu, couchée à plat ventre sur le grabat de Gilsa. Les flammes dansaient gaiement. Les bûches gorgées de sève craquaient, accompagnant l'agréable cliquetis des aiguilles à tricoter. La lumière timide du soir entrait par les fentes des volets.

— J'ai dormi toute la journée ?

Le tintement cessa et Gilsa rapprocha sa chaise.

— Oui, plus la nuit suivante, et encore une autre journée. Ta fièvre est partie à présent et tu n'es plus guère en danger.

Ani fit une moue dubitative.

— Ciel, mon enfant ! reprit Gilsa, c'était gentil de me prévenir cette fois-ci, avant de tourner de l'œil. Mais j'aurais préféré que tu me dises où tu étais blessée d'abord. Il m'a fallu un bon moment pour décoller tes vêtements, te laver et déceler la plaie. Tu as gardé de drôles de façons de demander l'hospitalité !

— Oh ! c'était la tunique bleue que vous m'aviez

prêtée ; à cause de moi, vous ne pourrez plus jamais la porter.

— Que tu pleures pour un coup de couteau dans le dos, d'accord, gronda Gilsa, mais pour une vieille tunique bleue ! Pauvre mignonne, tu n'avais plus la force de remuer un cil lorsque j'ai nettoyé la blessure et serré le pansement ! Finn se figurait que tu étais morte.

Ani le distingua à l'autre bout de la pièce, assis sur son lit, les bras croisés sur les genoux. Il hocha la tête en guise de bonjour, puis il lui apporta un grand bol de haricots chauds avec de la confiture d'oignons.

Mère et fils l'examinèrent en silence tandis qu'elle dévorait son plat.

— Merci, dit-elle.

— J'ai dit à Mère que des gens...

— Des personnes, le reprit celle-ci.

— ... que des personnes te cherchaient pour te tuer et qu'elles pourraient venir ici. Elle refusait de me croire.

— Maintenant, si. Pour autant, je ne veux pas en entendre parler.

Gilsa baissa les yeux sur ses aiguilles immobiles quelques secondes et les posa à côté d'elle.

— Après mûre réflexion, soupira-t-elle, ça vaudrait mieux.

Ani leur raconta tout, jusqu'à ses conversations avec les oiseaux et le vent, et ce qu'il était advenu de Falada. Elle en dévoilait plus que nécessaire et son aventure devenait plus claire pour elle à mesure que les épisodes se succédaient dans sa bouche. Quand elle eut fini, elle cessa de fixer le feu pour revenir à Gilsa, qui cachait à peine son étonnement, et à Finn dont le regard semblait perdu dans le vague. Lorsqu'il remarqua qu'elle le dévisageait, il lui adressa un sourire compatissant.

— Eh bien, souffla Gilsa, ce n'est pas le genre de récit qu'on entend tous les ans aux veillées du Solstice d'hiver. Tu as drôlement bien pris notre accent ; on jurerait que tu es née ici.

— J'avais l'habitude de dire des contes aux autres travailleurs, les jours de pluie ou les nuits de grand froid, quand on ne percevait que les crépitements du feu et les rafales dehors. Je les tenais de ma tante ou de livres. Ces derniers mois, j'en ai narré plus que je ne pensais en savoir. Et des mensonges aussi, de peur d'être reconnue. Du coup, aujourd'hui, même la vérité me paraît être une pure invention.

— En tout cas, ça m'a plu, commenta Finn.

— Tais-toi donc, grommela sa mère, ce n'était pas destiné à te divertir.

— Moi, je ne suis pas sûre d'aimer cette histoire, murmura Ani. Peut-être parce que j'étais désarçonnée de l'entendre à voix haute. Je ne l'avais jamais relatée en entier à personne, pas même à Enna, qui en connaît des bribes... J'avais envie de la changer au fil du récit, de l'enjoliver, comme lorsque je distrayais mes camarades. Je souhaiterais qu'elle ait un début aussi lumineux que les lustres en cristal d'une salle de bal et une fin aussi douce qu'une berceuse.

— Tu voudrais qu'elle se termine sur une belle image ? pouffa Gilsa. Toi rentrant au pays natal sur le dos d'un fier destrier, avec la foule qui crierait des hourras sur ton passage. Ce genre de rêves que les gamins font éveillés ?

Ani contempla les pierres du foyer qui se paraient d'or dans les flammes.

— Hum... J'aurais aimé revenir à la maison et que le peuple s'écrie : « On s'est trompés sur son compte ; en fait, elle est hors du commun, splendide et si forte. »

— Oh ! vous désirez tous la même chose, toi, Finn et les autres. Je suis persuadée qu'en cet instant précis il est en train de s'imaginer avec un javelot et un bouclier. C'est bien joli, vos bêtises, mais ce n'est pas ça qui va remplir nos assiettes.

Finn se mit à scruter le bout de ses bottes, le visage caché derrière ses cheveux.

— On sait que ce ne sont que des chimères. Il n'y a pratiquement aucune chance pour qu'un habitant de la Forêt ait un jour un javelot et que je revoie mon royaume, encore moins que j'y sois accueillie par une foule en liesse comme l'enfant prodigue de la Kildenrie. C'est sans doute stupide, mais, parfois, on aurait envie de tenir une preuve tangible de ce qu'on vaut. Pas vrai, Finn ?

L'œil du garçon pétilla à travers sa frange.

Ani dut rester alitée deux jours, le temps de poursuivre sa convalescence. Avec chaque heure qui s'écoulait surgissaient de nouvelles angoisses. Étendue sur le ventre, elle étudiait le ciel en se demandant si les neiges fondaient sur les cols, si l'armée était déjà en mouvement et si le prince avait épousé sa fausse promise.

— Il faut que j'y retourne le plus vite possible. Quand les travailleurs sauront tout, je sollicitcrai leur aide et nous irons ensemble au palais réclamer une audience au roi. Pourvu qu'on arrive à le convaincre que...

— Patience, conseilla Gilsa.

La blessure était profonde. Ani avait perdu beaucoup de sang et son périple dans les bois avait retardé sa guérison. Le troisième jour, Gilsa l'autorisa à se lever un peu et à aller dans la cour, à condition qu'elle ne soulève rien, pas même un œuf de poule. Alors qu'Ani la suivait comme son ombre dans le poulailler malgré ses recommandations, elle lui tapa sur les doigts.

— Rapporte-moi plutôt les paroles des poules, au lieu de t'entêter à la besogne.

— Elles répètent : « Ça y est, on ramasse les œufs », par exemple. Les poules n'ont pas une conversation très originale.

— Tant mieux, j'aurai moins de scrupules à les manger !

Cet après-midi-là, la plus proche voisine de Gilsa leur rendit visite. C'était une dame rondelette nommée Frigathe, qui avait coutume de passer par beau temps. Assise près du foyer, elle se plaignait de son mari et de son fils pendant que Gilsa l'écoutait d'une oreille distraite en tricotant des bonnets. Ani, lassée d'être allongée, s'était installée à table, où elle demeurait penchée en avant pour empêcher le contact de sa blessure avec le dos du siège. Les rayons obliques du soleil chauffaient la pièce, souvent brisés par les gesticulations de Frigathe qui les dispersaient en une poussière d'étoiles.

— Cette bague ! s'exclama Ani en se ruant sur la main de la femme.

Elle arborait un rubis serti dans un cercle d'or, un bijou dont la vue familière évoqua aussitôt à son ancienne propriétaire les traits de celui à qui elle l'avait offert. Ses joues s'empourprèrent.

— Où l'avez-vous trouvée ?

Frigathe dégagea son poignet.

— Ce ne sont pas tes oignons !

— Elle appartenait à un homme qu'on a tué dans la Forêt. L'avez-vous enterré ? Avez-vous pris l'anneau sur son cadavre ?

— N'importe quoi ! s'indigna Frigathe. Comment peux-tu affirmer pareille horreur ? On me l'a cédée en échange d'un service.

— Tu la reconnais ? l'interrogea Gilsa.

— C'était la mienne, expliqua Ani en se représentant Talone le soir du massacre, lui jurant fidélité, le poing sur le cœur. Je l'avais donnée à un ami qui a été assassiné.

— Eh bien, en admettant qu'elle t'ait vraiment appartenu, lança Frigathe, tu ne peux pas la récupérer. Je ne sais pas comment l'a obtenue le monsieur que j'ai hébergé, mais je l'ai nourri pendant deux mois avant qu'il parvienne à sortir du lit et à gagner sa pitance. Je l'ai bien méritée. En plus, je continue de l'aider, figure-toi. Il dort toujours chez moi et mon mari l'emploie. Il prétend qu'il a besoin de mettre de l'argent de côté pour un long voyage.

Elle ajouta avec un sourire minaudier :

— Et puis, c'est l'objet le plus ravissant que j'aie jamais possédé...

Quand Ani insista pour raccompagner Frigathe, Gilsa protesta avec toute l'énergie d'une mère. La jeune fille accomplit néanmoins le trajet au bras de Finn. Ils marchèrent pendant presque une heure, assez lentement pour éviter que la plaie ne se rouvre et qu'elle et Frigathe ne s'essoufflent. Son cœur cognait de douleur dans son dos et bondissait d'excitation dans sa poitrine. Au détour d'un virage, ils aperçurent la chaumière. Un homme coupait du bois dans la cour. Ses cheveux, sombres pour un habitant de la Kildenrie, étaient plus grisonnants qu'auparavant et avaient poussé jusqu'aux épaules.

— Talone !

Ébranlé, il lâcha la hache et s'élança. Ani se contracta, craignant qu'il n'appuie sur sa blessure en l'étreignant, mais il s'arrêta face à elle et mit un genou à terre.

— Princesse, dit-il en inondant sa main de ses larmes, le corps secoué par les sanglots.

Frigathe, avec force courbettes, invita « Son Altesse » à pénétrer dans son humble demeure. Elle pria ses hôtes de marque de s'asseoir sur des chaises autour de l'âtre et s'éloigna pour les laisser discuter seul à seul, non sans leur avoir jeté des regards chargés de regrets. Finn prit tranquillement place sur un tabouret près de la fenêtre.

Ani insista pour que Talone raconte ses prouesses le premier. Il fut si bref qu'elle le soupçonna de taire de nombreux détails sur les épreuves qu'il avait endurées. Tous ses compagnons avaient été assassinés et il avait échappé de justesse au même sort. En le voyant se toucher les côtes, elle devina que sa blessure était grave et aurait pu être fatale. Il avait beaucoup saigné et s'était évanoui. Au milieu de la nuit, il avait repris conscience au son des pioches qui creusaient les tombes de ses soldats. Il s'était enfui à l'insu des mercenaires et avait erré jusqu'à la maison de Frigathe, où, par nécessité, il avait logé depuis lors.

— Je savais qu'Ongolad et ses amis resteraient en Bayère. Mon plan était donc de rentrer auprès de la reine. Il... il m'a fallu un certain temps pour guérir et puis l'hiver m'a piégé.

Il serra les poings, envahi par la colère.

— Je n'avais plus ni argent ni cheval. J'ai pensé qu'ils vous avaient tuée, vous aussi, et que mon unique chance de me racheter était de rester vivant et de revenir au palais. Sans cela, personne en Kildenrie ne serait alerté de l'existence d'un complot. Si j'avais su, Princesse, que vous étiez en vie et sans protection, je vous aurais cherchée partout – dans la Forêt, à la ville... J'ai manqué à mon devoir, je ne me le pardonnerai jamais !

— Non, capitaine. Nous avons été abusés et vaincus par des traîtres supérieurs en nombre. Comme vous, j'ai pensé qu'il n'y avait d'autre solution que la persévérance. Et nous avons survécu.

— Votre mère serait fière de vous, assura-t-il en souriant. Mais j'ignore si elle vous reconnaîtrait avec vos cheveux cachés sous un foulard et cet accent si élégant.

Ani se couvrit la bouche, gênée. Elle imitait maintenant les manières des Bayérois sans s'en rendre compte. Son geste brusque tira la peau de son dos et elle rabaissa le bras en frémissant. Talone voulut aussitôt comprendre ce qui causait cette douleur.

— Ongolad, répondit-elle.

Un masque de tristesse, qu'il avait dû afficher pendant des mois, assombrit son visage.

— Je suis désolé.

— Vous n'avez aucune raison de vous sentir coupable. Il s'est montré trop gourmand et présomptueux. S'il m'avait attrapée plutôt que de hasarder un coup de dague, je ne serais pas aussi fringante à l'heure qu'il est...

Ce fut au tour d'Ani de conter ses aventures, qui prirent une dimension si réelle cette fois qu'en décrivant la tête de Falada sur le mur elle dut s'arrêter et se mordre les lèvres pour retenir un sanglot. Talone ne la lâcha pas du regard, trahissant une stupéfaction quelque peu sardonique. Finn l'écoutait, incliné en avant et le menton au creux des paumes. Lorsqu'elle sauta l'épisode où Conrad courait après son chapeau emporté par le vent, il le lui rappela et gloussa en l'entendant le relater de nouveau.

— Je suppose que le soir où le roi l'a invité après la débandade des voleurs d'oies, il a dû me mentionner, peut-être auprès des gardes. Ils m'ont débusquée cette nuit-là. Enfin, lui, Ongolad. Et je me suis sauvée.

Ce douloureux souvenir l'obligea à fermer brièvement les paupières, mais la vision d'épouvante n'était que plus crue dans l'obscurité.

— Cher Talone, vous n'avez pas idée à quel point cela me réconforte que nous soyons réunis !

Il soupira. Ses yeux glissèrent vers la fenêtre. Les volets étaient clos, empêchant le moindre rai de lumière de se faufiler. Une branche chahutée par une brise venait timidement les frapper. Il semblait étudier les bruits et l'atmosphère du crépuscule tel un général surveillant son champ de bataille.

— Ainsi, une guerre va avoir lieu. Ongolad est malin.

— Comme Selia. Elle a trop longtemps été négligée. Il y a des années, ma tante m'avait affirmé qu'elle avait le don de charmer l'oreille humaine. Elle a su l'exploiter.

Talone était distrait. La dangereuse Selia et les pouvoirs du langage ne semblaient pas l'intéresser. Seule la guerre le préoccupait.

— Dans combien de temps serez-vous capable de regagner la capitale ? demanda-t-il.

— Dès maintenant.

Sceptique, Talone se tourna vers Finn.

— C'est l'affaire d'une semaine, d'après ma mère.

— Le gentil garçon à sa maman, le taquina Ani.

Il fut décidé qu'ils partiraient quatre jours plus tard. Si Ani n'était pas en état, Talone la porterait, bien qu'elle fût « un tantinet plus lourde » que lorsqu'il l'avait découverte naguère, assoupie entre deux cygnes.

Frigathe hébergea Ani et Finn, et le lendemain matin, ils refirent l'itinéraire en sens inverse, les deux hommes encadrant la princesse afin qu'elle pût s'appuyer sur leurs coudes. À la suite de cette excursion, elle dormit d'une traite jusqu'au surlendemain, ce que Gilsa interpréta comme un sérieux avertissement.

Talone leur rendait visite tous les jours. Il ramassait les bûches qu'il trouvait en chemin et les débitait ensuite avec la hache de Finn. Après cette corvée rituelle, il s'asseyait avec Ani au coin du feu ou sur un tabouret dans le jardin. Là ils échafaudaient des plans, s'étendaient sur ce qui était arrivé dans la Forêt ou échangeaient des informations sur leurs ennemis. Ils convinrent tous deux que rentrer en Kildenrie serait inutile. La Route de la Forêt leur ferait perdre de précieux mois.

— Il y a bien le col de la montagne, dit-il. Il est difficile de l'emprunter sans être repéré par les armées qui y sont rassemblées, mais c'est peut-être notre option la plus sûre.

— Si tant est qu'on parvienne à le franchir, répondit-elle, on pourra prévenir la reine et lui permettre de former une armée, et après ? Cela n'évitera pas la guerre. Non, notre seul espoir est de retourner à la capitale et d'obtenir de mes amis qu'ils nous accompagnent et servent de témoins si on essayait de nous tuer. À deux, il nous sera plus facile de convaincre le roi.

Les journées s'écoulaient trop lentement pour Ani. Elle trépignait d'impatience. Autour d'elle, tout lui parlait d'action – les boutons de fleurs pâles près d'éclore sur les branches du pommier, les tiges vertes et souples qui dépassaient de l'herbe dans le jardin de Gilsa, et qui allaient croître encore avant de révéler leurs têtes feuillues, les oiseaux qui fouillaient le sol à la recherche de graines et fredonnaient des airs à la gloire du temps présent. Quand Gilsa la surprenait à faire les cent pas ou à s'accouder contre la barrière en fixant les arbres comme si elle essayait de voir au travers, elle la conduisait jusqu'à une chaise ou un lit et l'obligeait à s'asseoir.

— Repose-toi autant que possible. Il faut du temps pour cicatriser, même quand on est une princesse.

Gilsa n'avait guère paru impressionnée d'apprendre que sa protégée était de sang royal. Elle se moquait des titres et leur accordait peu de crédit. Elle donna à Ani une jupe et une tunique vertes teintes avec des feuilles de hêtre. En l'enfilant, celle-ci s'aperçut que les quatre petites pièces d'or qu'elle avait économisées pour son voyage de retour avaient été retirées de la poche de sa jupe bleue et glissées dans la nouvelle. Elles étaient aussi légères que des feuilles de bouleau dans sa paume.

— Elles sont pour vous, dit-elle en les tendant à Gilsa.

— Hors de question, rétorqua cette dernière avec une pointe de satisfaction qui annonçait une plaisanterie. Tu me rembourseras quand tu régneras !

La veille du départ, Talone resta chez Gilsa. Le débat fit rage lorsqu'il fut question de désigner qui coucherait dans l'appentis. L'hôtesse estimait que les voyageurs avaient besoin de se ménager, Ani tenait à ce que Gilsa et Finn ne soient pas chassés de leur propre chambre, et Talone jugeait l'appentis plus approprié pour les deux garçons. Finn, lui, ne contredisait personne.

— Allons, petite. Tu es malade.

— Non, je vais très bien, répliquait Ani.

— Ah oui ? Et si l'obstination était une maladie ?

Au bout du compte, ils installèrent des matelas de fortune par terre, devant la cheminée, et s'allongèrent les uns contre les autres comme quatre frères et sœurs.

Ils se levèrent très tôt et prirent le petit déjeuner sans hâte, en serrant des tasses de thé brûlant pour se réchauffer, les pupilles rivées sur le premier feu de cheminée. Finn avait tenu à les accompagner. Sa mère lui prodigua ses dernières recommandations en lui signalant, au détour d'une phrase, qu'elle serait solitaire et dans l'ignorance tant qu'il n'enverrait pas de message. Talone nettoya avec soin l'épée que le mari de Frigathe lui avait offerte en apprenant la véritable valeur de l'anneau à la pierre rouge. Songeuse, Ani observa longuement leurs teints voilés d'un halo orangé par la lueur du foyer.

Elle se remémora avec émotion ce matin où, six mois auparavant, elle avait quitté cet endroit. Elle était bien différente. Elle repensa en souriant à sa bévue, lorsqu'elle s'était approprié la couche de Gilsa sans se poser de questions, comme une princesse dans son palais entourée de serviteurs. Et comme elle était naïve en pénétrant dans une ville étrangère avec un accent contrefait et l'intention de se présenter au roi et de lui dire la vérité ! Ce plan s'était vite effondré à la vue de Selia vêtue de l'une de ses robes. Depuis, elle avait échappé de justesse à la mort pas moins de trois fois. Plus jamais elle ne fuirait. Tout devrait se dérouler comme prévu. Ou alors, que la dague d'Ongolad rencontrât sa cible...

XVIII

La tradition voulant que le baiser d'une veuve portât chance, Gilsa les embrassa chacun leur tour, puis ils se mirent en chemin. L'air était doux et empli des parfums des jeunes pousses. Déterminée et confiante, Ani écoutait les nouvelles du printemps portées par la brise. Les hommes ayant refusé de faire supporter le poids d'un paquetage à ses épaules, elle marchait sans entrave, seulement un peu moins vite qu'à son habitude.

Ils passèrent deux nuits dans la Forêt avant d'atteindre les bois clairsemés des abords de la capitale. Finn, la cervelle débordant des descriptions méticuleuses de ses compagnons, se glissa en éclaireur jusqu'aux portes au cas où les hommes d'Ongolad seraient postés sur la route principale. Il revint un peu plus tard, assurant que la voie était libre. Les vents d'est, dont le langage imagé n'évoquait aucun homme aux cheveux pâles, le confirmèrent.

En l'absence de marché cette semaine-là, on ne se bousculait pas à l'entrée de la ville. En passant les deux immenses piliers de pierre, deux sentinelles géantes au regard suspicieux, la princesse se sentit dangereusement exposée. Cependant, personne ne les accosta.

L'immense avenue était tendue de décorations fastueuses en prévision du mariage. Les troncs des grands chênes qui bordaient la rue étaient enveloppés de papiers jaune, bleu, orange et blanc, qui leur donnaient l'air de femmes plantureuses vêtues d'habits estivaux. En levant la tête, ils virent de longs rubans zébrer le ciel, arceaux tendus entre les cimes des arbres. Ils marchèrent longtemps sous cette voûte étrange, alternant les parcelles d'ombre et de lumière, dans une variation aussi répétitive qu'un tambour de sorcier. Sur la place principale, peu fréquentée à cette heure, les ornements abondaient. La cité entière était aussi calme qu'elle était chamarrée. Ani la trouva mélancolique et étrange. Elle lui faisait l'effet d'un oiseau au plumage resplendissant, mais privé de chant. La tension et l'impatience étaient palpables dans l'atmosphère.

Elle guida ses amis dans un labyrinthe de venelles pour plus de discrétion. Une fois à la muraille, ils prirent la direction des installations des travailleurs. Ceux-ci devaient être dans leurs étables ou aux champs, pour y profiter des derniers rayons et laisser leurs protégés se revigorer en savourant la verdure renaissante. Les bâtiments écrasés étaient tapis contre le rempart, tels des chats de gouttière chassant dans la pénombre. Le soleil était très haut et le ciel d'un bleu parfait à l'ouest. L'herbe perçait entre les pavés. Le printemps était en train d'éclore jusqu'au cœur de la ville.

Lorsqu'ils furent devant le réfectoire, Talone insista pour s'avancer le premier.

— Princesse, la salle est comble, chuchota-t-il en s'arrêtant sur le seuil.

Ani se glissa à côté de lui. Tous ses anciens camarades étaient réunis, assis sur les bancs ou sur des pierres à côté de la cheminée.

— Isi ! s'écria Enna en bondissant vers elle.

Ani indiqua d'un geste à Talone qu'il n'y avait rien à craindre et il se tint en retrait, l'épée au fourreau. D'autres suivirent l'exemple d'Enna et, bientôt, elle fut entourée d'une foule en délire qui se réjouissait qu'elle soit encore en vie. Comme certains la touchaient du bout des doigts avec déférence, elle jeta un regard interrogateur à Enna.

— Je leur ai dit, avoua celle-ci. Désolée... J'ai cru bien agir sur le moment. Je suis tellement soulagée que tu t'en sois sortie. J'étais morte de peur quand je t'ai vue t'enfuir l'autre nuit ! Tes oies ont réveillé la moitié du campement avec leur raffut et on est partis à ta recherche. Il a bien fallu que j'explique pourquoi tu décampais et qui était à tes trousses. Et puis vous avez disparu dans les bois. Isi, tu ne peux pas t'imaginer à quel point on était inquiets, sans nouvelles de toi pendant tout ce temps !

— Et les oies qui étaient dans ma chambre ?

— Elles vont bien. Je crois que le bandit aux tresses a flanqué un coup de pied au jars, mais il a une constitution robuste.

— Ça, c'est sûr ! s'exclama Ani.

— Alors, la gardeuse d'oies, fit Razzo en jouant des coudes pour rejoindre Enna, tu es une vraie princesse ?

— La véritable et authentique princesse aux cheveux jaunes ! déclara-t-elle.

304

Il sourit et lui envoya un petit coup de poing amical sur le bras. Les autres, un pas derrière, la contemplaient à la manière d'un bel oiseau plein de mystère.

Lors des présentations avec Talone et Finn, tous prononcèrent leur nom en chœur, hurlant à qui mieux mieux. Ani mit fin à ce tohu-bohu en leur demandant ce qu'ils fabriquaient dans le réfectoire par ce magnifique soleil.

— On a une semaine de vacances grâce au mariage du prince, dit Sifrid.

— Quand doit-il avoir lieu ? s'enquit-elle.

— Dans deux jours, l'informa solennellement Ideca, qui ne s'était pas encore exprimée. Alors c'est toi, la fille aux cheveux jaunes, en fin de compte ? Tu as intérêt à te dépêcher, la gardeuse d'oies, il ne te reste plus que trois nuits. Humm, pensez donc, épouser une conspiratrice... Elle serait capable de lui trancher la gorge dans le lit nuptial.

— Ou de faire tuer tous les Kildenriens pour couvrir son crime, intervint Enna.

— L'armée est en marche, annonça Sifrid. Ils ont déjà franchi l'enceinte de la ville. Il y a eu une cérémonie officielle. La guerre n'est plus un secret pour personne.

Le visage d'Enna s'illumina.

— Quand tu es partie, Tatto a glissé pour nous des messages sous la porte du roi. Des lettres anonymes qui disaient que sa princesse était une usurpatrice et que les rumeurs sur les projets des Kildenriens n'étaient que des mensonges. Je ne sais pas s'ils sont parvenus jusqu'à lui, ni s'ils l'ont convaincu, mais au moins, on aura essayé.

Ceux qui ignoraient cette anecdote commencèrent à poser des questions, et le réfectoire s'embrasa. Seul Conrad se tenait à l'écart, recroquevillé dans un coin, la tête entre les mains. En s'approchant de lui, Ani dégagea une mèche de dessous son foulard et l'arracha.

— Conrad, pardonne-moi.

Il haussa les épaules tandis qu'elle s'asseyait à côté de lui.

— Tu avais raison, j'ai menti sur mon identité parce que j'avais peur.

Elle lui tendit la longue touffe pâle ; il l'attrapa et la frotta entre ses doigts.

— C'est moi qui ai révélé à ces gardes étrangers où tu étais.

Il leva vers elle des yeux coupables et elle s'aperçut que son menton tremblait.

— Je voulais qu'ils te trouvent. Mais je ne savais pas qu'ils tenteraient de t'assassiner. Je te le jure !

— Ce n'est pas grave. C'est du passé.

Il observa ses cheveux et un sourire s'ébaucha sur ses lèvres.

— J'avais vraiment envie de t'en arracher un. Si tu ne m'avais pas ensorcelé... Et j'apprends que tu es une princesse. Qui l'eût cru ?

Ani se raidit et s'adressa à une assemblée coite.

— Je ne comprends pas. Je vous ai tous abusés pendant des mois. Pourquoi vous fiez-vous toujours à moi ?

— Parce qu'on te connaît ! lança Enna.

— Ouais, cria Bettine, tu es notre gardeuse d'oies !

— La fille aux cheveux jaunes, dit Conrad en souriant au garçon qui se trouvait à côté de lui.

— Ou Isi, ajouta Razzo.

— Et Ani, conclut Enna en la prenant par la manche.

Émue, Ani baissa ses yeux humides.

— Comment on va t'appeler maintenant ? demanda Razzo.

— Comme tu veux !

— Eh bien, moi, murmura quelqu'un, je ne l'appellerai ni Isi ni Ani. C'est une altesse, désormais.

Enna se rendit compte qu'ils avaient cheminé depuis l'aube et qu'ils devaient être épuisés. Aussitôt, les trois voyageurs furent installés devant des bols de ragoût chaud et de pain presque frais. Ideca les servit elle-même et Ani remarqua que sa part était plus copieuse que d'habitude. Elle était nerveuse ; l'idée d'enrôler ses compagnons et la perspective d'un nouvel affrontement avec les Kildenriens l'angoissaient. Mais elle s'occupa d'abord de son estomac en s'attaquant à son repas.

Au cours du dîner, Finn fut très sollicité. Certains le reconnaissaient car ils l'avaient déjà vu au marché. Ils l'interrogèrent sur son village et sur ce qu'il vendait. Il répondit à toutes les questions et, à la grande surprise d'Ani, il semblait même apprécier ces attentions, surtout si elles venaient d'Enna. Elle l'intéressait apparemment plus que son assiette et il ne se crispa pas le moins du monde lorsqu'elle le frôla en passant.

Avant qu'Ani eût terminé son bol, de nombreux travailleurs allèrent chercher leurs bâtons et leurs chapeaux, encouragés par leurs camarades qui leur distribuaient des tapes dans le dos et leur glissaient des mots à l'oreille.

— Que se passe-t-il ?

— On part avec toi, Isi... euh, madame, bredouilla Razzo en bombant le torse et en présentant son bâton. Nous formerons ton escorte, dans la tradition des compagnons de la paix : bénévoles, autoproclamés et prêts à nous servir de nos sabres en bois... enfin, nos houlettes.

— Nous étions venus ici dans l'espoir d'obtenir votre aide et vous êtes sur le pied de guerre avant même que j'évoque le sujet !

— Ne prends pas cet air étonné, dit Enna. Tu devrais savoir que les enfants de la Forêt sont des amis loyaux. Tu as déjà vu des pins secouer leurs branches pour se débarrasser d'un oiseau ou se gratter l'écorce pour ôter la mousse ?

— Alors je suis la mousse sur votre écorce ?

— La plus jolie mousse qu'on ait jamais eue ! plaisanta Enna en l'attrapant affectueusement par la taille.

— Merci de votre enthousiasme. Toutefois, je veux que vous soyez conscients du danger. L'usurpatrice et ses gardes ont massacré plus d'une vingtaine de leurs compatriotes. Ce n'est pas un jeu.

— Tant pis, on va y jouer quand même ! s'exclama Beyer.

— On vient avec toi, point final, reprit Enna. Tu ne voudrais pas qu'on fasse honte à nos ancêtres ?

— Mais...

— Isi, je sais que tu as peur que quelqu'un ne se blesse par ta faute. Tu as tort. On est lucides. Nous sommes peut-être des paysans, mais nous sommes des Bayérois avant tout. On ne reculera pas devant la bataille.

Un petit groupe se mit à marteler le sol en rythme

avec les bâtons et quelqu'un brailla : « Pour la Bayère ! »

Ani éclata de rire.

— Merci ! balbutia-t-elle.

Talone s'avança au centre de la pièce.

— Bien. Écoutez-moi.

Les garçons se redressèrent, le dos bien droit, comme de vrais soldats au garde-à-vous.

— Ils vont tenter de nous tuer avant qu'on pénètre à l'intérieur. Votre devoir est de protéger la princesse. Ne vous battez pas, sauf pour vous défendre, et ne la laissez seule sous aucun prétexte. Notre objectif est d'atteindre le roi. C'est une chance que nous soyons nombreux. À trois, nous nous serions fait trancher la gorge avant qu'il ait entendu notre histoire.

— C'est à moi de la lui raconter, dit Ani. S'il ne me croit pas, revenez ici et ne faites pas de scandale. Je ne veux pas que vos existences pâtissent de ces événements.

— Je ne t'abandonnerai pas ! s'exclama Enna. J'ai promis.

— Enna, je suis sérieuse. Cela ne servirait à rien.

— C'est ce qu'on verra.

Ani s'apprêtait à discuter, mais Talone l'en dissuada.

— Bon. Pour ceux qui veulent me suivre, l'heure est venue.

Ani mena la procession. Vêtue d'habits verts et coiffée d'un foulard assorti, elle avait l'impression de ressembler à une messagère du printemps plus qu'à un général ou à une princesse. Son régiment se composait de gardiens d'animaux maigrelets, chaussés de bottes sales, qui brandissaient fièrement leurs baguettes tout en promenant autour d'eux leur regard inquiet. Avec ses yeux couleur d'acier, ses cheveux grisonnants et sa charpente solide, Talone paraissait sorti de la muraille. Il défilait avec majesté à côté d'Ani, en examinant les rues avec la même vigilance qu'autrefois il avait accordée à la Porte Est du palais de Pierre-Blanche. Un silence absolu régnait dans les rangs. Ani sentait le poids de leurs vies peser comme un fardeau sur ses épaules. Elle n'était ni leur reine ni leur capitaine, pourtant ils se soumettaient.

Un mur, aux pierres brûlées lors d'anciens sièges et hérissé de piques en fer, ceignait la résidence. Le portail était ouvert ; apparemment, le monarque ne craignait aucune invasion lorsqu'il envahissait... Dix soldats étaient au garde-à-vous dans l'entrée. Ils virent approcher avec une certaine appréhension trente adolescents munis de pieux menaçants et un homme qui, malgré ses vêtements usés, avait l'allure d'un guerrier.

— Nous sommes venus voir le roi, dit Ani.

Face à elle, la sentinelle secoua la tête.

— Impossible.

— C'est à propos de la guerre. Nous avons découvert des informations essentielles, dont il doit absolument être en possession avant d'attaquer la Kildenrie. Nous insistons pour que vous nous autorisiez l'accès, ou à défaut, que vous préveniez Sa Majesté de notre présence.

— Nous ne le pouvons pas. Vous devez vous retirer.

Une fois encore, Ani regretta de ne pas être née avec le don d'enjôler les hommes. Elle était certaine que Selia, elle, aurait réussi à franchir cet obstacle à l'aide de quelques paroles séduisantes. Elle vit Talone agripper le pommeau de son épée. Cependant, il fallait concevoir un autre moyen que la violence pour atteindre le roi. Elle ne voulait ni sacrifier les gardes, ni mettre ses amis en péril au cours d'une bagarre inutile.

— S'il vous plaît, insista-t-elle. Que n'importe lequel d'entre vous lui fasse porter un mot. Nous devons lui parler.

— Je regrette.

Une brise suggestive chatouilla l'oreille d'Ani. Un vent comme celui qui avait terrassé Ongolad sur le pâturage des oies pourrait renverser quelques gardes. Mais d'autres viendraient les remplacer et après ce type d'entrée en matière, elle serait enfermée dans une cellule au sous-sol, où elle n'aurait plus qu'à écouter les courants d'air se glisser entre les barreaux de la fenêtre pour lui rapporter des images de mort et de désolation en Kildenrie.

— Dites-moi au moins...

— On ne peut rien vous dire non plus.

— Qui est ce gars avec un accent de la Forêt, qui soutient qu'il ne peut rien pour nous ? s'écria un garçon en se faufilant hors du groupe.

C'était Offo, l'un des bergers les plus âgés. Il ne s'était jamais adressé à Ani. Elle s'était demandé pourquoi il l'accompagnait, et avait supposé que son tempérament fiévreux de Bayérois était excité à la perspective d'une bataille. Qu'avait-il à signaler ?

— Ratger, c'est toi ? Regarde, Beyer, c'est Ratger, l'ancien porcher !

Beyer hocha sa tignasse sans se départir de son expression lisse et indifférente.

— Il paraît que son frère a épousé une fille de la ville et que le porcher a emménagé avec eux. Il a grandi et il est devenu civilisé. On lui aurait même donné un javelot et un bouclier au Solstice d'hiver il y a près de trois ans. Voilà que, maintenant, il nous interdit l'entrée du palais. On n'est plus assez bien pour lui...

— Oh ! la ferme, Beyer, s'insurgea Ratger, il faut bien que je fasse mon boulot. Si un gars avec une dégaine de marchand et des habits en velours débarquait dans ton champ en réclamant un cochon, tu lui rétorquerais d'aller plutôt s'enfourner une pelletée de charbon, non ?

— Mais si c'était un vieil ami qui me priait bien gentiment de transmettre un message au cochon, j'obtempérerais avec plaisir.

Offo le gratifia d'un sourire démesuré, révélant de larges dents carrées de mulet. Ratger trépignait. Son masque de garde stoïque était tombé.

— Allez, sois gentil, implora Razzo, tout entier tendu vers lui, le suppliant avec chaque parcelle de son minuscule squelette. Tu sais, c'est la gardeuse d'oies qui a défendu seule son troupeau contre cinq voleurs drôlement costauds. Tu as déjà accompli un acte aussi courageux ? Le roi voulait lui rendre hommage. Il n'appréciera pas quand il saura que tu l'as empêchée d'entrer avec tes airs supérieurs, comme si c'était elle, la voleuse.

Ratger, agacé par la mimique moqueuse d'Offo, soupira.

— Retire ce rictus, Offo. Je ne peux pas vous conduire auprès de Sa Majesté, ni communiquer de message. Il n'est pas ici. Ils ont tous disparu avec l'armée, marier le prince quelque part.

— Où ça ? se renseigna Ani.

— Je n'en sais rien, répondit-il d'une voix sarcastique, plus mielleuse que du sirop d'érable. Le prince a oublié de me convier à ses noces...

— Tatto ! beugla Enna en pointant un doigt vers l'autre bout de la cour, où le jeune page flânait à l'ombre, en balançant à bout de bras un panier à commissions vide.

— Tatto ! hurla Ani.

Celui-ci se tourna et découvrit l'insolite rassemblement de travailleurs entre les uniformes des gardes. Il les rejoignit en trottinant.

— Vous êtes venus me voir ?

— C'est le roi qui nous intéresse, nigaud, répliqua Enna. Où est-il ?

— Je ne sais pas. C'est sans rapport avec mon statut d'apprenti page. Personne ne sait en réalité, si ce n'est qu'il doit être dans une propriété à la campagne, assez somptueuse pour y célébrer un mariage royal et sur le chemin de la guerre. J'imagine qu'ils ne veulent pas voir arriver un tas de spectateurs indésirables.

Son œil perçant leur laissa entendre qu'eux-mêmes n'étaient pas vraiment les bienvenus.

— J'ai besoin de toi, annonça Ani. Accorde-moi une minute.

Il croisa les bras.

— Tu es vraiment celle qu'ils prétendent ? dit-il en désignant du menton ses camarades.

— Oui.

— Je m'en doutais. J'ai prévenu mon père : « Elle n'a pas voulu se présenter devant le monarque. Elle cache quelque chose, cette gardeuse d'oies, avec son bâton cassé, son chapeau, ses cris d'oiseau et ses jolies mains. »

313

Il rougit soudain et baissa les yeux.

— Ratger, pouvez-vous m'indiquer le nom du Premier ministre ?

— Thiaddag.

— D'accord. Il y en avait un autre avant. Je l'ai rencontré il y a environ six ans tandis qu'il voyageait en Kildenrie. Est-il toujours vivant ?

— Ce doit être Odaccar, intervint l'un de ses collègues. Il a cessé toute activité. Il a vieilli d'un coup, à cause d'une maladie peut-être.

— Exact, confirma Ratger. Il est dans une aile isolée, derrière les hangars.

— Ah ! soupira Ani, à qui cette bonne nouvelle apportait un brin de soulagement. Tatto, hâte-toi. Va voir Odaccar. Explique-lui qui je suis, et que je compte sur sa permission pour entrer.

Elle se tourna vers Ratger :

— S'il me convoque, je pourrai passer, n'est-ce pas ?

Le garde opina du chef et Tatto fila comme l'éclair.

À son retour, seuls Ani, Talone, Finn et Enna obtinrent l'autorisation de le suivre. Ani suspectait les sentinelles de vouloir faire la démonstration de leur autorité, mais aussi de s'offrir l'occasion de mener un interrogatoire. À peine avait-elle avancé de quelques pas dans la cour que Ratger tonnait :

— Maintenant, Offo, dis-moi qui elle est.

Tatto guida la délégation dans la cour intérieure, prétendant qu'ils abîmeraient les sols polis des vestibules avec leurs souliers crottés. Après les escaliers des hangars, ils trouvèrent des portes simples en bois de pin alignées dans un long couloir blanc, la plupart ouvertes sur des chambrettes propres. Chacune possédait un fauteuil, où s'enfonçaient des majordomes, des intendantes ou des chambellans aux visages sombres, tous hauts domestiques à la retraite. Leurs cheveux étaient gris, et leurs pupilles fixes, souvent éteintes et braquées sur les jardins désertés à travers l'unique fenêtre, semblaient guetter la mort. Une femme pivota en distinguant le bruit de leurs chaussures, pour reprendre aussitôt sa position de départ dès qu'Ani l'eut saluée.

L'appartement de l'ancien Premier ministre était presque le dernier. Lui aussi s'était carré dans son fauteuil, d'où il scrutait sa vitre. Mais quand les gonds grincèrent, il révéla un front soucieux et un regard plein de curiosité. Ani se souvint de ce jour où elle avait pour la première fois entendu les intonations de la Bayère dans sa bouche ; elle avait eu l'impression que ses mots étaient cousus ensemble, tricotés en mailles serrées. Cette musique lui avait paru merveilleuse. Elle devait veiller à s'adresser à lui avec son accent de Kildenrie.

— Monsieur, je vous ai rencontré autrefois lorsque j'étais petite ; vous étiez en visite dans le royaume de ma mère.

Il acquiesça, les sourcils froncés.

— Tu n'es pas celle que j'ai aperçue avec le prince... Nous avions arrangé un mariage, oui... Mais c'est une autre qui est en train de l'épouser. Vous êtes toutes les deux à peu près identiques pour moi.

Ani attendit que cessent son discours et ses grands gestes, et qu'il l'invite à s'asseoir au bord de son lit. Puis elle lui détailla les plans meurtriers de Selia. Le vieil homme l'écouta avec attention, l'interrompant par de fréquentes questions. Chaque réponse creusait davantage les rides sur son front.

— C'est vrai, monsieur, affirma Talone. Je suis l'ultime témoin du massacre.

— Et moi, j'ai surpris deux fois des sbires de la fausse princesse tenter de tuer cette dame blonde, déclara Enna.

Le Premier ministre fit claquer sa langue.

— La guerre... C'est elle qui a tué l'ancien roi et ses fils aînés, il y a quelques années. Cette charmante reine et moi-même avons essayé de l'empêcher, mais elle nous a fondu dessus comme une meute de charognards. Je déteste la guerre. Elle contrarie l'ordre, entrave le cours de la justice et tout ce qu'il y a de bon dans un État. Thiaddag, lui, il adore ça... Il n'en a jamais assez. Il s'en régale comme d'une tarte aux mûres. Vous devinez ce que je pense de Thiaddag.

Il loucha pour souligner son propos.

— Ils sont allés vers le nord, dit Ani, en direction du col de la montagne d'où ils envahiront la Kildenrie. Dans trois jours, le prince épousera Selia. Avez-vous une idée d'où ils pourraient être ?

— Oh ! oui. Le nord... Un mariage... Ils ont dû se rendre dans la propriété du lac Meginhard. Le souverain lui-même s'est marié là-bas. J'y étais. À croire qu'une tradition est née.

La flamme dans ses prunelles se raviva et ses lèvres fines esquissèrent un sourire.

— Le lac Meginhard, soupira Ani. Bien. Au moins, nous savons où ils se sont réfugiés... Enna, peut-on s'y rendre en trois jours ?

Celle-ci haussa les épaules : en dehors de la Forêt, elle ne connaissait que la capitale. Ani vit Talone serrer les mâchoires de frustration ; il était désespéré de ne pas maîtriser le terrain assez bien pour pallier leurs lacunes.

— Trois jours... murmura Odaccar en fermant fort les paupières, comme s'il essayait de visualiser une carte. À pied, vous pourriez y arriver en trois, quatre au pire.

— Ce n'est pas suffisant... Monsieur, il nous faut des chevaux. Nous devons y être à temps pour arrêter le mariage et empêcher la guerre. Sinon, ce sont des gens comme Thiaddag qui sortiront vainqueurs.

Cette perspective le fit grimacer.

— Il n'y a pas si longtemps, vous étiez encore très puissant dans ce royaume. Vous devez avoir des amis aux écuries ? Vous serait-il possible de nous obtenir des montures ?

— Moi ? Non, ils me jugent vieux et inutile.

— S'il vous plaît, supplia Ani, déterminée à ne pas renoncer. Nous n'avons pas assez d'argent pour en acheter. Si nous avions les délais et l'agilité requis, nous les volerions. Je dois atteindre le lac Meginhard en moins de trois jours et le seul moyen, autant que je sache, est de partir à cheval dès aujourd'hui, avec votre aide. Vous n'avez pas une suggestion ?

Odaccar se gratta le front. Au bout de quelques secondes, il afficha une mine satisfaite.

— Peut-être, oui... À condition qu'ils ne sachent pas que je suis mêlé à ça.

Il fouilla son secrétaire à la recherche d'un parchemin, tandis qu'Enna versait de l'eau dans son pot d'encre. Ensuite, pendant que ses jeunes alliés se tordaient les mains d'angoisse, il griffonna sur le papier avec la pointe épaisse et émoussée de sa plume d'oie.

Il prit un tampon à poignée d'argent dans un tiroir et l'agita triomphalement.

— Je parie qu'ils ignorent que j'en ai gardé un !

Il le trempa dans l'encre et estampilla le pied de la lettre.

— Voilà votre passeport. Ça m'étonnerait que même notre Grand Écuyer si chipoteur songe à demander quel Premier ministre l'a signé.

Ani lui serra la main et le remercia avec chaleur.

— Vous avez accompli un geste noble, monsieur, dit Talone.

Odaccar rit à gorge déployée en se tapant le ventre.

— C'est bon de se sentir utile, croyez-moi !

Les lignes qui marquaient ses lèvres et son nez fusionnèrent, comme si elles n'existaient que pour accentuer son sourire.

Ani envoya Enna et Finn transmettre le parchemin encore humide au Grand Écuyer, puis elle pria Tatto de la conduire aux appartements de Selia.

— Nous sommes en bonne voie, Talone. Je vais même pouvoir changer mes vêtements de gardeuse d'oies finalement. Il me faut juste récupérer une de mes anciennes robes dans la penderie de Selia et je serai crédible dans le rôle de Naprilina-Victerie, accompagnée de son escorte personnelle. Pourvu qu'on arrive au lac Meginhard assez tôt...

— Heu... Isi, balbutia Tatto. Tu te rends compte à quel point c'est mal de s'introduire par effraction dans la suite de la princesse, pour un page qui a juré allégeance ? Je dois recevoir mon bouclier et mon javelot dans deux ans...

— Il me faut une robe convenable, Tatto, ou ils ne me prendront jamais pour la sœur de la fiancée. De toute façon, c'est mon appartement en réalité, n'est-ce pas ? As-tu prêté serment d'empêcher l'accès de la future reine à sa chambre ?

— Mais si on se fait attraper et qu'ils ne te croient pas ?

— Tu prétexteras que je t'ai ensorcelé ! Facile !

Elle écarquilla les yeux, retroussa exagérément les babines et parvint à capter un léger courant d'air qui fit frémir l'ourlet de sa jupe, ses manches et le nœud de son foulard.

Tatto avala sa salive et hocha la tête. Talone la fixait, éberlué.

— Je vous avais prévenu, marmonna-t-elle, un peu gênée.

— Je pensais que c'était juste une métaphore... Si votre mère vous voyait...

Leur incursion dans les couloirs du palais n'effara personne, bien que le page, crispé, essuyât ses paumes en sueur sur sa tunique chaque fois qu'ils croisaient une sentinelle, craignant de finir au cachot. Quelques minutes plus tard, il leur indiqua une lourde double porte en noyer sombre, avec un cadre gravé de motifs de vigne vierge et de fleurs à moitié écloses. Il leur recommanda d'agir avec discrétion et se retira.

Les poignées en bronze tournèrent sans difficulté. Une immense fenêtre était ouverte sur la cour, par où s'introduisaient la fraîcheur et la lumière. Plusieurs divans en bois foncé, jonchés de minces coussins en velours, se succédaient sous des lustres aux pendeloques de cristal. Les tapis étaient si profonds qu'ils gardaient l'empreinte de ses bottes. Les murs étaient peints dans des teintes orangées et acajou, tendus de tapisseries représentant des animaux de la forêt aux yeux étoilés et aux cornes brodées de fil d'or, et de curieux rideaux où s'entremêlaient les couleurs naturelles qu'on admirait derrière les vitres. Une odeur de cire d'abeille et d'eau de rose envahissait la pièce. Submergée par tant de luxe et de confort, Ani se sentit presque étouffer. En cherchant un objet plus modeste, elle tomba sur un miroir où elle découvrit son visage.

« Ç'aurait dû être ma chambre. »

— Vous voulez bien patienter ici, Talone ?

Elle quitta la salle principale pour le cabinet adjacent, où elle dénicha une penderie pleine de robes pendues à des crochets en acier, qui exhalaient de doux parfums de trèfle et de lavande quand on froissait leurs jupons. Elle nota cependant qu'il en manquait parmi celles qu'elle avait apportées de Kildenrie, en particulier la robe cousue d'or et de dentelle blanche, que la Grande Couturière avait conçue pour ses noces. Ani en prit une d'un vert aussi pâle que les eaux d'un lac, assortie à ses yeux. Elle se mira dans la grande glace en la tenant contre sa poitrine. Elle ressemblait ainsi à une gardeuse d'oies déguisée en courtisane. Elle ôta son foulard qui glissa au sol.

— Je ne me cacherai plus, promit-elle à son double.

Un pied dans le miroir, l'autre dans le monde réel, elle repoussa le carré de tissu. Ses longues tresses étaient décoiffées. Elle saisit une brosse de Selia – ou plutôt une de ses brosses –, plaquée en argent, avec une tête de cheval en relief sur le manche, puis elle commença à défaire les nœuds. Le soleil était bas à l'ouest et il diffusait un halo orange éclatant de l'horizon jusqu'à ses cheveux. Lorsqu'elle bougeait, ses boucles accrochaient des reflets dorés. La lueur du couchant embrasait ses iris et conférait à son teint une nuance d'un rose ocré. Elle paraissait maintenant aussi royale que sa mère.

— Mais différente, murmura-t-elle. Ce n'est pas elle. C'est bien moi. Ani. Isi.

Elle replia la robe avec soin et l'enveloppa dans un linge. Quand elle jeta un regard envieux sur le matelas épais de deux pouces, les douleurs accumulées dans ses jambes et son dos, toujours meurtris par les lattes de son petit lit collé au rempart ouest, se réveillèrent.

Elle venait de dégoter une paire de souliers en cuir de veau, d'un gris proche de l'écorce du hêtre, quand retentit un choc métallique. Dans la porte entrebâillée apparut Talone, l'épée à nu, d'une gravité redoutable. Ishta lui faisait face.

Lorsque ce dernier ferma derrière lui, la clé émit un cliquetis déstabilisant. En le voyant sourire, Ani se souvint de l'infâme puanteur de sa bouche au Solstice d'hiver, quand il avait été sur le point de lui trancher un doigt. Ses dents, marron et tordues, donnaient le sentiment qu'il pourrissait de l'intérieur.

— Je constate que vous êtes encore vivant... ironisa-t-il en défiant son ancien capitaine.

Il dégaina son épée et la fit miroiter afin d'aveugler Talone. Des ronds pâles s'imprimèrent sur ses joues.

— Je m'en réjouis. Quel plaisir d'assister à votre mort une seconde fois...

— Ishta, intervint Ani.

Il haussa un sourcil, déconcerté de la trouver là, mais pas contrarié.

— Princesse, implora Talone. J'exige de combattre seul, pour l'honneur.

Elle comprit qu'il serait humilié si le duel basculait en sa faveur grâce à l'action du vent et elle consentit.

— Oui, inutile d'appeler à l'aide, petite princesse, lâcha Ishta avec un rictus sardonique. Le gentil capitaine souhaite mourir en privé. À propos, j'espère que vous ne me tenez pas rancune d'avoir liquidé Dano dans la Forêt. Ça me revient en mémoire à l'instant parce qu'il n'avait pour se défendre ce jour-là que son couteau de cuisine... Vous aviez fait un de ces grabuges... Enfin, jusqu'à ce qu'Ongolad vous passe son épée au travers du corps.

Talone n'autorisa pas son humeur à transparaître sur ses traits. Il serra le poing sur le pommeau de son épée et se balança un peu d'avant en arrière, comme pour tester la solidité du plancher. Puis il sortit sa lame ; elle étincela avant de s'abattre avec violence sur Ishta. Celui-ci la para et sa mine arrogante se déforma en grimace haineuse. Il rendit le coup et l'acier tinta à la manière d'un glas. Ils s'affrontaient sans un mot, non pas dans un corps à corps de jeunes guerriers désireux d'éprouver leur puissance ou de satisfaire leur orgueil, mais dans une lutte à mort. Chacun guettait des signes de faiblesse chez l'autre et utilisait son arme pour mettre en œuvre sa funeste volonté ; espérant toucher la chair, ils rencontraient le métal, qui retentissait tel un gong terrifiant. L'assaut vigoureux d'Ishta renversa son adversaire ; il appuyait avec tant de force que la garde de Talone se rapprochait dangereusement de sa gorge. Les jambes d'Ani tremblaient, mais elle n'osait pas s'asseoir. Ishta leva des yeux menaçants sur elle : elle serait la prochaine.

Talone parvint à le repousser. Il le projeta contre une table aux pieds frêles qui craqua et s'effondra sous son poids. Il eut à peine le temps de se redresser qu'Ishta brandissait de nouveau sa lourde lame. Les prunelles enflammées, le perfide hurlait à chaque riposte, encore et encore. Il concentra toute sa rage dans une attaque visant le torse du capitaine. Celui-ci esquiva. L'élan déséquilibra son ennemi, qui trébucha. Talone se retourna avec la vivacité d'un faucon fondant sur l'eau et lui enfonça son épée dans le dos jusqu'au cœur, châtiment qu'Ishta avait infligé au jeune Adon dans la Forêt, plusieurs mois auparavant. Ishta lâcha un bref cri rauque et s'écroula face contre terre.

— Talone !

— Il était en colère, dit le capitaine d'une voix entrecoupée, il n'aurait pas dû combattre en colère.

Il tira le cadavre derrière une causeuse. Une flaque de sang gisait sur le lieu du combat, tache grenat sur du bois plus sombre d'un ton, pareille à une nouvelle lune sur un ciel noir. Talone s'assit au bord d'un sofa délicat, aux pieds fins comme des pattes d'oiseau, et contempla cette mare. « Cet homme devrait avoir un foyer, avec un petit-fils aux joues rebondies sautant sur ses genoux, pas une lame souillée », jugea Ani.

— Vous vous sentez bien ?

— Mieux que s'il ne m'avait eu le premier. Je n'aime pas tuer.

Debout près du corps, Ani tenait son baluchon contre sa poitrine.

— Dois-je le recouvrir ?

— Non, laissez-le.

Talone échangea son épée grossière forgée dans la Forêt contre l'arme d'acier du soldat mort, plus proche de celle qu'il portait en tant que capitaine de l'escorte. Il vint d'ailleurs à l'esprit d'Ani que ce pouvait être la même.

— Partons.

Ils abandonnèrent ainsi Ishta, macabre présent à l'intention d'une malheureuse femme de chambre.

XIX

Aux écuries, le Grand Écuyer, un vieil homme avec une chevelure flamboyante et une expression ahurie, distribuait des ordres pour apprêter une douzaine de chevaux. Tous étaient petits, soit chétifs soit trop vieux, et l'un d'eux, au moins, affichait des liens indéniables avec la race des ânes.

— Cela ne suffira pas, Talone, s'inquiéta Ani.

— Je serais surpris de trouver douze personnes dans la bande qui sachent monter.

Le Grand Écuyer leur jeta un regard en coin et les rejoignit de sa démarche aussi maladroite que celle d'un poulain nouveau-né.

— C'est vous, le responsable ? demanda-t-il à Talone.

— C'est moi, dit Ani.

Il se tourna vers elle et examina ses cheveux.

— Ce sont là les seules montures dont vous disposez ? s'enquit-elle.

— Qui êtes-vous ? rétorqua-t-il d'une voix légèrement chevrotante. Pourquoi avez-vous besoin de ces bêtes ?

— Affaires de guerre. Le Premier ministre vous a donné un ordre ; vous n'avez pas à en savoir plus. Je vous ai posé une question.

Elle espérait que ses paroles hardies ne seraient pas trop ridicules venant d'elle. En fin de compte, elle fut surprise de sa propre aisance. Talone l'observait d'un air rieur.

— Écoutez, la plupart des montures sont parties au nord et nous devons en garder assez pour les messagers et les cas d'urgence. Le Premier ministre le saurait s'il n'était pas si absorbé par sa fichue guerre et s'il y réfléchissait deux secondes avec un peu de sens commun.

— Et celui-ci ? objecta Ani en désignant un bai qui allait l'amble le long d'une clôture au loin, près des stalles où elle avait aperçu Falada.

— Celui-ci n'est pas fait pour être chevauché, mademoiselle. Il est encore sauvage et il n'obéit qu'à des écuyers très expérimentés.

— Je l'ai déjà monté, répliqua-t-elle. Je le prends.

Les lads, considérant qu'il serait divertissant de voir cette mijaurée aux cheveux jaunes le seller elle-même, s'assirent à l'écart, se délectant à l'avance du spectacle.

— Attention, jeune fille... Ses sabots sont aussi affûtés que des lames de rasoir ! cria l'un d'eux.

Ses camarades ricanèrent.

Quelques minutes plus tard, Ani conduisait le cheval à l'extérieur du corral, les genoux levés comme s'il paradait. Elle souriait du haut de la selle.

— Vous voulez bien fermer la porte derrière moi ? Merci infiniment.

Les moqueries cessèrent et le groupe de palefreniers dépités se dispersa.

Talone, Finn et Enna prirent chacun une bête. Finn était le plus embarrassé ; il tenait la bride si serrée à sa rosse docile qu'elle ne savait pas si elle devait courir, se cabrer ou demeurer immobile. Lorsqu'ils ressortirent, ils furent accueillis par des hourras enthousiastes et étonnés. Ceux qui savaient monter se portèrent spontanément volontaires pour accompagner la princesse au nord.

— S'il vous plaît, soyez une escorte plus loyale que l'ancienne.

Ratger figurait parmi les recrues.

— Ils vont te virer, l'avertit un de ses camarades. Tu seras accusé de trahison et de désertion. Tu ne pourras plus jamais entrer dans les casernes, ni dans les tavernes.

— C'est la vraie princesse, affirma Ratger en grimpant sur le dernier cheval. Une criminelle, doublée d'une menteuse, est sur le point d'épouser notre prince et de nous entraîner dans une guerre. Alors dis-moi si mon travail consiste à rester planté ici comme un pot de fleurs et à défendre un château qui n'est pas menacé en regardant l'armée partir ?

— Bienvenue dans le régiment de la vraie dame blonde ! le félicita Razzo.

Les cavaliers comptaient Conrad dans leur rang, qui y alla de son commentaire.

— Bien sûr que c'est elle, nigaud. Ça se voit que c'est une dame.

Avec ses quatre pièces, Ani se procura de la nourriture et des couvertures, qui furent empaquetées et fixées à deux selles, ainsi que des chapeaux et des vêtements de couleurs ternes pour la troupe. Il n'y avait plus qu'à prier que cela suffît à convaincre les sentinelles qu'ils étaient kildenriens. Cet exploit accompli, elle n'aurait plus qu'à raconter son histoire. Elle avait la nausée rien que d'y penser. Elle était sûre que la cour serait moins facile à séduire que les paysans de la Forêt, trop heureux d'écouter un conte avant de s'endormir.

Les onze compères s'engagèrent en direction du nord en longeant la muraille, noire et quelconque à la nuit tombée. Après deux heures de voyage, ils dressèrent le camp au bord de la chaussée et se couchèrent aussitôt sans faire de feu. Levés à l'aube, ils chevauchèrent encore toute la journée.

La présence de Ratger était une aubaine. Seul membre à avoir déjà parcouru la Route du Lac, il avait également en mémoire des cartes de cette région de la Bayère. Ani passa la matinée à s'entretenir avec lui, engrangeant autant d'informations que possible au sujet du roi afin de mieux se préparer à le rencontrer.

— Vous répondez si volontiers à mes questions, Ratger. Au palais, vous vous en teniez à la méfiance et à l'entêtement si naturels à toute personne née dans la Forêt, et là, vous êtes aussi bavard qu'une pie.

— Pourquoi pas ? Nous sommes dans le même camp et il n'y a pas une minute à perdre.

— Pourquoi les avez-vous crus lorsqu'ils m'ont présentée comme la princesse ?

— Vous avez une tête de princesse. J'ai croisé l'autre plusieurs fois, et maintenant que je vous ai en face de moi, c'est vous que je préfère.

— Quelle qu'en soit la raison, je vous remercie de votre soutien.

Cependant, son dévouement si vite acquis la dérangeait autant qu'il la flattait. Sous un soleil d'après-midi prompt à étouffer les conversations, elle rumina ses paroles.

— J'ai parfois l'impression que mon identité n'est qu'une question de perspective, confia-t-elle plus tard à Talone.

Ils s'étaient placés en tête, espérant faire accélérer le convoi. Talone insistait pour être à destination le lendemain, car une fois que Selia aurait épousé le prince, leur mission serait largement compromise.

— Comment va-t-on réussir notre coup ? Elle est arrivée en ville dans ma robe, avec ses longs cheveux clairs, en prétendant être la fiancée. J'arrive à mon tour, avec une chevelure encore plus blonde, et les travailleurs, l'ancien Premier ministre et un garde bayérois de mon côté. Notre destin sera-t-il scellé lorsque le roi nous mettra côte à côte pour juger laquelle de nous deux ressemble le plus à une altesse ?

— Vous avez la vérité pour vous.

— Et elle, le don de parler aux hommes. Je crains que la vérité ne soit pas si déterminante.

— Exact. C'est pourquoi nous sommes là.

Les remparts de la capitale étaient hors de vue depuis midi. Ils traversèrent les faubourgs sur une voie large et lisse d'avoir été foulée des siècles durant par des sabots et des roues de charrettes. Elle était bordée de maisons et d'auberges, d'où des curieux sortaient pour scruter ce groupe hétéroclite et sa singulière meneuse. « Encore une fille aux cheveux jaunes », disaient-ils. Vers la fin de l'après-midi, ils abordèrent une ferme entourée de champs en jachère et laissèrent derrière eux les odeurs de fumée et de vaches. Des spores blancs tourbillonnaient dans la clarté comme des flocons de neige trop légers pour atterrir. La voix du vent, au sortir du bois, était enrouée et agitée. Elle apportait des images d'humains et de chevaux.

— Est-il possible que l'on y soit presque, Ratger ?

— Non, nous n'y serons pas avant demain soir, au mieux.

— Alors, nous allons au-devant d'une autre compagnie.

Ani les guida hors du sentier, qu'ils longèrent au pas, au milieu de bouquets de sapins et de trembles épars. Enfin, ils découvrirent un chemin forestier qui convergeait vers la route principale, par où avançait un régiment de fantassins et de quelques cavaliers. Ils étaient bien plus nombreux qu'eux, et mieux armés. Chaque soldat portait un javelot, dont les pointes en fer dressées vers le ciel étaient prolongées d'autant de minuscules étoiles dans la lumière vespérale. Leurs boucliers étaient peints de couleurs vives.

— C'est un « régiment de cent », indiqua Razzo. Tu vois leurs écus, avec un sapin et quatre comètes ? Cela signifie qu'ils viennent d'Ourifel.

— Chaque village réunit ses cent meilleurs éléments pour la guerre, Isi, expliqua Enna. En général, ce sont les plus jeunes, pourvu qu'ils soient en âge d'avoir reçu un javelot et un bouclier, et parmi les plus vieux, ceux qui n'ont encore jamais tué. Ils sont intégrés à la communauté dès qu'ils ont leur équipement, mais ils ne sont vraiment considérés comme des hommes qu'une fois qu'ils ont fait une victime.

Du coup, ils veulent tous aller au combat. Ceux qui le prennent le plus au sérieux ont une barbe. Ils ne la raseront pas avant d'avoir supprimé un ennemi. Les hommes à cheval sont les plus expérimentés et les plus gradés. Les autres sont de simples fantassins.

— L'armée se rassemble certainement au lac, supposa Talone.

— Cent par village, répéta Ani. Enna, combien de villages compte la Bayère ?

— Je n'en sais rien... Peut-être cinquante, peut-être deux cents...

— S'ils passent le col de la montagne, ils raseront la Kildenrie. Ma mère pense avoir conclu une alliance grâce au mariage. La Kildenrie, bien qu'elle ne soit pas organisée, se battra, et tout ça pour que Selia puisse dissimuler sa supercherie.

Quelques chariots de ravitaillement suivaient les militaires. Deux d'entre eux emmenaient des femmes avec des bébés dans les bras, et des enfants à leurs pieds qui se penchaient pour regarder les roues tourner.

— Les femmes aussi vont à la guerre ?

— C'est une tradition vieille de plusieurs siècles, répondit Enna. Tous les gamins en Bayère grandissent avec les histoires des héros d'antan, quand les dieux vivaient encore dans la Forêt et parlaient par la bouche de leurs chevaux sacrés. Avant, les milices de Bayère étaient très agressives. Chaque habitant était un guerrier – un vrai, pas une brute attablée à une taverne avec son javelot posé sur un coin de chaise. Les compagnons de la paix affirment qu'ils sont les derniers soldats à l'ancienne. Moi, je crois surtout que les manières d'autrefois consistaient à harceler les nations voisines.

— Oui, soupira Ani, qui avait lu ces hauts faits dans les livres de Geric.

Seules l'immensité de la Forêt et les montagnes, naguère infranchissables, avaient protégé la Kildenrie jusque-là.

Lorsque les chariots eurent disparu à l'horizon, Talone signala qu'il fallait reprendre les montures. Ils n'avaient pas vraiment de raison de se cacher, mais Ani préférait éviter d'avoir à justifier leur expédition avant d'avoir gagné la propriété du roi. Ils contournèrent donc la piste et, à l'insu du lent régiment d'Ourifel, la recoupèrent plus loin. Talone imposa une allure régulière pour le reste de la journée. À l'approche de la nuit humide, les bois se mirent à trembler des cri-cri des grillons et des battements d'ailes énergiques des oiseaux nocturnes.

Ils firent halte à la lisière des arbres, où Talone alluma un feu qui les réunit tous dans son cercle de lumière. Ils mangèrent, bavardèrent et goûtèrent le calme. Seules les flammes étaient en mouvement ; chacun les regardait titiller l'air en songeant au lendemain. Enna entonna une chanson de la Forêt avec ses inflexions hautes, douces et sans artifice. Les paroles racontaient le destin de la fille d'un charpentier qui tombait amoureuse d'un arbre, et dont le père taillait le tronc pour le transformer en homme. Quand sa voix s'éteignit, Ani reprit conscience des crissements des insectes des bois qui émanaient de tous côtés et les encerclaient comme des escadrons dressant un siège.

— Isi, une histoire ! réclama Razzo.

— Oh ! j'ai épuisé mes réserves. J'aimerais plutôt en entendre une. Tu en connais, Enna ?

— Il y a le mythe – ou la légende, je ne sais pas – qui apprend pourquoi les femmes, ici, vont au front.

— Parfait !

Enna demeura silencieuse un moment. Le pli soucieux entre ses sourcils dessinait, dans la mince lueur du foyer, une ligne aussi noire que l'obscurité infinie de la Forêt. Elle contemplait le vide en réécoutant les intonations de celle qui lui avait jadis narré ce récit – sa mère, sa sœur ou sa tante. Puis elle se lança, avec les grillons et le crépitement des flammes en musique de fond.

— Une bataille opposait la Bayère et Tira, un royaume du Sud-Est. Elle fut si féroce que les martèlements des pas des guerriers et les chutes des blessés fissurèrent la terre. La sueur s'y infiltra par des interstices, et depuis, cette plaine du sud de la Bayère est un marécage où nulle plante ne peut pousser. Leurs chefs décimés, nos troupes s'enfuirent. Au camp, les épouses attendaient que des exclamations de victoire retentissent jusqu'au sommet des arbres et des collines, et sonnent le glas du combat, ainsi qu'il ne manquait jamais de se produire. Mais leurs maris revinrent en courant aux cris de « Vaincus ! Nous sommes vaincus ! ».

— Vaincus... murmura Razzo.

— Vaincus, répéta Offo.

Ils hochèrent la tête à mesure que le conte leur revenait en mémoire et Enna poursuivit.

— Les femmes laissèrent les bébés dans les tentes et se ruèrent au-devant des fuyards. Elles firent glisser les bretelles de leurs robes jusqu'à la taille et se postèrent à moitié nues sur la route, en plein jour. Alors chacune dit à son époux : « Regarde-moi bien, regarde-moi comme la première fois ; souviens-toi de moi, lorsque, dans ton lit, ta main virile a caressé ma peau la nuit de nos noces ; de moi, allaitant l'aîné de nos enfants, ses yeux et tes yeux ancrés dans les miens. Et maintenant, regarde-moi comme l'ennemi me verra quand il m'emportera vers sa couche sale, auprès de ses bâtards. » Les combattants pleurèrent ; leurs cœurs brisés les tourmentaient plus que leurs blessures. Ils comprenaient à présent le sens de la défaite et ce qu'ils perdaient. À l'arrivée de leurs adversaires, un affrontement s'engagea au campement. Depuis leur retraite, les mères nourrissaient leur progéniture et épiaient leurs hommes qui luttaient pour la victoire.

Finn s'assit à côté d'Ani. Elle nota que ses joues avaient viré du reflet orangé des flammes au rouge écarlate.

— Tu vas bien ?

— Je n'ai jamais rien compris à cet épisode, chuchota-t-il d'un air confus. Si je voyais toutes ces villageoises la poitrine nue, je n'aurais qu'une envie : me planquer.

— L'idée, expliqua Enna en haussant les sourcils avec malice, c'est de s'interroger sur les causes qui valent d'être défendues. Tu ne te battrais pas pour moi ?

— Si, bien sûr. Mais ce ne serait pas la peine que tu... montres quoi que ce soit.

Enna lui sourit et Ani surprit les ombres de leurs doigts se rencontrer.

— Ne soyez pas trop téméraires demain, dit-elle.

Ils se tournèrent tous vers leur chef, les paupières cernées de lumière et les tignasses chatoyantes.

— Si je ne parviens pas à parler au roi ou à le convaincre, ne vous précipitez pas sur un crâne à cabosser, ajouta-t-elle en examinant les bûches qui se consumaient. Il n'en sortira rien de bon. J'espère que notre plan va marcher. Qu'ils me prendront pour ma sœur, et vous, pour mon escorte de Kildenrie, et qu'ils nous autoriseront à passer. Je prie surtout pour que Sa Majesté m'écoute et me fasse confiance. En tout cas, quoi qu'il advienne, je vous remercie. Votre soutien est un grand réconfort, et je me sens plus forte avec vous pour m'épauler.

Des promesses d'amitié fusèrent de toutes les bouches. Talone était calme et décidé ; il avait l'expression du soldat prêt à en découdre. Ani était soulagée qu'au moins un de ses compagnons soit conscient du danger. Elle déroula son couchage en se demandant si elle réussirait à dormir malgré l'angoisse. Le lendemain, il lui faudrait d'abord amadouer les gardes, puis compter sur le pouvoir des mots pour accomplir son dessein... Elle redoutait de ne pas se montrer à la hauteur. Sitôt assoupie, un cauchemar la harcela : Ongolad était sur ses talons ; clouée sur place, elle hurlait pour implorer secours, mais sa main tendue ne rencontrait que ténèbres.

❦

Ani se leva avant le soleil et s'éloigna en catimini des silhouettes grises et immobiles tapies sous les couvertures. Les vents lui ayant révélé l'existence d'un ruisseau proche, elle se laissa conduire jusqu'à un endroit reculé, derrière des buissons broussailleux de framboisiers sauvages, où elle se dévêtit, abritée par les ronces en guise de rideau. Elle devait se laver pour être convaincante en princesse – toutefois, l'éventualité de croiser Geric n'était peut-être pas complètement étrangère à sa décision...

L'eau était si froide qu'elle en fut saisie et se mordit les lèvres pour étouffer un cri en brisant sa surface. Les courants étaient faibles et le ruisseau assez profond pour qu'elle puisse s'immerger jusqu'au menton. Elle se tint en équilibre sur une pierre lisse, égarée quelque part dans les profondeurs émeraude. Ensuite, elle grimpa sur la berge glissante et se frotta les cheveux et le corps avec un bloc de savon dur volé dans une cuisine qui empestait le brûlé. Puis elle replongea en retenant son souffle. Elle se sécha avec la tunique de Gilsa, renfila sa chemise avec gratitude, et acheva par la robe verte et les souliers qu'elle avait pris dans la garde-robe de Selia.

Quand elle revint au camp, les préparatifs matinaux s'interrompirent brusquement et un frisson parcourut l'assistance. Pour protéger ses souliers délicats, elle avança en évitant les trous boueux remplis d'eau de vaisselle, soulevant les pans de ses jupes comme une dame bravant un escalier ou le marchepied d'un carrosse. Razzo siffla entre ses dents.

— La dame blonde ! annonça Offo.

— Attention ! Saluez la princesse ! ordonna Ratger, avec un style sérieux et appliqué de garde.

Un à un, ils s'inclinèrent, certains allant jusqu'à mettre un genou à terre. Enna fit une belle révérence, menton baissé.

— Ça suffit ! gronda Ani. Redressez-vous, ce n'est qu'une autre robe.

— Tu es resplendissante, la complimenta Conrad sur un ton qui se voulait formel.

— Je vous remercie, monsieur, répondit-elle en ébouriffant sa chevelure en bataille.

Elle obtint presque un sourire.

— Maintenant que j'ai mon costume, à vous d'enfiler les vôtres. À l'exception de Talone, arrangez-vous pour que vos chapeaux couvrent vos cheveux, et, mesdemoiselles, enveloppez-vous la tête. Descendez vos foulards sur le front aussi bas que possible, bien que je doute que notre cirque dure assez longtemps pour qu'ils étudient vos sourcils de près. Vous n'aurez certes pas des mines de Kildenriens, mais tâchez au moins de ne pas avoir l'air trop bayérois.

Tandis qu'ils finissaient d'avaler leur petit déjeuner et d'empaqueter leurs affaires, Enna insista pour démêler les mèches humides d'Ani avec la brosse à manche d'argent qu'elle avait chapardée.

— Je peux me débrouiller, marmotta celle-ci, mal à l'aise dans ses riches habits parmi ses amis en vêtements de travail.

Elle voulut attraper la brosse.

— Laisse-moi faire, grogna Enna.

— On devrait plutôt aider les autres à ranger.

Enna l'ignora.

— Tes cheveux sont aussi étincelants qu'un rayon de soleil qui se réfléchit sur une vitre. Ou qu'une rivière scintillante à l'aurore. Bref, quelque chose de joli. Tu es différente ce matin, Isi. Tu ne ressembles plus à la gardeuse d'oies.

— J'espère bien que si, et pour toujours, répliqua Ani en lissant sur sa cuisse l'étoffe aussi veloutée qu'un pétale de rose. Même si je redeviens une princesse. Pourtant, j'ai l'impression que tu m'apprêtes pour le cercueil et non pour être introduite à la cour.

Enna lui tapota le crâne avec la brosse.

— Tu veux qu'on soit tous morts de frousse ou quoi ?

Kit, un porcher placide avec une énorme masse de boucles brunes, les observait. Il posa une main timide sur les cheveux d'Ani, à la façon d'une corneille construisant son nid et soudain détournée par un objet brillant.

— Fais gaffe, brailla Conrad de l'autre bout du campement. Ne la touche pas sans permission si tu tiens à ton chapeau !

Ani éclata de rire.

Talone éteignit le foyer avec ses semelles. Des cendres durcies crissèrent sous son talon. On aurait cru entendre des os fragiles se réduire en miettes. Il regarda autour de lui et déclara :

— Il est l'heure de partir.

XX

La compagnie progressa à vive allure pendant la matinée, ne s'arrêtant que pour désaltérer les chevaux et permettre aux apprentis cavaliers d'étirer leurs muscles endoloris. Ils passèrent devant des fermes éparses et des bourgs. Puis les rares maisons formèrent un village, et le village, un faubourg. Bientôt, une ville se dressa, visible de loin grâce à ses tours et toits aux sommets orange. Ses cloches sonnaient le milieu de journée et la fin de leur voyage champêtre.

Lorsque le soleil bascula à l'ouest, leur route piqua dans un immense bassin sillonné par un fleuve gris. Du sommet de la colline, on pouvait voir qu'il se déversait dans un lac au terme de sa course. Ses eaux étaient aussi plates qu'un miroir en cet après-midi tranquille. La propriété qui le bordait sur sa rive sud était en pierre jaune pâle. Avec ses multiples bannières déployées au vent, ses nombreuses cheminées et tourelles élancées qui évoquaient des index de femmes pointés vers le zénith, l'édifice entier affichait son éclat.

Des vociférations résonnaient dans la vallée. C'était une gigantesque cuvette, dépourvue d'arbres, et comblée par l'océan mouvant et rutilant des milices. L'armée royale et tous les régiments de cent issus des quatre coins du royaume campaient à l'intérieur d'un large périmètre dégagé autour du domaine. Chacun des groupes était signalé par une tente aux couleurs vives attribuée à son chef, qui arborait le blason de leurs écus. Les allées et venues de ces têtes brunes, le métal brillant des armes et des armures, les tentes, bannières et boucliers bigarrés dénonçaient une grande agitation. Quelques troupes défilaient en cercle, lentes toupies tournoyant parmi des dizaines d'autres identiques, en lignes parfaites qui pivotaient avec la régularité d'un pendule, ou en quinconce dont les rangées se croisaient comme les fils d'un métier à tisser.

Une mélodie puissante et harmonieuse s'élevait au milieu du branle-bas général. Non loin du groupe d'Ani, un régiment de cent était au garde-à-vous. Leurs boucliers ronds reposaient sur leur épaule droite, bord contre joue, le ventre creux tourné vers leur bouche. À l'intérieur de ces caissons métalliques, les soldats avaient entonné un chant de guerre. Bientôt, d'autres régiments se joignirent à eux. Leurs voix vibraient contre le fer et rebondissaient en direction du château et au-delà, jusqu'à Ani et ses compagnons. Les notes inquiétantes s'envolaient à la manière d'une nuée d'oiseaux féroces qui se dispersaient ensuite pour annoncer la guerre.

— Eh bien, souffla Ani, comme si elle venait enfin de prendre la pleine mesure des événements. J'imagine qu'ils aiment ce son. Moi, il me glace les os.

— Oui, marmonna Talone.

— Talone, c'est impossible... C'est un mauvais rêve.

Les yeux plissés, il contemplait la vallée, et elle supposa qu'il comptait les divisions et les bannières.

— Que vous a dit votre cheval, déjà ? Quel est le dernier mot que vous ayez perçu ?

Ani trouva la question déplacée dans un tel contexte, mais elle répondit :

— Il m'a appelée princesse.

— Eh bien, princesse, nous vous suivons.

Les soldats, minuscules dans la distance, fourmillaient. Des milliers de pointes de lances éblouissaient, aussi violemment que la réflexion du soleil sur le sable. Ani se raidit et sentit le bai attentif entre ses genoux, prêt à obéir à son commandement.

— Bien, allons-y.

Ils avancèrent en formation ordonnée, imitant une volée d'oies sauvages. Ani précédait Talone et Ratger, derrière lesquels se succédaient Enna et Finn, Razzo et Offo, et ainsi de suite. Elle se tenait bien droite sur la selle, le front haut, les cheveux tombant en cascade dans son dos. Les étriers disparaissaient dans les longs plis de ses jupes et ses mains immobiles serraient délicatement les rênes. Elle se représenta sa mère et obligea son corps à copier sa silhouette autoritaire et impériale. Les sentinelles postées sur la route les découvrirent avec étonnement et appréhension. Qui était cette fille de Kildenrie en train de pénétrer dans le camp de militaires sur le point d'envahir son pays ? Dans la mesure où leur nombre ne constituait pas une menace, personne ne les accosta. Mais Ani aperçut des messagers qui couraient d'une guérite à l'autre pour transmettre la nouvelle de leur arrivée. Quand elle commença à distinguer les gardes à l'entrée de la propriété, elle nota que leurs traits, encore brumeux, étaient suspicieux : ils les attendaient, la mine curieuse et grave.

Ani arrêta son bai juste devant la grille, feignant d'escompter qu'elle s'ouvrît d'office. La compagnie fit halte. Elle entendit leurs selles craquer comme du vieux bois, la queue d'un cheval claquer, le bruit sourd d'un bâton heurter le sol. Un garde la dévisageait avec une patience austère.

Sa gorge était sèche. Elle pria pour que sa voix ne tremble pas au moment de décliner son identité.

— Je suis Naprilina-Victerie Talianna Isilie, seconde fille de Kildenrie, envoyée par la reine pour assister aux noces de ma sœur aînée, Anidori-Kiladra. Veuillez nous conduire immédiatement auprès du roi.

Une expression de franche incrédulité remplaça le masque figé des gardes. Aucun ne parla ni ne bougea.

— Permettez-moi de répéter ma requête. Je vous demande instamment de laisser passer mon escorte et de nous mener auprès du roi afin que nous lui présentions nos hommages. Je souhaite le voir d'urgence. Nous avons accompli un pénible périple et affronté les intempéries pour être ici à temps, et nous avons perdu plusieurs chariots et quelques hommes. Je n'accepte pas de devoir attendre à l'extérieur.

— Nous n'avons pas été avertis de votre venue.

Celui qui avait pris la parole était le plus efflanqué et le plus âgé de tous. Ani conclut qu'il était le capitaine et s'adressa à lui.

— Je le regrette. Après les lourds dommages que nous avons subis, je ne pouvais détacher un soldat, et il était inenvisageable que je dépêche une de mes demoiselles de compagnie. C'est une raison supplémentaire pour prévenir votre seigneur de notre présence sans plus tarder.

Le capitaine fit signe à l'un de ses subordonnés de se précipiter au château. Les autres lorgnaient la monture de la princesse, sa robe, l'aspect de son escorte, estimant la véracité de son discours à l'aune de son allure. Ani espérait qu'ils n'auraient pas le loisir de les observer de plus près. Leurs déguisements portaient leurs fruits et ils allaient peut-être franchir les grilles. Cependant, une inspection sérieuse les trahirait aussitôt. Si elle les avait abordés en gardeuse d'oies, seule ou avec un couple d'amis miséreux, ils l'auraient renvoyée dans la vallée avec une épée dans le dos. Au moins, cette partie du plan fonctionnait. Elle se contracta et le bai remua – peut-être était-il en manque d'action ?

À son retour, le messager se pencha à l'oreille de son supérieur. Celui-ci hocha la tête et distribua quelques ordres silencieux.

— Le roi vous accorde une audience.

Ani étouffa de justesse un soupir de soulagement et se prépara à aller de l'avant ; mais deux sentinelles l'en empêchèrent. La première s'empara d'un étrier tandis que la seconde lui tendait la main pour l'aider à descendre. Déconcertée, elle l'accepta.

— Princesse, murmura Talone.

La compagnie éperonna ses destriers pour lui emboîter le pas.

— Sa Majesté désire s'entretenir avec la princesse Naprilina-Victerie en privé et exige que l'escorte reste ici.

Des hoquets de panique s'échappèrent de la bouche de ses amis.

— Non, dit Talone. Il n'est pas question qu'elle s'éloigne sans protection personnelle.

Elle était maintenant encadrée par deux gaillards qui lui emprisonnaient fermement les bras et la poussaient en avant. Elle se débattit, enfonçant maladroitement ses talons dans la terre.

— Je ne partirai pas sans eux !

Talone sauta de cheval et se rua vers elle.

— J'insiste pour l'accompagner.

— Lâchez-moi. C'est une insulte grave !

Ses ravisseurs ne prêtaient aucune attention à ses protestations. Quatre hommes saisirent Talone, qui résista et fut désarmé. Son épée fut extraite de son fourreau en acier avec un tintement aigu comme un sanglot.

— Princesse ! hurla-t-il.

En se retournant, Ani vit le portail de fer se fermer sur son visage bruni par le voyage, ridé et fatigué. Le rythme des deux gardes était si rapide qu'elle pouvait à peine poser les pieds au sol. Elle s'indignait en s'efforçant de se soustraire à leur emprise, mais elle n'obtint pas même une explication.

Ils l'entraînèrent dans un long couloir et la cloîtrèrent dans une antichambre. Bien que l'endroit fût faiblement éclairé, elle discernait plusieurs silhouettes devant elle, en contre-jour.

— Bienvenue, dit Ongolad.

Elle retint son souffle ; une paume vint aussitôt étouffer son cri.

Les survivants de la Forêt étaient tous là, alignés contre le mur face à une bibliothèque, leurs cheveux pâles presque noirs dans la pénombre. Les épées qu'ils avaient sur la hanche l'aveuglaient de leurs reflets argentés. Chacun brandissait également un bouclier rond attaché au poignet gauche, comme en prévision d'une bataille. Selia se leva d'un fauteuil sous la fenêtre.

— Merci infiniment, dit-elle au garde qui ôta ses doigts des lèvres d'Ani.

— Selia, susurra la princesse. Ma chère dame de compagnie... Le roi ne m'attend-il pas ?

— Il te recevra au moment opportun.

Elle plaça des pièces dans le poing des deux soldats bayérois, qui quittèrent la pièce en refermant derrière eux.

Ani remarqua qu'elle portait une tunique et une jupe jaune vif, à la mode de la Bayère. Sur son front scintillaient les trois rubis de son diadème, trois points rouges pareils aux taches de sang de son mouchoir égaré. Cela signifiait-il que Selia agissait avec l'approbation et la faveur de la reine ? « Non... C'est du spectacle, une illusion. Comme le mouchoir. Comme l'amour de ma mère. » Néanmoins, la vue de ce bijou la perturbait ; elle avait envie de le lui arracher et de s'en débarrasser.

— Laissez-moi l'éventrer, suggéra Terne.

Sa dague résonna lorsqu'il la dégaina. L'estomac d'Ani se noua, mais Selia interrompit son complice d'un geste autoritaire.

— Pas ici. Mon amour, peux-tu la conduire discrètement loin de la propriété ?

Ongolad hocha la tête et chatouilla le menton d'Ani avec le bout d'une de ses tresses.

— Ce sera plus facile si elle ne peut pas brailler.

— Ne me touche pas ! lança Ani en reculant.

Redmon, un guerrier imposant, s'interposa entre elle et la porte.

— Je n'ai pas l'intention de te tuer, siffla Ongolad, juste de t'endormir...

Alors qu'il s'approchait d'elle, elle sentit une brise s'insinuer sous la porte et lui caresser la cheville. Dans l'affolement, elle lui ordonna de viser Selia. Quelques papiers frémirent sur le bureau à côté d'elle ; un morceau de parchemin s'envola, telle une oie sauvage flottant sur une masse d'air, et se posa sur le tapis. Le vent se dissipa sans avoir réalisé son effet. Selia, intriguée, lorgna la fenêtre.

— Tiens-toi à distance, menaça Ani.

Les mercenaires ne semblaient pas impressionnés. Elle se souvint des paroles de cette brise, qui décrivaient des gardes déambulant dans le couloir en direction de l'antichambre.

— Allons, calme-toi, dit Ongolad, comme s'il parlait à un animal enragé.

— On vient, affirma-t-elle en montrant la porte.

Quelqu'un frappa, faisant sursauter Redmon.

— Serais-tu une sorte de sorcière ?

— Qui va là ? beugla Ongolad.

Quatre soldats aux manches fendues sur une doublure violette entrèrent et obligèrent Redmon à s'écarter.

— Sa Majesté est informée que la princesse Naprilina-Victerie est arrivée de Kildenrie et la convoque en sa présence.

— Mais certainement, minauda Selia en s'avançant dans le rai de lumière avec un sourire serein.

Ani repoussa Ongolad et suivit les hommes de la garde personnelle du roi. Les Kildenriens, Selia en tête, les talonnaient. Un bourdonnement d'anxiété parcourut le groupe. Même les Bayérois regardaient de part et d'autre en agrippant le pommeau de leur épée. Ani vit sa rivale lever la main pour apaiser ses troupes, qui progressèrent sans un bruit vers la petite salle de trône.

C'était une pièce toute en longueur, avec une rangée de lucarnes étroites qui projetaient des rectangles sur des dalles de pierre. Des rayons éblouissants tombaient sur le dais et le trône, autour duquel étaient rassemblés les membres de la famille royale – le roi, le jeune prince qu'elle avait aperçu au Solstice d'hiver, plusieurs courtisans en habits de chasse, le Premier ministre avec son costume d'apparat et sa mine soupçonneuse, et la garde royale. L'un de ses membres l'examinait avec un air désorienté, comme s'il comptait les couleurs sur une bannière en mouvement. « Mes cheveux, pensa-t-elle. Geric ne me reconnaît pas à cause de mes cheveux. »

Les soldats l'amenèrent jusqu'au centre puis se retirèrent. Selia et les siens se réunirent au pied du dais, face à elle. Tout le monde la dévisageait. Elle fit la révérence au roi.

— Princesse Naprilina-Victerie...

— Non, Sire, je ne suis pas Naprilina-Victerie, confessa-t-elle en soignant son accent de Kildenrie.

— Vous n'êtes pas Naprilina ? gronda le monarque d'une voix qui ébranla les murs.

— Non, mais...

Déjà de lourdes bottes se faisaient entendre dans son dos. Selia arbora un petit rictus supérieur.

— Non, attendez ! s'écria Ani.

Ses mots se brisèrent alors qu'un garde l'attrapait par les épaules. Elle s'effondra à genoux et s'accrocha aux pierres.

— S'il vous plaît, écoutez-moi.

Les gardes étaient tout proches, à présent.

— S'il vous plaît...

— Un moment, Sire.

Geric fronça les sourcils, gêné par le soleil qui piquait droit sur lui. Il fit un pas, et le jour, avec la pesanteur d'une ombre, glissa sur sa nuque puis sur le sol, éclipsant son visage.

— Isi ?

Ses traits s'adoucirent et sa bouche s'élargit. Elle retrouva ce merveilleux sourire qui creusait des fossettes sur ses joues et enflammait ses prunelles.

— Isi, que se passe-t-il ?

Elle aurait voulu, ainsi qu'il l'espérait manifestement, lui avouer en s'esclaffant qu'elle leur jouait un drôle de tour, mais un seul coup d'œil vers Ongolad lui ôta toute envie de plaisanter. Agenouillée là devant Geric, elle se sentait inconsistante et misérable, avec l'estomac si léger qu'il flottait comme une bulle dans sa gorge.

— C'était le surnom de ma grand-mère auprès de ses amis, expliqua-t-elle.

Elle s'était exprimée par de timides couinements indignes d'une princesse. Geric se rembrunit tandis que le roi contenait sa rage à grand-peine.

— Sire, poursuivit-elle en se redressant lentement, je suis Anidori-Kiladra Talianna Isilie, fille aînée de la Kildenrie. Cette... demoiselle... était ma dame d'honneur.

Le silence fut rompu par des exclamations et des chuchotements. Puis un cri aussi strident que celui d'un rapace perça, avant de se transformer peu à peu en un rire charmant, délicat et spirituel. Selia avait adopté une posture confiante et naturelle. Lorsque l'attention générale se braqua sur elle, elle parut s'illuminer.

— Mes compatriotes et moi-même sommes jusqu'ici restés muets, Votre Majesté, car nous étions curieux de savoir ce que cet oiseau égaré oserait inventer. Eh bien, cela se révèle plus amusant encore que je ne l'aurais imaginé... Elle, la princesse !

Elle secoua la tête, affectant une profonde pitié.

— C'est la fugitive que j'avais évoquée, Sire, la domestique qui a décrété dans la Forêt qu'elle ne désirait plus servir et qui s'est évadée de nuit avec l'une de mes robes et une bourse remplie de pièces. On dirait qu'elle a conservé l'habit mais qu'elle a dépensé l'argent. Je suppose qu'elle n'a pu dilapider une telle somme en si peu de temps qu'en fréquentant les tavernes et les tripots. En tout cas, elle n'a toujours pas l'intention de se soumettre, apparemment.

Selia s'approcha d'Ani et la prit par le bras avec la tendresse bienveillante d'une grande sœur.

— Allons, Selia, réclamer mon titre en pleurnichant, n'est-ce pas quelque peu exagéré ?

Ses paroles vibraient et se propageaient dans la salle comme une brise palpable. Elles vrombissaient aux oreilles d'Ani. « Elle a le pouvoir de parler aux hommes... Tiens-la à l'œil. » Jamais encore Ani n'avait perçu toute l'étendue de son talent. Accablée, elle baissa le menton.

— Non, répondit-elle, incapable de concevoir meilleure repartie.

— Apprends, ma chère, reprit Selia d'une voix aussi lisse qu'un filet d'eau et assez basse pour ne pas provoquer de réverbération, qu'être princesse exige plus de travail que dame de compagnie. Tu devrais le savoir : tu m'as observée presque toute ta vie.

Dos à l'assistance, elle afficha un sourire plein d'aigreur et de colère. Ani grimaça.

— Tu m'as confié autrefois que tu souffrais d'être destinée à une existence de servitude. Je compatis. Je sais que tu as l'impression d'être piégée par ta condition et frustrée que tes besognes ingrates ne rendent pas justice à tes capacités. Constamment se morfondre, assujettie à sa maîtresse... Je comprends ton dépit. Mais princesse ?

Elle gratifia à nouveau son public d'un éclat de rire cristallin.

— Même si c'est parfois un fardeau, je ne démissionnerai pas pour te céder ma place. Alors, s'il te plaît, au nom de l'amitié qui nous a jadis unies, admets la vérité.

Selia lui offrait de se libérer de tout tracas, de se délivrer à jamais de la peur, en concluant un pacte. N'était-ce pas également ce qu'elle-même voulait ? Ani se débattit contre l'écho des mots ennemis, qui s'emmêlait à ses cheveux et ressassait : « Avoue... renonce... »

— Non, articula-t-elle avec difficulté. Enfin... je veux dire que je n'ai pas menti. Je suis qui je prétends être.

— Cela suffit, l'interrompit le Premier ministre en descendant les marches de l'estrade.

Il fit demi-tour face au roi et les pans de sa courte cape claquèrent.

— Sire, nous gâchons de précieuses heures avec cette voleuse en cavale. Des affaires plus graves vous sollicitent.

— La guerre, murmura Ani, recouvrant subitement ses esprits. Selia, tu as tout manigancé dans la Forêt avant d'assassiner mon escorte ! Elle les a fait tuer un par un, Sire – elle, Ongolad et leurs associés. Je me suis sauvée. J'ai dû me cacher pendant des mois derrière un costume de gardeuse d'oies. Des témoins les ont vus essayer de me supprimer de même qu'ils ont supprimé mes gardes.

Elle guetta la réaction de Geric, mais il avait le masque sombre et impénétrable d'un soldat en faction.

— Allons, mon amie, ne sois pas stupide, ils sont ici, intervint Selia en désignant ses dix-huit acolytes derrière elle.

— Et les autres ? Où sont Rashon, Ingris, Adon ? Radal, Dano ? Pauvre Dano ! Il considérait ces guerriers comme des frères et n'a jamais porté d'arme, à part un couteau de cuisine à sa ceinture. Et vous... vous l'avez exécuté ! Tous, Sire, tous !

Elle eut enfin le courage de planter ses yeux dans ceux de Selia.

— Sauf Talone.

La mâchoire de Selia se décrocha de surprise. Elle se ressaisit très vite, cependant qu'un brin d'espoir fleurissait en Ani.

— Tu ignorais qu'il avait survécu, n'est-ce pas ? Sire, je vous prie de mander le chef de mon escorte, Talone. Il est à l'extérieur des grilles, retenu par vos hommes. Il pourra confirmer ma version des faits. Il y était. Il a assisté au massacre dans la Forêt.

Les fourbes échangèrent entre eux des commentaires inaudibles jusqu'à ce qu'Ongolad leur imposât le silence d'un regard sévère. Selia ferma brièvement les paupières.

— Ah ! Talone, ton protecteur attitré... Est-il toujours avec toi ?

Ses intonations suaves avaient viré à l'amer et trahissaient presque sa fureur. Ses lèvres se retroussèrent comme si elle était sur le point de cracher.

— Bien sûr. Tu n'aurais pas eu le culot de provoquer pareil esclandre si tu n'avais pas eu un faux témoin pour confirmer tes mensonges. Il est pourtant si inconstant, je suis étonnée qu'il soit resté avec toi depuis votre fuite, une fois l'argent épuisé.

La cape du Premier ministre bruissa.

— Votre Altesse, le jeune prince est fatigué par la chasse, et les racontars des espions kildenriens ne le concernent pas. Je recommande de lui épargner cette scène vulgaire et sans intérêt.

Ani étudia l'enfant. Il avait des traits crispés et le teint livide. Il tirait sur sa tunique avec l'attitude empruntée d'un garçon qui grandit trop rapidement pour ses habits. La perspective de l'épouser la troubla, mais sa fragilité puérile éveilla sa sympathie. Elle en savait trop pour le livrer à un mariage fortuit avec une femme de l'espèce de Selia.

Le roi se frotta le front avec rudesse.

— Oui, cela commence à me lasser aussi. Si seulement j'avais encore l'excuse de l'âge pour me retirer.

Il fit un geste nonchalant et deux gardes menèrent le prince hors de la pièce. Geric se tint immobile.

— Attendez, dit Ani, craignant de ne pas être prise au sérieux, le prince ne devrait-il pas être en mesure de juger ? Après tout, il s'agit de son épouse.

Le Premier ministre partit d'un rire méprisant.

— Voyez, Votre Majesté, elle ne sait même pas ce qu'elle raconte !

Il se tourna vers Ani avec morgue.

— La princesse, naturellement, est promise à notre prince aîné, Geric.

— Geric ? souffla-t-elle, éberluée. Geric est le prince ?

Ce dernier pinça les lèvres, la mine pensive.

— Est-ce vrai ? lui demanda-t-elle.

Il hocha la tête. Ils ne pouvaient se quitter des yeux. Allait-elle donc tout perdre, la guerre, son identité et, pire encore, Geric ?

— Isi, es-tu vraiment kildenrienne ? Es-tu Anidori ?

— Oui, je te le jure.

— Qu'est-ce que c'est que cette histoire, Geric ? grommela le roi.

— J'ai rencontré cette fille, avant, en tant que gardeuse d'oies.

— Tu l'as nommée Isi.

— Oui, c'est ainsi qu'elle... Je croyais que c'était son nom.

— A-t-elle jamais clamé qu'elle était la princesse ?

— Non, mais...

— Oh ! Sire, soupira Selia, il est flagrant qu'elle a essayé de manipuler le prince pour favoriser ses desseins.

— Hum..., marmonna-t-il.

353

Geric continuait de la scruter, et sa perplexité lui fit l'effet d'une gifle.

— Majesté, d'autres sujets nécessitent notre attention, s'obstina le Premier ministre.

Elle devait trouver un moyen de les convaincre au plus vite.

— Geric, la guerre est son idée. La Kildenrie ne complote rien. Ma dame de compagnie a tout inventé pour couvrir ses crimes.

— Sire, insista le Premier ministre.

— S'il te plaît, Geric. Tu me connais. Tu dois me croire !

— C'est une espionne envoyée par la Kildenrie pour déjouer nos plans, affirma Thiaddag.

— Elle vous trompe ! Ce qu'elle avance est pure calomnie.

— Sire, ne laissez pas cette péronnelle aux cheveux jaunes semer le doute sur notre guerre.

— Assez ! éclata le roi, le visage cramoisi et les pupilles rivées sur Ani.

— Père, hasarda Geric en posant la main sur son bras, nous devrions l'écouter.

Selia fronça les sourcils.

— Non ! Nous en avons déjà trop entendu. Cette fille se présente comme Naprilina, puis prétend être Anidori. Ensuite, tu l'appelles Isi, alors que d'autres la soupçonnent d'être Selia... Il semble qu'elle soit également la gardeuse d'oies aux jolies courbettes, qu'on avait découverte en train de fureter du côté des écuries l'hiver dernier. Qui qu'elle soit, elle a intérêt à se décider bientôt afin que nous sachions quel nom graver sur sa tombe. Je flaire la trahison...

Le roi descendit pesamment de son estrade et se plaça juste devant elle.

— Anidori, ma chère.

Elle ouvrit la bouche pour répondre, mais son ancienne dame d'honneur la coupa.

— Oui, mon Seigneur.

— Quelle est la peine administrée pour crime de trahison en Kildenrie ?

C'était l'exil, dans la mémoire d'Ani. Les prunelles de Selia pétillaient ; qu'allait-elle déclarer ?

— Votre Majesté, c'est un délit majeur et il mérite par conséquent un châtiment public : être enfermé nu dans un tonneau rempli de clous et tiré dans les rues par quatre chevaux blancs, je crois.

Une douleur fantôme picota la peau d'Ani, qui ne se sentait pas en état de protester.

— Tu crois ? Sois-en certaine. Bon... Elle n'est pas citoyenne de notre pays et nous n'avons que faire d'elle. J'envisage de la boucler au cachot ici pour le moment. Après les hostilités, j'aurai plus de temps à consacrer à ces sornettes.

— C'est inutile, dit Geric. Elle n'a commis aucun acte criminel, jusqu'à preuve du contraire.

— Geric, nous sommes en guerre. Je n'ai pas besoin de preuve.

Sur ces mots, le roi ordonna aux gardes d'emmener Ani.

— Une seconde ! Comme vous l'avez souligné, Père, elle n'est pas citoyenne de Bayère. Qu'ils s'accordent entre compatriotes sur une résolution convenable. Peut-être que la perspective de sa punition l'incitera à avouer.

— Soit, conclut le roi en pivotant vers Selia. Convoquez le capitaine de ma garde dans une heure. Si, dans l'intervalle, vous ne lui avez pas tiré les vers du nez, nous la séquestrerons jusqu'à des jours plus propices pour régler la question.

Paniquée, Ani regarda les mercenaires. Tous souriaient.

— Non, Geric, tu ne comprends pas ! S'il te plaît, ne t'en va pas !

Le prince et son père se dirigèrent vers la sortie. Lorsqu'elle voulut les suivre, les soldats la retinrent.

— C'est la seule solution, Isi.

Geric examina tour à tour les quatre murs, puis les figures patibulaires des Kildenriens, et il franchit le seuil.

— Non ! Ne m'abandonne pas à ces assassins !

Elle se défendit en espérant que ses hurlements poursuivraient Geric dans le couloir.

— Reviens, je t'en prie !

L'ensemble de la garde royale était parti, à l'exception des deux hommes qui l'encadraient. S'agrippant à leurs tuniques, suffoquée par la terreur, Ani les supplia en sanglotant.

— Ne me laissez pas... S'il vous plaît...

Comme elle refusait de les lâcher, l'un d'eux la repoussa brutalement. Avant qu'elle ait pu se relever, ils s'étaient esquivés en verrouillant derrière eux. Elle se rua sur la porte, qu'elle martela de toutes ses forces, en criant après les gardes et en les conjurant de requérir du roi ou de son fils la permission de rester auprès d'elle. Mais elle dut renoncer. Elle tenta de se concentrer pour traquer, malgré ses halètements, une présence dans le couloir. Hélas... un silence absolu y régnait.

Elle demeura ainsi quelques instants, le front et les lèvres presque collés au bois poli, que son haleine chaude frôlait avant de rebondir vers elle. Un courant d'air froid se glissa au creux de ses reins. Derrière elle, tout était tranquille.

XXI

L'unique issue était close ; les quelques lucarnes empêchaient toute brise d'entrer. Ani ferma les paupières. Elle ne percevait de mouvement d'aucune sorte, ni sur le duvet de ses mains ni sur sa nuque, seul l'afflux de son sang dans la pulpe de ses doigts pressés contre la porte. Son rythme était aussi rapide que celui des tambours des sorciers au moment où leurs performances atteignent un pic d'intensité. Elle finit par se retourner.

Tous l'observaient comme des charognards perchés sur une clôture, Selia en chat sauvage au pelage fauve guettant sa proie. Elle tendit l'index et fit signe à Ani d'avancer.

— Écarte-toi de là, murmura-t-elle. J'aimerais autant que personne ne surprenne notre conversation.

Ani s'adossa à la cloison dure afin que son corps se pénètre une ultime fois de la sérénité de la pierre. Selia ayant donné ses ordres, Redmon et Ouril l'attrapèrent par les coudes et la traînèrent à l'autre bout de la pièce. Elle s'époumona mais sans réel espoir qu'on l'entendît dans le couloir ou que quelqu'un n'en eût cure. Ils la déposèrent sur les marches, au pied du dais.

Selia penchée au-dessus d'elle, Ani fixa l'ourlet de sa robe, tailladé par un rayon de soleil. Sa couleur jaune était presque aveuglante et elle plissa les yeux pour filtrer la lumière à travers ses cils. Elle se demandait si la traîtresse allait reprendre la parole et lui embrouiller l'esprit, quand des chuchotis l'intriguèrent. Ongolad était à côté de Selia. Il la tenait par la taille et l'embrassait avec fièvre.

— Nous avons réussi, susurra-t-elle.

Il croisa le regard d'Ani et se courba ; l'une de ses tresses lui fouetta la joue.

— Pauvre oisillon. On a du mal à convaincre beau-papa, hein ? N'es-tu pas fière de notre Selia et de sa diligence à imaginer un supplice si divertissant, rien que pour toi ?

— À ta place, je ne me vanterais pas, toi qui as été si facilement débordé par deux oies à moitié endormies.

Il l'obligea à se mettre debout en lui tirant sur les poignets. Une douleur aiguë la foudroya à l'endroit de sa blessure. Malgré sa résistance, elle sentait sur ses tempes son souffle brûlant de rage.

— Vous ne rampez pas, princesse ? Vous n'implorez pas notre clémence ?

— Tu t'es donc déguisée en gardeuse d'oies pendant tous ces mois ? ricana Selia. Quel dommage que tu aies dû subir une telle humiliation, pour être tuée au bout du compte.

— Ce n'était pas si humiliant, rétorqua Ani. Où est Yulan ?

La rancœur, comme des embruns, lui éclaboussait le visage ; elle n'avait plus qu'une envie : mortifier Selia, d'une manière ou d'une autre, et la voir se décomposer.

— Où est Yulan ? répéta celle-ci sur un ton moqueur. Tu penses me surprendre ? Ishta nous a raconté tes acrobaties.

— Ishta... La dernière fois que je l'ai aperçu, il baignait dans son sang sur les tapis de ta chambre. Peut-être son cadavre a-t-il été découvert depuis.

Selia sembla alors remarquer les vêtements d'Ani. Prenant conscience qu'ils provenaient de ses armoires, elle étouffa un cri de dépit. Elle rougit violemment, rappelant à Ani ses caprices de fillette. « Elle n'a pas grandi, depuis tout ce temps », se dit-elle. Selia recouvra néanmoins son sang-froid à une vitesse ahurissante et souleva le menton de sa maîtresse :

— Ces mois passés ont été les plus beaux de ma vie, Votre Altesse. Je souhaitais t'en aviser. J'ai toujours su ce que je voulais, depuis toute petite, et grâce à toi, j'ai réalisé mon destin.

Elle la baisa sur le front en lui effleurant la joue.

— Merci, merci d'être revenue. Mon vœu le plus cher, même quand je te croyais morte dans les bois, était que tu m'admires dans ton propre rôle, d'être plus crédible que tu ne l'aurais jamais été.

Ongolad la dévisageait ; chacun de ses mots le fascinait. Il lui caressa le bras en lui parlant à l'oreille, mais l'attention de son amante ne dévia pas de sa victime.

— Par malchance, tu causes un léger problème. Le roi ne se pose pas de questions ; en revanche, mon promis, mon prince, paraît nourrir des soupçons à la suite de votre rencontre si opportune. J'ai l'impression qu'il a chassé ses incertitudes sur la fin, toutefois j'aimerais en être assurée. Il m'a fallu des mois pour conquérir son cœur et je ne tiens pas à recommencer mes efforts. Donc, très chère, voici le plan. À leur retour, tu avoueras au roi que tu as tout inventé et que tu es bien ma suivante. En échange, j'essaierai de le dissuader de te punir pour trahison. Ta vie sera épargnée. Je t'autoriserai même à retrouver tes oies. D'accord ?

Ani se mordit la lèvre. La tentation de renoncer était si pressante qu'elle l'asphyxiait.

— Sais-tu pourquoi tu as tant de difficultés à séduire Geric ? demanda Ani à travers ses mâchoires crispées. Il est tombé amoureux de la gardeuse d'oies dans son pré, il y a des semaines.

Ani l'espérait, en tout cas ; ne laissant rien transparaître de son hésitation, elle nargua son adversaire.

Selia la gifla. Ani trébucha en arrière et atterrit sur Ongolad, qui l'empoigna et leva un couteau à sa gorge.

— Écoute-moi, joli moineau. Quand ils rappliqueront, tu leur diras mot pour mot ce que ma princesse Anidori-Kiladra t'a dicté.

La lame, aussi aiguisée que sa peur, était si près de sa peau qu'elle n'osait pas déglutir.

— Tu ne peux pas me poignarder ici.

— Ah, non ? Et si j'expliquais que tu as fait une crise de nerfs et que tu as cherché à m'attaquer ? Que tu es devenue enragée comme cet infortuné cheval blanc ?

— Nous avons dû nous occuper de lui, à ce propos, ajouta Selia. L'idée que tu apparaisses et que les gens puissent constater à quel point tu entretenais une relation privilégiée avec ma monture m'était insupportable... Ce ne fut pas difficile. Il était déjà à moitié fou en arrivant de la Forêt et Ongolad s'y connaît pour affoler davantage les animaux.

Alors qu'Ani se débattait, Ongolad appuya son genou contre sa blessure à vif. Elle rugit et il dut dégager son autre main pour la bâillonner.

— Je ne me suis pas trompé ? C'est bien l'endroit où je t'ai chatouillée ?

Tandis que ses larmes roulaient sur le pouce de son tortionnaire, Ani s'escrima à desserrer son étreinte. Mais elle avait autant de chances d'y parvenir que de plier les barreaux d'une cage.

— Je te le répète, accepte les conditions de ta nouvelle maîtresse ou tu mourras sur-le-champ.

Selia fit courir son majeur sur le menton d'Ongolad ; ses pupilles de chat avaient une expression aussi amène que distante.

— Assez, assez, chéri... Elle n'obéira pas. Ne vois-tu pas qu'elle est amoureuse du prince ?

— Et Talone ?

— Je ne m'en soucie guère. J'ignore comment il a pu nous échapper... Quoi qu'il en soit, il n'a aucune preuve contre nous à l'exception de quelques stigmates et d'un témoignage équivoque. C'est le prince qui me tracasse... Ongolad, tu dois me blesser.

Ani le sentit secouer la tête.

— Libère-la et fais-moi une entaille. Je hurlerai. Nous prétendrons qu'elle m'a agressée et la partie sera gagnée.

— Selia, mon amour...

Pour la première fois, Ani détecta de l'appréhension dans sa voix.

— Je ne peux pas faire ça, lacérer ta chair...

— Moi, je peux, intervint Terne.

— La ferme, gros tas de viande ! Si tu la touches...

Selia se colla contre lui et il se mit à trembler. Elle lui chuchota à l'oreille :

— Je ne crains rien. Courage, mon amour ; nos efforts seront bientôt récompensés.

Un baiser sonna. Très angoissé, Ongolad prit deux brèves inspirations.

— Puisqu'il le faut, grogna-t-il. Je le ferai, à condition de la tuer d'abord. On pourra prétexter que je t'ai défendue.

— Arrêtez !

Tous pivotèrent comme un seul homme vers le dais, d'où avait surgi l'exclamation. Ongolad accentua la pression de ses doigts sur la bouche d'Ani, alors que Selia avançait.

Une immense tapisserie recouvrait le mur du fond. Elle semblait usée ; ses couleurs, sans doute éclatantes jadis, s'étaient atténuées au fil des ans à cause de la fumée des bougies et de la lumière du soleil. Elle passait inaperçue ; c'était une scène traditionnelle de chasse, qui mettait en scène un roi d'autrefois sur un destrier noir, poursuivant un cerf blanc aux bois fins, talonné par des meutes de chiens aux longs museaux et aux colliers dorés. Elle était quelconque, si ce n'était qu'elle frémissait en son centre, telle la poitrine d'un oiseau.

Un pan se souleva et Geric apparut, suivi du roi. Ani entendit Ongolad jurer et Selia hoqueter, tandis qu'elle-même retenait son souffle.

Geric, bouleversé, balaya la pièce des yeux avant de la repérer. Ongolad pressait toujours sa dague contre sa gorge en la muselant. Le prince cria de fureur, dégaina son épée et se précipita sur lui.

— Arrière ! beugla le mercenaire en se contractant et en inclinant l'arme d'un air menaçant.

Le prince suspendit net son assaut, puis recula d'un pas pour lui signifier qu'il n'avait pas l'intention de le provoquer. Cependant, il ne rengaina pas sa lame. La garde royale l'entourait, l'épée tirée. Les Kildenriens dégainèrent à leur tour.

— Ne soyez pas idiots, avertit Geric. Si vous la blessez, vous serez exécutés.

La porte s'ouvrit et des soldats arborant les insignes royaux sur leurs écus entrèrent à la file. Ani savait que d'autres attendaient dans le vestibule, bien qu'elle ne pût les distinguer. Elle était trop épouvantée pour songer que ce message lui était transmis par un puissant allié.

— Lâchez-la. Isi, est-ce que ça va ?

Elle lui lança un regard de détresse pendant qu'Ongolad serrait le poing comme s'il voulait lui briser la mâchoire. Une faible plainte s'échappa de sa gorge.

— Tout doux, Ongolad, dit Geric en levant son bouclier dans un geste de paix. On va parlementer... Qu'exigez-vous en échange de la princesse ?

— Vous vous méprenez, balbutia Selia. C'est ma dame de compagnie. Tout cela n'est qu'une mauvaise plaisanterie. Je suis la princesse.

Le roi agita tristement la tête et descendit les marches.

— Je crains que nous n'ayons assisté à votre entière conversation. Alors épargnons-nous les déclarations d'innocence et passons directement à la négociation, voulez-vous ?

Selia était interloquée et terrifiée. Le roi sourit en désignant la tapisserie derrière lui.

— Malin, n'est-ce pas, cette ouverture cachée ? Il y a des années, avant que cette propriété ne soit généreusement – et involontairement – concédée à la Couronne, elle appartenait à un seigneur un peu benêt. Un conseiller caché derrière son trône lui suggérait des phrases intelligentes. Je l'avais complètement oubliée pour ma part, mais Geric y jouait petit, et il m'a remémoré son existence dès que nous sommes sortis.

Le roi lorgna son fils.

— C'est un bon garçon ; il a toujours été un meilleur juge des caractères que moi. C'était son idée de vous faire croire que vous étiez seuls et d'utiliser la cachette pour vous espionner. Il a dû se dire que j'étais trop têtu pour écouter cette jeune fille, à moins que vous-même ne lui donniez raison grâce à son stratagème. Et il n'avait pas tort !

Il s'arrêta à la hauteur de Selia avec un sourire affable. Elle recula.

— Vous devriez savoir qu'en aucun cas je ne ferais de mal à une dame. Vos propres mains n'ont pas versé de sang, je suppose. Ordonnez à votre amant de relâcher la princesse et vous aurez un procès équitable.

Durant le long silence qui s'ensuivit, la tension était à son paroxysme, aussi oppressante que la chaleur et la promiscuité. La paume d'Ongolad transpirait sur la peau d'Ani. Celle-ci avait conscience qu'il brûlait d'envie de la transpercer de son épée. Toutefois, la vie de la princesse était sa seule monnaie d'échange.

Geric jeta un coup d'œil furtif à son père, puis aux soldats massés autour de lui et, enfin, aux Kildenriens. Personne ne bougeait. Alors qu'il s'approchait d'Ani, Ongolad commença à reculer.

— Là, monsieur, murmura le prince comme s'il apprivoisait un cheval farouche. Baissez votre couteau et laissez-la marcher vers moi.

— Ongolad ! geignit Selia.

Son amant se raidit.

— Venez, tous autant que vous êtes !

Des bruits de bottes résonnèrent ; Selia et les Kildenriens se placèrent derrière Ongolad et son otage, tandis que leurs ennemis rétrécissaient le cercle.

— Je vais la tuer. Je ne plaisante pas.

Ses doigts tremblaient sur le cou palpitant d'Ani.

— Ongolad, c'est l'heure des négociations. Il est trop tard pour vous battre. Si vous choisissez de résister, vous mourrez tous. Si vous la tuez, vous mourrez également. Libérez-la et je vous garantis qu'aucun de vous ne sera exécuté.

— Nous l'emmenons, proposa Selia. Qu'elle soit notre garantie.

— Nous pouvons en discuter, consentit le roi.

Ani, paniquée, écarquilla les yeux. Si les Kildenriens l'utilisaient pour s'évader, ils s'en débarrasseraient sitôt à l'abri. Geric remarqua sa réaction et en interpréta la cause sans difficulté.

— Non. Non, c'est impossible. Il faut régler cela ici même.

— Si nous ne pouvons la prendre comme gage de sécurité, rétorqua Selia, il n'y aura rien à débattre.

Des soldats affluaient dans la salle et le couloir. Ani ferma les paupières et avala sa salive. Comment le savait-elle ? Quelque chose, en la caressant, lui avait imposé l'image d'hommes disposés en lignes parfaites, munis de javelot, prêts à intervenir. Une brise se faufilait par la porte ouverte.

— Dites-leur de battre en retraite, Votre Altesse. Ordonnez-leur de nous laisser partir. Une fois dehors, nous vous relâcherons.

Selia, confuse, mélangeait tous les rôles. Sa voix chevrotante était à la fois autoritaire, humble, comminatoire, amicale, et ses intonations variées ne parvenaient pas même à déguiser la haine et la jalousie qui la rongeaient lorsqu'elle parlait à Ani en tant que princesse héritière. Ani se concentra pour transformer ses mots, qui avaient toujours épinglé son esprit à la manière de redoutables flèches, en plumes qu'on éloigne d'un soupir. Les yeux clos, elle guettait le moindre afflux d'air et implorait le vent de venir à elle.

— Dis-leur ! répéta Selia.

Une bouffée fraîche en provenance du couloir frôla son front. Selia tapota le bras d'Ongolad, qui desserra son emprise afin qu'elle pût s'exprimer.

— Jamais !

La brise en attira d'autres et les absorba. Elles s'enroulaient autour de ses chevilles, remontaient le long de ses jambes ou dégringolaient du haut plafond. Ensuite, une rafale s'engouffra par la porte, entraînant des sœurs à sa suite. Réunies à ses pieds, elles firent frémir le bas de sa robe.

Muets, ils la virent tous user de son incroyable pouvoir. Geric, émerveillé, était bouche bée.

Le tourbillon gagna en intensité. Il vrombit autour de ses hanches, de sa taille, s'interposant entre elle et la lame pour la repousser loin de sa gorge. Mais Ongolad s'arc-bouta et le tranchant glissa sur son décolleté.

— Arrête ! Arrête ça ! brailla-t-il, terrorisé.

Son haleine lui réchauffa la nuque, puis, docile, long filet tiré de ses poumons tel un escargot de sa coquille, elle s'agrégea à la tornade. Suffoqué, il s'étrangla et perdit l'équilibre. Alors qu'il essayait de reprendre sa respiration, Ani lui enfonça son coude dans le ventre et s'écarta.

Elle fit volte-face. Ses jupes battaient contre ses jambes ; ses manches ondoyaient et ses cheveux claquaient au vent, couronne de feu encadrant son visage. Ses compatriotes, emplis d'effroi, étaient acculés contre le mur. Ani ne voulait plus se séparer de cette caresse revigorante sur sa peau, et de son aura protectrice. Elle se sentait enfin à même d'affronter n'importe quel péril.

— Votre guerre est terminée.

— Nous sommes perdus ! dit Selia comme si elle entonnait une oraison funèbre.

Tout s'enchaîna en une fraction de seconde. Un mugissement retentit et Ongolad se rua sur Ani. Son épée fut freinée par l'armure invisible et mouvante avant d'avoir atteint sa cible. La princesse, ayant esquivé le coup, s'appliqua à renforcer son bouclier enchanté, mais le choc l'avait déstabilisée et affaiblie. Hypnotisés, les soldats bayérois restèrent inertes. Pourtant, le regard d'Ongolad annonçait une seconde charge.

— Geric !

Celui-ci s'était déjà élancé sur son adversaire avec un cri rauque. Il était cependant trop loin pour constituer une réelle menace. Ongolad l'ignora et ébaucha une offensive.

— Ongolad !

Il s'arrêta net en reconnaissant ces inflexions familières. Il se retourna et vit Talone sur le seuil, bloqué par un faisceau de rapières pointées sur son buste. Les soldats attendaient, perplexes, les ordres du roi.

Talone, rubicond et trempé de sueur, vociférait en dépit d'une totale absence de clameur, et tapait sur son écu avec son pommeau pour conserver l'attention d'Ongolad.

— Approche, mercenaire ! Lâche ! Oublie les cuisiniers et les femmes désarmées, et viens te mesurer à moi !

Le rictus d'Ongolad se changea en franc sourire ; la démence et l'égarement, qu'il avait jusqu'alors réussi à dissimuler, déformèrent ses traits. Il fonça sur son ancien capitaine, qui, enfin libéré, para le coup. Derrière lui accouraient les travailleurs ; ils se frayaient un passage dans le vestibule bondé et brandissaient leurs bâtons en claironnant : « Pour la dame blonde ! Pour la princesse ! »

Le silence ainsi rompu, les soldats chargèrent les Kildenriens à trois contre un. Ils abattaient leurs lames sur tous ceux qui se présentaient sur leur chemin, afin d'en éliminer le plus possible avant d'être à leur tour éventrés. Terne terrassa un garde puis s'avança vers Ani en renâclant comme un buffle, fou de colère et de désespoir. Il renversa un autre homme en l'assommant avec son bouclier et pointa son épée sur Ani. Ses jupes étaient immobiles maintenant que le vent s'était dissipé. Elle recula et s'affala sur les marches de l'estrade. Elle cherchait en vain une arme autour d'elle quand Geric arriva.

— Je t'aurai, prince charmant, grommela Terne.

Geric avait à peine contré sa première attaque qu'il bondissait de nouveau. Puis Terne se figea brusquement et ses prunelles devinrent aussi vitreuses que celles d'un poisson. Il tomba raide, embroché par un javelot. Ani cilla et discerna Razzo quelques pas derrière lui, encore en position de tir, sa frimousse marquée par l'étonnement et l'horreur.

Geric aida Ani à se redresser et l'abrita derrière son écu. Ils étaient au centre de la mêlée. De tous côtés résonnaient le fracas funeste des glaives qui s'entrechoquaient, les bruits sourds des lances qui se fichaient dans la chair, les grognements terrifiants des blessés et le son sinistre des armes qui fracassaient les os de leurs victimes. Un Kildenrien se jeta sur eux. Geric évita sa lame rapide comme l'éclair et le refoula d'un coup de botte tout en poussant Ani vers le mur.

— Est-ce que ça va ? lui demanda-t-il.

— Oui.

Il l'étreignit et pressa sa joue sur sa tempe. Son souffle chaud la fit fondre. Les paupières closes, elle savoura son contact réconfortant.

Elle rouvrit les yeux à regret pour contempler la scène. Partout des Kildenriens gisaient, inanimés. Hul était ramassé sur lui-même, le front incliné sur sa blessure mortelle. Redmon et Ouril étaient étendus sans vie aux pieds de leurs rivaux. Plusieurs duels faisaient toujours rage. La découverte de l'un d'eux lui engourdit la langue. Incapable de parler, Ani se recroquevilla contre Geric et pointa l'index.

Au milieu de la pièce, Talone subissait l'assaut d'Ongolad. Au sol, accroupi derrière son bouclier, il empoigna son ennemi et ils se retrouvèrent garde contre garde. Talone céda un peu et la lame adverse lui entailla l'épaule. En la retirant, maculée de sang, Ongolad éclata de rire.

— Ici ! cria Geric en courant sur lui, dans l'espoir de le distraire avant qu'il n'ait donné l'estocade. Prends-t'en à moi !

— Avec plaisir, répliqua Ongolad, soudain plus grave. Tu aurais épousé Selia, partagé sa couche...

Il fit tournoyer son arme d'un mouvement de poignet presque imperceptible. Lorsqu'elle heurta celle de Geric, leur choc tinta comme un tocsin. Le prince était plus grand et presque aussi large de carrure, mais Ani le soupçonnait de n'avoir jamais combattu en dehors d'une salle d'armes, tandis qu'Ongolad était un tueur professionnel.

Elle commença par s'assurer que Talone était hors de danger, puis deux soldats l'attrapèrent par les bras et les chevilles et l'emportèrent. Constatant que personne n'intervenait pour soutenir Geric, elle s'empara d'un javelot sur un mort et se préparait à se joindre à la rixe quand deux hommes l'interrompirent dans son élan. Malgré ses protestations, ils l'entraînèrent à l'écart.

— Princesse Anidori, ne bougez pas d'ici. Sa Majesté exige que vous soyez préservée.

— Et Geric ! Pourquoi restez-vous plantés là au lieu de le seconder face à ce traître ?

Le plus vieux des deux secoua la tête.

— Il doit le braver seul. Il s'agit de son premier

duel. Son honneur est en jeu et nous ne pouvons intervenir.

La cacophonie cessa et il n'y eut bientôt plus qu'un unique combat. Parmi les cadavres des Kildenriens qui jonchaient les dalles, les Bayérois s'écartèrent, ouvrant un cercle pareil à une arène. Ongolad n'avait aucun égard pour ses camarades massacrés. Ses pupilles ne quittaient pas celles de son assaillant ; il balançait son épée avec vigueur et aplomb, contraignant Geric à se baisser, et frappait, encore et encore. Alors que leurs fers se croisaient, Ongolad retroussa les lèvres dans un sourire animal et lui cracha au visage.

— Je me bats contre un gamin... Elle n'aurait jamais pu aimer un gamin...

Un filet de bave dégoulinait de sa lèvre inférieure.

L'officier qui retenait Ani marmotta. Tout le monde était suspendu au dénouement de l'action. De grosses gouttes de sueur perlaient sur le front du monarque, dont la lame dégouttait de sang. Il fit un pas hésitant. Ongolad continuait de dominer et Geric était en bien mauvaise posture. Leurs muscles tressaillaient, ils transpiraient de fatigue et de douleur. Ongolad abattit son bouclier sur le crâne de Geric, qui s'écroula. Il n'avait plus qu'à l'achever.

— L'honneur... murmura Ani.

Toutes les brises qui l'avaient touchée depuis que Geric était parti porter secours à Talone s'étaient enroulées autour de ses mains. Elle leur indiqua une nouvelle direction, courte et infaillible. Une rafale subite, avec la précision et la souplesse d'une flèche, heurta Ongolad au torse. Il fut déséquilibré et ses yeux hagards croisèrent ceux d'Ani. Il jura, laissant juste le temps à Geric de se relever et de reprendre ses esprits. Quand l'affrontement recommença, une dague apparut au poing gauche du fourbe. En un instant, il l'avait enfoncée entre les côtes de Geric. Celui-ci hurla et repoussa Ongolad du pied. La dague tomba et le prince, grimaçant, avança.

Ses attaques étaient plus puissantes, maintenant. Il semblait que l'estafilade avait décuplé sa force, et la lutte devint aussi intense que sa souffrance. C'était lui qui domptait Ongolad à présent et l'acculait vers le dais. Le bouclier du mercenaire était de plus en plus cabossé. Geric atteignit et taillada ses phalanges. D'un coup de genou dans le ventre, il l'envoya s'affaler contre le trône. Enfin, il trouva une ouverture et transperça sa soubreveste en cuir de part en part.

Ongolad s'affaissa lourdement sur le trône. Il lâcha son épée, dont la plainte métallique résonna aux quatre coins de la salle. Il regarda autour de lui, hébété.

— Selia...

Il porta la main à sa plaie et le sang se mit à bouillonner entre ses doigts. La tête levée, il tendit au spectre de Selia sa main rouge, rouge comme son cœur, en guise d'ultime déclaration, puis il expira.

XXII

Geric s'assit sur les marches de l'estrade. Ses armes percutèrent la pierre avec moins de vacarme que celles d'Ongolad, maintenant qu'une foule dense empêchait les sons de se répercuter sur les murs nus. Le roi posa la main sur son épaule.

— Debout, mon fils.

Il ramassa un javelot qui avait manqué sa cible, le brisa violemment contre sa cuisse de deux coups secs et éparpilla les morceaux aux pieds du prince.

— Épée ! ordonna-t-il.

Geric lui offrit sa lame ensanglantée, qu'un soldat, placé à droite du monarque, essuya sur sa propre tunique avant de la restituer à son seigneur.

— Je te la rends afin qu'elle te soit utile à défendre ton peuple, ton pays et ton souverain. Puisse-t-elle être fulgurante et avide du sang de tes ennemis.

Enna venait de rejoindre Ani.

— Tu vas bien ?

— Oui... Qu'est-ce que cela signifie ?

— C'est la première fois qu'il tue quelqu'un. Si un javelot lie à jamais un garçon à une communauté, c'est l'épée qui fait de lui un homme.

— Il était déjà un homme, à mon avis, dit Ani en frottant ses yeux las.

Tous les travailleurs étaient là. Ils s'étaient rassemblés derrière leur princesse après les combats. Elle les scruta tour à tour. Razzo paraissait choqué et épuisé, comme si son imagination était restée bloquée sur l'instant où son javelot s'était fiché entre les omoplates de Terne. Ratger avait une égratignure sur la joue et Offo tenait son bras qui saignait légèrement. Loin de se comporter en figurants, ils avaient décidé de se jeter dans le feu de l'action.

— Quel sinistre spectacle ! soupira Enna.

Partout, des corps informes étaient avachis et des flaques brunâtres se répandaient sur les tapis et les dalles.

« Où est Selia ? » s'interrogea Ani.

Le roi balaya la pièce du regard, tandis que Geric rengainait sa lame et se redressait, une paume collée à sa blessure.

— Formidable, grogna Razzo.

— Pourquoi avez-vous permis à cette criminelle de s'échapper ? tonna le roi, la voix tremblante de colère.

— La porte secrète ! s'écria Ani.

Elle se souvenait à présent... La brise qu'elle avait muée en projectile contre Ongolad portait des images de moellons humides, de tentures moisies, de fureur et d'une fille vêtue de jaune.

— Première section, commanda un capitaine, fouillez le domaine. Deuxième section, sécurisez l'enceinte. Troisième section, informez les sentinelles et tenez-moi au courant. Allez !

Les soldats filèrent en hâte, groupés en unités structurées. Le bruit de leurs bottes dans les couloirs traversait les cloisons.

— La rusée petite chatte ! s'exclama le roi. Elle connaît la punition pour trahison, elle l'a proférée elle-même !

— Nous la dénicherons, Sire, assura le capitaine.

Il marcha d'un pas lent jusqu'à la porte et se posta à l'entrée dans l'attente d'un premier rapport.

— Nettoyez-moi ce trône ! gronda le monarque.

Deux gardes ôtèrent la dépouille d'Ongolad et essuyèrent les traces avec un bout de la chemise déchirée d'une victime. Le roi s'installa, les coudes sur les accotoirs et la tête entre les mains.

— Sire, murmura Geric.

Son père lui montra la sortie.

— Va-t'en, mon fils, je n'aime pas te voir saigner.

Un soldat aux cheveux blancs appliqua sur le flanc du prince un mouchoir qui se teignit bientôt de rouge. Il lui proposa son épaule et, ensemble, ils se retirèrent. Ani l'observa, indécise, en se demandant si elle devait lui courir après. « Nous parlerons plus tard », se dit-elle. Du moins, elle l'espérait.

Des domestiques ramassaient les épées et les javelots disséminés, qu'ils empilaient comme des fagots. Ani inspira profondément et s'approcha du trône en s'efforçant d'ignorer les cadavres dont la vue lui picotait les yeux et lui donnait l'impression de tanguer sur un radeau naufragé. Déjà des employés de la propriété emportaient les tués et roulaient les tapis souillés.

— Sire, l'interpella-t-elle en reprenant spontanément l'accent bayérois. J'ai une requête audacieuse.

Le roi lui jeta un coup d'œil en coin.

— Je crois, chère enfant, que nous ne sommes guère en position de te refuser une requête audacieuse.

— Il y a, parmi ma compagnie, des garçons qui souhaitent recevoir leur javelot et leur bouclier. J'intercède en leur faveur. Je réclame aussi votre indulgence au sujet de Ratger, qui a déserté son poste de guet au palais pour nous aider dans notre mission.

— Tous ces garçons-là ?

— Oui. Razzo, qui est ici, a anéanti Terne et m'a sauvé la vie. Offo, Beyer et... Où est Conrad ?

— Conrad ? répéta Enna.

Les travailleurs échangèrent des regards déroutés.

— Il était pourtant avec nous, balbutia Razzo.

Anxieux, ils examinèrent les corps, craignant d'apercevoir son bonnet orange et son visage parsemé de taches de rousseur. Trois Bayérois gisaient au milieu des Kildenriens, mais Conrad était invisible.

Soudain, un beuglement retentit. Ani contourna le trône : dans le passage dérobé, quelqu'un toquait sur la tapisserie et une voix de crécelle se répandait en injures.

— Ouvrez ! exigea le roi.

Deux gardes obéirent sans tarder, et libérèrent Conrad, une grosse touffe de cheveux blonds au poing, qui traînait Selia derrière lui. Ses doigts étaient sanguinolents aux endroits où elle l'avait griffé et on devinait à ses pommettes écarlates que la lutte avait été rude. Son expression n'en était pas moins amusée.

— Visez un peu ce que je ramène : la fausse dame blonde – qui, de près, est d'ailleurs moins blonde que la nôtre. En tout cas, elle se bat comme une tigresse.

Les soldats se précipitèrent sur elle, et en un éclair, elle était sur ses pieds, avec les poignets coincés dans le dos. Conrad lui lâcha les cheveux et porta ses écorchures à ses lèvres pour les soulager. Ongolad était parmi les derniers à encombrer la pièce. Il se trouvait près de Selia, partiellement recouvert d'un tapis taché. Elle le lorgna puis se tourna vers le roi, sans que rien dans ses traits indiquât qu'elle l'eût identifié.

— Laissez-moi ! s'insurgea-t-elle, étranglée par la rage mais s'obstinant à feindre la douceur. Laissez-moi, Votre Majesté, et je vous promets de partir. Vous ne tueriez pas une dame... Je suis une dame.

Le roi fronça les sourcils.

— Épargnez votre salive, madame. Le crime de trahison a été évoqué. Quant au châtiment, c'est vous qui l'avez spécifié.

Selia le fixait, épouvantée. Elle se mit à trépigner et à s'égosiller, comme si les clous du tonneau lui trouaient déjà la peau. Son teint passa par toutes les nuances du groseille au violet, alors qu'elle se débattait avec furie.

— Il suffit ! s'impatienta le roi en se couvrant les oreilles. Nous en reparlerons. Je ne veux plus l'entendre. Débarrassez-moi d'elle !

Elle fut emmenée, frénétique, crachant et criant vengeance. À aucun moment, elle ne croisa les yeux de son ancienne maîtresse. Ses lamentations s'éteignirent peu à peu dans le couloir, puis tout devint calme.

— Tu as vu comment je l'ai attrapée, Enna ? se vanta Conrad.

Il tamponnait fièrement une de ses éraflures avec sa tunique.

— Par la crinière et tout... Quand elle a essayé de se carapater, j'ai pensé : « Zut, c'est celle qui a voulu assassiner notre gardeuse d'oies. Son heure a sonné... » Je l'ai pourchassée et je l'ai repérée en train de tenter de s'évader par une fenêtre.

— Sire, intervint Ani, voici le gardeur d'oies, Conrad.

Conrad commença par tendre la main, puis il se ravisa et s'inclina maladroitement.

— C'est la véritable dame blonde, certifia-t-il en désignant Ani. Je regrette d'avoir soutenu le contraire autrefois, je me trompais.

Une brise quitta la paume d'Ani, se dirigea vers le bonnet orange et le renversa. Il la guigna, vaguement inquiet, et sourit.

— Bien joué, Conrad !

Chacun fut escorté à sa chambre particulière où, pour le plus grand bonheur d'Ani, les attendaient un vrai matelas et assez d'oreillers pour leur faire oublier les cruelles lattes des petits lits du camp ouest.

Lorsque le matin illumina sa vitre, Ani se leva, prit un bain et se carra dans un fauteuil presque trop confortable, dos à la lumière. Elle laissa la chaleur du soleil sécher ses mèches propres en sirotant du jus de raisin glacé dans un pichet qui semblait se remplir à mesure qu'elle le vidait.

Elle envisageait de remonter les allées à la recherche de ses camarades quand on frappa à la porte. La tête d'Enna apparut dans l'embrasure.

— Je peux entrer ?

— Enna, tu ne vas pas être chichiteuse avec moi ! La nuit dernière, Ratger m'a adressé une révérence et Razzo m'a demandé mon autorisation pour se retirer dans sa chambre !

— Au moins, Conrad ne donne pas dans les courbettes, dit Enna en s'asseyant à côté de son amie. Il n'avait jamais été aussi satisfait qu'hier soir, avec ses phalanges en sang et sa mine orgueilleuse.

— Garder des oies, cela ne flattait pas assez sa fibre héroïque, plaisanta Ani. Il serait un bon compagnon de la paix.

— Oui, je crois qu'il va s'établir en ville, à l'inverse de Finn et de quelques autres qui sont très attachés à la Forêt.

— Oh ! Finn n'abandonnera pas la Forêt, surtout s'il peut y retourner avec une certaine demoiselle...

Enna sourit et allongea les jambes pour atteindre un rayon de soleil. Elle toussota.

— Isi, tu as discuté avec le prince ? Avec Geric ?

— Il... Enfin, je... Non... Il récupère dans une infirmerie quelque part, le temps que sa blessure guérisse. Je n'ai pas osé solliciter un entretien, au cas où... tu comprends... au cas où il n'en aurait pas envie.

— Évidemment qu'il en a envie.

— Je n'en sais rien... Nous étions proches, mais il y a eu des mensonges entre nous, et peut-être était-il content d'épouser Selia, après tout ?

— Peu probable.

C'était la réponse qu'Ani escomptait, même si elle doutait qu'elle fût exacte. Elle versa du jus de raisin dans une tasse blanche pour Enna. Le liquide sombre et épais lui rappela du sang dégoulinant sur une peau livide.

— Quelle journée cela a été ! s'exclama-t-elle en frissonnant.

— Tu l'as dit ! À ton avis, ils vont vraiment enfermer Selia dans un tonneau bourré de clous ?

— Oui, ils en sont capables. Ils pendent bien des traîtres et des meurtriers sur les remparts – et elle est les deux. Je ne sais pas quoi en penser, Enna. Parfois, je me surprends à considérer qu'elle était mon amie, pour me souvenir ensuite qu'elle ne l'a jamais été, en vérité. En revanche, les massacres qu'elle a perpétrés n'ont rien d'une illusion et elle aurait suscité une guerre bien réelle pour une poignée de rubis à aligner sur son front.

— Tu as vu Talone ?

— J'ai essayé, mais je n'ai pas obtenu la permission. Les médecins prétendent que sa santé est bonne, qu'il a juste besoin de se reposer et d'éviter les visiteurs affolés.

— Tu te tracasses pour lui ?

— Vivement qu'il soit rétabli ! Je ne parviens pas à effacer certaines images de mon esprit. L'une d'entre elles est Talone à terre, transpercé par l'épée d'Ongolad...

— C'était atroce. Je n'avais jamais assisté à ça, et je m'en serais volontiers passée. Je n'aurais peut-être pas dû entrer. Je ne songeais qu'à te rejoindre. J'étais horrifiée à l'idée que tu restes seule en dépit de tous mes serments.

— Merci, chuchota Ani en touchant les cheveux drus d'Enna, aussi lisses que de l'argile humide entre ses doigts. J'ai toujours rêvé d'être brune. Ça me paraissait exotique.

— C'est toi qui es exotique avec tes torsades longues comme des queues de cheval, et jaunes en plus !

Ani entendit toquer et bondit pour accueillir un petit monsieur guindé, aux bottes parfaitement cirées, qui la convoquait devant le roi.

— J'espérais me rendre auprès de mon fidèle Talone, qui est en convalescence. Hier soir, on m'a interdit l'accès à sa chambre car il dormait.

— Ses jours ne sont pas en danger. Nous répondrons d'abord à l'appel de Sa Majesté.

Ani jeta un regard faussement paniqué à Enna et suivit l'homme.

Il la fit pénétrer dans la salle du conseil, de taille modeste mais lumineuse. L'atmosphère y était tendue. Plusieurs ministres, assis autour d'une grande table en bois jonchée de cartes et de lettres, se levèrent à son arrivée. Geric était rouge pivoine. S'il semblait furibond, au moins, il était debout et il avait bonne mine. Le Premier ministre ne cachait pas son humeur maussade.

Le roi invita Ani à prendre place.

— Bonjour, ma chère. Nous sommes désolés de vous avoir si longtemps ignorée et je déplore de vous recevoir aujourd'hui à un conseil de guerre, avec ce que cela comporte de détails sordides. J'aurais préféré vous convier à un banquet ou à une parade ; toutefois, chaque chose en son temps.

Il se racla la gorge, manifestement embarrassé. Cependant, quand il reprit la parole, ses intonations exprimaient toute l'autorité d'un chef d'État.

— Nous vous sommons de nous donner des raisons de croire que la Kildenric ne prépare pas d'attaque contre nous.

Ani rejeta légèrement la tête en arrière, comme si ces mots l'avaient heurtée de plein fouet.

— Je ne comprends pas, Sire, dit-elle. Vous projetez toujours de partir en guerre ?

— À moins que vous n'apportiez des preuves.

— Des preuves ? Des preuves de quoi ? Apprenez-moi à fournir des preuves de paix et je le ferai.

Ani marqua une pause pour contenir son exaspération. L'assemblée la dévisageait.

— Vous savez très bien que la Kildenrie n'en a pas les moyens.

Le Premier ministre se dressa ; ses gestes précis étaient ceux d'un homme de pouvoir.

— Ceci, ma chère, constitue une preuve, affirma-t-il en ramassant plusieurs documents devant lui. Ces lettres nous ont été communiquées par la princesse Anidori-Kiladra, ou cette Selia, si vous voulez. Elles sont écrites et signées par la reine de Kildenrie et révèlent des intentions inamicales à notre égard. Elles recèlent des dates, les chiffres et emplacements des garnisons, et toutes sont estampillées du sceau royal.

Ani s'empara d'un parchemin ; un examen succinct lui suffit à comprendre.

— Ce n'est pas l'écriture de ma mère. C'est un faux. Selia est la fille de la Gardienne du palais, qui possède toutes les clés. Elle aura volé la bague avec les armoiries de ma mère pour sceller ces courriers.

Le Premier ministre observa les traits soucieux de son seigneur puis il interpella Ani avec une ardeur redoublée.

— Des preuves, montrez-nous des preuves ! C'est un nouveau complot, Votre Majesté, pour nous prendre au dépourvu. Ainsi nos ennemis viendront nous égorger pendant notre sommeil !

— Oh ! Arrêtez ! s'écria Ani.

Elle plaqua ses deux mains sur son visage et souffla dans l'obscurité passagère. Lorsqu'elle les rabaissa, la pointe de ses doigts fourmillait de colère.

— C'est ridicule ! Vous voulez des faits ? L'histoire vous enseignera que la Kildenrie n'a déclaré la guerre à aucun pays frontalier depuis plus de trois cents ans. Sa dimension devrait vous convaincre que c'est un pays bien trop faible pour provoquer un royaume comme la Bayère. Et la personne qui vous a procuré la soi-disant démonstration du contraire est une menteuse, une traîtresse et une meurtrière. Rien de cela ne vous est inconnu... Mais dans une nation où l'on pend les cadavres aux murailles et où les adultes se targuent de détenir des javelots plutôt que de se prévaloir de leur caractère, comment pourrais-je vous persuader de renoncer à un conflit ? Il serait suicidaire pour la Kildenrie d'agresser la Bayère et barbare de la part de la Bayère d'envahir la Kildenrie. Si mes arguments ne vous paraissent pas probants, vous n'avez qu'à m'exiler. Et si vous êtes trop méfiants pour me laisser quitter le territoire, je retournerai dans ma minuscule chambre contre le rempart ouest et je continuerai à m'occuper de vos oies. Vous pourrez au moins être sûrs que, sous ma garde, aucun voleur n'osera s'en prendre à votre troupeau.

Elle s'avança vers la porte, puis changea d'avis sur le seuil.

— Savez-vous qu'il y a dans votre capitale des travailleurs qui ne sont pas tolérés dans les échoppes et les tavernes parce qu'ils viennent de la Forêt et qu'ils n'ont par conséquent pas reçu de javelot ? Qu'il y a des hommes qui se proclament compagnons de la paix et n'obéissent qu'à leurs propres lois, et qu'ils se sont juré de maintenir la sécurité dans les rues eux-mêmes car vos soldats en sont incapables ou s'en moquent ? Et que des quartiers sont si surpeuplés que certains enfants vivent sur les déchets des autres ?

Tandis que Thiaddag prenait un air offusqué, Geric haussait les sourcils et le roi cessait enfin de contempler ses mains.

— Je lis dans vos regards que vous ne réfléchissez pas souvent à ce genre de problèmes. Peut-être que je suis mieux renseignée que vous sur votre ville, et *a fortiori* sur la Kildenrie. Croyez-moi, il ne se trame pas de guerre. Expliquez-moi pourquoi une femme enverrait sa fille aînée dans le camp ennemi ? Je suis une preuve.

Elle sortit en claquant la porte derrière elle.

Une heure plus tard, Geric la trouva assise sur les marches de la cuisine, à l'ombre d'une haute cheminée. Son courroux s'était atténué ; déjà réduit à une indignation légitime, il céda la place à une simple gêne quand elle le vit s'approcher. Elle sut d'instinct que c'était lui et s'empressa de dissimuler ses joues en feu. Il présentait tous les indices d'une sincère bonne humeur. Il s'accroupit à son côté et se mit à pouffer.

— C'était fameux ! Personne n'avait jamais autant fait honte au roi et à l'ensemble de son conseil.

— Alors, ils m'ont écoutée ?

— Oh, oui ! De bout en bout. Madame, grâce à vous, une guerre inutile a avorté dans l'œuf.

Tête basse, Geric avala sa salive.

— Je te demande pardon... Je me suis si mal conduit avec toi. Je te dois des éclaircissements...

— À propos du « Je ne peux pas t'aimer comme un homme aime une femme » ?

— Ah ! s'exclama-t-il en grimaçant. Oui, c'est la citation exacte. Je... j'ai remarqué, ce dernier jour au pâturage, que je commençais à nourrir pour toi des émotions que je ne pouvais encourager puisque j'étais fiancé. Alors j'ai pensé que le mieux était qu'on arrête de se fréquenter. J'étais si perturbé à l'idée de trahir tes sentiments, après t'avoir menti sur mon identité. Cependant, quand je t'ai reconnue hier, eh bien... en vérité, mon cœur n'a pas cessé de battre la chamade depuis que tu as passé le seuil de la salle du trône.

Ani sentit son propre cœur s'affoler dans sa poitrine.

— C'est idiot que je n'ai pas su qui tu étais plus tôt. J'aurais pu arranger la situation et nous épargner les horreurs d'hier. Lorsque je suis entré et que j'ai vu ce type te mettre un couteau sous la gorge...

Il ferma les yeux pour chasser cette image abominable et Ani brûla d'envie de baiser ses paupières.

— Comment va ton... s'enquit-elle en désignant son flanc.

— J'ai un bandage. Je sens mes pulsations dans la plaie. On dirait qu'elle est vivante. Mais ça va guérir. Merci.

— Je te remercie de t'être interposé pour sauver Talone.

— Il me fait l'effet d'être un homme noble et un excellent soldat.

— Oui, il a été formidable pour moi. Cela a été une telle joie de nous retrouver dans la Forêt, des mois après le massacre. On était moins seuls tout à coup.

— Tu as parlé de lui avec fougue devant mon père et il a risqué gros pour toi.

Ses prunelles noires la fixaient avec une franchise qui lui fendit l'âme.

— Tient-il à toi ?

— J'en suis sûre. Il a été si bon avec moi.

Une ride se forma entre les sourcils de Geric.

— S'il offrait de t'épouser, tu accepterais ?

— Oh ! non, il ne me le proposera jamais... de toute façon, je refuserais. Il m'est aussi cher qu'un père et je suis sa protégée en quelque sorte. Rien de plus.

— Ah ! soupira Geric, en étudiant le pommeau de son épée et en réprimant un sourire. Nous avons été amis, Isi, et j'ai l'impression de bien te connaître, mais je ne voudrais pas être présomptueux. Notre union a été conclue sans ton consentement. Si tu avais la moindre réticence, je comprendrais.

— Quand Ongolad t'a attaqué, dit-elle en lui tenant la main, c'était pour moi une torture, Geric. Je n'aurais pas supporté qu'il gagne. Tu m'as tant manqué, ces derniers mois !

Geric expira comme s'il avait retenu sa respiration jusque-là. Ils se mirent à rire doucement tous les deux, sans raison. Puis il tourna sa main, paume vers le haut, en parcourut délicatement les lignes de son index et mêla ses doigts aux siens. Elle pencha la tête sur son épaule avec une familiarité qui la surprit elle-même.

— Tu as été fantastique. J'ai une chance inouïe, je n'en reviens pas. En grandissant, j'essayais de me figurer à quoi ressemblait ma mystérieuse fiancée, et j'espérais qu'elle serait intelligente, qu'on aurait des choses à partager, et que si, en plus, elle était belle, je ne m'en plaindrais pas. Je n'aurais jamais imaginé que je me marierais avec une fille qui aurait toutes ces qualités et qui, de surcroît, serait mieux informée que moi sur les besoins des Bayérois et me seconderait avec efficacité sur le trône. Une reine fait cruellement défaut à ce royaume, et tu corresponds pile à ce que le peuple, moi et... bref, tous, nous attendions.

Ani sentit d'agréables chatouilles dans l'estomac.

— Ah bon ?

— Oui, tu es mieux que dans nos rêves les plus fous, Isi.

— Ça me ferait plaisir, en tout cas.

— Alors, murmura-t-il d'une voix à la fois tendre et angoissée, est-ce que tu veux bien de moi ?

— Oui, répondit-elle en riant. Oui, bien sûr !

Les lèvres de Geric s'étirèrent lentement d'une oreille à l'autre.

— Tant mieux. Tant mieux, tant mieux ! J'ai eu peur de t'avoir perdue à jamais après t'avoir écrit cette lettre, et en te voyant au Solstice d'hiver, j'ai reçu une flèche en plein cœur. Je crois que Selia s'en est rendu compte ; elle n'a pas trop apprécié.

— Moi non plus.

— De l'eau a coulé sous les ponts depuis notre dernière conversation. Entre les divulgations sur nos titres, les défilés de gardiens d'animaux scandant ton nom, et... et cette tempête dans la salle du trône ? Tu as de nombreux secrets, gardeuse d'oies.

— Je ne suis pas plus cachottière que vous, monsieur le garde.

— Eh bien, madame, puisqu'il me faut me dévoiler, je vous dirai d'abord – et très vite, car sinon, je vais m'écrouler en morceaux –, que je vous aime. Ensuite, malgré le respect que j'ai pour votre ancienne profession, je me permets de formuler le souhait que vos oies ne coucheront pas dans notre lit – je crains qu'elles n'aient peu d'affection pour votre fiancé.

— Oh ! mais pense aux avantages... Elles dissuaderaient les soubrettes curieuses de s'éterniser dans notre chambre, et les jours où notre emploi du temps serait très chargé, on pourrait leur coller un diadème sur le crâne et les envoyer accueillir les pétitionnaires.

— Très juste. Brillante idée.

Leurs inquiétudes s'étaient volatilisées. Avec enthousiasme et gaieté, Geric se leva, empoigna le pommeau de son épée et claironna :

— Moi, Geric-Sinath de Gerhard, je clame que tu es superbe et idéale, et que tout homme qui tentera de t'enlever à moi aura de sérieux ennuis. Gardeuse d'oies, puis-je vous embrasser ?

Ani lui sauta au cou et l'embrassa avec passion. Elle sut alors, avec une certitude absolue, qu'elle avait enfin trouvé sa place.

Leur étreinte fut interrompue par les toussotements d'un jeune page. Ani baissa les yeux, mais Geric ne paraissait pas du tout embarrassé.

— Sont-ils prêts ? demanda-t-il, comme s'il avait prévu cette irruption.

Le page acquiesça et les pria de le suivre. Il avançait de deux pas chaque fois qu'eux en faisaient un, à la manière d'un chien court sur pattes. Il s'immobilisa devant la salle des banquets, et les invita à entrer. Geric arborait un sourire extatique.

— Qu'y a-t-il ?

— Tu vas voir.

Les portes s'ouvrirent.

— Bienvenue, ma fille, dit le roi.

Un silence fébrile régnait ; si personne ne parlait, on croyait entendre des centaines de cœurs palpiter, des centaines de bouches respirer, des centaines de mains se tortiller. Les soldats de l'escorte royale, les capitaines de l'armée et de chaque régiment de cent, étaient au garde-à-vous, les têtes légèrement inclinées, traduisant ainsi leur loyauté.

— Capitaines, déclara Geric, voici la princesse Anidori-Kiladra Talianna Isilie, première demoiselle de Kildenrie. Veuillez honorer celle qui a mis fin à la guerre avant qu'un javelot n'ait été lancé.

Ils frappèrent le sol de leurs javelots.

— Bigre ! sursauta Ani.

— Nous sommes supposés déambuler parmi eux, lui expliqua-t-il.

Elle accepta son bras et ils paradèrent devant chaque rangée. Elle découvrit avec soulagement des signes de gratitude dans leurs yeux, et non l'amertume qu'elle redoutait envers une fille qui les privait de leur guerre.

Au centre de la pièce, entre deux groupes de capitaines las et expérimentés, se tenait un régiment insolite. Ses membres cramponnaient des javelots du poing droit, et on apercevait à leur coude des boucliers fraîchement peints, sur lesquels étaient représentés un arbre vert et un arbre jaune.

Ils regardaient droit devant avec des expressions stoïques et fières. Finn souriait de toutes ses dents, et de plus en plus nettement à mesure qu'Ani approchait. Razzo ne cillait pas et pleurait sans retenue. Offo avait une mine solennelle mais son javelot tremblait. Ratger était également là, dans sa tunique de garde du palais. Quant à Conrad, le calme qu'il affichait était tempéré par un timide sourire. Enna et les autres filles étaient en bout de rang, avec chacune un large écu entre les mains.

— On se tâte : « Régiment de la Forêt » ou « Régiment de la dame blonde » ? les interrogea Enna. Qu'en pensez-vous ?

Geric et Ani délibérèrent à voix basse.

— « Régiment de la dame blonde », sans hésitation, répondit-il.

— Oh ! pitié, « régiment de la Forêt », supplia-t-elle.

Ils autorisèrent les hommes à rompre les rangs, puis le banquet succéda aux présentations. Talone quitta son lit pour s'asseoir à la droite d'Ani, et ils portèrent un toast à sa santé. Les premières gorgées de vin lui apportèrent un regain de vigueur et il raconta sa rencontre avec Ani, alors enfant, qui s'était endormie au bord de l'étang des cygnes après avoir essayé de fuguer.

Les capitaines se divertirent, mangèrent et échangèrent des anecdotes avec Geric. Ils étaient tous si heureux qu'il semblait que personne ne voudrait

391

jamais partir. L'un d'entre eux montra à Razzo comment assurer un bon jet de javelot, tandis qu'un autre apprenait à Enna une nouvelle chanson. Ani s'évertua à initier tout le monde aux différentes façons de saluer des oiseaux selon les espèces, et ils trompetèrent, claquèrent la langue et pépièrent jusqu'à l'hilarité. Les heures s'étirèrent. Les domestiques continuaient d'apporter des plats des cuisines. Sur les instances de Geric, ils finirent par s'attabler pour profiter du festin. Derrière les fenêtres, la lumière s'estompa et prit une nuance crépusculaire d'un bleu vibrant.

Il n'y avait aucune raison de se hâter. Les capitaines auraient bien le temps d'annoncer à leurs troupes la fin de la guerre qui n'avait pas eu lieu, et de les renvoyer chez eux retrouver leurs femmes. Les travailleurs auraient tout le loisir de retourner aux camps des abords de la ville, avec leurs javelots et leurs boucliers. Talone, une fois rétabli, se verrait confier le commandement d'une unité de la garde personnelle du roi. Puis on célébrerait le mariage sur la place du Marché, dans l'empreinte du pouce des Dieux, là où les garçons venaient danser pendant la fête du Solstice d'hiver. Tous – nobles, habitants de la Forêt et citadins confondus – pourraient assister aux noces du futur couple royal. Gilsa serait là, enfin récompensée.

Ils auraient bien le temps de décrocher la tête de Falada du portail ouest pour lui offrir un enterrement paisible et tardif, sous le hêtre, près de la mare des oies. Ils érigeraient un monument à cet endroit, un poulain sculpté dans la pierre blanche aux côtés d'une fille trop jeune pour vivre de folles aventures loin de chez elle.

Au début de l'été, ils iraient dans les écuries plaisanter avec le Grand Écuyer à la démarche nonchalante, et y aideraient une jument à mettre bas. Et quand le poulain, petit paquet de pattes et de fourrure humide aussi noire que les cheveux d'Enna, lui tomberait dans les bras, Ani entendrait peut-être un nom.

Cet ouvrage a été imprimé par

FIRMIN DIDOT

GROUPE CPI

Mesnil-sur-l'Estrée

pour le compte des Éditions Pocket Jeunesse
en septembre 2005

POCKET — 12, avenue d'Italie — 75627 Paris Cedex 13 — Tél. : 01-44-16-05-00
N° d'impression : 75232 – Dépôt légal : octobre 2005.

Imprimé en France